GUERRA SIN ARMAS

Porque sí hay invasiones venturosas

Nickole Naihaus L

Roberto Pinzón

A mis padres quienes jamás han dejado de creer en mí y me han apoyado en cada nuevo reto y sueño, les dedico esta mi primera novela.

La Autora

Cada sentimiento tiene el lenguaje que le conviene, y servirse de otro es disfrazar el pensamiento que queremos expresar.

Choderlos de Laclos

capítulo 1
Days of the week
(STONE TEMPLE PILOTS)

El sonido del timbre, que anuncia la llegada de sus invitados, obliga a David a dejar de servir las chucherías que compró en el supermercado para salir de la cocina e ir a abrirles la puerta a sus amigos de toda la vida, quienes, como todos los domingos de hace más de diez años, vienen a su apartamento a pasar una tarde de fútbol americano, cerveza y buena comida. Es una de las tradiciones que han encontrado todos para no perder el contacto mutuo a pesar de los cambios que sufran sus vidas —un matrimonio, un ascenso, un nuevo trabajo—, pues, sin importar lo que pase, ellos saben que los domingos tienen una cita inaplazable con sus hermanos del alma.

—¡Oye, David!, te veo... ¿más alto?... ¿más gordo? —le dice Miguel a uno de sus mejores amigos desde la universidad, con un abrazo fuerte, mientras entra en su apartamento en compañía de Daniel.

—¿Cómo? —pregunta David, algo confundido ante el comentario de su amigo.

—Es que siento que hace meses que no te veo. ¿Cómo estás? —continua Miguel.

—Terminando lo que ha sido una semana infernal —dice David mientras termina de saludar a Daniel, y dirigiéndose a la cocina para terminar de poner en los platos las golosinas que compró en el supermercado.

—¿Te importaría explayarte un poco en tu respuesta? —le dice Daniel mientras acomoda las cervezas en la encimera de la cocina, que también hace las veces de mesa del comedor.

—Para empezar, tengo al jefe de rotación del hospital, el doctor Aschou, respirándome en la nuca. Todo el tiempo, cada vez que me encuentra en alguno de los pasillos del hospital, me pregunta con especial ahínco por los casos que estoy llevando, por el progreso de cada uno de mis pacientes, y me ha obligado a realizar el doble de los informes que el hospital solicita.

—¿Y eso por qué, si tu siempre has sido el consentido de Aschou? De hecho, te eligió como el líder del equipo de médicos del ala de medicina interna —le pregunta David mientras realiza un reconocimiento del apartamento que recordaba y que parece haber sido saqueado y despojado de las cosas más bonitas.

—Todo esto ocurre desde que Marcia se equivocó con una dosis de analgésicos para una paciente y casi la manda al otro mundo.

—¡Uf, fuerte! ¿Marcia es la chica de las...? —iba a preguntar Daniel haciendo un gesto para indicar que era mujer de pechos lindos y voluptuosos.

—Esa misma. Ahora está casada, ¿sabes?

—Claro. Y eso importa en este contexto... ¿por qué? —contesta Daniel desde de la biblioteca, buscando indicios de que el apartamento no ha sido desvalijado.

—Nada. Al parecer, para ti siempre será la de las... —David repite el gesto que ha hecho Daniel hace un momento.

—Igual, tú eres un profesional que siempre se ha sabido manejar en ambientes hostiles. No sobra recordar que el profesor de anatomía te detestaba, ¡y lograste sacar la mejor nota del curso! —dice Miguel mientras se une a Daniel en la exploración del apartamento de su amigo, pero lo hace en la cocina, buscando la deliciosa muestra gastronómica preparada por Amelia, una de sus confidentes y la pareja de David.

El martes de esta semana, Miguel y Amelia han aprendido a preparar las famosas tapas españolas en su curso de gastronomía internacional; y, como Amelia siempre personaliza lo que aprende en los cursos y lo convierte en platos exquisitos y novedosos para disfrutar los domingos mientras sus amigos disfrutan del partido, la sola idea de las delicias gastronómicas que le esperan en casa de su amigo ha tenido muy emocionado durante todo el sábado a Miguel, que casi ha contado las horas para por probar lo que sea que su amiga haya hecho en la cocina en esta oportunidad. El problema es que no ve rastro de las delicias de su amiga; solo unos tazones llenos de naderías espantosas.

—Te agradezco el reconocimiento. Pero si a esto le sumas que la enfermera jefe encargada de mi turno, la señora Sofía, me la tiene velada...

—¿La vieja con cara de estreñida? —pregunta Daniel esculcando las estanterías.

—Esa misma —dice David.

—¡Pero si a ella la enamoró Amelia con unos *muffins* y un pastel para el cumpleaños de su nieto! —le recuerda Miguel, que tuvo que cargar la monstruosidad de pastel con las figuritas de los superhéroes de Marvel por todo el hospital para entregársela a la enfermera, conocida por su mal genio y su carácter agrio.

—Bueno, eso fue antes de que yo tuviera la mala fortuna de decirle, frente a un paciente de diez años, a su familia y a algunos de mis colegas, que no había nada malo con que sonriera de vez en cuando. —El relato se ve interrumpido por las carcajadas de Daniel, que no puede creer que su amigo haya sido así de pelotudo—. Disculpa, ¿me podrías decir qué te causa tanta gracia? —le dice David entre dientes.

—¡Es que no puedo creer que seas tan pelotudo, si es la mujer más resentida que conozco y si a eso le sumas que tiene la mecha más cortica del mundo! ¡Estás jodido!

—Bueno, pues desde ese infortunado incidente busca demostrarme todos los días por qué es la jefe del piso, de paso jodiéndome la vida.

—Pero si eres médico, ¡que se joda ella! —dice Daniel.

—¿Sí?, ¿que se joda? El que está jodido soy yo. Para que se hagan una idea de cómo están las cosas, le ha prohibido a las demás enfermeras colaborarme con mis pacientes, por lo que he tenido que hacer mi trabajo y el de ellas.

—¿Eso significa...? —pregunta Miguel acercándose a la encimera en busca de las preparaciones de su amiga.

—Lo que te estás imaginando: en mi turno me ha tocado lavar pacientes, limpiar orinales...; bueno, muchas de las funciones de las enfermeras. ¡Y no te rías, que te veo venir! —dice David señalando a Daniel—. Además, ¡para ese oficio me entrené contigo los viernes en la madrugada y los sábados por la mañana!

—¡Haya paz! —dice Miguel, que siempre, desde los comienzos de su amistad, ha tenido que hacer de árbitro entre los dos—. Bueno, ¿y en lo personal?

—¡Uf! Si en lo profesional me llueve, en lo personal no ha escampado mucho, la verdad. Mi mamá me ha llamado más de tres veces al día porque está preocupada por mi padre, que se rehúsa a dejar el cigarrillo.

—¿Cómo? No entiendo. ¿Ella insiste en lo mismo?

—Tú sabes que ella es como un perro con un hueso cuando quiere algo.

—Pero en este punto tu mamá debería comprender que tu padre morirá con un cigarrillo en los dedos o en la boca. (Esperemos que falte mucho para eso.) Pero es el hombre con menos fuerza de voluntad en el mundo, en lo que al cigarrillo se refiere —afirma Daniel.

—Bueno... Ella no se rinde: ya ha hablado con los médicos, con mis profesores, con mis amigos, con Amelia. Hasta mandó a mi padre a dormir en el cuarto de huéspedes la semana pasada. No sobra decir que no había cobijas en la cama.

—¡No jodas! ¿Y qué le dijo a tu papá de las cobijas? —pregunta Miguel.

—Le dijo que, por descuido de la jefe de servicios generales, estaban en la lavandería.

—Tu mamá sí que es retorcida. Estas noches, en que ha hecho un frío de muerte... ¡le quita las cobijas a tu papá! —exclama Miguel.

—En efecto. Aun recuerdo cuando, de pequeños, luego de que David se hubiera disgustado con su mamá por no dejarnos ir a la feria del colegio que se iba a realizar el fin de semana, decidimos que nos mudaríamos a la Legión Extranjera —comenta Daniel abriendo una cerveza.

—¿Adónde? —pregunta Miguel.

—A la Legión Extranjera. Era un dicho que siempre sacaba mi abuela, que en paz descanse, cada vez que no quería hacer algo —contesta David.

—¿Cómo así?

—Pues cuando la mamá de David quería hacer unos canapés para una fiesta, y a la abuela de David le parecía de lo más aburrido, decía: 'Davidcito, si tu mamá pregunta, dile que, aunque me habría encantado ayudarle, me tuve que ir a la Legión Extranjera'; o cuando Andrés tenía los torneos de béisbol, ella, para no ir, decía: 'Danielito, dile a todos que no me encontraste pero que dejé una nota que decía que me fui a la Legión Extranjera' —explicó entre risas Daniel.

—Okey. ¡A ver si puedo usar la misma excusa con mi mujer cuando me pida planchar! —comenta Miguel.

—No lo creo macho: tu mujer te cortaría los huevos antes que dejar que te salgas con la tuya —le contesta David.

Esto hace reír a Miguel, que le replica:

—Es cierto. Probablemente, luego las podría en la sala para que no se me olvide quién manda en la casa.

—Gráfico, sí señores, ¡muy gráfico! —comenta Daniel.

—El caso es que se iban a la Legión Extranjera… ¿Y qué pasó?

—Pues que mi mamá nos empacó la maleta, nos hizo una lonchera y llamó a la mamá de Daniel para que nos llevara a la estación de buses, donde tomaríamos un bus con destino a la Legión Extranjera.

—¿Un bus?

—Éramos pequeños. No teníamos más de ocho años, y no quería darnos ideas que luego pudiéramos usar en su contra. ¡Es retorcida e inteligente! —aclara David.

—No lo creo. Y ustedes… ¿qué hicieron? —pregunta Miguel.

—Pues estábamos cagados del susto, obviamente. Pero eso no fue lo peor —dice Daniel.

—¡Ah!, ¿no?

—¡No! La cosa empeoró cuando la mamá de David llamó a mi mamá para que le siguiera el juego.

—¿Por…?

—Pues porque el que estaba en mi casa en ese momento era mi papá, que, de retorcido, se lleva la palma con la mamá de David.

Este comentario hace reír a Miguel.

—¿Y él qué hizo?

—Fue a peor: nos fue a recoger y nos dijo: 'Como, en esta época del año, en la Legión Extranjera es temporada de lluvias e invierno, les traje unos impermeables y unos sacos de dormir para que no cojan frío'.

—Pero ¿qué: se iban a Legión Extranjera?, ¿no a acampar en el bosque?

—Pues es que David dijo eso porque su abuela vivía diciéndolo, pero a esa edad no sabíamos mucho de geografía, y menos que era francesa y existía en realidad.

—¿Y qué hicieron?

—Pues no sobra decir que en ese punto, del susto, estábamos al borde de las lágrimas, pero el orgullo nos impedía dar un paso atrás —continuó Daniel.

—¿Entonces?

—Pues nos despedimos de la mamá de David y, justo cuando nos estábamos montando en el carro de mi papá, llegó el papá de David y dijo:

"—¡Pero si los buses a la Legión Extranjera ya salieron por hoy! ¿Por qué no dejamos el viaje para mañana?'

"—No sé, Federico. A los chicos les corre prisa. Pienso que puede ser mejor que los llevemos ahora y ellos esperen en la estación del bus, no sea que nos quedemos dormidos y pierdan el primero —le contestó mi papá al padre de David.

"Yo no sabía qué hacer. No me quería ir, pero David no daba el brazo a torcer, y yo sabía que no podía dejarlo solo, por más miedo que tuviera.

—¿Y qué pasó?

—Pues mi papá dijo:

"—Hagamos esto: para que los chicos comiencen a entrenarse para la aventura que les espera, pueden dormir hoy dentro de la carpa de acampar en el patio. Yo me comprometo a no dejar que duerman de más y pierdan el bus —recuerda David con una sonrisa.

—Mi papá nos preguntó qué nos parecía, y yo dije que si ya se había ido el último bus, no tenía sentido partir ahora, que mejor nos preparáramos para el día siguiente.

—¡Ofrecimiento que yo me apresuré a aceptar! —confirma David.

—Bueno, les salió barata esa noche.

—¡Neee! La mamá de David nos dijo que, como no íbamos a viajar esa noche, ya no necesitaríamos la merienda y nos quitó la lonchera, no sin antes decir que, como no quería agobiarnos, entendía que no quisiéramos pasar más tiempo con la familia, por lo que nos excusaba de cenar con todos... ¡y nos daba permiso de dormir sin cenar!

—Yo, ¡obvio!, le dije que nos daba pena porque ella ya había cocinado y no queríamos ser maleducados con ella.

—¡Muy buen argumento!

—Pero yo ya te dije que, de retorcidos, no les gana nadie. Por eso, mi papá le dijo que, ya que había ido por nosotros, él se comería con agrado la cena en nombre de su hijo —recordó Daniel.

—En ese momento, Daniel estaba a punto de llorar. ¡Ya sabes cómo se pone sin comida!

—¿Y lloraste? —preguntó Miguel.

—¡Nooo! ¡Primero, el orgullo! Me extraña la pregunta —se queja Daniel.

—¿Y qué hicieron?, ¿no cenaron?

—A ver: mi mamá es retorcida pero no es mala mamá. Cuando pensamos que todos se habían ido a dormir, nos metimos en la cocina y vimos unas bolsas que nos había dejado mi mamá con una cena ligera y una nota que decía que nos dejaba esa merienda por si no alcanzaba a despedirse de nosotros en la mañana.

—¿Y qué pasó al otro día?

—Mi padre vino por nosotros bien temprano. Nadie salió a despedirnos, cosa que nos puso aún más tristes. Recuerdo que los dos teníamos mucho miedo; pero, cuando mi papá nos dejó en la escuela sin decir nada, aprovechamos la oportunidad y no dijimos nada. Nos despedimos de mi padre con un abrazo y salimos corriendo a la escuela. No se volvió a hablar del tema.

—¡Vaya que es retorcida!

—Es tan retorcida que llamó al colegio y le contó a la directora nuestra aventura para que nos permitiera asistir sin el uniforme.

—¡Es mi heroína! La próxima vez que la vea se lo voy a decir: ¡es una mente maestra! —dice Miguel.

—Da esa impresión. Pero, por más de que lo ha intentado todo, mi padre no logra dejar de fumar.

—Bueno, pero eso no es nada tan nuevo como para que digas que te llueve en lo personal —dice Daniel, que sabe que el padre de David ha estado haciendo un esfuerzo hercúleo para dejar de fumar pero que le está costando lo indecible.

—No, pero también tuve a Hugo enfermo.

—Por cierto, ¿cómo está? —pregunta Miguel por su amigo.

—La verdad es que no se ha recuperado del todo de su cirugía y ha sufrido unos episodios de fiebre que me preocuparon al punto de haber ido a dormir algunos días de la semana en su casa, lo que me ha tenido separado de Amelia, quien, para terminar el relato de esta semana desastrosa, no ha estado la mayor parte del tiempo en la casa. Así que puedo afirmar ante ustedes que ha sido una de las peores semanas de mi vida. —David toma un respiro para continuar hablando mientras se dirige de la cocina a la sala, cargado de platos con chucherías—. Eso me recuerda, Migue: no sigas buscando los platos de Amelia porque no hay. —Al ver la cara de disgusto de Miguel, le confirma—: Sí, señor: hoy no vas a poder disfrutar de esas tapas *gourmet* que hace Amelia y que te encantan, porque, como ya te dije, ella no ha estado en casa, y justo este fin de semana se fue de viaje; bueno, precisamente con tu esposa, lo que me parece que no le dio tiempo de hacer mayor cosa en la cocina. —Al ver que Miguel va a empezar a quejarse, prosigue—: Antes de que digas algo, ya sé que amas su comida y la forma en que ella fusiona los sabores, y todo lo que siempre le dices. Pero, para evitar que te mueras de hambre viendo el partido, traje del supermercado una gran cantidad de paquetes y chucherías con que estoy seguro de que podremos sobrevivir. Y te pido que recuerdes… ¡que ha sido una semana horrenda!

"Okey… La muestra gastronómica de comida española se acaba de ir al carajo", piensa Miguel mientras sale de la cocina para seguir el recorrido que ha hecho Daniel por la casa de su amigo, un espacio al que le encanta acudir, pues desde hace un tiempo, específicamente desde que su amiga se mudó con David, uno de los internistas más reconocidos de la ciudad, se ha convertido en un acogedor espacio, lleno de detalles.

Para entender la acogedora paz y el encanto que han enamorado a Miguel es necesario realizar un pequeño recorrido por este espacio lleno de amor. El *tour* empieza por las paredes de la sala; todas estuvieron años pintadas de azul claro pero, al llegar, Amelia las pintó de blanco y las decoró con pequeñas artesanías latinoamericanas, algunas hechas de guadua, con escenarios pintorescos; otras de madera, cubiertas de pedrería de colores, procedentes de comunidades indígenas de Colombia. Todas tienen un significado místico que Amelia le explicó a Miguel la primera vez que él visitaba el apartamento de la pareja, una vez que ella se hubo instalado.

—Miguel, en las selvas de la Amazonia crece una gran diversidad de vegetación. Hay una forma en especial, un bejuco sagrado que se llama yagé, o 'bejuco del alma', que las comunidades indígenas mezclan con otras plantas para beberlo durante las ceremonias de curación. Ellos creen que tomar yagé permite conocer el mundo y ver el futuro. Pueblos colombianos como los sionas, los ingas y los kamtsás elaboran objetos que acompañan estas ceremonias y sirven de vehículo para establecer comunicación con el plano espiritual. Las gualcas o chaquiras de colores como las que ves aquí representan las 'pintas' que los indígenas ven durante las tomas de yagé.

"Esta que ves aquí es, en pocas palabras, una máscara-visión del yagé; hecha en madera, y cubierta de gualcas, se elabora a partir de la experiencia del yagé con la infinidad de colores que permite visualizar.

El recorrido continúa en las estanterías de la biblioteca —donde, al lado de la sala, se encuentra el televisor—, en las cuales están unas figuritas de Disney de porcelana que representan a los miembros de la familia y a los amigos de Amelia, algo de lo que Miguel se enteró el martes en que inauguraron la tradición de cocinar lo que aprendían en sus clases de gastronomía en la cocina del apartamento de Amelia y David.

—Amelia, cuéntame: ¿qué son todas estas figuritas?

—¿Cuáles? —le preguntó Amelia desde la cocina mientras terminaba de servir los platos de pollo *tandoori*.

—Estas que están en la biblioteca —insistió Miguel acercándose al planchón de la cocina para ayudarle a servir todo lo que habían cocinado.

—¡Ah!, ¿las de Disney? Imagínate que son una tradición familiar que empezó hace algunos años, cuando mi mamá me regaló de cumpleaños a Minnie. Porque, bueno, ya sabes cómo soy: me gustan los colores, los accesorios y la moda. Luego yo compré en un viaje a Disneyworld con mis padres al Pato Donald y a Daisy, porque para mí así son mis padres y además porque si yo soy Minnie, mi mamá es Superdaisy. Luego David, al mes de salir conmigo, me regaló a Mickey como símbolo de su entrada a mi familia, y ahí empezó la tradición.

"Pepe Grillo es un amigo mío del alma que ha sido como mi conciencia y mi fuerza cuando me he sentido insegura o me he acobardado ante algún reto.

De hecho, el último que compré es Maui, de Moana, que te representa a ti porque, además de ser muy parecido, tú para mí tienes mucho de semidiós.

—Uy, ¿qué me puede enternecer más, pequeña? —le dijo Miguel alistándose para disfrutar de las delicias gastronómicas.

—Es que no podías faltar en mi familia de figuritas.

Se abrazaron y luego arrasaron con la paella, que acompañaron con una deliciosa sangría que preparó Miguel con oporto, porque quería experimentar.

Continuando el recorrido, en la mesa de centro de la sala hay unas materas con orquídeas de diferentes colores; son las "bebés" de Amelia, que las cuida con amor y dedicación porque para ella es muy importante rodearse de flores y matas que carguen de buenas energías el ambiente.

De hecho, uno de los momentos que construyeron la camaradería y la relación de confidentes que Miguel y Amelia comparten hoy en día fue el plantón que, a causa de una cirugía de emergencia que se había presentado media hora antes de que su turno terminara —procedimiento que jamás había realizado y oportunidad única para aprender—, le hizo David a Amelia un día en que ella le había pedido que pasara la tarde en casa con ella. Como él sabía que ella había preparado algo especial para esa tarde, le pidió a Miguel que lo reemplazara, pues no quería que Amelia se sintiera sola. Miguel recuerda que, cuando presionó el timbre, se sentía un poco inseguro de que su presencia se justificara en lo que —pensaba— habría sido una ocasión o celebración romántica. Además, no conocía muy bien a la historiadora; solo había ido una vez a su apartamento, el domingo de partido en que ella le había contado la historia de las máscaras indígenas, por lo que no estaba seguro de ser él la persona indicada para pasar una tarde con ella. Le parecía que ella tenía más cosas en común con Daniel; al final de cuentas, ambos eran humanistas y apasionados por las artes.

Pero la incomodidad duró poco: en el momento en que Amelia le abrió la puerta y, luego de la sorpresa inicial, le sonrió, toda la tensión se esfumó.

—Miguel, ¡qué alegría verte! —le dijo Amelia con una sonrisa que le llegaba a los ojos.

—¿De verdad?

Miguel no podía creer que no estuviera molesta porque su novio la hubiera dejado plantada.

—Aunque me da un poco de rabia con David, lo entiendo, y ese amor y su vocación por lo que hace es una de las razones que me hacen amarlo más. Pero debo admitir que le agradezco que, de todos los posibles sustitutos que se le pudieron ocurrir, hayas sido tú a quien llamó.

Esta última declaración desconcertó a Miguel.

—¿Por qué lo dices? —preguntó Miguel entrando al apartamento.

—¡Ven, no estés incomodo! Sé que no nos conocemos mucho, pero me ha parecido que tenemos muchas cosas en común y me gustaría aprovechar esta oportunidad que nos ha dado David para conocernos más.

—¿Sí?, ¿en serio?, ¿como cuáles? —preguntó Miguel mientras se ponía cómodo en la casa de su amigo.

—Como el amor a la cocina, por ejemplo. La primera vez que viniste a casa vi que disfrutaste mucho las tapas que había cocinado —le dijo Amelia mientras ponía en el planchón de la cocina los platos favoritos de Miguel.

Él, muy sorprendido ante lo que veía en la mesa, le preguntó:

—Amelia, ¿es casualidad que hayas pedido algunos de mis platos favoritos?, ¿o David te lo comentó?

—¿En serio cociné lo que te encanta? ¡No lo puedo creer! David no me comentó nada. De hecho, ni me dijo que vendrías tú en su lugar.

—¡Lo voy a matar!

—No, no lo vas a matar porque vas a disfrutar de una comida deliciosa… y espero que de una compañía agradable también.

—¡La compañía es lo mejor, sin lugar a dudas! Claro que los platos se ven deliciosos —dijo Miguel comenzando a sentirse relajado en aquella situación.

—Sigue. Ponte cómodo mientras sirvo la mesa. Lo que pasa es que también son mis platos favoritos. Si quieres, te cuento bien qué preparé y cómo los hice.

—¡Espera! ¿Tú cocinaste las tapas del domingo, y estas delicias también? —le dijo Miguel a Amelia mientras se quitaba la chaqueta y, de paso, la corbata—. ¿Te molesta si me pongo cómodo? Han pasado muchos años, y sé que ya debería estar acostumbrado a la corbata, pero es que no me logro sentir a gusto en vestido.

—Pero, por favor, sigue: ¡esta es tu casa!… Lo que quiero decir es que espero que mi hogar sea el tuyo también, y el de los amigos de David.

—Si sigues cocinando estas delicias, no podrás sacarnos de tu casa. Pero, por favor, cuéntame qué cocinaste y cómo es que eres tan buena cocinera.

—Sí, resulta que, además de ser historiadora, de mi madre heredé el amor por la gastronomía. Ella me enseñó de pequeña a cocinar diversidad de platos. Este amor fue creciendo, y todos los lunes voy a clases de gastronomía. Es más: se me acaba de ocurrir… No sé si tengas… Mejor dicho, si a tu señora no le molesta. A ver, ¿cómo me explico?

—¿Qué tal si me preguntas lo que se te acaba de ocurrir sin darle tanta vuelta y yo te contesto de la misma manera, sin rodeos?

—Pues es que estaba pensando que, si también te gusta cocinar, podemos ir juntos a las clases. Eso, si a tu señora no le molesta.

—Espera. Tú tomas clases de cocina, ¡y no para nada! Es una pena que Gabriela no pudiera venir ese domingo y que aún no la conozcas, porque estoy seguro de que, cuando lo hagas, se van a amar.

—Pues si es así me encantaría que fueras mi compañero de clase y de cocina, porque a David, bueno… seamos honestos, se le da realmente mal cumplir compromiso alguno, y en clase yo soy la única que siempre está sola, y debo hacerlo todo sola o pedir prestado a algún compañero para que me ayude en las preparaciones.

—¡Uy!, no puedo permitir que eso siga ocurriendo. Así que, como el caballero que soy, no me queda más remedio que acompañarte —dijo Miguel con una sonrisa pícara en los labios que le provocó una sonrisa a Amelia—. ¡Mentira! Será un honor. Tú dime dónde y a qué hora, porque, aunque a Gabriela también le encanta la cocina, se le da pésimo cocinar: siempre se le queman las cosas, o se le salan. Y la cocina es algo que a mí me encanta —concluyó, terminando de acomodar sus cosas en una silla del planchón.

—Bueno, la clase del lunes ya casi termina, pero igual voy a pedirle a la profesora que me deje ir contigo. Seguro no me pone problema.

—Me encantaría. Tú dime cuánto cuesta y qué debo comprar, y con gusto lo haré.

—Pero si es mi invitación, ¿por qué vas a pagar algo?

—Porque si no lo hago me sentiré extremadamente incómodo. Y no quiero ahondar en el tema porque no tiene discusión: o pago o no voy. Y como los dos queremos que vaya, ¡voy a pagar! Una vez hemos aclarado el punto, y habiendo entrado en confianza contigo, por favor dime qué vamos a comer y cómo lo preparaste ¡Ah!, y si aún queda algo por hacer, permíteme ayudarte.

—Lo siento. Como David no tiene destreza alguna en la cocina, ya tengo todo preparado.

—¿Tienes cocteles?

—La verdad es que no.

—¡Perfecto!, porque de mi esposa he aprendido a hacer cocteles sin alcohol que se me dan sinceramente bien. Si me lo permites, me gustaría agasajarte con uno, en agradecimiento por estos manjares.

—Bueno. Yo de cocteles no sé mucho, pero si quieres tengo muchas cosas en la nevera con las que seguro algo podrás hacer. Pero solo si te apetece; no es necesario que me agasajes con algo que no sean tu presencia y tu apetito.

—Menos mal no eres como los idiotas de mis amigos, que cuando uno habla correctamente se burlan.

—¿Lo dices por Daniel, que al parecer usa unas mismas tres groserías como sujeto, adjetivo y adverbio?

Era un rasgo que siempre le había extrañado, porque en varias ocasiones había asistido a seminarios dictados por él y tenía un excelente uso del lenguaje, algo que no se notaba en su vida privada.

—¡El mismo! —dijo Miguel caminando hacia la nevera.

Luego de que él preparara unos mojitos sin alcohol para los dos, se sentaron a la mesa a disfrutar de lo que había cocinado Amelia.

—Bueno, ¡ahora sí!: ¿qué es todo esto, pequeña? —Una vez cayó en la cuenta de la confianza que había tenido sin pedirle permiso, Miguel le preguntó—: ¿Te molesta que te diga así?

—¡Para nada! Siempre he pensado que eres como un gran oso panda —le dijo Amelia sonrojándose un poco.

—No te apenes. Cuando le cuente a mi esposa, no va a parar de reírse: ¡ella también me dice así!

—¡Ay, nooo! ¡No quiero que ella se disguste conmigo!

Amelia había tenido su buena dosis de esposas celosas, y lo que menos quería era tener altercados con los amigos de su novio.

—Para nada. Ya le diré yo a David que hagamos algo para que ustedes dos se conozcan y tú pierdas ese miedo infundado a mi esposa, que es… Bueno, ya verás tú. Pero lo que más valoro de ella es que no es una mujer celosa, ya que no es estúpida. Sabe que yo la amo y la respeto, y los dos creemos en la fidelidad entre pareja.

—Bueno, está bien: confío en que será así. Daniel siempre menciona que es una mujer de un carácter muy fuerte.

—Y lo es. Lo que pasa es que con él tiene la mecha corta, y por eso se la pasan como perros y gatos.

—¿En serio? Pensé que era más bien posesiva.

—Lo es, pero es también una mujer educada y comprensiva, además de que es superabierta a conocer a las personas y darles una oportunidad. —Al ver la sonrisa de Amelia no pudo menos que preguntar—: ¿De qué te sonríes?

—Del amor con el que hablas de tu esposa.

—¡Es que la adoro! Cuando la conozcas vas a ver que te va a caer muy bien, y tú a ella. Ahora dime que es esto que estás sirviendo.

—Son unos langostinos apanados con *panko*, ¿sabes qué es? —Miguel negó con la cabeza mientras sumergía uno de los langostinos en un caldito que había en la mesa—. Bueno, es una especie de pan rallado japonés del que se hace harina. Es maravilloso para hacer tempura.

—¡Mmmm…! Es delicioso. No se siente grasoso. La harina es más un complemento que… como pasa en muchos casos, en que la harina se lleva el protagonismo, y el bocado queda sabiendo más a harina o, en su defecto, a aceite que a langostino, lo que es terriblemente desagradable. —Miguel estaba extasiado con esas delicias, por lo que sumergió sin pudor otro langostino en el caldo—. Estos langostinos me encantan. ¿Cómo los cocinaste?

—¡Muchas gracias por los cumplidos! Bueno, la idea es primero batir el huevo y el agua, y luego añadir la harina; esta la debes pasar por un tamiz para que quede lo más fina posible —le explicó Amelia, sorprendida por la rapidez con que su amigo estaba disfrutando de sus platos.

Menos mal que David era de buen comer, y sus otros amigos también, por lo que ella había aprendido a cocinar en grandes cantidades.

—Claro. Evitas los grumos, que a veces terminan siendo un desastre en el aceite. Una vez, Gabriela trató de sorprenderme cocinando… Sobra decir que no solo quedó de harina hasta el pelo… ¡sino que además se le quemó el aceite y lo que fuera que estuviera cocinando!

—¡Pobrecita! ¿Se quemó mucho?

—Lo que más le dolió fue el orgullo. Odia que las cosas no le salgan bien. Así que, bueno, no te preocupes. Casi me da un síncope cuando la vi; pero sobrevivimos al desastre con la promesa de que dejaríamos la cocina para uso exclusivo mío.

"¿Me decías que hay que tamizar la harina?

—¡Exacto! Luego debes mezclar un poco la masa; esto es fundamental para que la tempura, una vez frita, quede crujiente.

—¿Hay algún truco para saber si lo estás haciendo bien? A ver: esto dicho es fácil, pero luego, en mi cocina, me voy a quemar las pestañas tratando de igualar este resultado.

—La clave esta en saber cómo se debe ver la masa, que te debe quedar con una textura semilíquida. Uno de los secretos para que obtengas el resultado que estás degustando es que el agua esté muy fría, como sacada de la nevera, y si puedes enfriarla todavía más con cubitos de hielo, ¡mucho mejor!

—Es la primera vez que oigo de algo así en la cocina. Esto me recuerda cuando Hugo… ¿Te acuerdas de él? El abogado. —Al ver que Amelia le confirmaba con la cabeza que sí se acordaba, continuó con la anécdota—: Bueno, para una navidad decidió comprar masa para hacer buñuelos. Él y Gabriela los iban a cocinar. ¡Déjame decirte que la historia terminó con los bomberos involucrados!

—¡Ay, no! ¿Metieron la masa congelada en el aceite caliente? —dijo Amelia con cara de horror.

—¡Estaba completamente congelada! Les agradezco a todos los dioses que no se hayan quemado. ¡Sobre decir que tuvimos que pintar toda la cocina…!

—¡Ay, no!, ¡pobrecitos!

—Lo peor de todo es que Hugo es muy bueno en la cocina —confirmó Miguel—. Bueno, pero estábamos en la masa con hielitos…

—Bueno, un truco que me ha funcionado mucho es que hago la mezcla en un cuenco que pongo sobre otro que tenga hielo en el fondo para mantener el frío.

—¿Como al baño María?

—¡Exacto!, pero con frío. ¡Ah!, y antes de que se me olvide: la masa no la puedes guardar. Es fundamental que la uses enseguida. —Amelia vio que Miguel buscaba el celular en un bolsillo de su vestido—. Perdona. Creo que… ¿te estoy aburriendo? —le dijo, algo apenada, porque era algo que le pasaba con frecuencia.

Como es tan apasionada por la cocina, a veces se le olvida que no todos sienten la misma pasión y tienden a aburrirse.

—No, no, pequeña. Es que quería grabar todo esto para no olvidarlo y así poder hacerle esta delicia gastronómica a mi mujer. Pero si te incomoda lo dejo para después.

Miguel vio la descortesía que acababa de cometer y lo incómoda que había puesto a la novia de su amigo, y estaba tremendamente arrepentido.

—¡Ah, no, no! Disculpa. Es que malinterpreté el gesto. Bueno, mejor dicho… ¡no me molesta para nada! Pero si quieres te envío esto por correo electrónico.

¡Menos mal que no lo había aburrido! Le agradaba lo considerado y protector que se mostraba con ella. Además, había intuido su amor por la cocina y se alegraba de no haberse equivocado.

—¿No te molestaría? La verdad es que prefiero charlar contigo, pero no quiero olvidarme de la receta, ¡porque me han encantado los langostinos! —dijo Miguel tomando con cariño la mano de Amelia para transmitirle la seguridad que su mala educación, al sacar el celular, había minado.

—¡Para nada! Lo prefiero; no me gustaría que, por estar grabando lo que te digo, se nos enfríen los platos.

—Por mí, perfecto. Porque déjame decirte que estoy encantado con estos langostinos. Pero, por favor, sígueme contando, que estoy superentretenido.

El hecho de que alguien se interesara en su comida era algo que a Amelia no le pasaba muy a menudo.

—Te decía que es muy importante usar la masa enseguida. Esta, a diferencia de otras masas de rebozado, da mejor resultado si no tardas en consumirla.

—Pero ¿cómo haces si mezclas demasiada, o si quieres cocinar primero carne y luego vegetales? ¿O solo la usas para cocinar cosas de mar?

Miguel estaba pensando en cocinar esos deliciosos langostinos como plato sorpresa para su esposa, que estaba fuera de la ciudad y a quien siempre extrañaba cuando no estaba con él.

—Puedes usarla para lo que quieras. Y si haces mucha cantidad, lo que debes hacer es poner la masa en un cuenco sobre otro cuenco con hielo para que se conserve el frío de la masa mientras vas mojando los ingredientes. Como te digo, esto es fundamental para que la tempura quede crujiente y no coja aceite durante la fritura, una de las cosas que me elogiaste tan pronto los probaste. ¿Sabes qué me ha funcionado también? Meter unos cubitos de hielo directamente en la masa de tempura.

—¡Esto me encanta! Me siento como un niño chiquito abriendo los regalos de navidad. Es una maravillosa coincidencia que le agradezco a mi incumplido amigo. —Amelia no parecía entender qué quería decir Miguel—. Déjame explicarme mejor —le dijo él al ver lo confundida que parecía ella ante su comentario—. Siempre he amado las tempuras; de hecho, me encanta todo tipo de apanado japonés, en especial los langostinos. Pero, por más que he buscado recetas y he tratado de cocinarlas varias veces, nunca he logrado hacer unos langostinos que me queden decentes. Gabriela siempre termina diciéndome que los haga en sopa para no perderlos.

—Bueno, yo te envío las recetas y los secretos para que puedas hacerlos. Es más: si quieres, en otra oportunidad podemos cocinarlos juntos.

—¡Eso sería lo mejor! Esta es una cocina que siempre me ha parecido hermosa. ¿Sabes que fue mi esposa quien ayudó a David a encontrar el apartamento?

—¿De verdad?

—Cuando David y Daniel terminaron la carrera, bueno… estaban listos para vivir solos. No sé si sabes que ellos compartieron residencia durante toda la universidad.

—Lo intuía pero no lo sabía.

—Lo hicieron y, aunque se quieren mucho, la verdad es que, si hubieran seguido viviendo juntos, su amistad habría terminado resintiéndose al punto de separarse del todo.

—¿Por…?

—Tienen personalidades muy diferentes, algo maravilloso en cuanto que se complementan, pero desastroso cuando no tienen la misma concepción de espacio, intimidad… Y, bueno, en general, son personas de gustos muy disímiles.

—¿Estás tratando de decirme que se peleaban como perros y gatos?

Amelia se rio del esfuerzo que hacía Miguel por lograr que algo tan sencillo como que se peleaban por cualquier cosa resultara más glamuroso y trascendental de lo que en realidad era.

—¡Por todo! Porque Daniel salía de su cuarto en bola para coger algo de tomar luego de una noche de pasión con alguna de sus conquistas. Porque David dejaba sus libros de medicina por toda la casa. Porque a David se le olvidaba hacer el mercado cuando era su turno —le enumeró Miguel mientras seguía degustando su coctel y la deliciosa comida de Amelia—. El caso es que, cuando las cosas se estaban poniendo realmente feas, Gabriela me dijo: '¡O los separamos, o se van a terminar odiando!'. Y luego hubo que encontrar el apartamento perfecto para Daniel, un lugar donde pudiera desarrollar su arte y las cuentas, y que, además, tuviera un dormitorio gigante con un armario grande en que pudiera acomodar todas sus cosas. Bueno, en ese caso la cocina no era importante porque Daniel pasa muy poco tiempo cocinando. Prefiere visitar el club o la casa de sus padres o la casa de alguno de nosotros.

—¿En serio?

—Y no es que no sepa cocinar: es que desde siempre ha creído que la cocina es una actividad para compartir, no un placer solitario.

—¡No te lo puedo creer!

—¿Que sea sensible o que sea familiar?

—Las dos te las puedo creer. Lo que no creo es que no le guste cocinar. ¡Si en varias oportunidades hemos cocinado juntos!

—¿Ves? ¡Juntos! Si vas a su casa, no encontrarás alimentos en la nevera.

—Entiendo. ¿Y cuáles fueron los criterios para escoger la casa de Davo?

—No me preguntes por qué, pero cuando mi mujer vio la cocina le pareció el espacio ideal para David, algo que nos extrañó a todos porque, bueno… a David las labores de la casa, todas, menos lavar y planchar la ropa, se le dan realmente mal. Pero una de las razones por las que ella escogió este apartamento fue por esta cocina, la cual, hasta tu llegada, estuvo sin usar, lo que era una pena.

—Admito que fue lo que me enamoró del apartamento. El clóset podría haber sido una porquería, y no me habría importado. Bueno, entonces tú…

—¡Ah, no!, ¡eso sí que no! No te me distraigas, por favor. Luego tendrás todo el tiempo del mundo para conocerme. Por ahora, sígueme contando, que me siento muy a gusto y feliz de aprender de cocina contigo.

—Bueno, está bien: si te comprometes a hablarme de ti más tarde, con gusto te cuento más.

—¡Te doy mi palabra!

—¡Es una promesa que pienso hacerte cumplir! Mientras tanto, te decía que, una vez tienes la masa lista, los alimentos se deben cortar del tamaño de un bocado. No sé si te ha pasado alguna vez que te dan una zanahoria o un pedazo de pescado muy grande, que no puedes comer, mojar en caldito, salsa o algo.

—¡Uf! Odio cuando eso pasa, y eso que soy un tío grande. Pero cuando me ocurre en los restaurantes y estoy con alguien importante como un cliente o con mi esposa, que, no sobra decirlo, tiene unos modales impecables, yo me muero de vergüenza y no sé si atragantarme con el pedazo y tratar de no morir asfixiado, o morderlo para que el resto del bocado caiga de manera sutil al plato.

Miguel dijo esto mientras tomaba otro pedazo de tempura y lo sumergía en esa delicia de salsa o caldo que había hecho Amelia para acompañar la entrada.

—Bueno, ya sabes que, cuando le cocines a tu señora, debes cortar los alimentos a tamaño que permita cogerlos con los palillos, mojarlos en la salsa y llevárselos a la boca sin tener que cortarlos con los dientes. Los vegetales debes cortarlos delgados para que se cuezan más fácilmente. El pescado, las gambas y el calamar los debes cortar en piezas de un bocado, pero anchas; si es necesario, les haces unos cortes con el cuchillo para que la masa se pegue más fácilmente.

—¿Sabes que eres una excelente profesora? Deberías dedicarte a eso.

Amelia empezó a reírse de manera incontrolable hasta que le salieron las lágrimas, algo que incomodó un poco a Miguel, que no entendía qué era lo que ella consideraba tan gracioso de lo que había dicho.

—Disculpa. ¡Ha sido una descortesía de mi parte! Es que me ha causado gracia porque no sé qué te ha contado David de mí.

—Pues la pregunta que debes hacer es qué no me ha contado de ti.

—Eso te lo puedo contestar con toda seguridad. David no te ha dicho que soy profesora de historia, en los grados de maestría y doctorado, del periodo bizantino.

—¡Nooo, qué pelotudo te debo haber parecido! —le dijo Miguel, muy mortificado, a Amelia; más porque no sabía si, por su ignorancia, había dejado en un mal lugar a su amigo.

—No te preocupes. Yo sé que David me quiere, solo que…

—Perdona. Deja que te interrumpa. Mi ignorancia en este tema no significa que no seas el mundo para David, que, no sobra decirlo, es una mejor persona desde que tú entraste en su vida.

—¡Uy, mil gracias! No sabes lo mucho que me reconforta oírte decir eso. Me preocupaba que el hecho de que yo sea un ratón de biblioteca pudiera provocar alguna resistencia entre ustedes.

—Pero ¿qué dices, mujer? Daniel es doctorado en historia del arte, tema del que, si le preguntas algo, seguro le encantará contestarte. Gabriela hizo su maestría en instalaciones y administración de bienes inmuebles. Yo soy doctorado en ingeniería ambiental, y David, bueno… él es… estoy seguro de que ya lo sabes, pero él es doctor especializado en cirugía de urgencias. Además, tú siempre has sido amable con nosotros, ¡así que eres una más de nosotros!

—¡No tenía ni idea! Todos ustedes parecen salidos de un catálogo de ropa interior y, bueno, ¡qué pena! No me imaginé que todos fueran…

—Ah, déjalo pasar. Me quedo con el halago de que parecemos salidos de catálogo, en especial Hugo, quien, por cierto, también es doctor y licenciado en varias cosas; no me las sé porque yo de derecho no entiendo mucho. Pero es profesor, como tú.

"Pero ¡no te me distraigas, mi pequeña chef y profesora de doctorado! Recuerda que me estabas enseñando a hacer estas delicias.

—¡Ja ja ja! No me hagas reír, que en lo pertinaz no te gana nadie.

—Mira tú: si eres realmente inteligente, eso es algo que no debes olvidar, mi pequeña nueva mejor amiga. —A Amelia se le encharcaron los ojos. Siempre ha sido muy sensible y, cuando las personas le muestran tanto amor, se conmueve hasta las lágrimas, por lo que Miguel se paró a darle un abrazo—. ¡Ven, pequeña! Sigue enseñándome y deleitándome con estas perlas gastronómicas, y no llores por algo que no merece la pena. ¡Si eres encantadora y me has hecho sentir muy gusto en tu compañía…! Además, no querrás que con mi tamaño de panda también me emocione— le dijo Miguel, conmovido como pocas veces ante la sensibilidad y el cariño que se desprendían de esa "pequeña".

Ante sus palabras Amelia se recompuso y continuó:

—Perdón: es que soy un poco hipersensible. Bueno, mucho… ¡y bastante cursi!

—Menos mal, porque se supone que el sensible de nosotros es Daniel, y ya viste que es bastante… ¿Cómo lo digo sin que suene descortés? Mejor te dejo a ti que lo descubras.

—¡Un ligón! ¡Dilo! ¡Promiscuo como pocos! Si todavía lo recuerdo coqueteando en la fila de la feria con la mujer más voluptuosa… Pero tienes razón: es mejor concentrarnos en nuestra amistad. —Esto hizo que Miguel no solo la mirara con admiración sino que también supiera en ese momento que tenía ante él a un ser humano maravilloso, pues, en vez de hablar mal de un amigo, prefería concentrarse en su incipiente pero prometedora amistad—. Como te decía, una vez tengamos la masa y los alimentos que vamos a cocinar, freímos los alimentos en abundante aceite a ciento ochenta grados centígrados. Si tus electrodomésticos están en grados Fahrenheit, la verdad es que las conversiones se me dan realmente fatal.

—Tranquila: tengo el mismo horno que tú, que, por cierto, me ha resultado genial y, como ingeniero, cuando necesites conversiones, bueno, digamos que a mí no se me dan nada mal.

—Es mi segundo amor después de David, pero no se lo cuentes a él: hay momentos en que el horno se acerca bastante al primer lugar en mi corazón.

"¡Ah!, y sé que fuiste el mejor de tu clase y eres profesor de maestría.

—¡Ja ja ja! Tu secreto está a salvo conmigo, y veo que has prestado atención a lo que David te cuenta de nosotros.

—Ahora, esto no se trata de horno sino de una freidora o una olla. ¡Recuerda que vamos a freír!

—Ay, pero ¡qué torpe he sido! Es que, con estos manjares, me cuesta concentrarme.

—Está bien. Te lo disculpo solo porque estás elogiando mis platos. Entonces… ¿en qué iba?

—Freidora…

—¡Ah, sí! Lo ideal es utilizar un aceite vegetal suave, de oliva, de girasol o similar, mezclado con un poco de aceite de sésamo. No sé si haces esto también, pero como la idea es revelarte mis secretos…

—¡Todos y cada uno, pequeña!

—Bueno, para saber si el aceite está en su punto, yo echo una gota de masa: si cae al fondo, está demasiado frío; si no llega al fondo y sube a la superficie, ya podemos freír los alimentos. También te puedes fijar en su color: si el aceite se oscurece, también podemos poner a freír (eso sí, con el fuego más suave) una rodaja de patata hasta que se dore. Yo prefiero la primera opción, porque hay cocinas que no tienen muy buena luz; entonces no puedes diferenciar muy bien el color del aceite y este puede quemarse. Es importante freír los alimentos un rato corto: dos minutos, o tres, como máximo. Ahora: si prefieres una señal más fácil de detectar, recuerda que, cuando aquellos han subido a la superficie y ves que se empiezan a dorar, es hora de que los saques del aceite.

—¡Haces que suene supersencillo! Pero veo que la cosa, aunque parece fácil, tiene bastantes secretos detrás.

—Bueno, es como todo en la cocina. Tienes que ponerle amor, cariño y mucha atención, y ya verás cómo se ven en el resultado.

—¡Mmm…! Es que está delicioso. No solo lo veo sino que también lo disfruto.

—Antes de que pasemos al siguiente plato, termino mi lista de secretos diciéndote que debes freír poca cantidad cada vez, para evitar que el aceite se enfríe demasiado. Y cuando retires los alimentos, mejor lo haces con una espumadera como esta.

Amelia le señala una herramienta con Mickey Mouse en el mango, lo que hace que Miguel se pare de su silla y se acerque a mirar esa curiosidad.

—¿Qué es eso? Te aseguro que mi espumadera no se ve así de tierna —le dijo Miguel mientras señalaba el mango del instrumento de cocina.

—¡Ah!, es que la cocina, además de ser un arte, es divertida. ¡Mira!, ven acá —le dijo Amelia mientras abría un cajón lleno de utensilios de cocina, todos con figuras y colores muy vivos.

Estos detalles le ayudaron a Miguel a entender por qué su amigo se había enamorado de ella y lo enternecieron aún más, si era posible.

—Pero, bueno, aparte de ser lindos, ¿sí sirven? Siento que, si agarro algo de lo que hay allí, lo voy a romper.

—¡Ja ja ja! No me hagas reír. ¿No estabas elogiando hace un momento las delicias que había preparado?

—Pues sí, pero…

—¡Ven, Oso! Sigamos disfrutando de nuestra comida.

—Tengo que venir a cocinar contigo algún día, probar todas esas cositas y ver si, además de ser bonitas, sirven para algo.

—¡Claro que sí! Me ofende que siquiera lo dudes —dijo Amelia en tono solemne, tratando de sonar indignada pero fallando estrepitosamente, pues la sonrisa que tenía en los labios desmentía lo que estaba diciendo.

—Bueno, pero no te me distraigas otra vez, que estás compartiendo tu sabiduría milenaria conmigo.

—Tienes razón. Pero ¿en qué parte de la preparación íbamos?

—Me dijiste que debía evitar poner muchos alimentos y me estabas indicando qué hacer cuando estuvieran listos.

—¡Ah, sí! Verdad. Una vez estén listos y los hayas retirado del aceite, los pones en un plato con una toallita absorbente. Y procura sacar también todos los restos de masa.

—Yo siempre lo hago. Cuando frito empanadas, Gabi se burla de mí porque me pongo a recoger el centro de las empanadas que se abrieron o la masa que se desprendió por ahí. ¡Dice que si estoy aprendiendo a pescar!

—Es lo mejor; así no se desprende el sabor a quemado en el aceite. Ella se burla… ¡pero a que después disfruta como loca del resultado!

—¡No solo del resultado! —dijo Miguel levantando las cejas con picardía, lo que hizo reír a Amelia—. Esto está delicioso de verdad. Menos mal hiciste muchos porque yo como... bueno, ya ves, ¡como un oso! —añadió haciéndola reír otra vez.

—Ya me doy cuenta, y lo tendré en consideración para todos los domingos y para cuando vengas a comer a mi casa.

—Muy considerado de tu parte, y algo que te agradezco de antemano.

—No te preocupes. Estoy acostumbrada a cocinar mucho. Mi papá, aunque flaco, es muy alto y también come un montón.

"Pero, bueno, no me distraigas, que ya estamos en la última parte de la preparación. Por último, y antes de seguir nuestro recorrido por estas 'delicias', como las has llamado tú, la preparación debe quedar crujiente, pero no mucho, y de un color pálido, lejos del tostado de otros rebozados.

—¡Pues lo has logrado a la perfección! Y me reitero: ¡son unas delicias! Tengo una pregunta más, sobre la entrada, que es este caldito con el que acompañamos los langostinos, y... ¿Te molesta si me lo tomo? ¡Es que está delicioso! —le dijo Miguel con cara de niño bueno que pide algo.

—¡Pero por favor!, ¡sírvete! Es un poco de sopa *miso*. Me gusta su sabor, pues, como tú has dicho, no toma protagonismo, pero sí resalta el sabor de la tempura y del langostino.

—¡Déjame decirte que, además de ejercer como historiadora y profesora de doctorado, deberías abrir un restaurante! Por favor, ¡no me digas que ya tienes uno! —le dijo Miguel, muy mortificado.

—No te preocupes: no has metido la pata, ni la primera vez ni esta. No, no tengo un restaurante; no tendría tiempo entre mi tienda y las clases. Bueno, no quisiera sacrificar mis espacios de ser yo, como mis clases de cocina.

—¡Dirás 'nuestros' espacios de cocina!

—Perdón: nuestros. Bueno, no sé si continuar con la clase de cocina. ¿O prefieres que hablemos de otras cosas mientras nos comemos este arroz caldoso de mejillones como plato fuerte?

—La verdad es que, aunque me encanta todo lo que me estás enseñando, y me he divertido oyendo cada uno de los secretos que me has revelado, ahora que sé que todos los martes vamos a compartir clases y cocina preferiría saber más cosas de ti... y si, de casualidad, hay un cierre azucarado para este delicioso recorrido por tus destrezas culinarias.

—¡Pero por favor...! ¿Por quién me tomas? De postre, para cerrar con broche de oro, tengo... ¡una torta casera de manzana!

—¡No puede ser! ¿Con costra crujiente? —le preguntó Miguel con ojos de perro frente a un hueso bien suculento.

—¡Pero por supuesto! ¿Cómo más se puede preparar una deliciosa tarta de manzana?

—¡Me dan ganas de atragantarme con este arroz para llegar al postre!

—Calma, calma, Oso: ¡tenemos todo el tiempo del mundo!

—Tienes razón. ¿Me permites servirte?

—Claro que sí, por favor.

—¿Te molesta si te pregunto cuál era el plan que tenías con David? Y aunque esto no me hace muy buen amigo, ¿cómo estás tan tranquila de que David me haya enviado en su reemplazo?

—Bueno, verás: la verdad es que hay un motivo escondido detrás de estas 'delicias' gastronómicas.

—¡Ajá! ¿Así que no las preparaste por el puro placer de la cocina y del deleite de los sentidos?

—¿Tú de verdad hablas así? Qué pena, y no me tomes a mal, pero es que da gusto oír a alguien que tiene y usa un lenguaje depurado. Sé que ya lo hemos hablado, pero es que me da gusto hablar con alguien que demuestra conocer más palabras que las groserías cliché que todos usan ahora.

—Mi esposa dice lo mismo, ¡aunque Daniel vive diciendo que hablo como un idiota del siglo diecinueve!

—¿En serio? Es gracioso que, aunque él, como dijimos, en muchos casos no hace más que proferir improperios, es quien sale con palabras como *verbigracia* y *locuacidad*.

—Y *maricón*, *cabrón* y otras perlas —dijo Miguel burlándose de su amigo, lo que le hizo gracia a Amelia.

—Es cierto, es cierto. ¿Te has dado cuenta de que, cuando está con una mujer que le gusta o le despierta algo más que morbo, se pone más vulgar de lo normal? —dijo ella con picardía.

—¡Vaya, mi pequeña! Pero si, además de tierna y detallista, ¡eres extremadamente observadora! Pocas personas notan esas cosas en Daniel.

—Bueno, es que me gusta conocer a fondo a las personas. Por eso trato de prestar atención a los detalles; es ahí donde se encuentra la esencia.

—¿Qué detalles has encontrado en mí?

—¡Ay no, Miguel! No me hagas esto, que me pongo muy nerviosa. Y si en estado natural soy torpe, ya verás cómo soy cuando me pongo nerviosa.

—Así que, además de ponerte 'más' torpe, te da por ser muy protocolaria. ¿Cómo me llamaste?, ¿Miguel? —dijo el aludido levantando una ceja de manera intimidante.

—¡Está bien, está bien! Ya me vas conociendo. Bueno, he descubierto que eres extremadamente protector; lo supe cuando casi me tropiezo con la mesa de centro llevando las tapas y tú me tomaste del brazo para evitar que me golpeara. No te gusta abusar de la hospitalidad, razón por la cual me preguntaste si podías hacerme algún coctel en retribución por una comida a la que no sabías que acudirías. Pero como, por tu sentido del deber hacia tus amigos, te viste en la obligación de salir de tu zona de confort y enfrentarte a mí, aunque no me conocieras…

"Alucinado" como pocas veces porque alguien hubiese notado tantas cosas de él, Miguel no supo qué más hacer sino pagarle esa sinceridad con la misma moneda.

—Bueno: yo sé que te encantan las historias que están detrás de las cosas; lo aprendí el domingo en que te pregunté el porqué de algunas de las cosas que hay en el apartamento. Te gusta cuidar de los tuyos, algo que se hizo más que evidente en esta comida, de que, desde que te enteraste que eran mis favoritos, me dejaste comerme la mayoría de langostinos. Eres comprensiva y paciente; si no, probablemente no habrías aceptado mi compañía como reemplazo de un novio ausente. Y en cambiar de tema y evadir preguntas que pueden ponerte en evidencia no te gana nadie. Así que, volviendo a mi pregunta, ¿cuál es el motivo de que cocinaras estas delicias?

—Reitero mi comentario: ¡en lo pertinaz no te gana nadie!

—Ya lo sabes bien. Así que no me des más vueltas, y confiesa.

—Bueno, la verdad es que… ¿Ves esas materas de barro que están al lado del balcón?

Miguel no pudo menos que reírse cuando descubrió las intenciones de esa "pequeña", además de lo bien que había obrado el destino en esa oportunidad al ser él quien se encontrara a la mano para la misión; porque David, además de tener manos de cirujano y ser un experto para poner puntos, hacer incisiones, evitar dejar grandes cicatrices y salvar vidas, era realmente patoso para cualquier manualidad o actividad hogareña, a diferencia de él, a quien le encantaba realizar todo tipo de tarea manual u hogareña—. ¿Te estás riendo de mí? —le dijo Amelia, muy ruborizada.

—La verdad, estaba pensando que eres una pequeña de cuidado y, además, con mucha suerte, porque se ve que no conoces aún la faceta poco coordinada de David.

—¿Cómo? ¡Pero si David es un maestro con las manos…!

—Bueno, ¡hasta 'allá' no lo conozco! —le dijo él arqueando, pícaro, una ceja y viéndola sonrojarse por el doble sentido que había encontrado en sus palabras.

—¡Ay, no me refería a eso, y lo sabes, aunque, en honor a la verdad, también es un maestro en ese campo! —dijo Amelia con el rostro como un tomate mientras iba al horno por la torta de manzana.

—Ya veo que, además, eres bastante tímida, por lo que, por una vez, voy a dejarte escapar, ¡pero solo porque vienes con mi postre favorito, que además huele exquisito!

—¡Ya sé con qué debo sobornarte para que hagas lo que quiero! —le dijo Amelia poniendo cara de mala de película, ¡pero de Disney!

—Ya veo que eres una pequeña tirana.

—Menos mal aprendes rápido. Te conviene no olvidarlo porque, Miguel… —llamó su atención y esperó a que la mirara la cara para continuar— ¡yo siempre logro que se haga mi voluntad!

—¡Miedo me das! —se rio Miguel antes de continuar—. Hay algo que debes saber de tu novio médico: se le da muy mal; de hecho, ¡es una calamidad doméstica andando! En realidad es una suerte que yo esté hoy en su lugar: de lo contrario, habrías visto tus hermosas matas esparcidas por todo el balcón o, lo que es peor, abajo, en la acera… o, lo que habría sido una calamidad, ¡en la cabeza de algún pobre transeúnte!

Amelia no lo podía creer: jamás había visto a David cometer una torpeza manual o tener algún accidente; de hecho, ¡estaba tan sorprendida…! ¡No lo podía creer!

—¡Es que no lo puedo creer!

Miguel levantó la cara para ver la expresión de Amelia. Solo entonces se dio cuenta de que ya se había comido casi toda la torta de manzana, por lo que, muy avergonzado, le dijo:

—¡Lo siento mucho, pequeña! ¡No me di cuenta! Estaba tan deliciosa, y estábamos tan concentrados hablando, que se me pasó el tiempo.

Al oír el arrepentimiento en la voz de Miguel, Amelia regresó al presente y comprendió la razón por la cual él estaba tan compungido.

—¡No, no, no! No te preocupes, que no tiene que ver con la tarta; de hecho me alegra mucho que te encantara, y si te quieres comer el otro pedazo, por favor, por mí no te cortes. Siempre es un gusto ver que las personas disfrutan de lo que cocino. Lo que pasa es que estaba pensando en que no puedo creer que David sea torpe, como me dices. Usualmente soy yo la que vive pegándose con las cosas, y es él quien me recrimina porque camino sin gafas o soy muy descuidada.

Al comprender que todo había sido un malentendido, Miguel se relajó de nuevo y se terminó el último pedacito de torta, ahora más encantado aún con todo lo que Amelia había preparado.

—Pero ¡si es de lo más torpe que hay! Si me esperas, me quito la camisa para no ensuciarla, o si no Gabriela me mata, porque es una camisa, hecha a la medida, de Savile Row. Y cuando estemos poniendo las materas con gusto te cuento la vez en que David plastificó una lasaña que yo había preparado —le dijo Miguel degustando con pesar el último bocado de torta.

—¡Uy, no me pongas esa cara de oso panda triste! Si quieres, te puedes llevar, para compartir con tu señora, otra de las tartas que hice hoy.

—¿Hay más? —preguntó Miguel alzando la cara con la expresión ilusionada de quien sabe que le espera un manjar.

—¡Claro que sí! Están en el horno. Con mucho gusto: te puedes llevar uno de los moldes.

—Si no estuviera felizmente casado, ¡me enamoraría de nuevo! —dijo Miguel con su picardía recurrente.

—¡No seas bobo! Es un placer. Y por las materas no te preocupes: ya las pondré yo luego.

—¡No!, ¡eso sí que no! No me vas a privar de estar más tiempo en tu compañía. Además, Gabriela esta de viaje en una excursión de su universidad. ¡Sí, no me mires así! Por acá no eres la única profesora: ella dicta cursos en pregrado y se llevó a sus estudiantes a un hotel de las afueras de la ciudad que está utilizando energías renovables y sistemas de agua residual para regar los jardines. Bueno, es uno de los proyectos ecoamigables que Gabriela ha liderado, ¡por lo que estoy solo como un hongo en mi casa!

—¿Tu esposa también es ingeniera?

—No: ella estudió administración de empresas, hizo una especialización en ingeniería ambiental y terminó su doctorado en instalaciones y administración de bienes inmuebles. Y ahora está muy interesada en todo lo ecoamigable, en las energías renovables… Está muy interesada en promocionar los paneles solares.

—Y aparte de dar clases ¿tiene alguna otra actividad?

—Sí. ¡Pero por supuesto! Mi mujer es igual de inquieta que tú: tiene una empresa inmobiliaria.

—¿En serio? Mira que hay muchos profesores de mi universidad que están buscando un apartamento. Y, de hecho, en mi departamento, uno de mis amigos más cercanos se acaba de casar y está buscando una casa con su mujer. Si me das su teléfono, la puedo poner en contacto con ellos.

En ese momento, Miguel dejó de tomarse el té, se puso de pie y abrazó de todo corazón a Amelia, que, superada la sorpresa, le devolvió el abrazo con la misma emoción.

—Disculpa, pero no sabes lo importante que es para mí eso que acabas de decir. Yo sé, y te pido que no les digas esto que te voy a comentar ni a David ni, mucho menos, a mi esposa, pero ella ha estado atravesando un momento muy complicado en su negocio y, aunque no me lo ha querido comentar, bueno… la conozco y sé que está preocupada, y no he podido encontrar cómo ayudarle.

—Por eso no te preocupes: déjalo en mis manos. El decano me debe uno que otro favor, y ya le pido yo que la conecte con varias personas de la facultad e, incluso, que la use como contacto para que les consiga apartamento a los profesores que vienen de intercambio —Miguel la abrazo aún más fuerte, por lo que Amelia le dijo—: ¡Oso, me estás asfixiando!

—¡Perdona, perdona! ¡Es que no sé a quién agradecerle que David me haya enviado hoy aquí! Si me permites un segundo, quisiera llamar a Gabriela para decirle esto que me acabas de proponer, porque sé que le va a ayudar a disfrutar de su fin de semana y le traerá algo de paz.

—¡Pero por supuesto! Si quieres, aprovecho yo para concertarle una cita con el decano la próxima semana. ¿Crees que le venga bien?

En ese momento se vio a sí mismo en pleno vuelo por los aires en brazos de Miguel, que no cabía en sí de la emoción. ¡Esa "pequeña" que no lo conocía sino por ser amigo de David le estaba brindando una oportunidad a su mujer justo cuando él se había encontrado impotente para hacerlo!

—¡Perdona! Es que no creo que esto me esté pasando. Pero, por supuesto, dinos cuándo la citan, y yo le digo a mi Gabi.

Entonces se separaron, cada uno a hablar con su respectivo contacto. Amelia terminó primero; por lo que, luego de haber concertado una cita para el miércoles a primera hora, empezó a recoger los platos para lavarlos. De un momento a otro sintió que unas manos de gigante la levantaban y la sentaban la encimera.

—¡Mi madre me educó bien y me enseñó que quien cocina no debe lavar! Así que, por favor, siéntate y déjame a mí ahora atenderte a ti y contarte lo que me dijo mi Gabriela.

—Miguel, ¡pero al menos déjame ayudarte secando y acomodando los platos!

—¡Neee!, eso lo hará tu esposito por no estar acá.

—¡Ja ja ja! ¡Mira que eres malo! ¡Ay!, antes de que lo olvide, Juan Fernando nos espera el miércoles a primera hora para firmar el convenio.

En ese momento se le cayó a él un plato dentro del lavadero, pero no alcanzó a romperse. Y, cada vez más agradecido con esa "pequeña", Miguel se volteó hacia donde la había depositado, se acercó y la abrazó una vez más.

—¿El convenio? ¿Es decir que la van a contratar sin conocerla?

—¡Pero por supuesto! ¿Cómo puedes dudarlo? Juan Fernando sabe que yo no le recomendaría a cualquiera. Por eso, cuando lo llamé a contarle de Gabriela, me dijo que hemos llegado justo a tiempo, pues la universidad está abriendo convocatorias para nuevos proveedores y alianzas estratégicas. Me confirmó que, si yo confiaba en la empresa y si, además, era amiga de la dueña, mucho mejor, porque así, confiando en mi criterio, que nunca lo ha decepcionado, se pueden evitar horas de entrevistas y realizar el convenio con Gabriela.

No pudo seguir porque ese oso gigante la abrazó con mucha fuerza. Luego, sin mediar palabra, salió disparado al balcón a contarle a su esposa las buenas nuevas.

Luego de un largo rato que Amelia aprovechó para organizar la cocina y empacarle la torta en una refractaria para que pudiera llevársela apareció Miguel, que, al ver que ella ya había recogido todo, se arrepintió de haberla dejado sola en esa tarea.

—Mi pequeña, te pido una disculpa. Se me fue el tiempo hablando con mi esposa, que está muy agradecida contigo y me ordenó de manera categórica que te ayude, con la mejor actitud y una gran sonrisa en la cara, a poner las materas donde tú quieras. Y si para eso es necesario que revisemos muchas veces la forma de combinarlas y que las movamos infinitas veces, debo hacerlo, ¡y de buena gana! Además me prohibió irme hasta terminar mi tarea.

—¡Miguel, no te preocupes!

—¡No, no, no! Ya me alimentaste con mis platos favoritos y me robaste mis deberes en la cocina ordenándola sin mi ayuda. Así que acomódate en ese mullido sofá y dime cómo vamos a ordenar las materas, que yo me encargo del resto. Lo que sí te pido es que, mientras yo ejerzo de 'todero', tú me entretengas con algo de charla. ¡Yo me encargo de todo!

—Está bien. Pero solo porque insistes; quiero que sepas que no es necesario. Tu compañía ha sido la mejor recompensa para un día de cocina.

Fue una de las mejores tardes de su vida, llena de momentos especiales, unos graciosos, otros no tanto, como cuando Amelia se cortó ayudando a Miguel a asegurar una de las materas con las cabuyas que había comprado en la tienda de bricolaje.

—¡Pequeña!, ¿no te dije que te quedaras sentada? —le dijo Miguel, angustiado al ver que sangraba de una mano—. ¡Déjame ver qué te hiciste en la manito!

Miguel la sostuvo al ver que se ponía pálida.

—¡Qué pena contigo! Es que no soy muy buena con la sangre: me pone un poco nerviosa.

—¡Tranquila! Puede que yo no sea cirujano, pero tengo hermanos, por lo que me he entrenado en este tipo de heridas. —En el baño, al lado del botiquín, encontró agua oxigenada y unas curitas Hello Kitty—. Al parecer has puesto tu toque en toda la casa… ¡y debo decir que me encanta! —le dijo Miguel a su amiga para distraerla del feo corte que se había hecho en la mano.

—Gracias. Me da miedo que David se sienta invadido o que no le gusten las cosas.

—Pero ¿qué dices? ¡Si David, además de encantado, está muy enamorado de ti! Lo conozco de toda la vida y nunca, puedo afirmarlo con total seguridad, ¡NUNCA lo he visto así de enamorado!

—Gracias por todo: por curarme, por acompañarme y, bueno, ser tan lindo conmigo —le dijo Amelia, muy sensible, seguramente por el miedo que le había dado su cortada.

Miguel la abrazó y le dio un agua de hierbabuena que ella bebió mientras él terminaba de acomodar el resto de las materas. Y aunque le tomó varios intentos acomodarlas todas y cada una, principalmente porque Amelia y él no se ponían de acuerdo en el orden de cada una de ellas: que primero los novios, que mejor las suculentas… Solo cuando los dos se sintieron satisfechos, Miguel dio por terminada su tarea. Ya había entrado la noche cuando Miguel abandonó el hogar de sus amigos, contento de haber conocido a la pareja de David y constatado que, además de ser una gran persona, ella era la razón por la cual su gran amigo de toda la vida se había convertido en una mejor persona.

Volviendo a nuestro recorrido por este acogedor espacio, no sobra mencionar una de las cosas que les ha encantado a todos los visitantes: un olor a cerezos y canela que deleita los sentidos. Son tantas las cosas con que Amelia ha creado un lugar cargado de reminiscencias de momentos especiales y ha hecho de esa casa un hogar para quien la visita, que a Miguel le tomaría una eternidad enumerarlas, y el recorrido podría llenar todas las páginas de este libro. Por eso, la mejor forma de resumir lo que significa este lugar para él es describiendo el sentimiento que le despierta el apartamento 504: es como si viajara a su propio País de las Maravillas, pues allí ha vivido más de una experiencia memorable con sus amigos y su mujer. Y todo ¡gracias a esa "pequeña" historiadora que David escogió por media naranja!

capítulo 2
Shimmer
(Fuel)

Aunque hay que ser sinceros: hoy, ese "jardín secreto" parece haber sido reemplazado por un lugar que apesta a la colonia de David y del que han desaparecido los hermosos detalles que le daban ese acogedor toque de paz y hospitalidad para dar paso a lo que es ahora la guarida de un soltero, alguien que casi no habita su casa porque es un apasionado de su vocación de médico, lo que le hace pasar la mayor parte de su vida en el hospital, situación que se refleja en el absoluto descuido de su entorno vivencial, el cual, como no se le presta atención alguna, está hecho un asco en este momento. Durante el tiempo en que Miguel ha estado perdido en sus recuerdos, Daniel ha comprobado lo que venía sospechando desde hace semanas, por lo que no puede menos que maldecir ante lo que está viendo.

—¡Mier...!

Al oír a su amigo soltar un improperio, Miguel adivina sus intenciones y le propina un codazo con que lo manda callar para evitar que suelta una indiscreción, algo políticamente incorrecto y que sin lugar a dudas lastimará a David. Ante el golpe en las costillas, Daniel no tiene otra alternativa que quedarse callado mientras observa la sala del apartamento de su mejor amigo como si estuviera perdido en un espacio que creía conocer como la palma de su mano.

—¿Qué pasa? —pregunta David, algo extrañado ante el recorrido que hacen sus amigos por su apartamento, como si fuera la primera vez que ven su hogar, al que no sobra decir que han acudido en más de una oportunidad, a cenas, tardes dominicales de partido, reuniones en compañía sus respectivas parejas...: ¡un sinfín de ocasiones!

—No sé; es que siento que faltan algunas cosas de la casa —dice Daniel, con cara de sorpresa, acercándose lentamente a la mesa de centro, ubicada en la sala del apartamento, mueble antes decorado con una cosas muy femeninas y otras de carácter histórico, muy curiosas, como un pequeño astrolabio de bronce con que Daniel juega durante los comerciales de los partidos y que ya no está en su lugar ni en ninguna otra parte de la sala; puede afirmarlo con un "ochenta y ocho por ciento" de seguridad, pues ya lo ha buscado por todas partes con la esperanza de que su dueña lo haya cambiado de lugar. A ese astrolabio Daniel le tiene mucho cariño, pues aun recuerda la primera vez que lo vio en la mesa de centro, el mismo día en que descubrió que la nueva adición al grupo de amigos, la historiadora de quien David se había enamorado, además de cocinar como los dioses tenía también un gusto exquisito para la decoración.

—¿Qué pasa, Daniel? ¿No te gustaron las tapas? —le preguntó Amelia al mejor amigo de su pareja al ver su cara de... ¿desconcierto?, ¿disgusto?, ¿curiosidad?: no lograba precisar la sensación que transmitía.

—Nada. Lo que pasa es que esto es un astrolabio. De hecho, es igual al que construyó el astrónomo Nastulo hacia el año 927; si la memoria no me falta, se conserva en el Museo Nacional de Kuwait —recitó Daniel.

A Amelia le sorprendió que él reconociera el modelo a escala.

—¡Sí, señor! Es un modelo a escala. No sabes lo mucho que me alegra encontrar alguien más que disfrute de la historia tanto como yo... —al ver la cara de extrañeza de su novio, que sabía que varios amigos de Amelia, pero no de los suyos, eran apasionados de la historia, continuó—: en esta nueva familia.

—Déjame decirte, mi querida Amelia, que no solo la disfruto sino que, de hecho, en la universidad, en los primeros semestres de artes me apasioné por la obra de Leonardo da Vinci, lo que me llevó a estudiar sobre navegación: ¡por eso quedé fascinado con este pequeño artefacto! ¿Puedo tomarlo?

—¡Claro que sí!

—¡Gracias! —dijo Daniel levantando el astrolabio a dos manos, con mucho cuidado, para observarlo con detenimiento, lo que le permitió ver que, además de ser un modelo a escala, funcionaba perfectamente y tenía grabada la leyenda 'Para que nunca pierdas el rumbo, mi pequeña'—. Es muy hermoso, y veo que alguien te lo dio con mucho cariño, ¿verdad?

—Me lo obsequió uno de mis mejores amigos.

—¡Es un regalo precioso! Esto me trae a la memoria algunas anécdotas de Leonardo da Vinci. ¿Sabías que tenía el don de la escritura especular?

—Mmm... no tenía idea. Es más: no sé qué significa 'escritura especular'.

—Es una forma de escribir en la que todas las letras están invertidas. Esto lo hacía con el propósito de ocultar el mensaje que estaba plasmando en el papel, pues la única forma en que este podía leerse era poniéndolo ante un espejo.

—Mmm... ¡A que tú no sabías que era amante de la cocina, deleite que compartía con su amigo Sandro Botticelli!

—¡Mi pequeña amiga Amelia! —dijo Daniel haciendo referencia a como su amigo del astrolabio la llamaba en la dedicatoria recién leída—, no solo sé eso; de hecho, puedo agregarle a tu pequeño dato uno más: le gustaba experimentar con diferentes recetas y, además de cocinar, puedo contarte que también... ¡inventó el tenedor!

—¿En serio? ¡No tenía ni idea! Por eso te perdono que me hayas pordebajeado el dato: ¡pero solo porque me enseñaste uno nuevo! —le dijo Amelia sonriéndole mientras le pasaba un platito con cosas muy curiosas para comer: unas con tomatitos y queso, otras con camarón, unos pollitos con teriyaki, todo decorado de manera muy bonita...

Él no recuerda bien qué eran; lo que no olvida es lo ricas que estaban. También recuerda que, a partir de la llegada de Amelia al grupo, las tardes de fútbol se hicieron más especiales.

Regresando al presente... puede que muchas de las cosas decorativas de Amelia no tengan sentido para él. Pero sí debe ser sincero y admitir una verdad: todas le gustan mucho; sobre todo, porque cada una está cargada de recuerdos que Amelia siempre ha compartido con cariño con quienes le pregunten.

La inexplicable ausencia de las cosas de Amelia le trae a la memoria algunas anécdotas suyas de que él fue testigo. Es más: en este preciso momento, en medio de la sala, recuerda una con particular cariño: la de cuando ella les explicó a Miguel, Hugo, Cristian, Gabriela y él el significado recóndito de cada una de las figuritas de Disney, empezando por el del Mickey Mouse, que representaba a "mi David". Dicha explicación había venido acompañada del dato curioso de que Walt Disney no es el creador del famoso ratón, como cree la mayoría de la gente y como, hasta esa tarde, lo había creído el mismo Daniel.

Todo comenzó cuando Daniel le hizo una broma acerca de que la verdadera razón por la cual Daniel era Mickey no era que Amelia fuera Minnie sino que, desde pequeñito, él era dizque "un poco rata" con las niñas. Todos sabían que eso no era cierto, porque el mujeriego del grupo era precisamente Daniel. Temiendo que pasara lo que siempre ocurría cuando los dos amigos se hacían bromas pesadas, y con intenciones de evitar otra innecesaria pelea entre Daniel y David, Amelia optó por distraerlos con un dato curioso acerca del famoso ratón:

—¿Sabían ustedes, muchachos, que el verdadero creador de Mickey Mouse no es Walt Disney?

—¡No me jodas, Amelia! ¿Ahora me vas a decir que Papá Noel no existe? —dijo Daniel en tono sarcástico ganándose una mirada colectiva de reproche de sus amigos.

—Eso lo dejo para después de navidad. Pero, mi pequeño amigo con concentración de pez, ¿podrías dejar que te explique?, ¿o prefieres irte de nuevo a los puños (metafóricamente hablando, claro está) con tu mejor amigo?

Daniel se preparaba para recogerle el proverbial guante duelístico a la novia de su amigo cuando vio la expresión de David, Miguel, Hugo, Gabriela y Cristian y comprendió que sería una batalla perdida, pues todos adoraban la forma tan natural en que ella les soltaba pequeñas perlas curiosas cuando se ponía nerviosa o cuando algo la incomodaba, como en ese momento. Al ver el reproche en la cara de sus amigos, la dejó continuar con su relato.

—Como les contaba, la leyenda oficial dice que el famoso ratón nació con el nombre de 'Mortimer' y fue creado por Disney durante un viaje en tren, pero que Walt le cambió el nombre a 'Mickey' por petición de su esposa Lillian. Pero existe una versión paralela que cuenta otra cosa...

Justo cuando estaba a punto de volver a interrumpirla para hacer algún mal chiste, Daniel sintió que se le clavaban en la rodilla unas afiladas uñas: las de la esposa de su amigo Miguel. Gabriela tenía la mecha bien corta, más aún cuando se trataba del rubio amigo de su esposo; por eso, para mantener la "pendejada" de Daniel bajo control, siempre buscaba sentarse a su lado.

En el momento en que sintió las uñas, le dijo a Gabriela:

—¿Por qué no te vas un poquito a la mierda?

—Contigo delante para que no me pierda, ¿no? —le contestó ella en tono encantador.

Cuando quiso continuar por la senda del sarcasmo, Daniel sintió en la nuca las fuertes manos de su amigo Miguel, por lo que acudió a Amelia para que lo salvara:

—¡Amelia, por favor, por mi seguridad mental y física, continúa con la historia de Mickey! —le dijo con ojos suplicantes.

—La historia cuenta que, en realidad, ¡Walt Disney no sabía dibujar!, por lo que nunca diseñó ninguno de sus famosos personajes. Lo que sí es un hecho es que el creador del famoso ratón fue el dibujante holandés Ub Iwerks, que le permitió a Disney compartir la autoría del personajito para devolverle algún favor. Pero la facha de Mickey es obra exclusiva de Iwerks; la personalidad y la voz fueron el aporte de Disney al personaje.

Hoy, en la sala del apartamento de su amigo, Daniel se está preguntando dónde están las figuritas y el astrolabio. Al seguir revisando la mesa, se da cuenta de que faltan más cosas que Amelia había aportado a la decoración, por lo que, muerto de curiosidad, y sin poder contenerse un minuto más, pregunta contestando de nuevo al *¿qué pasa?* de David:

—Nada, no es nada. Pero... una pregunta: ¿dónde están las carteritas de cerámica que puso Amelia en la mesa de la sala?

—¿Carteras?

Es difícil saberlo, pues ella tiene debilidad por las carteras.

—Sí, las que son una crítica a alguna cosa importante de moda.

—¿De qué me estás hablando?— le pregunta David, contrariado ante la actitud de su amigo.

Primero lo ha visto revisar cada parte de la sala y el comedor —solo le faltó la cocina— como si buscara algo importante, y ahora lo oye preguntarle por las cosas de su novia, algo nada característico de Daniel, que siempre ha sido el más interesado en disfrutar de todo el partido, incluido el programa previo, en que los comentaristas hacen un vaticinio de lo que puede pasar en el juego.

—David, ¡esas que tenemos prohibido tocar!...

Miguel lo interrumpe al recordar de qué habla su amigo:

—¡Me acuerdo! Eso fue el día en que Amelia casi te corta los huevos porque, cuando te paraste a celebrar el *touchdown* de los *49ers*, casi rompes la carterita Louis Vuitton. ¡Si hasta te gritó: 'Manos de banano'! —recuerda y suelta una carcajada.

—No sé… Por ahí. Usualmente están en la mesa de centro o en la biblioteca —le responde David a Daniel desde la cocina mientras busca unas tazas en forma de monstruo para servir la salsa que compró en el supermercado como acompañante de las chucherías. No sobra decir que no tiene éxito, pues, al parecer… ¡han desaparecido!

Daniel se pone de pie para seguir buscando cosas de Amelia por el apartamento, tratando de encontrar algún artículo que le indique que lo que supuso el día en que Amelia fue a visitarlo no era el principio de lo que está viendo. Pero, a medida que avanza, siente como si se hubiera subido al DeLorean de *Back to the future* y hubiera regresado a un pasado en que Amelia aún no formaba parte de la vida de David.

—Tampoco están en la biblioteca. De hecho, ¡tampoco encuentro tampoco las figuritas de Disney ni el astrolabio! —le informa Daniel, asustado con la situación: empieza a percibir la ausencia de Amelia en el apartamento.

—Mmm, deben estar ahí. Mira bien, Daniel —le dice David mientras termina de meter las cervezas en la nevera de la cocina, que, por primera vez en mucho tiempo, no está abastecida: de hecho, faltan allí muchas cosas esenciales para que Amelia pueda cocinar.

David anota mentalmente ir mañana otra vez al supermercado.

—¡Oye!, ¿y las tazas para los *dips*, del tamaño perfecto para la salsa de los nachos? —pregunta Miguel mientras, ayudando a su amigo a organizar las "porquerías" que ha comprado en el supermercado, rebusca en los cajones de la cocina.

Él, como Daniel, está percibiendo la ausencia de las cosas de Amelia en casa.

—Miguel, ¡estaba que te preguntaba lo mismo! Tú eres quien cocina con Amelia los martes los platos que aprenden en la clase de los lunes. Pensé que sabías dónde están los utensilios de cocina de Amelia.

—Como te dije cuando me abriste la puerta, siento que han pasado meses desde la última vez que te vi. Si hubieras estado esta semana en casa, te habrías enterado de que, por alguna razón que desconozco, Amelia me pidió disculpas y me dijo que este sería el primer martes, desde que empezamos con la tradición de cocinar, en que no podríamos reunirnos. Así que no sé si cambió de lugar las cosas. ¡Pero no las encuentro! —le cuenta Miguel a David.

—¿Cómo? ¿No cocinaste con Amelia? ¡Pero si ella no me dijo nada sobre cancelar contigo! Y déjame recordarte que la razón por la que no estuve en casa es la salud de nuestro amigo Hugo. No sé si lo recuerdas: el abogado que nos ha salvado el trasero más de una vez, ese que es adicto al trabajo ¡y hace poco salió de una cirugía! —le contesta David en un tono que deja entrever que no está contento con la manera en que le ha reprochado su ausencia.

—David, ¡tranquilo! Bájale un toque a tu agresividad. Miguel solo te está comentando que no vino el martes —le dice Daniel a su amigo, que se mostraba demasiado aprensivo.

—Es que por el tono en que Miguel me habla. Me parece que me está juzgando por no haber estado acá esta semana. Por eso les recuerdo a los dos que mi ausencia no fue por opción, así que les agradecería a ti y, en especial, a Miguel que dejaran de una vez por todas ese tono reprobatorio conmigo. ¡No he estado de prostíbulo en prostíbulo! En mi tiempo libre he estado cuidando a nuestro amigo, ¡un amigo, si a esas vamos, a quien ninguno de ustedes dos ha tenido tiempo ni intenciones de visitar!

Los dos amigos no pueden replicar nada a esa acusación. Es cierto: desde que Hugo fue dado de alta del hospital, ni Miguel ni Daniel han sacado tiempo para visitarlo y ver cómo está.

—David, tienes toda la razón: no hemos estado muy acertados con Hugo… ¿Te ha dicho algo? —le preguntó Miguel, arrepentido de haber arremetido contra su amigo.

—No, pero tú sabes como es Hugo. Les recomiendo que vayan a visitarlo porque, además de estar enfermo, no ha podido trabajar, así que está bastante deprimido. Y si a eso le sumas las atenciones que ha recibido de tu esposa, está, además de todo, abrumado.

—¡Qué putada! Déjame lo llamo a ver cómo está —comenta Daniel sacando su celular para llamarlo.

—¡¡No!! Deja, que luego va a saber que yo les dije. Espera que pase la noche y lo llamas mañana, como quien ha estado hasta el cuello de trabajo pero está realmente interesado en su amigo —le dice David a Daniel, sabiendo que, si sospecha que él es la razón por la que lo llaman, Hugo se va a disgustar tanto con él como con sus amigos.

—Daniel, David tiene razón. ¡Creo que lo mejor es que mañana nos aparezcamos por allá con algo delicioso de comer! —le dice Miguel a Daniel, que está sintiéndose igual de culpable que él.

—¿Hay algo que no pueda comer? —le pregunta Daniel a David.

—Sí, ¡ninguna de estas porquerías que tenemos en la encimera! —bromea David en con sus dos amigos.

Estos, sin ganas de continuar hablando de su amigo enfermo, redireccionan la conversación hacia el tema que empieza a apremiarlos y preocuparlos. ¿Dónde están las cosas de su amiga? La ausencia de sus pertenencias les empezaba a molestar a ambos, que se miraron mutuamente en más de una ocasión con preocupación cómplice. Es Miguel quien decide continuar con el interrogatorio, pues ya ha visto que no solo los implementos de la cocina han desaparecido sino que también las cosas de la biblioteca ya no están y ya no hay materas decorando el balcón.

—David, volviendo a mi pregunta: ¿sabes en donde están los utensilios de cocina de Amelia?

La pregunta suena mucho más agresiva de lo que en realidad pretende Miguel, pero es que no ver las cosas de su pequeña lo está afectando mucho.

—Si no lo sabes tú, que eres su compañero de aventuras culinarias, ¡no sé quien pueda saberlo! Usualmente están en los cajones al lado del horno —le dice David en un tono bastante cansado, pues las preguntas de sus amigos están empezando a molestarlo.

—David, ¿por qué crees que te estoy preguntando? Porque, como su 'compañero de aventuras culinarias', ya busqué donde suele guardarlos, ¡y no están ahí! —le responde Miguel, más exasperado que antes.

—Miguel, no entiendo cómo es posible que vengas todos los domingos de partido a esta casa, me ayudes siempre a poner en la mesa las cosas que cocina Amelia, y hoy, ¡precisamente hoy!, día que marca el final de una semana desastrosa para mí, ¡una semana en que he dormido poco, no he visto a mi mujer y se me ha puesto cuesta arriba la enfermedad de uno nuestros amigos!, te hagas el imbécil y decidas no recordar en dónde está todo en esta casa.

—¡David! —le llama la atención Daniel.

—¿Sabes qué es lo que más me molesta? Que me estés preguntando por cosas que están en la cocina, en la misma cocina donde tú, para más inri, preparas con Amelia todos los martes lo que aprenden en la clase de los lunes.

—¡Mira, idiota! Conozco esta cocina mejor que tú porque no solo cocino en ella sino que también he acompañado a Amelia a comprar algunos de sus divertidos y muy monos implementos de cocina: las pinzas de manitas de Mickey, que no sirven para nada pero que ella se empeña en usar para no darnos la razón; las paletas de marranito para mezclar tortas, las cacerolas de huevos, los recipientes para poner y decorar los *cupcakes*... No fui con ella por las tazas de los *dips* porque esas las trajo cuando fue contigo a Turquía en el viaje que le regalaste. Algunas otras cosas de Disney las compró con su familia. Pero he estado presente en casi todas las compras. Por eso, con todo el conocimiento de causa que me acude, te digo que... ¡ahí no están! —afirma Miguel en un tono que le deja entrever a David que su actitud no le ha gustado.

Molesto, David se le acerca a Miguel y lo empuja para buscar "las cosas esas para poner la salsa que ellos llaman *dip*". Al principio, al no encontrarlas, pensó que su mujer había decidido reorganizar la cocina con su mejor amigo y flamante compañero de aventuras culinarias; pero ahora, viendo a Miguel tan perdido como él mismo, no puede evitar pensar: "¿Por qué, de todos los días de la semana y de todas las semanas del año, mi amada Amelia, has decidido abandonarme para ir de viaje con tus amigas justo en un día en que algún duende malvado ha decidido esconder todo en esta casa?".

—¿Cómo no van a estar si ella siempre organiza sus cosas para que no... se... las...?

David se detiene al ver que, en efecto, ni en un cajón ni en otro están "esas cositas de colores" que Amelia compró. Claro: no están en el lavaplatos, cosa que él ya ha dado por hecha, porque Amelia odia ese aparato, al que acusa de "asesino de pingüinos bebés". Según ella, esa máquina es el demonio, representado en desperdicio de agua. Es más: siempre que David quiere encenderlo, ella le dice: "Siento que, si lo prendemos, le estamos quitando a un osito polar un pedazo de hogar".

—¿Dónde están todas las cosas de Amelia? —reflexiona David caminando a la sala con las salsas en su empaque original, perdido en su propio hogar, espacio de que solo ahora empieza a detallar cada rincón: ¡parece ser que su novia ha desaparecido!

—Es una muy buena pregunta, una que me he estado haciendo desde que llegue a tu casa: ¿dónde están las cosas de Amelia? Porque hay que decir las cosas como son: la ausencia de los detalles de tu novia me hace pensar que ya no vive contigo —afirma Miguel, que ha salido de la cocina y ahora mira, incrédulo, las estanterías y la biblioteca, donde antes había miles de novelas históricas y revistas de sudoku.

Cada pasó que da le confirma que la casa está... está, bueno... las cosas como son: ¡está hecha una mierda como cuando David estaba soltero! Basta mirar la sala y el comedor para reconocer que los amigos se encuentran, sin duda alguna, en el apartamento de un soltero.

—Bueno, Miguel, ¡no es para tanto! Son solo las cosas de cocinar; aún están las cositas de la sala, sus cosas de baño, su ropa, sus libros, su música... A lo mejor simplemente las cambió de lugar y se le olvidó decírmelo —dice David más para sí mismo que para sus amigos.

—Si no es mucha molestia —interrumpe Daniel ese momento de tensión entre Miguel y David—, podríamos apostar a que sus cosas... ¡ya no están en el baño!

Daniel hace la afirmación con ese tono del que se las sabe todas que suele enervar a David y que ahora lo lleva al límite de lo que puede soportar.

—¡Mira, pedazo de imbécil! ¡A mí no me hables en ese tono de profesional de pacotilla! ¡Con gusto te apuesto lo que quieras a que es un malentendido!

—¿Me estás retando? —le pregunta Daniel aparentando una calma que está lejos de sentir porque, a diferencia de sus dos amigos, ya tiene la certeza de que Amelia se ha mudado.

—¡Pero por supuesto! ¿Qué quieres?

—Para empezar, que te desarmes. Entiendo que estés cansado, pero yo no vine a tu casa a que me faltes al respeto, y menos por una situación de la que el único responsable eres tú —le contesta Daniel en tono acusatorio aunque tranquilo.

—Discúlpame. Estoy muy cansado; siento que todo el peso de la semana se me vino encima de un solo golpe... Tienes razón. Y ahora, con esto de

Amelia y sus cosas; en fin… Regresemos a la apuesta: ¿qué quieres? —dice David tratando de recobrar la compostura.

—Para empezar, ¡que lo que pienso que está pasando no sea realidad! Pero, para quitarle un poco de hierro al asunto, dime: ¿qué habías pensado apostar cuando casi me arrancas la cabeza hace un segundo?

—¡Una ridiculez! Pensé que el que perdiera tendría que salir desnudo a la calle gritando que ama a Barney y quiere tener sus hijos —dice David.

—Bueno, David, no te pongas tan dramático, que hace rato que dejamos de ser estudiantes universitarios y ya no vivimos en un lugar estudiantil. Si hacemos lo dicho, lo más seguro es que alguna señora llame a la policía y nos lleven presos por exposición indecente y alteración del orden público; además, si soy yo el que deba correr desnudo, se creará un motín de mujeres que se desvivirán por cazarme y casarme. —Este comentario hace reír a sus amigos y distensiona un poco el ambiente—. Además, ¡tenía entendido que Barney era un macho!

Esto último lo agrega Daniel en un tono más calmado, con intenciones de sacarle a David al menos una sonrisa porque sabe que lo pasará a continuación no va a ser bonito y va a desatar una serie de acontecimientos dolorosos para su mejor amigo.

Una vez que los tres amigos llegan al baño, Daniel le señala a David todos los espacios donde deben estar las cosas de Amelia, que brillan por su ausencia: no está el botiquín con ayuda del cual Miguel le curó la mano a Amelia, no están las fragancias de cerezo y canela que Amelia atomiza por todo el apartamento y, para mayor preocupación, ¡no están sus cremas y perfumes! De ahí que Daniel, en un tono bastante menos relajado de lo que pretendía, le diga a su amigo:

—Si eres tan amable de mostrarnos dónde están las cosas de Amelia para que podamos regresar al tema que nos trae acá y que seguro ya empezó…

Se refiere al partido de fútbol que se está desarrollando en la televisión y que, por cierto, involucra al equipo favorito de Daniel y Amelia, que, en una de esas revelaciones con que suele dejar a todos los hombres con la boca abierta, no solo se declaró amante del fútbol americano sino que además les demostró a todos los amigos que tiene un amplio conocimiento del asunto y un gusto impecable, pues se declaró —como Daniel— seguidora de los *49ers* de San Francisco.

La revelación vino cuando habían pasado más de tres domingos desde que Amelia se hubiera mudado y los muchachos compartieran con ella su santuario y sus rituales. El juego entre los *49ers* de San Francisco y los *Patriots* de Nueva Inglaterra se desarrollaba en la televisión; justo cuando el *quarterback* se preparaba para hacerle un pase al recibidor, la defensa de los *Patriots* lo tumbó, y la jugada terminó en un pase incompleto. En ese momento, Amelia empezó a gritarle improperios al *quarterback*.

—¡Eran diez yardas, solo diez yardas, las que tenías que correr desde la línea de *scrimmage*! ¡No entiendo cómo se te ocurrió lanzar ese pase, conociendo la defensa de los *Patriots*!

—¡Disculpa!, ¿tú sabes de fútbol? —le preguntó Daniel, muy extrañado; más aún porque, al parecer, compartían su admiración por el mismo equipo.

—¡Por supuesto! Me encantan la estrategia, la fuerza física, la importancia de tomar la decisión adecuada en cuestión de segundos… Son muchas las cosas que intervienen en cada jugada. Lo he amado desde que tuve la oportunidad de leer un libro sobre el tema y luego, al ver la teoría puesta en acción, me encantó —dijo Amelia tomando un poco de su limonada con cerezas.

—¡Peque!, no tenía ni idea. Pensé que nos acompañabas por buena anfitriona. De hecho creí que era uno de esos compromisos tácitos que hacen las parejas de apoyarse en ciertas cosas así no las compartan —le dijo David, muy emocionado, a su mujer.

Esta no solo era una persona maravillosa, sino que ambos acababan de encontrar otra cosa que compartían. ¡Lástima que ella no tuviera el buen gusto de ser de los *Patriots*! No por nada habían ganado cinco *Superbowls* y diez campeonatos de conferencia.

—¡Lo adoro! No tenía mucha idea de por qué a ustedes les gusta. Pero para mí fue un alivio saber que no tendría que someterme a noventa minutos de fútbol o, mejor dicho, *soccer*.

—No, la verdad, nuestra afición fue algo que comenzó con Miguel, a quien, por su tamaño, no lo dejaban entrar a otro deporte. Cuando pasó el tiempo, pensamos que sería una buena excusa para reunirnos, no perder contacto y disfrutar juntos de algo a lo que ya le habíamos cogido el gusto —le explicó Daniel a su "nueva mejor amiga".

—¡Pues me encanta, aunque siempre sufro cuando los *49ers* están en la cancha!

—¡Mi vida!, ¿por qué?, ¿por qué?, ¿por qué? Siempre has mostrado tener un gusto impecable para todo: ¿no es posible que entres en razón y redirecciones toda esa energía y apoyo hacia un equipo que hoy por hoy sí gana partidos? —le dijo David con ojos suplicantes.

—A ver, mi adorado amorcito: tú sabes que tengo un gusto impecable. ¡Por eso soy y seré siempre seguidora de los *49ers*! —le dijo Amelia a su novio antes de darle un besito en la nariz.

—¡Así se habla, Amelia! ¡Ven para acá y siéntate con los que sabemos de fútbol! —le dijo Daniel abriéndole un espacio en el sofá que ocupaba.

—¿Sabemos de fútbol…? ¿Será que ya morí, y reencarné en un mundo donde no somos uno de los equipos que más ha ganado el *Superbowl*? —dijo David agarrando a Amelia de la mano e impidiéndole pasarse al sofá del equipo "perdedor".

—Amorcito, no digas nada que me moleste, y déjame decirte que el hecho de que estemos pasando por un mal momento no significa que no seamos los mejores. ¡De hecho, hemos ganado el mismo número de Superbowls: 1982, 1985, 1989, 1990 y 1995!

—Amelia, ¡éramos unos cigotos cuando eso sucedió! Pero claro que puedo entender que te apasione ese equipo en particular: ¡no por nada eres una excelente historiadora! —le dijo su novio con una sonrisa que se borró cuando ella, en un ataque poco característico de rabia, le tiró una manotada de palomitas de maíz para callarlo. Cuando David se disponía a responderle con las respectivas municiones, Hugo intervino, antes de que dejaran la casa hecha una pena, diciendo:

—¡Haya paz, amigos míos, que no quiero pasar el resto de la noche limpiando comida del piso!

Mientras regresa a un presente en que su "compañera de equipo" no se encuentra, Daniel cae en la cuenta de que el partido que se está jugando es justamente uno de los que más les hacía ilusión compartir a Amelia y a él: el que determinaría si los *49ers* jugarían en el *Superbowl* o si serían los *Dallas Cowboys* quienes se enfrentarían a los *Patriots*. Ahora no solo no tenía la compañía de su amiga sino que, además, no estaba viendo el triunfo de su equipo favorito por estar buscando el "arca perdida" de Amelia.

Una vez reconoce que las cosas de su mujer no están donde ella suele guardarlas, David empieza a esculcar por todo el baño con el fin de encontrar las cremas y demás cosas de su novia, quien, para rematar, está de paseo con las parejas de los mismos amigos que en este momento lo miran con cara de sorpresa.

—¿Dónde están todas las cremas, la de los ojos, la del cuello y la que la hace oler todo el tiempo a cerezo?, ¿los perfumes y demás adminículos usados en, según ella 'su perfeccionamiento'? —dice David, angustiado, apoyándose en el mueble de baño blanco con cajones cuadrados que ella cambió al mes de mudarse.

—¿Te estás preguntando dónde está toda la 'mierda' que usa Amelia para 'perfeccionarse'? —le pregunta Daniel levantando una ceja.

—¡La madre que me parió…! ¿Dónde están las cosas de Amelia? —dice David mirando fijo a Miguel como buscando algún tipo de explicación en los ojos de su amigo.

—¿Has visto ese cajonero encima del cual hay muchas revistas, el que está al lado del inodoro? —dice Daniel avanzando hacia el cajonero y empujando a David ligeramente pero con toda la intención de fastidiarlo un poco.

—Sí, tiene una cantidad de revistas de moda y sudokus. La verdad, nada que me interese… ¿Es posible que te concentres un minuto en lo que te hablo, Daniel?

Es obvio que David está molesto por el empujón y el tono de sabelotodo de su amigo.

—¡Eso hago, David! Es más: si prestaras atención a lo que te digo, ya habrías descubierto el misterio que te tiene tan desconcertado y, la verdad, a estas alturas, muy alterado. —Al ver que David va a replicarle, Daniel se adelanta—: ¡Na, na, na...! Déjame hablar. —Daniel corre las revisas que cubren la puerta superior del cajonero y continúa hablando—. Esto, como puedes ver, no es un revistero: es el mueble en donde Amelia ha guardado todas sus cosas de belleza desde el día en que le dijiste que estaba invadiendo tu espacio, ¡hace mes y medio aproximadamente!

—¿¿Cómo?? ¡Yo NUNCA le diría eso a mi pequeña! Pero, por amor al arte, ¿de dónde sacas eso?

—¡Para, por favor!... —le dice Daniel a David—. ¿Recuerdas el domingo en que fuimos al mercado de las pulgas, cuyo tema central eran la jardinería y las cosas para la sala? —Al parecer, el único que recuerda ese día es Daniel, y eso porque aquella tarde tuvo que consolar a Amelia del dolor que le habían ocasionado las palabras de su amigo—. ¡A ver, un poco de ayuda de parte de los dos! Estoy hablando del mercado al que vamos a comer pizza artesanal y dulces caseros, el que cada semana improvisa un nuevo tema para atraer nuevos consumidores y apoyar pequeños vendedores.

—Ya sé de cual mercado hablamos. Lo que no recuerdo o no entiendo es qué tiene que ver con lo que está pasando —dice Miguel, que recuerda el mercado porque fue su esposa la que se lo presentó a los amigos.

—¡Todo!, porque fue en ese mercado en donde, creo, empezó toda esta locura.

—¿Puedes explicarte mejor? ¡No joda, no me siento bien! Necesito sentarme —dice David, mareado por la situación que está viviendo.

—Ven, vamos a sentarnos en tu cuarto —le dice Miguel ayudándolo a caminar hacia la cama—. Ahora sí. Nos estabas contando...

—Ese día estaba dedicado al bricolaje y a la jardinería. Tu mujer se enamoró de unas cositas para sus flores, además de alguna que otra cosa para decorar la casa... —Al ver que los dos amigos siguen perdidos, Daniel les pregunta—: ¿Nada? ¡Por amor al arte!, ¿y se supone que soy yo el que no se acuerda de nada y se distrae con cualquier cosa?

—No con cualquier cosa: por lo general, ¡es un par de tetas lo que te llama la atención! —le dice Miguel a Daniel con intenciones de relajar un poco el ambiente.

Pero, al ver que no habrá chiste alguno que pueda hacerlos sentir mejor, levanta la mano y le hace un gesto a Daniel para que continúe con lo que está contando.

—A ver, ese día fuimos a almorzar a una pizzería cerca del lugar, a esa que tanto le gusta a Gabriela por la variedad de producto artesanal.

—Ya sé cual. Gabriela adora la pizza de manzana con queso azul, que usualmente comparte con Amelia porque, la verdad a mí me puede eso del dulce con los alimentos que deben saber a sal.

—Disculpa, ¿estamos teniendo problemas en concentrarnos? —le pregunta David a Miguel en tono condescendiente.

—¡No, no! Disculpa... Es que me encuentro algo inquieto —aclara Miguel.

Ambos amigos lo conocen hace muchos años y saben que esa es su forma usual de afrontar algo que le duele: evadiéndose por los detalles, tratando de no abordar en un principio el tema que sabe que no puede controlar.

Una vez que confirma que sus amigos recuerdan ese almuerzo, Daniel continúa:

—En mitad de la comida, ella te insinuó que le encantaría comprar las cosas esas; creo que eran unas bases para poner sus orquídeas de manera que les diera más la luz y se pudieran admirar desde la calle, no estoy seguro. De lo que sí estoy seguro es de que esas orquídeas ya no están en tu casa, y percibo, por la cara de extrañeza que acabas de poner, que no habías notado su ausencia.

—¿No están? ¡Espera! ¿Cómo que ya no están en la casa, si son sus 'bebés'? —dice David, cada vez más preocupado: ¡Amelia no dejaría sus orquídeas en cualquier parte!

—No, ya no están en tu mesa de centro sino en mi oficina del club, donde ya no se permite fumar —le dice Daniel.

—¿Y qué hacen allá, si puede saberse? —pregunta David, prevenido ante lo que su amigo le cuenta.

—¿Recuerdas la reacción que tuviste cuando Amelia te preguntó si podían comprar las cosas que ella había visto? —le pregunta Daniel con intenciones de encauzar la conversación hacia lo realmente importante, que no es por qué es él quien tiene las orquídeas de Amelia sino en dónde y por qué todas las cosas de ella ya no están en el apartamento que "compartía" con David.

—¡Sí, claro! Le dije que para que más cosas...

—No, amigo mío. Le dijiste, y te cito textualmente:

"—¡Tus cosas han estado invadiendo toda la casa desde que llegaste! Es como que no puedo caminar un paso sin tropezarme con alguna cosa tuya.

—Pero ¿qué cosas dices? ¡Yo no dije algo así! —responde David, seguro de que su amigo tergiversa sus palabras.

—¡David, espera!, ¡ya lo recuerdo! De hecho, recuerdo todo el episodio: tú diciendo que, en efecto, siempre que dabas un paso te encontrabas con alguna cosa de Amelia, la cara que ella puso y la ira que le dio a mi mujer. ¿Sabes por qué recuerdo todo?

—No. ¿Por...? —pregunta David.

—Porque tuve que aguantarme a Gabriela diciéndome lo desacertado que había sido tu comentario y lo mucho que había afectado a Amelia y afirmando que, así ella hubiera tratado de disimular el dolor, todos habíamos podido percibir el daño que le habías hecho —le dice Miguel a David, recordando lo que Gabriela le había dicho ese día en el carro, una vez se alejaron de sus amigos:

—¡Es que a veces no sé muy bien por qué compartimos espacio y aire con ese pendejo!

—¡Gabi, mi vida!, yo no vi que Amelia se haya sentido herida.

—Mira, Miguel: ¡no me busques, que tú sabes que tengo la mecha corta y estoy, del mal genio, que mato a alguien! Así que hoy no me busques porque te juro que me vas a encontrar.

—¡Mi vida, no la cojas conmigo! Tú sabes cuánto quiero a Amelia y lo mucho que disfruto de las cosas que David criticó hoy en el almuerzo.

—¡Como si fueran hongos, va a decirle que se tropieza con sus cosas! ¡Si es por Amelia que ya no nos tropezamos con el desorden de David…! Es por ella que ese apartamento se ha vuelto un hogar —dijo Gabriela apretando las manos con tanta fuerza que tenía amoratados los dedos.

—Yo sé, mi vida: no me tienes que convencer a mí. Te pido que bajes un poco la guardia. Te garantizo que David no tenía la intención de lastimar a Amelia: él la adora, y estoy más que seguro de que fue solo una frase desafortunada.

—Miguel, David debe agradecer que yo no estuviera sentada a su lado, porque, de lo contrario, le habría dejado en las piernas una cicatriz que jamás olvidaría, ¡un recuerdo de que no debe meterse con mi amiga, mi pequeña historiadora! Es que ella es más una arqueóloga. Cada cosa que ha puesto en ese apartamento es un tesoro, cada objeto tiene un significado que lo hace invaluable. ¡Uy! Es que recuerdo la mirada dolida de mi pequeña y me llevan los mil demonios. ¿Cómo es posible que se haya metido con 'mi pequeña'? —dijo Gabriela golpeando la guantera por la frustración que le producía toda la situación.

—Vida, sabes que Amelia es un poco más alta que tú, ¿verdad?

En el momento en que pronunció esas palabras, Miguel supo, sin lugar a dudas, que había metido la pata hasta el fondo, y lo confirmó en el momento en el que su esposa le clavó las uñas en la pierna.

—Agradece que eres mi esposo, con quien pretendo tener panditas, porque, si no, ¡ya estarías castrado y me estaría comiendo tus testículos!

"Ahora, mi esposo adorado, ¿tienes algún otro chistecito, o podemos seguir difamando al médico de pacotilla amigo tuyo? ¡Es que aún me sorprende que haya sido precisamente él el espermatozoide ganador!

—¡Claro que sí, vida! Discúlpame; estoy un poco contrariado. ¿Sería posible que aflojes el agarre? Creo que me va a sangrar la rodilla —le rogó Miguel a su esposa deteniéndose ante una luz roja, mirándola a la cara con compasión.

—¡Claro que sí, mi vida! Espero que hayas aprendido la lección y no tengamos que volver a pasar por un episodio tan bochornoso como este —le enfatizó Gabriela a su esposo antes de acercársele y darle un besito en la nariz.

—¡Lección aprendida, mi amor! ¿Qué me decías de David? —continúo Miguel con el tema porque conocía a su esposa y sabía que no podría relajarse si no se desahogaba de todo lo que estaba pensando.

—Es que no entiendo cómo pudo ser tan desconsiderado, si es Amelia la que ha hecho de esa miseria de apartamento el mejor lugar del planeta... después de nuestro hogar, ¡claro está!

Miguel iba callado, esperando a que su esposa quedara a gusto, cuando de pronto la notó más calmada pero, aparentemente, mucho más preocupada que antes.

—Gabi, me preocupa cuando te quedas así de callada. ¿Pasa algo?

—Estaba pensando, mi panda: ¿y si Amelia no es capaz de superar lo que David le dijo?

—¿A qué te refieres?

—Puede que tu atrofiado amigo no tuviera la intención de herirla, y, si soy sincera, una vez me ha pasado el mal genio no creo que le hiciera ese comentario con intenciones de lastimarla o corregir algún tipo de comportamiento; pero, por la mirada herida de Amelia, creo que ella sí lo tomó así, y me preocupa...

Cuando Gabriela quedó en silencio unos segundos, Miguel recordó la mirada herida de Amelia y lo rápido que ella había tratado de camuflar con una sonrisa que no le llegó a los ojos el daño que le habían hecho las palabras de su amigo.

—Gabi, ¿crees que Amelia haga algo? A lo mejor estamos sacando todo de proporción, y mañana en la noche, cuando acabe el turno de David, todo quede olvidado al sabor de un buen sexo.

—¡Eso espero, mi panda, eso espero! Porque de lo contrario... Mejor no hablemos de esto, que me deprimo y me da hasta susto.

La conversación terminó ahí, pero, al parecer, su esposa no había estado muy desencaminada, de acuerdo a lo que estaban viviendo hoy en el apartamento de David.

—Pero como no me dijeron alguna cosa... Es que no me fijé; es decir, no quería insinuar que ella...

Con estas palabras Miguel regresa al presente, uno en que está en aprietos David, uno de sus mejores amigos, la persona con quien ha compartido los buenos y los malos momentos que se le han presentado en la vida y quien, además de acompañarlo, lo ha apoyado y en muchas ocasiones ha sido quien le ha brindado ayuda para sortear diversas vicisitudes. Como el año en que le embargaron todas sus cuentas por culpa de un mal negocio, y fue precisamente David quien se ofreció a hacerle un préstamo para que pudiera salir de sus problemas económicos, sin importar que él mismo quedara realmente endeudado. O como cuando su hermano Fernando, el mayor de su familia, había estado enfermo de un tumor en el estómago, y David, además de ayudarle de manera muy solícita a conseguir habitación, sala de cirugía y los mejores cirujanos para el procedimiento, no se separó de Miguel durante todo el procedimiento. Ese ser humano al que consideraba su hermano está a punto de perder lo más importante de su vida: el amor de la única mujer a quien ha amado. Mientras reflexiona, Miguel oye que Daniel continúa explicándose.

—David, Amelia acusó el golpe con una sonrisa. Pero ese día, una vez nos separamos y tú te fuiste de guardia al hospital, me llamó y me pidió que nos viéramos. Yo no podía dejar el bar porque era día de inventarios, y tú sabes lo importante que es para mí supervisar que nada se pierda, por lo que ella llegó allá, hecha un mar de lágrimas.

Daniel recuerda la impresión que le dio ver a su amiga llorando destrozada.

—¡Corazón!, pero ¿qué te pasó, si estabas bien hace una hora? —le dijo él al verla entrar con los ojos hinchados, la nariz roja y varios lagrimones escurriéndosele por los cachetes.

—¡Dani!... tú... tú...

Estaba tan afectada que no podía articular palabra, por lo que, entendiendo que su amiga necesitaba de toda su atención y que no había forma en que él pudiese concentrarse en algo que no fuera la tristeza de esa "pequeña", le pidió a Manuel, su mejor barman y su mano derecha, que se hiciera cargo del inventario: ya él lo revisaría todo más tarde. Subió con Amelia a su oficina, la sentó en uno de los sofás y la abrazó, dejándola llorar hasta que se desahogó por completo. Luego de llorar más de una hora —cosa que impresionó bastante a Daniel, pues era la primera vez que veía a alguien llorar hasta quedarse sin lágrimas—, Amelia se recompuso y le dijo:

—Dani, ¡qué pena involucrarte en algo tan personal y que está relacionado con tu mejor amigo! Pero es precisamente por eso que acudo a tu lado: primero, porque no quiero que mis amigas me vean así y se resientan con David y, segundo, porque tú lo conoces y eres la mejor persona para esta misión.

—Mi pitufa, tú sabes que cuentas con mi apoyo. Cuando llegaste a la vida de David, no solo te uniste a una pareja sino que, además, ganaste nuevos amigos; así que no te preocupes: sabes que, si te puedo ayudar, no lo dudaré ni un minuto. Además me parece muy noble de tu parte no querer ensuciar la imagen que tienen tus amigas del pendejo de mi amigo, ¡porque me imagino que es por lo que te dijo en el almuerzo que estás así! —le dijo Daniel a Amelia.

—¿Cómo supiste? —le preguntó Amelia, al borde de un nuevo ataque de lágrimas.

—¡No, no, no, mi Amelia divina! Creo que ya agotaste todo el cupo de lágrimas: el tuyo, el mío y el de todo el bar. ¡Alegra esa cara, que ahora parece que tienes el sombrero de papá pitufo como nariz! —Ese comentario la hizo sonreír, por lo que Daniel continuó—: A ver, ¡no hay que ser una lumbrera para reconocer que el comentario estuvo muy salido de tono!

—Pero es que no es lo que dijo... ¡sino lo que significa! —gimió Amelia mientras las lágrimas le escurrían de manera incontrolable por los cachetes.

—¡Espera, Amelia! No saques conclusiones apresuradas. No niego que el comentario fue cruel, y creo que, aunque te empeñaste en ocultarlo, para todos fue más que evidente que te había herido en el alma. Es más: ¡apostaría mi bar con todo el nuevo inventario a que Gabriela le está reventando los oídos a Miguel por el hijo de puta de su amigo!

—¡¡Dani!! —le reprendió Amelia de manera categórica las malas palabras.

Era bueno saber que, hasta en los momentos más tristes, Amelia sacaba y ponía en acción siempre a la señorita educada.

—Vida, ¡es que fue una putada lo que dijo! Si quieres, también te apuesto a que Hugo se va a vengar más adelante de lo que te dijo David.

No estaba nada desencaminado: el lunes siguiente, David se quedó sin enfermeras y se vio obligado a recoger los patos, cambiar los pañales, limpiar el vómito y ejecutar los demás oficios de las enfermeras, no solo para sus pacientes sino para el piso de urgencias, ¡todo gracias al favor que se cobró Hugo!

—Dani, yo no quiero agobiarlo: no sabía que estaba incomodándolo —le dijo Amelia tratando de recomponerse a duras penas y secándose los ojos con un pañuelo rosa.

—Pequeña, ven: acá está el baño. Lávate un poquito la cara, y ya seguimos.

Daniel necesitaba un minuto para él. Aunque no le gustaba admitirlo, era un sentimental incurable: las lágrimas de Amelia estaban haciendo mella en su autocontrol, y ya estaba apunto de... ¡o romperle la cara a su amigo o ponerse a llorar con ella!

—¿Me estás insinuando que me veo como un desastre?

—No te lo insinúo: ¡te lo digo directamente!

—Eres consciente de que Gabriela es más pequeña que yo, ¿verdad?

—Sí, pero también más peligrosa, y, la verdad, le tengo mucho cariño a mi pene, ¡por lo que prefiero mantenerme en buenos términos con ella! —le dijo Daniel a Amelia mientras la guiaba al baño y encontraba una forma de ayudar a David a salir del abismo en que se había metido sin darse cuenta.

Era consciente de que las palabras dichas en un momento de indiscreción y frustración por algo que no estaba relacionado con ella le estaban destrozando el alma a Amelia, y si él no lograba manejar la situación de la mejor manera, eso podría marcar el principio del fin de la relación de David con la mujer a quien amaba. Pasaron algunos momentos antes de que Amelia saliera del baño y, aunque aún lucía "rojita", de alguna manera la historiadora había logrado recomponerse y verse igual de hermosa y tierna que siempre.

—¡Creo que ya no parezco salida del infierno del *Paraíso perdido* con ilustraciones de Doré!

—¡Me fascina que me hables en 'artístico'! Creo que ya te lo había dicho —le dijo Daniel a Amelia, no solo porque sabía que ella necesitaba que la reconfortaran sino también porque era verdad: él era un apasionado por el arte.

De hecho, esa había sido su primera carrera. Pero todos sus amigos se habían decantado por las ciencias exactas y lo habían dejado solo con las humanidades, la historia y la apreciación artística. Por eso, la llegada de Amelia le supuso no tener que realizar a solas los planes que involucraban las manifestaciones culturales ni tener que obligar, sobornar o rogarles a sus amigos que lo acompañaran.

—Yo también me siento encantada de poder disfrutar contigo de los planes artísticos. De hecho, antes de que lo olvide, Ariadna va a exponer su nueva muestra artística, y me encantaría ir contigo.

—¡Ah, no! ¡Eso sí que no! Ella es tu amiga… ¿La amante del romanticismo negro?

—¡Puedes dejarle un espacio!

—¡Ni medio! ¡Aún no puedo creer que fuera capaz de decir que, después de Doré, el arte del dibujo se había muerto!

—No puedo creer que todavía le tengas en cuenta ese comentario: ¡seguro que ya ni lo recuerda!

—¡Pero que si estoy seguro de que lo hizo con toda la intención! Ella sabe que soy historiador del arte: ¿cómo me vas a decir que lo dijo sin pensar?

—¿Y qué pasa si 'para ella' está muerto?

—¡Amelia, no me hagas emputar! Mira que tú no estás para mucho baile; así que mejor dejémoslo así —le dijo él con intenciones de terminar el debate con su deliciosa pero enervante amiga.

—Pero ¿qué es lo que te ofende? —le preguntó ella regresando al sofá donde Daniel la había consolado.

—Vida, es que borrar con un comentario la obra de Goya, Gillray y Cruikshank, entre otros, es algo que no le puedo perdonar. Y sigo pensando que es una pendeja pretenciosa, ¡la hija del demonio! —le dijo Daniel a Amelia, realmente molesto por la mención de su "fastidiosa" amiga.

—Cruiks… ¿qué? Perdona. Creo que es la primera vez que lo oigo nombrar —reconoció ella con humildad.

—George Cruikshank fue un dibujante y caricaturista inglés. Se destacó en la caricatura política y social, aunque también puedes ver su obra en algunos libros de Dickens, a quien le ilustró varios trabajos. ¡El más famoso de todos es *Oliver Twist*!

—¡De verdad que no sabía! ¿Tienes, de casualidad, algo de su obra? Me gustaría revisarla.

—¡Por eso te quiero, mi pequeña curiosa! ¡Pero por supuesto! Este fin de semana busco mi ejemplar y te lo muestro. Como dato curioso de su vida puedo contarte que, en el bicentenario de su nacimiento, se reveló que, a pesar de no haber tenido hijos en sus dos matrimonios, había tenido... ¡once hijos con su asistenta!, a quien había instalado en una casa cercana.

—¡Un mujeriego! No me extraña que te sientas particularmente identificado con él.

—Amelia, eso no tiene... —Cuando vio que ella se estaba burlando de él, lo dejó pasar porque era preferible a que ella siguiera tan triste—. Bueno, ¿me decías que la señorita pedante intelectual tiene una obra de...?

—Está muy nerviosa porque es su segunda muestra y, como le fue tan bien en la primera, no está segura de si su trabajo ha logrado mantener la misma calidad y la misma capacidad de afectar a su público. Me gustaría, ¡si prometes portarte bien!, que me acompañaras a su estreno —le dijo Amelia a Daniel, que, si bien no lo había admitido ante nadie, ni siquiera ante su novia, estaba muy impresionado con Ariadna, pues había sido de las pocas mujeres, aparte de Amelia, que había podido seguirles el ritmo a sus conversaciones artísticas.

Si era la hija del demonio, este minotauro había encontrado el amor en Ariadna, aunque Amelia esperaba que, en ese caso, la historia tuviera un final feliz.

—¡Ya veo por donde van los tiros! ¡No juegues con fuego, Amelia, que la que se va a chamuscar es tu mejor amiga, y luego David termina cortándome los huevos! —En el instante en que Daniel mencionó el nombre de su ex, Amelia y él recordaron por qué ella estaba en su bar y él no estaba haciendo el inventario. Leyéndole la mente, Daniel se acercó rápido al sofá, la abrazó y le dijo—: ¡Te juro, Amelia, que David no quiso decir que le estorbaras! ¡Por favor, pequeña, no llores, que, si en principio no puedo con mujeres llorando, verdaderamente me destroza que tú lo hagas porque sé que lo haces porque te duele el corazón! Si quieres, salgo con tu amiga... ¡y hasta le compro un cuadro o una escultura! Pero no llores, ¡por favor!

Amelia sentía las lágrimas que querían salir de sus ojos pero, al oír la angustia de su amigo, echó mano de todo el aplomo que le quedaba y procedió a pedirle el favor por el que había acudido al bar.

—Aparte de a arruinar tu hermosa camisa con mis lágrimas, también he venido porque necesito pedirte dos favores.

—¡Pero por supuesto! Si está en mi poder hacerlos, ten por seguro que los haré.

—Primero, ¿podrías tener mis...? ¿Es posible que me acompañes a comprar un mueble donde poner mis cosas sin que David las vea?

—¿Cómo? —le dijo Daniel, confundido ante el cambio de tema.

—Sí, es que… bueno, ya sé que no me queda mucho tiempo con David, porque ¡pues aceptémoslo!… —en ese momento se le fue la voz a Amelia por el sufrimiento que le causaba sentir que su pareja, el hombre con el que se había imaginado recorriendo el resto de su vida, ya no la quisiera a ella en la suya— falta poco para que no solo sean mis cosas las que le estorben.

—Amelia, ¡te juro, vida, que eso no fue lo que Da…! —alcanzó a decir Daniel antes de ser interrumpido por Amelia.

Ella le puso un dedo en la boca y le dijo:

—¡Por favor, Daniel! Si quieres ser mi amigo, no me digas más. Solo acompáñame a encontrar un mueble donde esconder mis cosas, algo que no le moleste a David, un mueble donde yo pueda meter mis cremitas.

—¿Cremitas? Amelia, se te olvida que he viajado contigo a otras ciudades y conozco todo tu arsenal.

Amelia lo golpeó en el hombro y continuó:

—La idea es que sea un mueble en donde pueda poner mis cosas con la certeza de que no lo note David. Lo más importante es que no le vaya a molestar.

—Amelia, ¿por qué no lo hablas con David? —le preguntó Daniel sabiendo que, cuando su amigo se enterara de lo que su indiscreción había creado en su mujer, él se iba a arrepentir y le iba a costar muy caro recuperar la confianza de Amelia.

—¡Por favor, Daniel, solo ven conmigo!

—Pero ¡qué bobada! Sus cosas no me molestan. De hecho, la mayoría de ellas me divierten —dice David, sacando de la ensoñación a Daniel, que no puede evitar refutarle a su amigo lo anterior.

—David, eso no me lo tienes que decir a mí: es algo que no le has hecho sentir a tu mujer.

—Yo… yo no sabía… ¿Cómo no me dijiste? —le pregunta David a su mejor amigo, sintiéndose algo traicionado por alguien a quien siempre ha considerado su hermano.

—David, te juro que al principio no pensé que fuera algo serio, aunque debo admitir que me preocupé un poco cuando, más tarde ese día, regresó al bar y me rogó que la dejara tener a sus 'bebés' allá.

—¡Daniel, te están buscando!, ¡una hermosa flor que trae otras flores hermosas con ella! —le gritó Manuel desde la barra mientras le guiñaba un ojo a Amelia, que venía cargada de varias orquídeas que llevaba en las manos.

—¿Quieres que te ayude con algo, preciosa? ¿Por qué ya no vienes a visitarme como antes? —le dijo Manuel a la amiga de su jefe, esa preciosa mujer que siempre le había fascinado y que, para su mala suerte, resultó ser la novia del mejor amigo de Daniel.

—¡No te atrevas a acercarte a ella, Manuel! Eres mi mejor empleado, ¡y no quiero que David me obligue a echarte con indemnización!

—Amelia, ¡por amor al arte y todo lo divino!, no me digas que ya te estás mudando de la casa por lo de esta tarde.

—No, no, Daniel. Ya sabes cuál es mi postura. ¡Pero sí necesito empezar a reducir la cantidad de cosas que tengo en la casa de David!

—A ver, ¡vamos por partes! —le dijo Daniel a su amiga, alejándola de donde estaba Manuel: conocía la obsesión de este por la novia de su amigo, y lo último que le podía ocurrir ese día era perder a un empleado excelente porque este se entrometiera en una situación que, ya de por sí, es complicada y muy delicada—. ¿Qué haces con esas orquídeas que, si no estoy mal, estaban en la mesa de centro de tu casa?

—¡Así que no es cierto! —Al ver la cara de confusión de Daniel, ella aclara—: Tú no eres despistado, solo aparentas serlo. La pregunta es: ¿para qué?

—¡Ah, no! Si piensas que me vas a distraer para no contarme lo que está pasando, eso no va a pasar.

"Así que me hago el despistado porque no me gusta que me jodan con encargos culos ni que empiecen a llamarme para que les recuerde alguna...

—¡Para! ¡Ni una grosería más! —le dijo Amelia en un tono de reproche que le abrió la puerta a Daniel para acorralarla y obligarla a confesar qué está pasando por esa cabeza.

—Si no quieres una grosería más, me vas a contar qué estás haciendo a esta hora en mi club, justo cuando va a empezar la fiesta... ¡y llena de flores, para más inri!

—¡Eres...!

—¡Neee, dime ya!

—Bueno, es que cuando te fuiste del apartamento me puse a pensar cómo me podía hacer un poco más liviana para David, por lo que se me ocurrió que si tal vez desocupo el apartamento de David de mis cosas...

—¡Es el apartamento de los dos, el hogar que has construido para los dos!

—Bueno, ¡lo que sea!

—¡No, Amelia! Por favor, ¡mírame a la cara! —En el momento en que ella levanta la cara, él continúa—: Tienes que entender que, aunque el de David fue un comentario muy desafortunado, ese apartamento es el hogar de los dos, ¡y tú tienes el mismo derecho que David de poner lo que te venga en gana en él!

—¡Daniel, por favor, ha sido un día muy largo, no he hecho más que llorar y me siento realmente herida! ¿Es posible que me oigas y me ayudes?

Al verla de veras destrozada, Daniel supo que la única persona que podría enmendar las consecuencias de su comentario de la tarde sería el mismo David. Supo, además, que su deber como amigo de esa "pequeña" era apoyarla en lo que fuera que estuviera haciendo, así él no estuviera de acuerdo, porque le debía mucho, y ella había demostrado ser una verdadera amiga cuando, sin que ninguno de los amigos lo supiera, lo había ayudado a cumplir un sueño de toda la vida: le consiguió la vacante en la curaduría del Museo de Arte Moderno.

—Vida, cuéntame en qué puedo ayudarte o, mejor, qué puedo hacer para que esa herida duela menos.

—¿Puedo traer acá a mis bebés? Es decir, yo las dejo en tu oficina… ¡y ya está! Te van a decorar la oficina; además, ¡te hacen compañía!

—¡Ah, no! ¡Eso sí que no, Amelia! Esto es un club. Lo sabes, ¿verdad? Acá se toma, en la oficina se fuma y, bueno, por compañía no te preocupes, que a mí no me falta. —Cuando vio que Amelia se ponía de pie, más herida si era posible, con sus orquídeas y se disponía a salir con ellas a buscarles otro hogar, no pudo aguantarse—: ¡Amelia, espera! A ver: ¿dónde quieres ponerlas?

Más se demoró Daniel en decirle eso que ella en acercarse y abrazarlo como una osa. Le puso una en cada rincón, no sin antes recordarle que desde ese momento quedaba prohibido fumar allí y que ella iría a sumergirlas en agua los sábados.

—Dani, es importante que, aunque yo venga los sábados a sumergirlas en agua, me ayudes sacándolas del agua los lunes. Si no lo haces, pueden ahogarse y morir.

—¿Acabas de decir que se pueden ahogar?

Justo cuando Daniel iba a hacer un chiste de mal gusto, Amelia le dio un tremendo pellizco en el brazo que lo mandó callar.

—Perdona. ¿Acabas de decir que Amelia va a tu bar a sumergir las orquídeas todos los sábados? —le pregunta David, regresándolo a un presente en que solo ahora se pone al tanto de todo lo que ha estado pasando en su hogar.

—Sí, eso te he dicho. Ella lo hace de manera semanal, cuando tú piensas que sale a correr. Y también te dije que yo debo sacarlas del agua cada lunes por la mañana para que, según ella, no se ahoguen porque, al parecer… ¡las orquídeas no saben nadar! —Al ver que ha estado divagando y logrando que David pierda la poca paciencia que parece tener, Daniel decide concretar sus ideas y dice—: El caso es que, como la vi tan alterada, de nuevo le rogué que te dijera esas cosas y le juré que seguro tú no habías querido decirle que te estorbaba, que… —David trata de interrumpir a Daniel. Pero este ha sido su mejor amigo desde el colegio y conoce de sobra la manera de su amigo de enfrentar las situaciones: sabe que cuando a David se lo acorrala, su primer instinto es atacar—. ¡¡Para!! ¡Es importante que me escuches, y me importa una mierda si te molesta lo que te estoy contando porque necesito que entiendas lo que pasa! De lo contrario, si no lo haces, no podrás arreglar lo que está ocurriendo en tu relación… ¡y vas a perder a Amelia para siempre! —David, aunque contrariado, sabe que su amigo no lo lastimaría de manera intencional o porque sí; de modo que, asustado como pocas veces en su vida, prefiere guardar silencio y enfrentar lo que ocurre—. Como te decía, una vez ubicó todas sus cosas (porque sobra decir que debajo de la caja de orquídeas venía otra con más elementos de decoración), Amelia no pudo evitar que el dolor la inundara y, desconsolada porque sentía que te estaba asfixiando, me dijo:

—Daniel, ¿no oíste lo que me dijo: 'Siento que no puedo dar un paso sin tropezarme con alguna cosa tuya'?

—Amelia, corazón, estás sacando todo de proporción. ¡David te adora! Dice que tú le alegras los días, que has sido una compañía sin igual.

—¡Una compañía que le estorba en el apartamento!

—¡Amelia, no digas cosas que te lastiman solo a ti y que, además, salo a ti se te ocurren!

—No sobra decir que traté de disuadirla contándole todas las cosas con las que la habías elogiado ante nosotros. Pero cuando vi que se iba a poner a llorar de nuevo, decidí sacar uno de esos helados asquerosos de yogurt griego que tanto le gustan, y que desde la última vez que ella había ido, oportunidad en que me enteré de que eran sus favoritos, siempre trato de tener en mi nevera, y se lo preparé con mucha miel. En ese momento me llamaron del piso de abajo y estuve tan enredado en cosas que, cuando regresé, la vi acurrucada, como agotada, en el sofá. La tomé en mis brazos, la traje a tu casa y la dejé dormida en la cama.

—Pero ¿por qué no me dijiste nada? ¡Somos hermanos!

—Porque, David, esto no viene de nosotros: ¡viene de ella! Cuando me despedí y la estaba cubriendo con una manta de la cama, me hizo jurarle, por la lealtad de amigos que nos unía, que no te contaría nada, pues, como afirmó, no era algo que te hiciera daño. Y, antes de que me reproches algo más, te cuento que pensé que sería algo que Amelia superaría con los días… Pero, por lo visto, no es así.

—¡Eres mi hermano! —le dice, acusador, David.

—¡Lo soy! Pero le debo lealtad a Amelia. No lo olvides: ¡me hiciste jurar que la protegería! Y en este caso…

—¿Estás protegiéndola de mí?

—Lo siento, David, pero le di lo que necesitaba: un hombro donde llorar y un amigo en quien apoyarse.

—Pero tú eres mi hermano. Ella, ella tiene…

—Sí, David: ella tiene sus amigos, a los que no ha querido involucrar en esta pelea para que no se hagan un mal concepto de ti, porque, aunque la hayas lastimado y al parecer le hayas asestado un golpe casi mortal, ¡ella siempre te pone primero y te protege!

—Pero ¡si me hubieras dicho…!

—Mira, si quieres continuar con este juego, me atrevo a afirmar que en los cajones del guardarropa ya no queda guardada ropa suya.

Evidentemente, cuando los tres amigos llegaron a abrir los cajones designados para la ropa de Amelia, no encontraron más que una piyama.

Miguel dijo:

—Bueno, al menos encontraste una piyama…

—No creo que Amelia recuerde que está ahí. La primera noche en que vino a dormir conmigo le dejé muy claro que las piyamadas eran para las fiestas con sus amigas… ¡que la quería siempre desnuda y dispuesta! —dice David, que luce cada vez más destrozado—. ¡No entiendo qué esta pasando! ¿Por qué Amelia ya no quiere estar conmigo? —Al pronunciar en voz alta estas palabras comprende que la situación es desesperada: ¡su mujer no está en su hogar! La constatación lo marea otra vez, por lo que regresa al dormitorio y se sienta en su cama. Justo en este momento nota que falta la toallita que Amelia pone al final de la cama para darle color y un toque personal a su "campo de fútbol": la cama de dos metros cuadrados que David mandó diseñar con intenciones de poder estirarse bien mientras dormía y, bueno, ¡seamos sinceros!, para poder adoptar todo tipo de posiciones sexuales con quien le apeteciera. Sin saber qué pensar, apoya los codos en las rodillas, se agarra la cabeza con ambas manos y se jala, desesperado, el pelo—. ¿Dónde pueden estar las cosas de Amelia? ¿Qué está pasando? ¿Por qué no habla conmigo? —dice David con la voz entrecortada, tratando de controlar sus emociones ya desbordadas.

—David, ¡tranquilo! ¡Respira! No sirve de nada que te exaltes y pierdas los estribos —le dice Miguel sentándose a su lado, tratando de animarlo, dándole palmadas en la espalda para reconfortarlo.

—¡¡Eso!! ¡Soy un duro de la exploración! —dice Daniel mientras saca de alguna parte una maleta morada gigante que George, el padre de Amelia, compró alguna vez en un *mall* de Miami para que, cuando tuvieran que viajar con ropa de volumen a otra ciudad, toda cupiera en ella. Hay que decir que esa maleta le causó más de un dolor de cabeza con Sara, la mamá de Amelia, porque a ella le pareció excesivamente grande, casi imposible de manejar y de chequear en cualquier aerolínea; como la ha descrito en más de una ocasión, "¡es para el equipaje de un asesino en serie!"—. ¡Acá está la ropa de tu novia! Si es que sigues teniendo novia, porque, aunque no me lo has preguntado, todo parece indicar que Amelia está cada vez más cerca de abandonarte. ¡Y lo peor de toda esta situación es que, al parecer, tú no te has enterado!

—A ver: un momento! Entre que no sepamos dónde están sus cosas y que Amelia quiera dejarme… ¡hay un hueco inmenso!

David lo dice más para sí que para sus amigos.

—¿Sabes dónde está tu novia en este momento? —le pregunta Miguel a un David que se ve cada vez más angustiado porque nota que David, aparentemente, no sabe todo lo que pasa con su mujer.

—Pues en un *spa* en las afueras de la ciudad, consintiéndose y dándose la vida que se merece. Es más: ¡está con tu esposa, idiota! —le contesta David, cada vez menos seguro de saber qué pasa con Amelia.

—Déjame decirte que Gabriela sí estuvo donde acabas de decir. Es más: ya está regresando. Pero ni está ni estuvo con Amelia en todo el fin de semana.

—¿Cómo? Pero ¿qué dices? ¡Si nos despedimos el viernes justo antes de que ella fuera a encontrarse con Gabriela para ir juntas al *spa*…!

—Pues Gabriela salió al *spa*, y te lo confirmo con esta foto que acaba de subir con todas las chicas, incluida Susi, la novia de tu hermano, donde podrás ver a Eimi, Yeimi, Deisi… bueno, al 'roce' de una noche de Daniel…

—¿A quién?

David no sabe de qué habla su amigo. Más aún: no recuerda a la última chica que ha mencionado, que no le suena de nada.

—Esa chica que ya verás que no podremos quietarle de encima ni con agua caliente: ¡una mona con una cara de arribista que no puede con ella! Es más: están casi todas las chicas de nuestros amigos, menos la tuya y Hue —afirma Miguel, que, al ver que David va a interrumpirlo, levanta una mano y continúa—: Debiste saber que Amelia no iría a ese *spa* ni muerta porque no se lleva nada bien con la novia de tu hermano Andrés.

—¿La pendeja de Susi?

David había intuido que Susi no era del agrado de su novia y que Amelia se sentía incomoda en presencia de su supuesta "cuñada", pero no tenía idea de que la incomodidad fuera tanta que prefiriera abstenerse de pasar un fin de semana con sus amigas a tener que compartir cualquier espacio con ella.

—¡Esa misma! —dice Miguel.

—Pero si a mí Amelia no me ha dicho mayor cosa de ella.

—Pues a nosotros sí nos ha dicho muchas bellezas de la panifla de Susi, a quien en más de una ocasión ha llamado 'tan tiesa como quien tiene un palo en el c. u. l. o.', y deletreo la palabra en su honor porque, como sabes, ella cree que, si nos la deletrea, la grosería es menos grosería, y así ella no está contrariando a su abuelita muerta, que descanse en paz; además de que deletrear las palabrotas la libra de ser una vulgar 'furcia' —le cuenta Miguel.

—¡Por amor al arte!, ¿no pudiste darle más vueltas a ese comentario? —le dice Daniel a Miguel mirándolo con cara de tonto.

—Sí, ¡claro que sí! 'Furcia' es una palabra que le encanta decir desde que la leyó en esa novela que tiene en la mesita de noche para releerla cuando no tiene mucho sueño pero cuando no quiere desvelarse con una nueva… que, por cierto, ¡tampoco está ahí!

Al ver la cara de pocos amigos de David, Miguel no continúa.

—Esta información la sabes… ¿por qué?

David está cada vez mas extrañado de que todos tengan más información acerca de su novia que él mismo.

—Antes de que quieras estrangularme, lo sé todo porque el día de tu cumpleaños Amelia me pidió que la ayudara a decorar el cuarto con bombas y espejitos en el techo. —Al oír mencionar dicha decoración, David recuerda la sorpresa que le dio ver su habitación convertida en un lugar de celebración oriental—. Sobra decir que lo hice porque, como ella es tan pequeña, además de un poquito torpe, no podía negarme.

—¿Podemos enfocarnos? —pregunta Daniel, algo confuso entre historia e historia.

—El caso es que, mientras yo hacía de decorador de interiores (mejor, ¡de todero!), vi todos los libros que había en su mesita de noche y le pregunté si los leía todos a la vez. —Miguel reconoce, en la cara de sus amigos, que está divagando y que David está a un paso de la embolia, por lo que interrumpe su relato—. Si quieres, luego te cuento la historia. Creo que ahora nos ocupan otros menesteres.

En este momento, Daniel estalla en carcajadas al recordar la palabra.

—¡Es cierto! Recuerdo cuando estaba en medio de una discusión con esa abogada de pacotilla, la que quería presentar cargos por acoso contra uno de los *barmen*, que la rechazó, ¡nada más ni nada menos que Manuel! (que, sobra decirlo, es un putón, pero siempre con mujeres que han estado más que dispuestas a salir con él), que Amelia llegó a la oficina para encontrarse contigo y, cuando me oyó decirle: '¡Puta!', me dijo: 'Dani, no digas esa palabrota cuando hay otras, más dulces y sonoras, que connotan lo mismo: ¡está, por ejemplo, "furcia"!'.

"Además recuerdo que me lo dijo en el tono más maternal del mundo. Luego la miró a ella y cerró la escena diciéndole: 'Disculpa, pero quería preguntarte si se tipifica como acoso sexual tener buen gusto, ¡porque creo que el único crimen de Manuel es haberte rechazado! —Cuando la abogada resopló y fue a ripostar, Amelia continuó con lo que estaba diciendo—: Sí, ya sé: para alguien que se entrega como muestra gratis de preservativos es extraño no ser recibida con agrado. Pero, ¡vamos!, no todos toleran el látex barato; hay quienes prefieren cosas más exclusivas para cubrir su pene'.

—Disculpa que interrumpa tan hermoso recuerdo, pero ¿podemos regresar a este momento? ¿Cómo que Amelia no está con las chicas? ¿Y desde cuándo odia a la estirada de Susi? —pregunta David dando vueltas por su cuarto como un león enjaulado y tratando de encontrar su celular para llamar a Amelia y así entender qué está pasando con su mujer.

Y es que la situación se le está poniendo cuesta arriba, por lo que necesita oír la voz de Amelia para que le ayude a sosegarse y le confirme que es solo un malentendido, que todo está bien.

—¡Pues así de sencillo! No está ni ha estado en foto alguna que hayan posteado las chicas. Mira, si quieres, el perfil de Amelia, a ver qué pone ella —le dice Miguel en un tono de voz que busca enfatizar sus palabras.

—¡Idiota! Amelia no tiene redes sociales. Si acaso, las de su negocio de regalos, y ese perfil de Instagram donde postea cosas históricas. ¡Pero ya está! —dice David mientras continúa buscando su teléfono.

—¡Ah, es cierto! Bueno, creo que el misterio de dónde está tu novia y por qué no encontramos las cosas de ella en tu hogar no lo resolveremos hoy, así que es mejor que nos concentremos en lo que nos trae a tu casa todos los domingos desde hace muchos años. Porque, sinceramente, lo que nos trae hace año y medio a tu hogar parece ser que se ha ido, ¡y tu casa ha vuelto a ser el reino de David! —le dice Daniel en un tono irónico que hace que David lo agarre de la camisa y lo empuje contra la pared.

—¡Mira, Daniel, si sabes algo de lo que está pasando acá, te sugiero que dejes ese tonito de sabelotodo (¡que vaya si me emputa!) y me digas lo que sabes! —le dice David mientras Miguel trata de hacer que lo suelte.

—¡David, cálmate! Irte a los golpes con tus mejores amigos no va a resolver nada, ni, mucho menos, que tú, de todos, nos sueltes groserías.

La grosería recién dicha por David les hace saber tanto a Miguel como a Daniel que David está desesperado porque solo cuando se desespera recurre a las groserías. Es más: David odia que Daniel las diga. Por lo tanto, ese "me emputa" es la señal más clara de que David está perdiendo los estribos.

—¡Es que no puedo creer que me hayan ocultado tantas cosas! A medida que avanza la tarde descubro más detalles de lo que está ocurriendo con Amelia, ¡y no puedo creer que ustedes lo supieran y no me contaran lo que estaba sucediendo!

—David, cálmate y deja a Dani en el piso, que con atacarnos no vas a lograr nada. Con gusto te diremos lo que sabemos, pero ¡cálmate! Si sigues así, aparte de quedarte sin novia, te vas a quedar sin amigos, y todo en una noche —le dice Miguel.

Ante esta predicción, David suelta a Daniel, que en todo este rato no le ha opuesto resistencia a su mejor amigo.

capítulo 3
The memory remains
(METALLICA)

Una vez que lo suelta, David se disculpa con Daniel, su mejor amigo, por lo sucedido.

—¡Lo siento, Daniel! Perdí los estribos; no sé que me pasó. Todo esto... —David no puede creer que haya atacado a su mejor amigo, si en tantos años de amistad ellos jamás se habían enfrentado—. Tu eres mi hermano... y no puedo creer que...

Daniel no lo deja continuar, pues, una vez recobra la compostura y arregla su maltratada ropa, le dice en tono cansado:

—Ven, vamos a sentarnos en la sala. ¡Seguro que con una cerveza podemos darle sentido a lo que está pasando!

Daniel se ha sorprendido y, aunque en algún momento contempló la idea de golpearlo, lo que menos quiere es pelearse con David. Pero la situación también le está pasando la factura, y él no está para mucho trote.

Sentados alrededor de la mesa de centro de la sala —una sala que a David le parece cada vez más fría e impersonal al no encontrar en ella los hermosos detalles que siempre lo entretenían y le recordaban que su vida era mejor ahora porque contaba con la compañía de una mujer detallista, amorosa, llena de vida y de color, una artista que sin duda dibujaba los mejores días a su lado—, David está perdido por primera vez en su vida y no recuerda dónde se le quedó su mujer ni en qué momento la alejó de sí. Miguel y Daniel miran a su amigo perdido. Miguel no sabe ni cómo comenzar a contar lo poco que sabe, por lo que mira a Daniel, que conoce a David hace más años, para que le dé una pista sobre qué debe hacer. Por su parte, en un acto instintivo, Daniel va a la nevera a sacar una de las cervezas favoritas de David con intenciones de darle un poco de calma y algo con que sobrellevar los golpes que aún le falta recibir.

La marca de cerveza que Daniel busca en la nevera es muy especial para David, que la descubrió gracias a un picnic improvisado que Amelia le hizo uno de los peores días de su carrera, un día que David ha enmarcado en su memoria como el más doloroso de su carrera de médico, un 9 de marzo, fecha en que perdió a una paciente muy querida para él.

El día había comenzado mal. David se había despertado mucho después de lo que debía si quería realizar todas las diligencias que acostumbraba, por lo que, por primera vez en mes y medio, no pudo comprar los pasteles favoritos de su paciente más querida ni visitar a Amelia en el trabajo y tuvo que correr para llegar a tiempo al hospital.

A partir de ese momento, las cosas no había hecho sino empeorar: las rondas se le hicieron eternas, dos de las enfermeras más diligentes estaban de baja —una por maternidad y la otra... bueno, no tenía muy claras las razones—, por lo que los médicos jóvenes como él habían tenido que reemplazarlas en las diversas labores que desempeñaban. Todo fue marchando cada vez peor hasta alcanzar el punto máximo a las 4 de la tarde, hora de su cita de todos los días.

A las 4 y 15 de la tarde del 9 de marzo, a diferencia de los días anteriores, en que a esa hora disfrutaba, entre pastelitos, de una amena charla con su amiga la señora Duval, David lloraba, en una habitación del hospital, la muerte de su paciente de ochenta años, una anciana adorable, historiadora de fama —aunque David solo ese día se enteró de ello, gracias a un detalle que le había dejado en la mesita de noche—. La conocía como una mujer de conversación agradable que le había enseñado más de un dato histórico de aquellos con que sorprendía a su novia.

—Mi amigo el doctor, ¿te he contado que María Antonieta no dijo: '¡Que coman pasteles!', cuando se le dijo que el pueblo francés no tenía harina de trigo para preparar pan?

—¡Espera! ¿Cómo puede ser? Mi suegro George es un amante de la Revolución Francesa, y una vez en que hablábamos de ese periodo me aseguró que ella había estado tan desconectada de su pueblo, que había tenido la desconsideración de decir, sabiéndolo hambriento: 'Si no tienen pan, ¡pues que coman pasteles!'.

—Aunque estos pastelitos están deliciosos y el pueblo hambriento del que hablas estaría contento de comerlos, te puedo asegurar que ella no dijo tal cosa. De hecho, fue el biógrafo austriaco Stefan Zweig, autor de biografías tan importantes como la de Joseph Fouché (titulada *Fouché, el genio tenebroso*), la de María Estuardo, la de Erasmo de Rotterdam y la de Maria Antonieta, entre otros personajes ilustres, quien aclaró la procedencia de dicha frase. La persona que pronunció algo parecido a lo que se le atribuyó a la joven reina fue una de sus tías, hija de Luis XV, que, al recibir noticias del hambre que padecía la gente de Francia, dijo: 'Si no tienen pan... ¡que coman costra de pastel!'.

—¡No lo creo! ¡Si Maria Antonieta es más conocida por esa frase que por haber sido decapitada!

El comentario la hizo reír.

—Si no le crees a Stefan Zweig, el sueco Jean-Jacques Rousseau nos revela que María Teresa de Austria, esposa de Luis XIV, dijo en una ocasión semejante: 'Si no tienen pan, ¡que les den hojaldre en lugar del paté!'. Así que, como puedes ver, María Antonieta no fue la única monarca desconsiderada que nos ha dado la historia.

—¡Pero si nada más hay que ver algunas de las monarquías que persisten y que te hacer caer la cara de la vergüenza...!

—Tienes toda la razón, mi amigo el doctor. Ahora, como puedes ver, he terminado mi pastel y mi infusión, lo que significa que nuestro tiempo se ha acabado, pues hora de que vayas a hacer tus rondas.

Dicho esto, la anciana se volteó en la cama con intenciones de dormir, y David salió, renovado con la ilusión de llegar a contarle a su mujer el dato que acababa de aprender.

Todos los días, a las 4 en punto de la tarde, David tenía una cita imperdible: todo el hospital sabía que, a esa hora, él iba a visitar a la ocupante de la habitación 721. Una de las razones por las que a David le encantaba acompañar a la anciana era que esta le recordaba mucho a su abuela materna, que en paz descansara y de quien él guardaba los mejores recuerdos, pues había sido ella quien le había transmitido el amor a la lectura, el respeto a los demás seres vivos y la vocación de ayudar a quien lo necesitara. Además, para él, la señora Duval era una versión adulta de Amelia, ya que ambas eran historiadoras y siempre lo entretenían con su conversación.

Puntual para su cita, siempre le llevaba de esos pasteles de hojaldre que tanta ilusión le hacían y que vendían en una pastelería cercana al trabajo de Amelia. Venían rellenos de frutas y, aunque David siempre los escogía de diversos sabores, la señora Duval siempre elegía la mitad de uno de fresa y la mitad de uno de naranja. A modo de agasajo, David los servía en unos platos sencillos que se robaba de la cafetería de la sala de médicos y se sentaba una hora con ella a oírle narrar sus historias.

Durante esa hora, la señora Duval se esmeraba en relatarle hechos que había estudiado durante su carrera de historiadora. Son, pues, muchas las historias que David conserva en la memoria como tesoros, pero un episodio que recuerda con especiales cariño y admiración fue cuando ella le habló de los vikingos.

—Pero, mi amigo el doctor, ¿qué pasó con los pasteles? ¿No tenían de más sabores?

Extrañado por esta reacción, pues ella siempre escogía los mismos, David prefirió no refutarla en lo dicho.

—Al parecer llegué muy tarde, y no quedaban de otros sabores —le aseguró David mientras tomaba nota mental de que esa sería la última vez en que le llevaría nada más esos dos sabores.

—Está bien. Por esta vez pasaré por alto el descuido. Pero, a la próxima, mejor hacer el pedido un día antes; así nos evitamos este desabastecimiento.

—Eso haré.

David no entendía por qué le hacían falta los otros sabores si, al final, siempre comía de los mismos, pero no tuvo corazón para decirle que, viendo que a ella no le gustaban los demás, había decidido ordenar solo sus favoritos pese a que donde los compraba los había de todos los dulces de fruta.

—¡No me gusta que no puedas comer de arándano o que no le lleves a Amelia el de limón!

Con esa explicación, todo cobró sentido para él: ella había descubierto cuáles eran los favoritos de él y de su novia y por eso siempre escogía los mismos. Definitivamente, la señora Duval era como Amelia: las dos se mostraban igual de generosas.

—Bueno, señora Duval, lo tendré en cuenta y mañana procuraré que me tengan listos uno de cada sabor.

—Ayer pasó por acá esa novia tuya, Amelia… ¡Vaya chica encantadora! Lo que me recuerda preguntarte: ¿por qué no le has puesto un anillo en el dedo?

—¡Señora Duval!… Porque primero estamos consolidando la relación, y no quiero espantarla.

—A ver, mi amigo el doctor: no me gusta meterme en lo que no es de mi incumbencia; además, nadie es tan viejo (ni siquiera esta anciana) para aconsejar a nadie, pero lo que sí quiero decirte es que a una mujer como ella no la vas a encontrar tan fácilmente. ¿Cuánto tiempo te tomó encontrar a Amelia?

—¡Uffff!, casi toda mi vida.

—Bueno, entonces no pierdas mucho el tiempo, que la vida se mide por los momentos especiales que has vivido con quienes amas. No la dejes escapar, que ella no solo es un extraordinario ser humano que te ama sino que además tiene un gusto musical impecable. ¡Justo ayer me confesó que le fascinan las óperas, en especial las de Wagner!

—Es verdad. En más de una ocasión me ha puesto sus óperas, aunque debo admitir que no me es fácil digerirlas…

—Bueno, para que empieces a comprender un poco de qué tratan las historias, hoy vamos a hablar de los vikingos.

—¿Los de los cuernos?

La pregunta hizo reír a la señora Duval, que le dijo:

—Me encanta que hayas hecho esa pregunta porque, aunque no lo creas, los verdaderos vikingos no tenían cascos con cuernos ni usaban la indumentaria que vemos en las óperas y en las películas.

—¿Cómo que no? Es decir, ¡si los he visto así hasta en los libros de dibujos de Daniel, mi mejor amigo!

—En efecto, los vikingos son representados de esa manera por las artes plásticas. Él es el que estudió arte, ¿verdad? —preguntó la señora Duval dándole un mordisco al pastelito de mandarina y ofreciéndole la mitad.

—El mismo —respondió él aceptando la mitad que ella le ofrecía.

—Es por eso que los has visto así: porque es una representación artística ficcional. Pero en las excavaciones y los estudios arqueológicos que se han realizado no se han encontrado indicios de esos cascos ni vestigio alguno de vestimenta similar a la del imaginario popular. De hecho, si me permites contarte dónde nació el mito, será un honor para mí compartirlo contigo, a ver si hoy llegas y se lo cuentas a cierta historiadora.

—¿No se lo contó usted?

—Pero ¿por quién me tomas, mi amigo el médico? ¡Por supuesto que no! Si alguien debe quedar como un príncipe para su Aurora, no soy yo; a mí me toca el puesto de hada madrina, ¡y ya te estoy puliendo los ratones y las calabazas para esta misión!

Ese comentario le sacó a David una sonrisa.

—¡Por favor, ilustradme sobre los vikingos, bella dama! —le dijo, en un tono muy solemne, David a su amiga, quien se sonrojó un tanto ante el cumplido.

Aprovechó, entonces, la curiosidad de su amigo para contarle una de las historias que más le había entretenido estudiar a lo largo de su carrera.

—El mito comenzó en el siglo VII gracias a unas ilustraciones de la épica *Saga de Frithiof.*

—La... ¿qué? ¡A veces siento que debería venir a visitarla con un cuaderno donde tomar notas!

El comentario hizo reír a la anciana.

—¡No me hagas reír! Me gusta que no tomes notas, pues me demuestra que las nuestras son charlas amistosas y no clases de maestría o doctorado como las que dicta tu prometida.

—¡Así que ya la enamoró a usted también!

—Pero ¿es que hay alguien, aparte de ti, que se haya resistido a sus encantos?

—¡Yo no me he resistido! Simplemente estoy dejando que lo nuestro florezca.

—Pues no se te olvide que el amor es una flor que debes cuidar, mimar y proteger siempre —le advirtió la señora Duval levantando una ceja.

—¿Me está regañando?

—Más bien te estoy recordando lo que, obviamente, ya sabes. Y, como el hombre inteligente que eres, seguirás cuidando el amor de esa espectacular mujer que te ama con locura, con un amor como el de la saga que te voy a contar.

—¡Ah, sí! ¿Cómo es que se llama?

—La *Saga de Frithiof.* Es una leyenda islandesa que relata la historia de un hombre alto y fuerte, el más valiente entre los islandeses. —David arqueó una ceja cuando la vio sonreír diciendo "islandeses", lo que le dio una pista de que estaba adornando un poco la obra, hecho que confirmó cuando ella le guiñó un ojo—. Frithiof creció al lado de tres hermanos adoptivos, dos hombres nada representativos, más bien aburridos, simplones y poco atractivos, llamados Helgi y Halfdan... Como dice tu novia, unos 'pasmarotes' más bien incompetentes y nada agraciados... ¡y hasta jorobados! —Al oír esto, David supo que su amiga estaba decorando la historia. Seguro que habían sido dos grandes guerreros—. ¿En dónde iba? —dijo la señora Duval mientras disfrutaba de su té de manzana.

—En los corpulentos hermanos de Frithiof...

—No dije que fueran corpulentos; pero, en realidad, sí lo eran. Además de esos dos hermanos, nuestro héroe creció con una hermana adoptiva: mujer hermosa, graciosa, inteligente... Mira tú: ¡una mujer como tu novia Amelia!

—¿Justo como ella?

—Creo que Amelia podría ser más preciosa, pero, ¡vamos!, yo no la conocí, y la leyenda dice que era realmente hermosa, ve tú saber. La hermanastra se llamaba Ingeborg. —A David siempre le había gustado esa manera tan original de narrar las historias—. ¿Te me despistaste con lo de las bellezas de la historia? —le preguntó la señora Duval a su "amigo el doctor" para hacerlo sonreír.

—¡Pero por supuesto! Usted sabe de mi debilidad por las mujeres graciosas, hermosas e inteligentes... ¡como alguien con quien estoy hablando en este momento!

—No me lisonjees, por favor, que esta vieja ya lo ha oído todo, y más bien no te me distraigas. ¿Dónde iba?

—En la hermana, que era toda una belleza.

—Verdad, verdad: la belleza de Ingeborg no tenía parangón. Esto, sumado a una personalidad encantadora, terminó enamorando al mejor de los hombres de la historia.

—Si esto fuera una tragedia griega, diría que a uno de los hermanos. Pero, como eran unos insulsos y, en conclusión, como diría mi novia historiadora, y citó usted, unos 'pasmarotes', puedo afirmar, sin temor a equivocarme, que el enamorado en cuestión fue Frithiof.

—¡En efecto, mi amigo el doctor, enamorado perdidamente! Como tú de Amelia, ¿verdad?

—¡Sí, señora! En efecto, de mi amiga la historiadora —dijo David aceptando el guante que su amiga le había tirado.

—Justo cuando Frithiof se dispone a pedirle a su padre la mano de su hermanastra, este enferma y al poco tiempo muere dejando a los dos hermanos, Helgi y Halfadan, a la cabeza del reino.

—¿Esos son...?

—¡Los pasmarotes, David, los pasmarotes!

—¡Ya, ya! Es que no me había dicho sus nombres. Continúe, por favor... ¡Al final no se acordaría ni del título de la historia!

—Celosos, y muertos de la envidia de las cualidades de Frithiof, ellos se negaron a concederle la mano de Ingeborg y, en venganza por todos sus logros (que ellos, por incompetentes, no habían podido alcanzar mientras que su hermano sí), desposaron a su hermana con el anciano rey Ring de Ringerike.

—¡Pobre Ingeborg! ¿Al menos era un viejito bonachón?

—¡No te me adelantes, David! Sabes que no me gusta.

Cuando se oyó llamado por su nombre, David supo que la intención de su amiga era hacerlo sentir doblemente regañado y enfatizar que, para ella, adelantarse en una historia era un error imperdonable.

—¡Lo siento, mi amiga la historiadora! ¡No me lo tomes en cuenta!

Al percibir la angustia de su joven amigo, la señora Duval decide hacer caso omiso de su impertinencia y continúa con su relato.

—Ante esto, con el corazón destrozado, sin ilusión alguna, Frithiof decide hacerse vikingo y pasa tres años lejos de su amada cultivando aventuras sin alguien especial con quien compartir sus logros y que lo apoye en sus dificultades, una pareja que le haga compañía y que lo ame. ¿Está claro el punto que trato de hacerte entender, mi amigo el doctor?

—¡A buen entendedor pocas palabras, mi amiga la historiadora! Por favor, continúe.

—En medio de su soledad, luego de varios meses de aventuras, Frithiof decide visitar al rey Ring. La reunión, que estaba prevista para unos días, se prolonga todo un invierno, tiempo en que el anciano rey nota que su salud va mermando, mermando… hasta que está moribundo.

—¡Pobre! Primero lo casan con una belleza que no lo ama, ¿y ahora se muere?

—Fue muy feliz mientras vivió: estuvo con la mujer más hermosa de la historia. ¡A ver si esto te ayuda a soportar el dolor del pobre viejo!

El apunte lo hizo reír.

—Lo siento. Es que me parece un poco terrible que esté de esposo con una hermosa dama y luego muera.

—¡Eso es para que veas que el que espera desespera, señor! Dejando que lo tuyo con tu novia madure como si fuera un melocotón… ¡Luego no me digas que un hombre más afortunado, que sí supo ver lo que tenía enfrente, se comió la fruta!

—¡Entendido, entendido! No se sulfure, que ya vi el anillo que quiero ponerle en el dedo.

—¿Anillo? ¡Cuéntamelo todo!

—No puedo porque me estás contando de… ¿Frithiof?

—¿No me vas contar tú a mí algo tan importante? —dijo la señora Duval, indignada ante el silencio de su "amigo el doctor".

—Voy a hacer algo todavía más importante: cuando lo compre (espero que sea a finales de este mes), se lo traeré para que me dé su aprobación —le dijo David a su amiga.

—Pero ¿no hay ni una foto?

David le mostró entonces el hermoso solitario que había encargado en Tiffany's y que, tan pronto como lo vio, le encantó a la historiadora.

—Ahora que lo vio, ¿va a terminar con la historia o me la va a dejar a medias, justo cuando Frithiof llega a visitar a su hermanastra y el anciano rey se enferma? —dijo David.

—Durante ese tiempo, el rey también reconoce en Frithiof al hombre del cual su esposa ha estado enamorada toda la vida: un amor que ni la distancia ni el tiempo han logrado apagar. A las puertas de su muerte, en un acto de justicia poética y en aras del amor, el rey decide darle a su esposa la felicidad de compartir su vida con el hombre a quien ama y que la ama, por lo que nombra a Frithiof protector del hijo que tuvo con Ingeborg.

—¡Esto es más enredado que *La rosa de Guadalupe*! —Al ver la cara de pocos a amigos de la historiadora, David no puede hacer otra cosa que disculparse, pues sabe que ella se toma muy en serio sus narraciones—. ¡Perdón, perdón, perdón!… Es que este relato está lleno de tragedia. Pero, según entiendo, ¿al final el anciano rey ve que su esposa y Frithiof se aman y decide nombrarlos marido y mujer?

—¡A ver, hombre con sensibilidad de cactus! ¿Qué harías tú si estuvieras moribundo y encontraras a un tipo que amara a Amelia y que la honrara, y que supieras que la haría feliz, alguien que además mereciera su amor? —le dijo la anciana, más que nada con curiosidad porque había percibido el amor de la muchacha por ese joven, mas no tenía muy claros los sentimientos del médico por ella.

—¡Yo haría cualquier cosa por ver feliz a mi pequeña!

La honesta y corta respuesta tranquilizó a la señora Duval, que el día anterior había quedado algo inquieta por Amelia, pues le preocupaba que su amor no fuera correspondido. Pero ahora sabía que faltaba muy poco para que su "amigo el doctor" le propusiera matrimonio y, por lo visto, con un hermoso solitario.

—Bueno, mi amigo el doctor, déjame terminar mi historia porque no he llegado a la mejor parte. —David hizo el ademán de cerrarse la boca con las manos y la dejó continuar—. Una vez muere el rey, Frithiof desposa a Ingeborg, se convierte en rey de Ringerike y, como buen vikingo y típico protagonista de una saga épica, decide equilibrar las cosas: les declara la guerra a sus hermanos, a quienes enfrenta en batallas que dan como resultado la muerte de uno y la esclavitud del otro.

—No me ahorques, mi adorable amiga historiadora: ¡aún no llegamos al fondo del asunto de los cuernos de los vikingos!

—¡Pero por favor! Tienes toda la razón: me dejé enredar por la épica, y se me iba olvidando nuestro punto de interés. Imagínate que el artista Gustav Malstrom, encargado de darles vida a los personajes de la saga, y con intenciones de personificar a los guerreros escandinavos de manera temible y violenta, dibujó a los vikingos con cascos de cuernos y feroces escudos.

—Bueno, pero eso lo sabías tú. Ahora lo sé yo, y muy pronto mi novia lo sabrá.

—¡Y una cantidad de amantes de la historia escandinava y las sagas épicas, David! —le dijo la anciana echándose a reír—. Pero entiendo a lo que vas. La verdad es que la popularidad de esta imagen se consolidó con el vestuario que diseñaron en el siglo XIX para *El anillo del nibelungo*, de Richard Wagner, un ciclo de cuatro óperas épicas basadas en figuras y elementos de la mitología germana; específicamente, *La valquiria*, de 1870, y *El ocaso de los dioses*, de 1976, donde los personajes han sido provistos de cascos con cuernos, en particular el malo Hagen.

—Disculparás mi ignorancia, pero en ese ciclo no se encuentra *Tristán e Isolda*, ¿verdad?

—Tienes toda la razón: ¡la ópera favorita de tu novia (espero que próximamente tu esposa)! Es una ópera en tres actos, con música y libreto en alemán de Richard Wagner. Te sugiero que primero leas el libro y luego veas la ópera.

—¿Es una adaptación?

—Es una leyenda que cuenta la historia de amor entre un joven llamado Tristán y una princesa irlandesa llamada Isolda, aunque la historia dice que la ópera se basa en gran medida en un romance de Godofredo de Estrasburgo. Pero nunca estará de más que leas el libro.

En el mes y medio que compartió con la señora Duval, David aprendió más historia que en todo el bachillerato: por ejemplo, ella le enseñó que las tres carabelas en que Colón emprendió su viaje a las Indias solo fueron dos en realidad: la *Pinta* y la *Niña*, porque la *Santa María*, como se conoce la tercera nave que participó en el descubrimiento de América, era una "nao", un tipo de embarcación de mayor tamaño, dotada de cubierta y velas, y sin remos. De hecho, su nombre era *María Galante*, pero Colón la rebautizó como *Santa María*.

David sabía que la señora Duval tenía hijos, tres profesionales jóvenes: un arqueólogo, una historiadora del arte y un físico apasionado, profesor de una prestigiosa universidad, como lo había sido su difunto marido. Los tres daban la vida por su madre, a quien admiraban y de quien siempre, durante su estancia en el hospital, estuvieron pendientes. Pero ella se había rehusado a revelarles la verdad acerca de su estado de salud, y les hacía creer que los llamaba de una casa de retiro. No quería que sufrieran viéndola deteriorarse diariamente a causa de una enfermedad que no le daba tregua. Su hija menor, intrigada sobre el bienestar de su madre, había prometido visitarla el sábado siguiente.

Esa semana había sido particularmente difícil: la señora Duval había estado más desganada que de costumbre y había quedado en blanco demasiadas veces. Y lo que más mortificaba a David era que los analgésicos ya no le aliviaban el dolor, por lo que las noches se le estaban volviendo un martirio a su paciente debido a los insoportables dolores de las articulaciones. Algunas madrugadas la oyó llorar tratando de ocultar su dolor contra la almohada. Impotente, él se quedaba junto a la puerta con los ojos arrasados de lágrimas por no poder hacer nada por ella. Cuando ya no podía seguir oyéndola, entraba en la habitación y se sentaba en la silla del lado de su cama, le daba la mano y compartía su dolor. Sentía que el final estaba cerca; pero, por egoísta que sonara, aún no estaba preparado para despedirse de su gran amiga.

Esa tarde, cuando acudió a su cita de las 4 de la tarde, se encontró con la cama recogida y una serie de sobres encima. Tomó el que llevaba su nombre y encontró una sentida despedida de la señora Duval, en donde ella le deseaba lo mejor y una vida llena de momentos especiales:

Mi estimado amigo El Doctor:

Ya sé que no te gusta que te llame doctor o médico, pero lo he hecho con intenciones de que te apersones de tu vocación y tu papel en el hospital, porque si no te crees tú el cuento, nadie lo hará por ti.

Te agradezco las charlas con pasteles de los últimos días, y que me dejaras contarte algunas de las anécdotas y descubrimientos de mi carrera. Fueron historias triviales que fui recolectando con los años y que hicieron mi camino mucho más ameno.

Cuando tengas mi edad, entenderás que la vida se compone de momentos y que esta se mide no por lo mucho que hacemos sino por lo mucho que disfrutamos.

No quería entristecerte con un adiós para el que tú, mi amigo, no estabas preparado; por eso le pedí a la enfermera Sánchez (¡de quien tienes que cuidarte, pues es una víbora!) que me facilitara algo de papel para despedirme de mis hijos y de mi gran amigo El Doctor David.

Te dejo el encargo de entregarles todas estas cartas a mis hijos, quienes tampoco están preparados para el adiós. Por eso he decidido seguir a mi marido hasta lo que nos depara la muerte en la soledad de la noche.

No te preocupes por esta vieja, pues estará por fin con su marido, quien, estoy segura, vendrá por mí esta noche, como lo hizo todas las noches en que compartimos nuestras vidas. ¿Te conté que, durante los cincuenta años que estuvimos casados, cada vez que caía la noche, una vez hubiéramos cenado, era él quien me arropaba y me decía: "¡Ya es hora de dormir, mi señora historiadora!"? (Ya sabes de dónde viene el "mi amigo el doctor").

Eres un doctor maravilloso, un ser humano encantador, y, por lo que me ha dicho esa joven hermosa que tienes por novia, un compañero sin igual. Espero te decidas pronto y la hagas tu esposa. Las oportunidades son pocas; por eso no hay que dejarlas pasar, y ella es la indicada. Hazle caso a esta vieja, que algo sabe.

Y recuerda lo que decía George Bernard Shaw: "En la vida no se trata de encontrarse a uno mismo sino de crearse a sí mismo".

Créate como el ser humano que quieres ser. Te dejo una de mis más preciadas creaciones: mi libro de historias. Te lo he dedicado muy especialmente, y no me recrimines no haberte dicho lo famosa que soy. Este, el último paso de mi vida, quise darlo en humildad, con el corazón tranquilo y sin espectadores que sufrieran.

Hoy puedo decir que entiendo a Agatha Christie cuando dijo: "Aprendí que no se puede dar marcha atrás, que la esencia de la vida es ir hacia adelante".

Mi camino ha terminado y, aunque sé que has tratado de engañarte pensando que teníamos más tiempo, es momento de que me dejes ir y sigas adelante porque, a diferencia de mí, tu camino apenas comienza...

¡Que seas feliz, mi Amigo El Doctor, y que tengas una vida llena de momentos especiales!

Con lágrimas en los ojos, David abrió el libro que su paciente le había dejado y buscó más palabras de su anciana amiga. Lo que encontró lo hizo reír:

Para mi amigo El Doctor.
"If they can't stand a joke, fuck them!"
Con toda mi gratitud, a mi compañero en la aventura final.

La sonrisa se debía a un chiste que compartían los dos privadamente, resultado de un día en que su profesor de medicina interna lo había regañado por hacer bromas en medio de una ronda.

Todo había empezado media hora antes, cuando David había notado que la señora Duval no se encontraba a gusto con lo que sucedía en su habitación: los diagnósticos y las intervenciones de los muchos estudiantes que invadían su espacio la habían fastidiado, y se encontraba bastante inquieta. David lo supo tan pronto como miró la cara de la anciana, pues ella era una de las pacientes que siempre recibía a los estudiantes con una sonrisa, sonrisa que hoy no le llegaba a los ojos. Sin pensarlo demasiado se puso a hacer monerías detrás del profesor que lideraba las rondas con intenciones de distraer a su amiga de lo que la inquietaba.

—¿Piensa usted, doctora Vázquez...? ¡Doctora Vázquez!, ¿me está oyendo? —le preguntaba el doctor Aschou a Marcia, una de las compañeras de curso de David.

—¡Marcia, te habla el doctor!

Ella no lo había oído por estar mirando las payasadas de David a espaldas del doctor.

—¡Doctor, disculpe! ¿Me decía...? —contestó Marcia, un poco ida, tratando de mirar a otro lado y buscando contener la risa.

Fueron tantas las monerías que hizo David que por fin logró distraer a su paciente y, de paso, sacarle unas cuantas risas. Cuando se dio cuenta de todo, el doctor Aschou le dio un regaño de los mil demonios.

—Disculpe, doctor David, pero tenía entendido que usted era médico... ¡no payaso!

—Doctor Aschou, tengo una razón.

—¡Me podrían importar tres hectáreas de pimientos sus razones! Si usted no es capaz de afrontar su vocación con responsabilidad y entender que en este hospital nos dedicamos a salvar vidas, ¡es mejor que se retire y comience a repartir su currículum en los diferentes circos de la ciudad!

—Disculpe, doctor, pero yo tengo entendido que usted a mí no me puede salvar la vida de la enfermedad que padezco. ¿O es que la vejez me dio con pendejada? —le preguntó señora Duval en el tono lacerante de quien tiene dinero y clase y sabe darse su lugar.

—Señora Duval, disculpe…

—¡No lo disculpo! Es usted un imbécil arrogante y, si me permite decirlo, bastante incompetente. La última vez que revisé, mi esposo era uno de los accionistas más grandes del hospital, ¿no es así? —Al ver que el médico no contestaba, le repitió la pregunta en un tono más fuerte—. ¿No es así?… Le estoy haciendo una pregunta: ¿es posible que la conteste?

—¡Sí, señora! En efecto, es usted una de las mayores accionistas.

—¿Cree usted que para mí es cómodo que traiga a quince estudiantes, que de por sí no caben en mi habitación, a que me miren como a un mono de feria y toquen todos los aparatos que se supone están dispuestos a mi alrededor para hacer más cómodos mis últimos días?

—¡Señora Duval!…

—Médico impertinente, ¡no he terminado de hablar! Así que, por respeto a mi edad y a mi dignidad, ¡no me interrumpa! —le remachó, aún más furiosa, la señora Duval.

—Sí, señora…

—Le hice una pregunta: ¿está usted en capacidad de salvarme?

—Perdón, es que no le entiendo.

—Usted dijo que, en este hospital, 'estamos…', es decir que usted está en este hospital para salvar vidas, por lo que le pregunto: ¿es posible que usted salve mi vida de esta enfermedad autoinmune cuyos dolores no me permiten dormir?

—Señora Duval, tal vez no me hice entender.

—Ah, doctor Aschou, le entendí perfectamente, así que le pido contestar mi pregunta: ¿puede usted salvarme?

—No, señora. Lamentablemente, no tengo cómo…

—Entonces no diga estupideces, porque usted está acá para diagnosticar, ayudar y, si es posible, salvar vidas. Y si no es posible, como en mi caso, para hacerles más llevadero el final de sus días a sus pacientes. ¿O me equivoco? ¿Es posible que responda a mi pregunta?

—Sí señora: esa es mi vocación y el objetivo por el cual su esposo y sus amigos crearon el hospital —le contestó el doctor Aschou, incómodo y avergonzado.

—Usted lo ha dicho: ese fue el fin con el que mi marido y su mejor amigo invirtieron en este hospital hace muchos años. Doctor Aschou, le ruego que no me indisponga más de lo que ya lo ha hecho y que me conteste lo que le estoy preguntando: si no puede salvarme, ¿para que está usted en mi habitación?

En ese momento entraba en la habitación el doctor Hans Franzhaus, director del hospital, que había sido llamado por una de las enfermeras jefe, la señora Sofía.

—Doctor Aschou, ¿no oye a la señora Duval? Ella le ha pedido que le conteste la pregunta —le dijo el doctor Franzhaus a su empleado.

—Para hacer sus días más tolerables ante el dolor y las incomodidades —le dijo un humillado, abatido y, a estas alturas, muy preocupado doctor Aschou a la paciente.

—Entonces, una vez hemos establecido que, de acuerdo al su diagnóstico sobre la enfermedad que padezco, y habiéndose determinado que de esta autoinmune ustedes no pueden salvarme, lo único que les queda es hacer que mis últimos días sean lo más cómodos posible, ¿me equivoco?

Ante el silencio del doctor Aschou, su jefe lo presionó:

—Doctor, ¿no oyó usted la pregunta de la paciente?

—¡Sí, señor! Es que no sabía si era una pregunta o si estaba…

—¡Conteste, doctor! —lo increpó la señora Duval.

—Sí, señora: estamos acá para hacer de sus últimos días lo más cómodo que esté a nuestro alcance… —aquí titubeó— aprovechando para instruir a los estudiantes.

—¡Ah!, es usted muy taimado, doctor. A mí no me incomoda que instruya a los estudiantes. Si está tratando de aleccionarme a mí… —le dijo la señora Duval, aún más molesta si era posible.

—¡No, señora! No se me ocurriría…

—Doctor Aschou, le recomiendo no seguir interrumpiendo a su paciente ¡o me veré en la obligación de tomar medidas drásticas! —le advirtió con su voz gélida el doctor Franzhaus.

—Le pido, doctor, que no insulte mi inteligencia ni la de los presentes, porque desde que estoy recluida en esta institución (no sobra decir que por voluntad propia) no me he negado a que los estudiantes aprendan de mi caso. Pero una cosa es que haya cinco estudiantes respetuosos y prudentes ¡y otra que usted sea además de irrespetuoso incompetente, muestre la sensibilidad de una lombriz y traiga acá a todos los residentes del hospital para que me diseccionen viva como a un sapo! —le espetó la señora Duval, roja como un tomate de la ira.

—Disculpe, señora Duval. ¡A partir de este momento, el doctor Aschou queda retirado de este piso! —anunció el doctor Franzhaus.

—Pero, doctor, ¡la investigación…!

—¿Ha sido usted siempre tan impertinente? ¡Le estoy diciendo que queda retirado!

—Perdón, doctor Franzhaus, pero aún no termino. La razón por la que mi amigo el doctor David estaba haciendo monerías detrás suyo es porque, a diferencia de usted, médico de pacotilla, él vio en mi cara que no me sentía cómoda con lo que pasaba a mi alrededor y actuó en consecuencia con la premisa de este hospital y buscó la forma de hacerme más grata esta dichosa ronda suya.

—Disculpe, señora Duval. No me había dado cuenta, pero…

—Me encuentro tremendamente cansada, por lo que les pido a todos que se retiren, menos a mi amigo el doctor. Y, doctor Aschou, lo espero mañana a la hora de mis medicaciones, solo para que hablemos sobre cómo vamos a llevar a partir de este momento esa investigación suya —dijo rotundamente la señora Duval en el tono de voz de alguien acostumbrado a hacerse respetar toda la vida.

Cuando quedaron solos, la anciana historiadora le dijo a David:

—Como dijo el tristemente célebre Ted Churchill, legendario operador de cámara, "if they can't stand a joke, fuck them!".

Le guiñó un ojo y se volteó en la cama con evidentes intenciones de dormir.

Ese día inauguró una nueva dinámica entre David y los otros médicos: gracias al reconocimiento de la anciana, todos comenzaron a notar los variados talentos de David, que hacía en ese hospital la residencia de su doctorado en enfermedades autoinmunes.

La muerte de su amiga lo estaba destrozando por dentro: había abierto en su corazón un vacío que, al parecer, sus lágrimas jamás llenarían. En medio del llanto que lo ahogaba ante la pérdida alguien tan valioso para él sonó su celular. David no se sintió capaz de contestar; por ello, a pesar de que quien llamaba era su jefe, el doctor Franzhaus, prefirió dejar que la llamada se fuera al buzón mensajes: ¡ya lidiaría luego con el regaño! Al ver que no atendía su llamada, su jefe le envió un poco cordial mensaje de texto en que le ordenaba subir a la terraza del hospital para hablar sobre su desempeño como médico.

David se recompuso como pudo y, nervioso, triste y embargado de una sensación de derrota por no haber hecho más por su paciente y haber perdido a una gran amiga, obedeció. Cuando la puerta del ascensor se abrió en el último piso, David se aventuró a salir con la firme intención de no dejarse doblegar pero más desasosegado de lo que le habría gustado admitir y dio unos pasos en busca del doctor Franzhaus, pero su búsqueda cesó intempestivamente cuando vio a Amelia, sentada en medio de un sencillo mantel con una cesta en donde parecía haber muchas delicias.

—¿Cómo supiste que…? —le preguntó David a su novia tratando de recomponerse mientras caminaba hacia ella.

—La señora Duval me llamó ayer y me dijo que hoy más que nunca me necesitarías a tu lado.

Sin más, Amelia se levantó, lo abrazó y lo invitó a que se desahogara con ella, ofreciéndole su hombro para que llorara la pérdida de esa gran amiga.

Cuando se sintió mejor, David se separó de su novia y miró alrededor buscando el mantelito donde había visto esparcidas algunas cosas "interesantes": de seguro, algunas de sus delicias predilectas, pensó, sabiendo cuán detallista era su mujer.

Una vez hubo comprobado que su médico se encontraba mejor, Amelia lo llevó adonde había organizado un pequeño picnic con la esperanza de brindarle un momento especial en un día tan triste para él. Cuando la señora Duval la había llamado a su teléfono, Amelia no había reconocido el número, por lo que estuvo a punto de no contestar. Pero algo le dijo que la llamada podría ser importante... ¡y sí que lo fue!

—¿Amelia?

—Sí, con ella habla. ¿Yo con quién hablo?

—Con tu colega la historiadora.

—¡Señora Duval!, ¿se encuentra usted bien? ¿Necesita que vaya a al hospital? ¿Llamo a David?

—¡Amelia, calma! Una pregunta a la vez, que me encuentro medicada y la cabeza no me funciona como cuando tenía tu edad —le dijo la señora Duval con voz trémula.

Sabía que no le quedaba mucho tiempo; de hecho, desde hacía días estaba preparada para lo que iba a suceder. El dolor de las articulaciones empezaba a propagarse a otras partes del cuerpo, y a ella le costaba cada vez más hacer frente a los días con todas las calamidades que acarreaban. Había disfrutado plenamente de su vida y amado con intensidad a su esposo, a sus hijos, a sus estudiantes, a sus colegas y a todas las personas que la habían conocido y habían formado parte de su vida. No tenía nada de que arrepentirse: había tenido una carrera llena de éxitos, una vida familiar pletórica de gratas experiencias y de cariño y unos hijos maravillosos a quienes adoraba y por quienes se sentía amada y valorada. Y, aunque le habría gustado disfrutar de más momentos con ellos, le agradecía a la vida la oportunidad que le había dado de compartir con ellos tantos momentos y reconocimientos, además de haber podido verlos convertidos en unos profesionales independientes y reconocidos en su campo. Pero la verdad era que ahora estaba cansada y había llegado su momento de partir para reencontrarse con el amor de su vida.

—Perdón, señora Duval, tiene usted toda la razón. Le preguntaba...

En ese momento, la señora Duval interrumpió a Amelia para pedirle algo:

—Amelia, ¿me podrías hacer un favor?

—¡Claro que sí, señora Duval, lo que usted diga!

—Bueno, realmente son varios favores... El primero es que me llames Inés al menos en estas mis últimas horas.

La voz tranquila y segura de la anciana afirmando que se encontraba en sus últimas horas le indicó que había llegado el momento que tanto había temido Amelia: la señora Duval estaba preparada para morir.

—Inés, te agradezco que me des esta confianza.

Amelia sabía que la señora Duval era una mujer de protocolos a la que no le gustaban las "confiancitas".

—¡Eres mi amiga y la mujer de mi amigo el doctor! ¿Estás ocupada?

—¡No, por favor! ¿Quiere… quieres que vaya al hospital?, ¿necesitas que llame a alguien?... ¿quieres?

Amelia se había puesto muy nerviosa: sabía que el momento estaba cerca. Había cavilado mucho acerca de cómo apoyaría a su novio en semejante trance, pero no se había imaginado que sería tan pronto.

—Amelia, no te pongas nerviosa. Estoy bien. Ha llegado mi momento, ¡y no tengo miedo! Por eso necesito que, aunque sea difícil para ti saberlo, tú tampoco lo tengas. Te llamo porque, ahora que me encuentro en las últimas, me gustaría hablar contigo de algunas cosas.

—Inés, te agradezco que me llames y me des el privilegio de compartirlas contigo. —A Amelia le pareció una descortesía dudar de que fueran las últimas horas de la anciana, por lo que se limitó a agradecerle que la tuviera en cuenta en un momento tan monumental para cualquiera—. ¿Deseas que vaya a acompañarte al hospital o prefieres que le diga a David que acuda a tu habitación?

Aunque, por el respeto que le tenía, le estaba costando un esfuerzo hercúleo tutearla, Amelia entendió que ese nivel de familiaridad era el que la señora Duval necesitaba para sentirse cómoda con ella.

—¡No, no! Amelia, por favor, no llames a mi amigo el doctor. De hecho, él es una de las razones por las que te llamo: después mis hijos es precisamente tu novio quien está menos preparado para este momento.

—¿Quieres que llame a tus hijos?

—Amelia, no te llamo porque necesite ayuda para conectarme con alguien. Ya arreglé todo con mis hijos y mis hermanos. Mi partida la quiero hacer en la soledad de mi cuarto, de manera tranquila o, al menos, lo más tranquila que los dolores y los padecimientos me lo permitan, sin causarles dolor a quienes me rodeen durante mi agonía.

—Inés, disculpa la intromisión, pero ¿no piensas que tus hijos, tus hermanos o David quieran acompañarte y estar contigo en estos últimos momentos? Yo, por mi parte, estoy haciendo un esfuerzo sobrehumano para no levantarme de mi cama e ir a estar a tu lado en las que me dices son tu últimas horas, tratando de respetar tu voluntad —le dijo Amelia, sentada la "cancha de fútbol" que compartía con su novio.

—Amelia, jamás he compartido esto con nadie. Pero creo que es importante que lo haga para que puedas entender un poco de dónde viene mi determinación de estar sola en estos mis últimos momentos. Yo soy la menor de seis hermanos, cinco de ellos varones: ¡si te contara yo lo que es luchar por un espacio para ti sola y sobrevivir a la crueldad de los machos de tu familia (¡aguantándote bromas pesadas con bichos, etcétera!); mejor dicho, crecer en un hogar 'lleno de amor y calidad humana'!

"Al ser la más pequeña, siempre fui la luz de los ojos de mi padre, quien me cuidó como a su joya más preciada, aunque no sobra decir que siempre fue justo con todos nosotros y jamás promovió resentimientos entre los hermanos. Y debo confesar que, aunque lo amé con locura, también lamento haberle heredado el padecimiento que le causó la muerte: por eso no me extrañó saber cuál sería el camino que habría de recorrer una vez que me diagnosticaron la enfermedad. Su padecimiento fue doloroso de ver, y hoy te puedo decir que es igual de difícil de sentir. Aún recuerdo las noches de insomnio ante los gritos de dolor de mi padre, a los médicos tratando de mitigar su padecimiento, a las enfermeras acudiendo a altas horas de la madrugada para bañarlo… Además de ser desgarrador de ver, ese martirio fue minando su alma y socavando lo bueno de mi padre.

"Lo peor fue hacia el final, cuando se lo llevaron al hospital. Mi madre, sin la menor idea del sufrimiento al que se enfrentaría mi padre, nos llevó a todos mis cinco hermanos y a mí con ella para estar a su lado hasta el momento en que dejara este mundo. ¡Te puedo decir que presenciar sus largas horas de padecimiento fue algo dantesco! Aún recuerdo oírlo suplicarnos, cuando el dolor ya le impedía reconocernos, que le diéramos algo para morir. Vivir esa experiencia nos destrozó a todos, y estoy segura de que, en los momentos de lucidez que tuvo, se sintió supremamente infeliz creyéndose el responsable de nuestro dolor. Mi hermano mayor se rompió por dentro ese día y nunca volvió a ser el mismo…

La señora Duval no quería público en un momento tan íntimo para ella. Sabía que, como Amelia había dicho, quienes la amaban entenderían sus razones y respetarían su voluntad.

—Inés, tú sabes que la medicina ha avanzado bastante desde entonces. No será igual.

—Amelia, te pido que sigas siendo tan respetuosa como lo has sido hasta ahora y no cuestiones una decisión tan personal como esta.

Al ver que la señora Duval empezaba a sentirse incómoda con la situación, e incluso parecía arrepentida de haberla llamado, Amelia decidió disculparse.

—Perdóname, Inés. Tienes toda la razón: he sido, además de impertinente, extremadamente grosera.

—No te disculpes. Si te llamé, es porque siempre me ha resultado amena tu conversación, así que me gustaría que tuviéramos una charla de amigas, si no te incomoda.

—Por supuesto que no. Es un honor compartir con una amiga a quien tengo en tan alta estima un momento tan íntimo como el que estás viviendo.

—¡No te me pongas tan protocolaria ahora! Como te decía, sé que mi marido vendrá por mí esta noche y deberé partir con él a cualquiera sea nuestro destino en lo que será la siguiente etapa de nuestro camino, y sé que, para hacerlo, no necesito enterrar a todos mis conocidos en sarcófago o pirámide conmigo, algo ya pasado de moda: ¡creo que esta tendencia murió con Ramsés II!

—¡No digas tonterías! Es algo que siempre regresa; podemos decir que es algo *vintage* mortuorio. Si no, ¿qué me dices de la Dama de Cao, del Perú?, ¿te acuerdas de que encontraron su momia en la Huaca Cao Viejo?

—No la recuerdo —dijo la señora Duval conteniendo la risa ante el comentario de que hacerse enterrar con sus conocidos podía considerarse una moda *vintage* mortuoria, algo así como un bolso o un vestido de marca.

—Como diría el mejor amigo de David, 'por amor al arte', no puedes irte con tu esposo sin conocer su historia. ¡Ella puede haber sido la primera sacerdotisa o gobernadora de Latinoamérica!

—Espera me acomodo para oír esto —le dijo la señora Duval a Amelia, quien oyó lo que, supuso, era la cama siendo acomodada en una nueva posición—. Ahora sí; por favor, continúa.

—Se cree que la momia pertenecía a una gobernante de la cultura mochica, y algunos estudiosos han propuesto la teoría de que gobernó en el siglo cuarto después de Cristo el norte del actual Perú, pues la encontraron enterrada junto a los que pudieron ser sus súbditos y conocidos.

—¡No tenía ni idea!

—Algo que me apasiona de esta momia en particular es que, aparte de su excelente estado de conservación, el cuerpo estaba cubierto de tatuajes de arañas.

—¡Cómo así! ¿Estaba tatuada?

—¡En todo el cuerpo, con tarántulas! Es algo hermoso de ver. Bueno, ¡tú me entiendes!

—Claro que entiendo. Pero no se lo digas a nadie más, porque pensarán que perdiste un tornillo.

—¡Ay!, pero si es verdad: ¡hace rato que lo perdí!

Ese apunte hizo reír a la señora Duval.

—No tenía la menor idea de la Señora de Cao. Si tuviera más tiempo, sería algo sobre lo que me gustaría leer.

Al oír esto, Amelia no pudo contener un sollozo.

—¡Amelia, no estés triste! Piensa que es algo que necesito porque los dolores son insoportables.

—Lo sé. David ha estado superpreocupado porque no sabe cómo más ayudarte. Perdona por insistir, pero estoy segura de que a él le gustaría estar contigo.

—Amelia, él es la persona menos preparada para mi muerte. Mi amigo el doctor ha tratado de ser prudente, pero yo sé que en las madrugadas viene a verme, y, antes de que siente a mi lado en la cama y me tome de la mano, lo oigo llorar de la angustia que le produce no poder ahorrarme sufrimiento alguno, ahí parado al lado de la puerta.

—Es que para él ha sido muy difícil porque, además del cariño que ha crecido entre ustedes, le recuerdas a su difunta abuela, la persona que lo inició en la medicina. De hecho, ¡para él y para mí te has convertido en parte de nuestra familia!

—¡Muchacha, no hagas llorar a una anciana! Mira que no estoy para estos trotes.

—Inés, no trates de hacerme llorar para que, cuando David venga, me vea hinchada como un sapo.

—Yo sé que ese muchacho, aunque un poco lento para dar pasos en la dirección correcta, está destinado para ti... ¡y tú para él!

—¡Señora Duval!, eso es...

A Amelia se le ahogó la voz porque, si bien no había tenido oportunidad de compartir tanto tiempo con la señora Duval, sí había encontrado en ella apoyo profesional, consuelo oportuno y una seguridad que solo ella le había transmitido.

—Amelia, no me queda tanto tiempo como el que tú y mi amigo el doctor parecen necesitar. Por eso te pido que recuerdes lo que te voy a decir: ¡eres una mujer extraordinaria! Eres hermosa, inteligente, gran conversadora, detallista, sensual y sexual. —En ese momento, además de sonrojarse, Amelia no pudo evitar soltar una risita nerviosa—. Déjame decirte que esta vieja sabe lo que dice: ¡no sobrevivió a la era del amor, la paz, el LSD y el sexo sin alguna que otra experiencia!

—Señora Duval, ¡me sonrojo! Perdón: ¡Inés!

—Amelia, estoy ya demasiado vieja y adolorida como para que trates de distraerme, menos cuando lo que quiero que oigas es muy importante para mí.

—Perdón: es la costumbre.

—No te disculpes: solo no trates de hacerlo. Mi amigo el doctor trata de hacer lo mismo todo el tiempo y siempre falla de manera estrepitosa, ¡como tú en este momento!

Amelia le oyó la voz cansada, lo que le partió el corazón: comprendió que, en efecto, estas eran las últimas horas de una buena amiga y de un ser humano que se había ganado un espacio grande en la vida de su pareja. Como pudo, ahogó las lágrimas que empezaban a salir y le dijo:

—Inés, ¡gracias por compartir conmigo tanta sabiduría, por guiarme y transmitirme una seguridad que antes de conocerte no tenía!

En ese momento se le apagó la voz.

—Corazón, no necesito que te hagas la fuerte. Sé que despedir amigos es desgarrador. Y, aunque estoy tranquila porque fui feliz en mi existencia y estoy preparada para reencontrarme con el amor de mi vida, no quiero que tú y mi amigo el doctor pierdan la oportunidad de compartir la suya. Por eso necesito que entiendas, mi amiga Amelia, que, cuando uno se quiere, ya no está para todo el mundo, y tú necesitas quererte mucho porque solo cuando te ames entenderás por qué David te mira como lo hace y por qué, desde que estás en su vida, el resto de las mujeres le sobra.

—Inés, ¿de verdad no quieres que vaya a acompañarte? —le dijo Amelia a la amiga de su novio, esa mujer adulta que había llegado a sus vidas cargada de sabiduría, curiosidades históricas y mucho cariño para dar.

—Mi querida colega, si vienes, David sabrá que algo malo está sucediendo, y yo ya le pedí al doctor Franzhaus que me ayude para que David no tenga que lidiar con mi muerte ni con los trámites tanto médicos como procedimentales que este tipo de situaciones implica.

—Pero… ¿entonces? ¿Cómo…? ¡Yo no puedo ocultarle esto!… Si no le decimos, ¡esto lo va a destrozar cuando se entere! —le dijo Amelia, asustada y preocupada por los sentimientos de su novio.

—Amelia, es una pena que una muchacha como tú resulte a veces tan corta de miras.

—Disculpa, ¿cómo me has llamado?

—Corta de miras. Fui muy sutil. ¿Quieres que sea más explícita? ¡Boba, despistada, algo pendeja! —En ese momento las dos amigas se echaron a reír—. Te decía que solo hay una persona que puede ayudar a David a celebrar mi muerte sin sumirse en la tristeza.

Era la primera vez —y sería la última— que la señora Duval llamaba a David por su nombre.

—¿Cómo?, ¿quién?

—¡Muchacha, espabila! De corazón espero que llegue el día en que entiendas que la única que puede acariciarle el corazón, el espíritu y el alma a David eres tú. Mi marido fue creado para mí, y estoy segura de que, si no nos hubiéramos conocido en esta, habríamos reencarnado para encontrarnos en otra vida. David y tú están hechos el uno para el otro: lo supe cuando te presentó conmigo y lo he venido confirmando con cada conversación que he sostenido contigo y con él. —La señora Duval estaba preocupada, pues sabía que lo único que podría separar a la pareja eran las inseguridades de la historiadora y ciertas actitudes inconscientes o comentarios impulsivos de su "amigo el doctor", que todavía no había reconocido en Amelia a la mujer de su vida y, por eso, a veces buscaba formas de alejarla por miedo al compromiso que el amor de esa mujer implantaba en su vida.

Los sollozos de su joven colega la hicieron regresar a su llamada a consolar a su amiga.

—No te preocupes por mí. ¡Hoy tengo una de las citas más importantes que he tenido con mi marido! Lo demás ya lo tengo organizado. Te llamo porque es el momento de que abras tu corazón y tus brazos para que abrigues con ellos a mi amigo el doctor, porque, como regalo por toda la sabiduría que he compartido contigo, mañana tienes que hacer una celebración por mi vida.

Amelia no pudo evitar reírse del comentario sobre la "sabiduría" porque, aunque real, ella sabía que la anciana lo había hecho con intenciones de animarla.

—¡Te quiero mucho, Inés! —le dijo Amelia entre sollozos.

—Mi amiga Amelia, mi colega, mi confidente en estas últimas horas: solo te voy a decir que tú y ese pendejo que tienes de novio han hecho, de mis últimos momentos, algo mágico, ameno y mucho más entretenido de lo que jamás habría podido esperar. Como te dije, he sido feliz, realmente feliz, en mi vida, y sería desagradecido de mi parte pedirle más. Ahora ponme cuidado, que tienes mucho que preparar.

Las dos historiadoras pasaron horas organizando la celebración de la vida de una profesional insuperable, una madre excepcional, una esposa amorosa y una amiga leal.

La mirada de David vagó por el mantel de cuadros rojos en que estaban sentados, llegó a la cesta que contenía los alimentos y detalles que Amelia había preparado y le hizo un gesto a su novia pidiéndole permiso para esculcar. Con una sonrisa, ella lo animó a hacerlo. Dentro había sanduchitos de huevo —¡que le fascinaban!—, tartaletas de melocotón, jamón serrano y tortilla española con aceitunas. De pronto, David se encontró con algo que no había visto nunca: una curiosa botellita. La tomó en sus manos y, justo cuando iba a leer la etiqueta, Amelia le dijo:

—Es cerveza artesanal, hecha de raíz de cebada negra. —Al ver la cara de extrañeza de su novio, que no entendía por qué su novia, a quien no le gustaba el licor, sabía este tipo de cosas, Amelia continuó—: Una vez que vine a visitarte a la hora de cenar me encontré con que estabas en una cirugía, por lo que fui a ver cómo se encontraba la señora Duval y a hacerle un poco de compañía. Ese día, ella me habló de la cerveza que tienes en las manos, que era la favorita de su marido y que ella estaba segura de que te encantaría.

—¿Te dijo eso? —le preguntó David.

—No solo eso: me contó que se cree que el origen de la cerveza se encuentra en Mesopotamia hace más de siete mil años, debido a que se encontró una tablilla sumeria en que se ve a varias personas tomando cerveza de un mismo recipiente. También me dijo que los babilonios heredaron de los sumerios el arte del cultivo de la tierra y el de la elaboración de cerveza. —Como era su costumbre cuando se sentía inquieta o nerviosa, Amelia no podía parar de hablar y contarle datos curiosos a David, algo que lo enterneció y le ayudó a disfrutar de sus historias en un día en que pensaba que el mundo se le venía encima—. Recuerdo que yo le conté la teoría del orientalista parisino Joseph Halévy, quien defendió desde 1874 que el sumerio era un código secreto, y también le hablé de Miguel Civil, graduado de la

Universidad de Chicago, experto en asiriología, especializado en la lengua y las culturas sumerias, quien sustentó la dificultad de traducir el sumerio con base en su estudio de la tablilla a que ella me había hecho referencia sobre cómo hacer cerveza... En fin: fue una conversación salida de algún canal de historia. Lo importante es que espero que su esposo haya tenido un gusto parecido al tuyo porque me pareció propicio que brindaras con esa cerveza artesanal por la vida y la amistad de una gran mujer.

Sin saber qué decir ante la última declaración de Amelia y conmovido como nunca antes lo había estado en su vida, David tomó su cara entre las manos y la besó; la besó con pasión, con gratitud pero, por encima de todo, con amor: ¡ella había logrado que uno de los peores momentos de su tránsito terrenal se convirtiera en una celebración de la vida de una gran mujer y en un momento especial creado por ella para él!

Desde entonces, esa cerveza se volvió su favorita y Amelia se convirtió definitivamente la mujer con quien deseaba pasar el resto de su vida.

capítulo 4
Best friend
(SOFI TUKKER)

Una vez que tiene la cerveza de David en la mano, Daniel recuerda que debe poner un portavasos en la mesa para que la botella no marque la madera, algo que no se puede permitir porque, aunque sus amigos estén pasando por un momento difícil, él tiene esperanzas y confianza en el amor que se tienen, por lo que no duda —bueno, ¡solo un poco!— de que Amelia regresará a su casa, al hogar que ella misma habilitó primorosamente para los dos, y sabe que, de ser así, ella le "cortará los huevos" si le daña la mesa. Pero como ha ocurrido con todo lo demás, Daniel no encuentra un portavasos en el cajón donde solían estar guardados ni en el fregadero: ¡no aparecen en lado alguno de la cocina! El hecho alarma a Daniel porque, para él, la ausencia de estos utensilios es la prueba más fehaciente de que David está a punto de ser abandonado por su novia... si es que eso no ha sucedido ya. Con el miedo reflejado en la cara, Daniel regresa a la sala y decide poner la cerveza fría sobre la mesa sin el portavasos de rigor.

En el momento en que decide comenzar a hablar, un David ido y asustado lo interrumpe:

—Daniel, pon un portavasos. Están en el segundo cajón, al lado del calientaplatos. Si no lo haces, Amelia me va a regañar porque la mesa es de una madera que ya no se comercializa.

—David, ya lo habría hecho si hubiera encontrado alguno en la casa. Y, por cierto, sé donde deberían estar: déjame recordarte que Amelia me hizo lo que ella denominó *City Tours* y *Pasatardes* privados por todo tu apartamento para que no le dañara las cosas y dejara de preguntarle dónde estaba todo.

—¿*City Tours*? —pregunta Miguel saliendo del mutismo en que se encuentra a causa de la impresión por lo que está viviendo.

—¡Sí, *Pasatardes* y *City Tours*! Todo porque, luego de un mes de que se mudara, un jueves en la tarde vine a cenar, y por segunda...

—¡Décima! —le recordó David.

—Bueno, ¿qué importa cuántas veces pregunté? El caso es que pregunté dónde estaban las gaseosas.

—¿En la nevera?

Miguel recuerda que siempre estaban en la nevera.

—Ahí es donde David solía guardarlas, pero resulta que Amelia, al contrario de nuestro querido amigo, sí abastece el refrigerador, razón por la cual no queda espacio para los refrescos, que ahora están en la alacena. —Al ver la cara de extrañeza de Miguel, Daniel continúa—: Resulta, Miguel, que al lado de la cocina hay un clóset que estuvo vacío hasta que Amelia lo convirtió en una alacena.

—¡No tenía ni idea!

Miguel, en efecto, no tenía idea de que hubiera una alacena.

—¡Pues debiste unirte a los *Pasatardes*! —le dice Daniel con picardía.

—Y, si puedo preguntar, ¿qué hacían ustedes en los *City Tours* y *Pasatardes*?

—Pues Amelia usaba una sombrilla como en los *tours* europeos y le hacía un recorrido por la casa, ¡con paradas históricas! Era digno de verse.

David recuerda a su novia inventando historias en medio de unos recorridos de lo más graciosos.

—Aquí entre los tres, a veces yo fingía no recordar cosas solo para que armara un nuevo recorrido. ¡Había que ver las cosas que inventaba! Recuerdo cuando hizo un símil entre el baño y las Termas de Caracalla, en Roma.

—¿Cómo? —pregunta Miguel rompiendo a reír.

—Sí. Comenzó diciendo:

"—Como es sabido, a finales del siglo quinto antes de Cristo existían las antiguas estancias de baño asociadas a los gimnasios griegos, los cuales se perfeccionaron y crecieron en complejidad, convirtiéndose en estancias independientes, destinadas solo al baño. En ellas se ofrecían baños de vapor y piscinas frías, templadas y calientes. En Roma, como buenos copiones que eran...

En este momento, Miguel vuelve a reírse.

—Ya sabes cómo es Amelia. Sin ese tipo de comentarios no habría sino un *city tour* de ella. Pero esa no es la mejor parte. En ese punto nos acercábamos al baño principal y continuó diciendo:

"—Construyeron estancias similares que pronto fueron del gusto de la ciudadanía. En ellas no solo se realizaban actos de limpieza y relajación, así como medicinales cuando las aguas tenían propiedades curativas, sino que se añadía un cuidado del cuerpo que incluía prácticas deportivas y un ritual de masajes con diferentes sustancias, como esencias y aceites especiales. En el año 216 se inauguraron las Termas de Caracalla, que actualmente están en ruinas pero aún dan una idea del monumental tamaño del complejo, que se extendía con servicios como biblioteca y tiendas. Este baño que tienes acá es un ejemplo a escala de lo que podías disfrutar en dicho complejo: este mueble contiene las bibliotecas, en esta repisa encuentras las famosas sales medicinales...

En este punto de la demostración, los amigos no pueden parar de reírse.

—La mejor parte fue cuando ubicó, en cada parte del baño, planos y fotos de las reales ruinas de las termas. ¡Era digno de verse! —comenta Daniel riéndose todavía de las ocurrencias de su amiga historiadora.

—¡La pequeña tiene unas ocurrencias...! ¿'Un ejemplo a escala'? —dice Miguel riendo sin parar.

—El caso, mi querido amigo, es que, después de varios *Pasa Tarde* y *City Tours*, puedo garantizar que sé donde están las cosas en tu apartamento —le dice Daniel a quien ha sido su mejor amigo desde el parvulario.

¿Qué mejor momento que este para hacer un recorrido por la amistad de David y Daniel, quienes se conocieron el primer día de clase en el parvulario, en el momento en que estaban entrando al salón de clases? Justo cuando Daniel había cruzado la puerta del salón se encontró con un niño gordo que, al ver el parche que le cubría un ojo —y que tuvo que llevar varios meses para solucionar un problema de estrabismo—, pensó haber encontrado a su primera víctima. De modo que lo cogió de la solapa y lo empujó contra la pared, todo con intenciones de obligarlo a entregarle su lonchera. Daniel estaba muy asustado y no sabía defenderse. Su papá le había dicho que los niños pensarían que era un pirata y lo aceptarían como a uno de los chicos más divertidos; por eso no esperaba que un niño tan grande la cogiera en su contra. Justo cuando Daniel se preparaba para recibir el golpe del gordito, este cayó de rodillas a causa de una patada que propinó David en las "partes nobles"; acto seguido, este le tomó la mano y lo jaló para que salieran corriendo a esperar a que llegara la profesora.

—¿Estás bien? —le preguntó David.

—Sí, un poco asustado.

Daniel se cogía la cara, avergonzado de su parche.

—¡Oye, no te tapes! ¡Se ve *supercool*, como si fueras un pirata!

David sabía que su nuevo amigo se sentía cohibido por su parche y no dudaba de que lo portara por una razón médica. Por eso, al día siguiente le pidió a su mamá que le hiciera un parche para acompañar a su nuevo mejor amigo en sus aventuras "piratescas".

A partir de ese momento se hicieron inseparables y formaron un grupo de "rebeldes con causa". Al principio se divertían cazando sapos, haciendo experimentos en la cocina de la casa de David, espiando a Andrés, el hermano mayor de este, cuando llevaba niñas a la casa y les quitaba el acostumbrador, y cometiendo travesuras mil en clase de matemáticas, todo esto sin jamás dejar de ser los primeros en deportes, en ciencias y, en el caso de Daniel, en humanidades. Siempre contaron el uno con el otro, en las buenas y en las malas, desde el parche en el ojo hasta el día en que la mamá de David se enfermó y su recuperación requirió de la unión de todos sus seres queridos: Daniel fue, entonces, un miembro más de su casa, y en más de una oportunidad en que Andrés, David o don Federico —el papá de David— no pudieron acompañar a la señora Aída al médico, Daniel lo hizo como uno más de la familia, porque eso eran los dos amigos en las respectivas casas del otro: uno más de la familia. Su amistad ha sido tan profunda que cada uno ha llorado cuando el otro ha estado mal y celebrado como propios los logros de su mejor amigo, como cuando David ingresó al programa de investigación de enfermedades autoinmunes de su hospital o como cuando Daniel se graduó con honores de su doctorado y consiguió un puesto en la Academia de Artes.

Cuando llegaron a la adolescencia y empezaron a fijarse en el sexo opuesto, su "causa" evolucionó de la inocencia absoluta a la desfachatez de bajarle las bragas a cuanta estudiante los dejara hacerlo. Aprendieron desde pequeños, por una experiencia de Daniel en grado séptimo, la lección de que tener aventuras con gente a la que tienes que ver todos los días no es una buena idea. Era el día en que se celebraba el aniversario del colegio; por eso, durante toda la jornada escolar, los estudiantes participarían actividades culturales que involucraban obras de teatro, juegos intercursos, tarde de cine y almuerzo especial para todo el estudiantado. Ese día, David le ayudó a su mejor amigo a trazar un plan para dar su primer beso y poder acercarse al "amor de mi vida", según sus propias palabras.

Cuando llegó la ruta de Juanita, Daniel la estaba esperando en el parqueadero con su chocolatina favorita; luego la acompañó al coliseo, donde los chicos de preescolar harían una presentación de alguna escena de *La novicia rebelde*, como era la costumbre anual. Consciente de que, por las iniciales de sus respectivos apellidos, los sentarían demasiado lejos entre sí, Daniel le pidió a David que le cediera el puesto, pues a él, por su apellido, le correspondía sentarse junto a ella. Una vez acomodados uno al lado del otro, Daniel se pasó toda la función entregándole notas en papelitos porque, por aquellos años, los niños aún no llevaban celular, y este sistema era el único *chat* con que contaban. En la última, enviada faltando pocos minutos para finalizar la jornada de la mañana, Daniel le preguntó a Juanita si quería ser su novia: *Desde que te vi, cuando llegaste trasladada de otra ciudad al colegio, solo he tenido ojos para ti.*

Cuando salieron al descanso, Juanita le contestó de viva voz:

—Seré tu novia, pero recuerda que no puedes tener más novias. Mi mamá dice que es importante tener el corazón de un hombre y que él no tenga más novias.

—¡Juanita, solo tengo ojos para ti! —le dijo Daniel acercándose a recibir su primer beso, como lo había soñado y planeado desde hacía varios días.

—Bueno, ¿qué se supone que debemos hacer? —le preguntó Juanita: estaba algo perdida en cuanto a lo que se suponía que debían hacer ahora que eran novios.

Daniel vio su oportunidad, y no iba a perderla.

—Juanita, mis papás se dan besos para demostrar que se quieren y que están juntos. ¿Me darías un besito?

—Pero solo uno, ¿bueno?

Tan pronto como oyó a Juanita, Daniel se le acercó y le robó su primer beso. Fue corto y en los labios, le supo a chicle de frambuesa y lo dejó con una sonrisa en los labios durante la mayor parte de la tarde.

No sobra decir que fue el noviazgo más corto de la vida de Daniel, pues una vez dejó a Juanita en su ruta escolar, se encaminó al coliseo para las prácticas de basquetbol que se llevaban a cabo en jornada extra. Antes de llegar a la cancha se topó con una escena que lo enterneció: una niña mayor que él, Manuela Ruggiero, de grado noveno, que siempre había sido buena con él —incluso en alguna oportunidad en que sus padres habían ido a ver la opera *Fausto* lo había cuidado como niñera—, lloraba en las gradas del coliseo a causa de la infidelidad de su novio.

—Manuela, ¿qué te pasa?, ¿por qué lloras?

La estatura de Daniel lo hacía parecer mayor, por lo que las niñas de cursos más avanzados se sentían cómodas con él.

—Ese... ese... ¡se dio besos con una niña de tu curso!

Manuela estaba destrozada, por lo que Daniel la abrazó. Ella lo aceptó encantada y apretó con tanta fuerza que sus pechos quedaron pegados contra los pectorales de él. Y, bueno, las hormonas le jugaron una mala pasada al muchacho, que terminó besándola. Daniel aun recuerda aquel beso como uno de los mejores que ha recibido en su vida, el primero con lengua y uno que provocó miles de reacciones en su cuerpo. La dicha, claro, no le duró mucho porque, una vez que, gracias a sus amigas del equipo de basquetbol femenino, Juanita se enteró de ese beso, todo se le volvió un desbarajuste: ella, naturalmente, se sintió ofendida y humillada, le pegó una patada en una canilla y no lo dejó hablar. Justo cuando sonó el timbre que anunciaba el primer recreo, Juanita se transformó en una imparable fuerza natural, le rompió todos los cuadernos y, de no ser por David, le habría roto la mochila y el resto de cosas que Daniel tenía en el salón.

Su noviazgo con Juanita terminó ese día, Manuela volvió con su novio, y él se prometió no volver a meterse con alguien de su colegio.

David y Daniel nunca han tenido problemas para conseguir sexo. El hecho de que ambos sobrepasen el metro noventa y además sean deportistas desde pequeños los ha hecho destacar sobre el promedio de los hombres. Nunca han peleado por una mujer porque sus gustos, al igual que sus físicos, son la mar de distintos.

David tiene ojos azules y pelo negro. Su ancha contextura innata se acentuó al entrar al equipo de natación. En más de una ocasión lo han comparado con los modelos que aparecen en los anuncios de perfumes para hombre, aunque a él la moda lo trae sin cuidado. Es un amante de las ciencias, siempre fue el mejor en biología, física y química, obtuvo varios premios en las ferias de ciencias e "izó bandera" muchas veces. A nadie le extrañó que escogiera la carrera de medicina ni que terminara la especialización en urgencias y cirugía vascular. Ahora terminaba un doctorado en enfermedades autoinmunes, algo que consumía gran parte de su tiempo.

Varias agencias de modelaje se le acercaron a invitarlo a modelar, pero su madre siempre consideró que el mundo de la moda era muy agreste y no quería que su hijo menor sufriera por los acostumbrados rechazos de ese medio ni que le diera demasiada importancia a su físico. Él siempre buscó niñas tiernas, de tetas pequeñitas y cola de durazno, recatadas, estudiosas y enfocadas en su carrera y, por lo general, que no buscaran una relación a largo plazo: David siempre ha contado con poco tiempo libre, apenas el suficiente para tener "rollos" de una noche, y las aventureras que intentaron algo más duradero terminaron cumpliendo citas a que solo acudían ellas en restaurantes bonitos donde terminaban pagando la cuenta sin compañero, pues siempre las dejó plantadas. Como nunca tuvo intenciones de lastimar a ninguna, siempre era sincero con ellas y les decía desde el momento de conocerlas que no estaba interesado en compartir más que unos momentos divertidos. Resulta que, para él, cualquier excusa es buena para aprender algo, y siempre se ha ofrecido de voluntario para cualquier procedimiento médico, esté o no de turno y, desde luego, dejando plantado a quien sea.

Las mujeres "voluptuosas" y a las que, además, les guste exhibirse no son su tipo: unas tetas pequeñas y naturales son su perdición, algo que Daniel siempre le ha reprochado diciéndole: "¡Mira que todo hombre merece un buen par de tetas en donde meter la cara!". Por esto, Daniel siempre ha buscado chicas exuberantes, de piernas infinitas y a las que les guste hacerse notar y, por lo mismo, ser trofeos para mostrar.

Con sus ojos verdes y su pelo castaño, Daniel es la perdición de toda aspirante a modelo. Siempre se inclinó por el estudio de las humanidades; por eso, a nadie le extrañó que escogiera la carrera de bellas artes. Se especializó, pues, en restauración e hizo un doctorado en historia del arte. Pero, como "de casta le viene al galgo...", heredó de su padre el amor por los negocios, lo que evidenció al comprar, en una zona comercial de la ciudad, una casa antigua que restauró y donde puso un bar, proyecto en que todos sus amigos lo apoyaron y sus padres lo ayudaron con el capital para iniciar.

Todos los murales los hizo allí a su gusto, inspirado en sus artistas favoritos. Creó asimismo espacios modernos que no desdecían del periodo colonial, conservando la estructura, el aire y el espíritu del arquitecto que había diseñado la casa, pues las diversas decoraciones se integraban de manera exquisita con los murales de tipo colonial: algo digno de verse. Daniel conservó los detalles coloniales de la casa y los fusionó con las necesidades de un bar: las sillas, la barra, etcétera. Cada parte del bar fue diseñada con particular cuidado por él mismo, que así logró una amalgama casi perfecta entre arte colonial y establecimiento de copas y de baile, armonía que hizo de esa casa un lugar de paso obligado de todos los estudiantes de arte de su universidad. Desde que abrió las puertas al público, *Bellini*, así bautizado en honor de su pintor favorito y del coctel preferido de su hermana, ha sido un éxito total.

En la universidad, David y Daniel se dedicaron a acostarse con cuanta mujer les daba la gana. Comenzaron con mujeres mayores, idea que le nació a Daniel una tarde de sábado en que no tenían ganas de salir, primero, porque David empezaba sus rondas del domingo en el hospital a las 5 de la madrugada y Daniel tenía un trabajo de apreciación artística que debía entregar el lunes y, segundo, porque no tenían mucho dinero, por lo que se quedaron en casa comiendo pizza, tomando cerveza y viendo televisión.

En cierto momento, entre una película y otra, Daniel dijo:

—¡Tenemos que aprender todo tipo de posiciones!

—¿Perdón? —preguntó David sin la menor idea de qué le decía Daniel.

—¡Ponme cuidado! He estado pensando y me he dado cuenta de que ya no estamos en el colegio —dijo Daniel cambiando de posición en el sofá para quedar de frente a su mejor amigo.

—¿Ajá?

David estaba realmente perdido en esa conversación y, al ver la forma en que se había acomodado su mejor amigo en el sofá, supuso que era un tema en que había pensado y a que había estado dedicando un tiempo considerable.

—Digo, ¡tenemos que aprender de sexo!

—¿Quieres que te enseñe cómo se hacen los bebés? ¡Miércoles!... Pensé que a estas alturas tu papá ya habría tenido contigo esa charla de hombre a hombre. Pero si quieres... ¡hablemos de abejas, flores y cigüeñas!

—¡Cabrón!, ¿puedes enfocarte?

Daniel necesitaba compartir su curiosidad y las preocupaciones que lo venían asaltando desde hacía unas semanas.

—Eso trato, pero no veo la relación entre *Depredador* y el sexo. La verdad, ¡la manera en que funciona tu cerebro a veces me aterra!

—Te digo que he estado pensando, y la verdad es que no tenemos mucha experiencia en lo que de experimentar con el sexo se trata.

Daniel estaba preparado para cualquier cosa —que David se burlara de él, que hiciera algún chiste de mal gusto—, para todo menos para lo que le dijo David a continuación:

—Te escucho.

David estaba realmente intrigado porque su mejor amigo no era muy dado a hablar de sexo: bueno, no desde que ambos habían dejado la pubertad hacía ya algunos años.

—¡Te digo que deberíamos tener la misma experticia que un *gigolo*!

—Disculpa, creo que necesito una cerveza porque o estoy bastante espeso o simplemente me perdí en alguna parte de la conversación; más precisamente, cuando dijiste: "Tenemos que aprender posiciones" —dijo David mientras se encaminaba a la cocina.

—A ver, la cosa es la siguiente: ¡quiero hacer que las mujeres disfruten tanto como yo de la experiencia!

—¿Y no lo hacen ya? Es decir, a más de una la he oído gritar al otro lado de la puerta.

—A ver: ¡ninguna se me queja pero no puedo estar seguro! Es algo así como que ves porno y te preguntas si estás en un buen nivel. Estamos en la universidad, y ya no es solo cuestión de quitarle la virginidad a una adolescente o estar con alguna amigovia: ahora no estamos para esos trotes, ¡y lo que menos queremos es una denuncia por corrupción de menores!

—Estás divagando, y poco te entiendo, la verdad —decía David regresando de la cocina con dos cervezas.

—Lo que quiero decir es que debemos empezar a ampliar nuestros horizontes si queremos estar a la altura de las expectativas de una universitaria y, más aún, de una profesional. ¿Entiendes lo que te digo? ¡Y no me hagas otro chistecito, por favor!

Daniel necesitaba tener esta charla con su mejor amigo, pues era algo sobre lo que venía pensando desde hacía un tiempo y, si no lo compartía, probablemente se volvería loco.

—Primero que todo, espero que, cuando dices 'profesional', no hables de prostitutas. ¡Los dos acordamos que no necesitábamos pagarle a nadie por sexo!

—¡Que no! Te digo mujeres con carrera y aspiraciones.

Daniel entendía la confusión.

—¡Okey, okey! Pero es que me la pusiste fácil. Entonces qué propones: ¿maratón de películas porno?

David entendía lo que su amigo le decía: últimamente sentía estar quedándose atrás en lo que las expectativas de sus parejas se refería. No era que alguna se quejara; pero sí sentía que, si no salía del "misionero" o la "vaquera", sus parejas terminarían aburriéndose.

—¡A ver, campeón! Esto no es una clase de idiomas; no vamos a aprender francés. ¿No has oído que, en estas cosas, la práctica hace al maestro? —le dijo Daniel levantando una ceja con picardía.

—¡Ah! ¡Entonces nos vamos a tirar todo lo que se mueva! ¡Ups!, pensé que eso estábamos haciendo. Recuerdo que justo ayer estabas despidiendo a Laura, a Maura… bueno, a la mona tetona que conociste en la cafetería precisamente ayer.

—Disculpa, ¿me juzgas tú, que no dejas a una cajera del supermercado con las bragas puestas?

La verdad era que no les faltaba sexo, pero sí se les estaba volviendo rutinario, así que explorar no les haría daño.

—Okey, okey. ¿Qué propones?

—¡Te digo que empecemos a salir con maduritas!

—¿Como los paquetes de chucherías?

—¡Vete a la mierda!

—Tú primero para que no me pierda.

—¡Vamos!, ¿quiénes mejores que ellas para enseñarnos?

—¿Quieres que nos tiremos a mujeres con experiencia para que nos enseñen qué les produce placer?

—¡Exacto! Creo que, si queremos mejorar en este terreno y destacarnos como en los demás, debemos tener una buena mentora.

—¡Ya no veas más *El graduado*! —le dijo David, que era incapaz de mantener una conversación seria sobre el tema.

—¡Como quieras!

Daniel odiaba que su mejor amigo no estuviera a la altura de la conversación, cosa que, gracias al cielo, no pasaba con frecuencia, pero, cuando pasaba, siempre lo ponía de mal genio, por lo que se paró, dispuesto a irse a su cuarto y continuar con su trabajo de apreciación artística. Entonces oyó que David trataba de detenerlo:

—¡Espera!, ¡no te enojes! Prometo no hacer más comentarios pendejos, pero no te vayas.

—¡No importa! Igual tengo que terminar mi trabajo de…

—¡Ven! Sabes que no quieres irte molesto conmigo y que tienes la misma intención de hacer ese trabajo que yo de estudiar anatomía. ¿Te sirve que te diga que lamento no haber estado a la altura de la conversación?

—¡Me sirve!

Daniel sabía que su amigo no era propenso a pedir disculpas si no sentía haberse equivocado, por lo que prefirió no continuar con la conversación. Pero sí quería seguir disfrutando del sábado de descanso con su amigo.

—¿Quieres que sigamos?

—No, déjala morir; si en algún momento renace, ¡perfecto! Pero, por ahora, solo déjala morir.

Se referían a la conversación. No sobra decir que, aunque murió entonces, ninguno de los dos la olvidó y más adelante ambos la pondrían en práctica.

capítulo 5
Sexual healing
(MARVIN GAYE)

Como estudiaron en facultades diferentes, David y Daniel decidieron que los primeros años vivirían cerca del campus. Buscaron, pues, un edificio que quedara equidistante de sus respectivas facultades y, una vez se instalaron, todo vino rodando. Aprendieron, de la mano de las estudiantes mayores y de alguna que otra profesora, todo acerca de cómo satisfacer a una mujer; por ejemplo, cómo estimular el clítoris con la lengua, pues, por una estudiante de medicina con quien se enrolló en uno de los cuartos del hospital, David se enteró de que lo hacía bastante mal, pues su compañera le dijo, irritada:

—Para lo que estás haciendo existen productos de higiene femenina. ¡La idea no es que me empapes el coño!... Vamos a ver, con la punta de la lengua... —le dijo mientras él estaba entre sus piernas, arrodillado en el suelo de frías baldosas del hospital, posición que, además de lo incómoda, ya empezaba a causarle estragos en las rodillas.

—¿Me vas a dar lecciones? —le preguntó, algo indignado, levantando la cabeza y a punto de dejar de hacer lo que estaba haciendo: fuera de que él se estaba lastimando, ¿venía ella a quejarse?

—En vista de lo que estás haciendo, ¡o te doy lecciones o no vas a conseguir que alcance el orgasmo! —le dijo, bastante enfadada, la estudiante, que no podía creer lo torpe que era el tipo "bueno" del curso, empujándole la cabeza para que regresara a su vagina, a ver si lograba que le médico lo hiciera bien y ella se pudiera ir de esa sala con, al menos, un orgasmo.

—¡Es que estás muy tensa! —le dijo David rozándole los pliegues de la vagina con los dedos y hablando entre los dientes.

—Es el momento de que decidas si quieres ser un hombre que aprenda lo que debe hacer para que una mujer disfrute o un doctor que termine con fama de malo en el sexo, rumor con el que será imposible que consigas siquiera un 'rapidito' con la enfermera Martínez y sus cien kilos... —dijo ella incorporándose un poco para ver a David a la cara y tratando de recordar por qué estaba abierta de piernas en la cara de un incompetente sexual.

—Creo que mejor lo dejamos —dijo David con intenciones de ponerse de pie.

Pero su compañera fue más rápida y le cogió la cabeza de nuevo y la ubicó frente a ella.

—¡Deja la boca en donde la tenías y empieza a hacer caso! —A regañadientes, David se acercó—. Haz círculos alrededor de mis labios vaginales... —David comenzó a hacer lo que su pareja le decía— Lento, con paciencia, que con tanta velocidad y tan poco cuidado no vamos a llegar a ningún lado. —David trataba de concentrarse, pero el ego se le estaba resintiendo un poco y el temperamento se le había alborotado hacía un buen rato—. ¡No se trata de que me lamas como un perro a un hueso!… Vamos, es como un beso, solo que en otros labios. —David sopesó sus posibilidades y entendió que, si la mujer se tomaba la molestia (¡y para no repetir jamás una experiencia tan humillante!), él mejor hacía caso, por lo que a partir de ese momento se dejó guiar de su compañera y cambió la actitud con que recibía las instrucciones—. Eso… lento, con paciencia… Una caricia… ¡síii!… ¡eso! Estimúlame el clítoris con la punta de la lengua… Puedes morderlo un poco. ¡Síii! ¡Haz ufff!… ¡Síii!…

Al comenzar a sentir espasmos, la mujer lo agarró fuertemente del pelo para que no dejara de hacer lo que estaba haciendo.

—¡Me vas a dejar calvo! —dijo David recuperando el sentido del humor al entender que comenzaba a desempeñarse mejor.

¡Claro que jamás aceptaría que las había estado haciendo aparatosamente mal!

—¡Significa que lo estás haciendo bien, imbécil! Eso: penétrame con la lengua… ¡hasta el fondooo!... ¡Síii!…

La clase duró hasta que la estudiante perdió la noción de su cuerpo y alcanzó el orgasmo. Al ver que regresaba de su éxtasis, David le dijo:

—¡Creo que he sido un buen estudiante!

—Sí… —dijo ella recuperándose de un muy buen orgasmo—. Sabía que podías hacerlo mejor. Ahora ven, siéntate: ¡es tu turno! —Recomponiéndose, la compañera David lo instó a intercambiar posiciones, pero ella, mucho más astuta que él, puso un saco bajo sus rodillas—. Hay que ser recursivo, David. ¡Tienes que ser un idiota para arrodillarte en un suelo como este! —lo amonestó con una sonrisa en los labios mientras se arrodillaba frente a él.

Le bajó el pantalón de la sudadera del uniforme de cirujano. No era difícil imaginar el estado en que él se encontraba: ¡tenía una tienda de campaña en medio de los *boxers*! Tomó con dos dedos dispuestos en forma de aro la base del pene de David y con otros dos dedos la punta y empezó a hacer presión mientras los movía magistralmente.

—¡Uy, por amor a todo lo divino! ¿Qué es esto?… Oooh… ¡Esto es…! —David estaba recibiendo la mejor masturbación de su vida: además de sobarlo, ella presionaba lo suficiente para enloquecerlo—. ¡No pares!… ¡Presiona más!… ¡Más rápido! —Su compañera siguió presionando y, en el momento más inesperado, justo cuando David sentía estar a punto de venirse y que era imposible alcanzar más placer del que estaba teniendo, la mujer se metió su pene en la boca (¡caliente, húmeda y resbaladiza!) y empezó a chuparlo con fuerza y a rozar su longitud con los dientes de manera muy provocadora mientras le apretaba los testículos con la mano—. ¡Esta es sin duda la mejor…!

David no pudo seguir hablando: llegó al orgasmo en la boca de su compañera. Fue algo que sintió con todo el cuerpo, como si el semen le hubiera salido de la columna vertebral. Antes de quedar hecho un guiñapo, llenó la boca de su compañera, que se relamió el semen.

Aquella fue, sin lugar, a dudas una de las mejores mamadas de su vida.

Los dos amigos también aprendieron a dilatarles el ano a sus parejas para poder penetrarlas sin provocarles dolor, ¡experiencia que Daniel atravesó, literalmente, a golpes y arañazos! La dolorosa ordalía sucedió en el apartamento que ambos alquilaron en cuarto semestre. Daniel había llevado a la tutora de su clase de negocios internacionales, Anna, una mujer bajita pero con unas tetas de infarto siempre escondidas en unos vestidos holgados que, aunque no sobra decir que eran escogidos con muy buen gusto, no le hacían justicia a su figura. Olía a lilas y a pecado, tenía un gusto exquisito a la hora de arreglarse y usaba poco maquillaje, apenas el suficiente para resaltar sus hermosos ojos cafés y sus labios rojos. Daniel la recuerda como bastante esquiva con los hombres de su clase. A él le había tomado más de dos meses tratar de conocerla y más de tres lograr que aceptara una cita. Solo hacia el final del semestre acordó compartir su cama con él.

Aquella nefasta ocasión no era la primera vez que estaban juntos. Por eso, en medio de su excitación, Daniel decidió, de manera autoritaria y unilateral, penetrar a Anna por detrás sin previo aviso y sin lubricante alguno. Aparte de pegar un grito de dolor como si la estuvieran asesinando, ella, por reflejo, arañó a Daniel en la cara y lo agarró a patadas.

—¡Qué! ¿Qué pasó?

David entró asustado al dormitorio de su amigo al oír el desgarrador grito femenino, y lo que se encontró hizo que no pudiera parar de reírse mientras trataba de quitarle a David de encima a una mujer menuda que no paraba de pegarle.

—¡Bruto insensible! ¡Eso se pregunta, pedazo de idiota! —le decía Anna a Daniel, que no se defendía al comprender que se había sobrepasado.

—¡Para, Anna, para! No sé qué pasó, pero te aseguro que Daniel no tenía intención de hacerte daño —le decía David a la amiga de Daniel conteniendo la risa y tratando de quitársela de encima con bastantes dificultades.

¿Quién iba a pensar que tendría tanta fuerza? En ese momento, ella estaba a horcajadas sobre Daniel. Al final, cuando David logró quitarla de allí, Daniel se retiró las manos de la cara para disculparse.

—¡Anna, lo siento! En el calentón…

No fue sino que Daniel empezara a disculparse para que Anna se le tirara encima de nuevo. Menos mal que David fue rápido, o si no, probablemente, habría asistido a un asesinato.

—Anna, llevas un mes saliendo con Daniel. Pensé que, durante ese tiempo, habías tenido la oportunidad de descubrir que… (bueno, ¡seamos sinceros y digamos las cosas como son!) Daniel es bastante idiota. ¡De hecho, es un cabrón cuando quiere! Así que mejor no pierdas el tiempo y más bien vístete, que con el frío que hace vas a coger una pulmonía, mientras yo reviso a mi amigo el pendejo y examino los golpes que le diste porque, al parecer, le hiciste un corte feo arriba de la ceja.

El tono conciliador de David aplacó la ira de la mujer.

—Si me ves por la calle, Daniel, ¡no te atrevas ni a saludarme!, ¿me oyes? ¡Ni a saludarme! —le dijo Anna a Daniel apuntándole con un dedo mientras terminaba de vestirse.

Luego salió dando el portazo de rigor.

David se acercó a su amigo, todavía desnudo, y se sentó a su lado.

—¿Puedo saber qué le hiciste? ¡Es la primera mujer que te aguanta el ritmo más de dos noches! —Daniel se agarró el pelo, gesto que preocupó a David: no podía ser que su amigo se hubiera enamorado... ¿o sí?—. ¡No me digas que te enamoraste! ¿Te enamoraste? —Cuando Daniel levantó la cara, David vio que estaba riéndose y que, de hecho, no podía parar—. ¡Cabrón!, me había preocupado. ¿Te puedes calmar un poco para que me cuentes qué sucedió mientras voy por algo para curarte? Creo que vas a necesitar puntos.

Cuando se reencontraron, Daniel le contó a David lo ocurrido. En efecto, como el médico le había anunciado, necesitó puntos. Sobra decir que, después de ese episodio, Anna no volvió a dirigirle la palabra. Daniel se llevó, como *souvenir*, una cicatriz en la ceja izquierda, y David le pilló un punto débil que le señala cada vez que quiere ponerlo en su lugar.

David y Daniel participaron en más de una orgía estudiantil. La primera vez acudieron por casualidad. Sabían que eran populares en el campus y, aunque siempre se habían preguntado dónde y cuándo sucedían, nunca habían logrado que los invitaran a una. Unas semanas antes de la fecha, David recibió una invitación a una fiesta de Halloween de la mano de Marcia, una de las compañeras más guapas que tenía en su grupo de estudio. Ella había decidido que su guapo compañero merecía una oportunidad, por lo que, después de una jornada de rondas en el área de psiquiatría durante un día particularmente difícil, le entregó la invitación.

—Toma —le dijo sin preámbulos mientras entraba a los camerinos para cambiarse.

—¿Esto es...? —preguntó David sin entender qué le entregaba su compañera.

—Mmm, ¿una invitación? —dijo Marcia en tono irónico—. Y antes de que me preguntes, ábrela para que veas que es para una fiesta de Halloween.

David hizo lo que su compañera le pedía y abrió el sobre negro: escrita en letra cursiva, al parecer contenía una invitación a una fiesta de Halloween. Unas letras doradas más pequeñas le llamaron la atención y, al leerlas, se encontró con que decían que era indispensable "llevar muchos condones", algo que lo desconcertó y lo motivó por partes iguales.

Por eso preguntó:

—Marcia, ¿para qué los condones?

—Si tienes que preguntar, ¡lo mejor es que no asistas! —fue lo único que le dijo Marcia antes de salir de con su ropa de deporte del vestier de médicos.

Esa noche, David, mostrándole la invitación, le preguntó a Daniel si quería acompañarlo. Lo de los condones, no sobra decirlo, dejó realmente intrigado a Daniel, por lo que se decidió a unirse a la aventura con su amigo. El día de Halloween llegaron tarde al edificio donde tenía lugar la fiesta por culpa de una de las rondas de David en el hospital.

—¡No puedo creer que te distrajeras justo hoy! ¡A ver si nos perdimos de la diversión! —le reprochó Daniel mientras buscaban el apartamento de la fiesta.

Todo el piso estaba decorado con telarañas, y uno que otro zombi, fantasma, Frankenstein y muchos murciélagos colgaban del techo, rozándoles la cabeza.

—¡Te puedes relajar! Date cuenta de que hoy es Halloween, y la gente tiende a perder más de un tornillo. Hasta me dio remordimiento dejar sola la sala de emergencias, a la que habían llegado varios tipos con heridas de arma blanca, dos niños intoxicados, y ¡bueno!…

David no pudo continuar porque Daniel lo interrumpió para decir:

—¡Lo superarás! Lo que no sé es si yo podré superar el hecho de que, por culpa de tu vocación de médico, nos estemos perdiendo una fiesta en que los condones son indispensables. De antemano te juro que, si la fiesta se terminó, ¡la emprendo con tus pelotas!

Parados ante la puerta del apartamento donde se celebraba la fiesta, justo antes de tocar empezaron a oír gemidos de varias mujeres, acompañados de alguna que otra voz llena de excitación. Un escenario bastante claro se formó en la mente de ambos amigos y, aunque ya habían empezado a imaginar todo un repertorio de escenas sexuales, nada los habría preparado para ver impávidos lo que allí ocurría. No les fue necesario tocar a la puerta: justo en el instante en que iban a hacerlo, una pareja salía de la fiesta y les dio paso para que entraran.

El apartamento estaba, como todo el piso, lleno de objetos alusivos al Halloween. De hecho, del marco de la puerta se desprendían unas espesas telarañas con una que otra araña pegada de ellas y la luz era blanca, con focos de colores que le daban un toque de intimidad a toda la estancia. En medio de la sala se encontraron con varias estudiantes siendo penetradas por chicos que habían visto en el pasillo de su apartamento. A decir verdad, estaban disfrazadas, varias sentadas en las piernas de sus compañeros, quienes se apoyaban en un sofá de cuero marrón pegado a la pared y en otro que separaba la sala del comedor, lleno de comida y donde una mujer estaba siendo penetrada por el trasero y por la vagina mientras le daba una mamada a un sujeto que estaba del otro lado de la mesa.

Mientras que a David se le caía la mandíbula al ver a su compañera Marcia —la más reservada de la clase, la que siempre estaba haciendo resúmenes de todas las materias, la número uno en varios cursos— disfrazada de boxeadora frente a él, con una camiseta enana remangada en el cuello y sus hermosos pechos rebotando al aire con cada embestida que le daba un desconocido, un chico acuerpado como futbolista americano con un tatuaje que le bajaba del cuello al brazo —brazo con que tenía agarrada a Marcia del pelo mientras la penetraba desde atrás—, ella se besaba con una mujer que estaba abierta a otro estudiante. David sabía que Marcia era guapa y había alcanzado a imaginársela desnuda un par de veces, pues el uniforme permitía vislumbrar unas excitantes curvas y un cuerpo armonioso, pero verla en ese estado rebasaba cualquier fantasía que hubiera podido llegar a tener.

Daniel fue el primero en salir del estupor. Le dijo a su amigo:

—¡Que no nos quiten lo bailado!

Y se dispuso a encontrar una mujer con quien divertirse. No lo dudó: al divisar a una mujer con unas tetas como de actriz de *Guardianes de la bahía* a quien masturbaba otra mujer con una cola magnífica, se quitó sin miramientos sus pantalones rotos de zombi sacado del video de *Thriller* de Michael Jackson, se enfundó un condón y se acercó a la diversión.

Mientras esto ocurría, David sintió que una mano delicada entraba en sus pantalones y le agarraba una erección que no había sentido por el asombro. Tan pronto como la mano de la chica le rozó el pene, David sacó un condón, pero la mujer no le dio tiempo: cuando fue a ponérselo, la vio agarrar su erección, ponerle ella misma el condón y metérsela toda en la boca. La excitación lo estaba desbordando; cuando sintió que las rodillas le fallaban, cogió a la chica por los brazos y se la llevó a un sillón donde otra mujer de pechos preciosos recibía sexo oral de una compañera que él sabía que tomaba clases con Daniel; tomó nota mental de ese detalle para contárselo a Daniel al día siguiente. Se sentó, con su pareja en sus piernas, en un espacio que encontró libre en el sofá que separaba la sala del comedor. La mujer se acomodó rápido en medio de las piernas de David, quien se dejó hacer mientras le lamía uno de los pezones a esa musa pasándole despacio la punta de la lengua por la areola antes de metérselo en la boca y acariciándole en círculos con la mano el otro pecho. Pronto la mujer dejó de atenderle el pene con la boca: con decisión se puso a horcajadas encima de él y se sentó lentamente en su erección, y, una vez lo tuvo todo en su interior, empezó a cabalgarlo a un ritmo frenético. Sabiendo que estaba próximo a estallar, sin pensarlo dos veces, David empezó a rozar con el pulgar el clítoris de la desconocida. Cuando estaba llegando al orgasmo, ella empezó a exprimirlo con sus paredes vaginales: fue un milagro que él alcanzara a esperar a que ella se viniera, pues con el primer espasmo de la desconocida —que evidentemente estaba teniendo un orgasmo de película— David se dejó ir mientras tenía en su boca una teta de la mujer de al lado.

En definitiva, aquella fue una experiencia alucinante. Por eso, cuando los invitaron a su segunda orgía, los dos amigos no lo dudaron ni un minuto.

En más de una ocasión, David y Daniel fueron amonestados por tener sexo en lugares públicos. De hecho, David aprovechó una noche en que, saliendo de madrugada de su turno en el hospital, se encontró con Marcia, su compañera de tetas espectaculares, para probar uno de los lugares más estimulantes del hospital. Estaba realmente cansado, pues acababa de terminar un turno de casi 48, horas cuando se la encontró en uno de los ascensores del hospital.

—¡Oye, Marcia! Hoy no te vi en todo el día —le dijo David, terminando de revisar historias clínicas de pacientes bajo su responsabilidad.

—Es que acabo de llegar. Mi turno empieza en treinta minutos. ¿Cómo estás?

Marcia lo había visto en la fiesta de Halloween. Pero, para su mala fortuna, se había dejado llevar del calentón y, por estar con su amigo Miguel —uno de los mejores amantes que había tenido—, había perdido la oportunidad de estar con David, como se lo había propuesto el día en que lo invitó. Se dijo que debía hacer caso de lo que el mismo Miguel le había dicho y tomar la iniciativa. No lo quería de novio porque sabía, por las muchas mujeres que habían ido furiosas en diversas oportunidades al hospital a reclamarle por haberlas dejado plantadas, que era un pésimo "compañero sentimental": de él solo quería sexo. Y... ¿qué mejor lugar que en el que ahora estaban para tomar la iniciativa?

—Hecho polvo. ¿Y tú?

Como la respuesta no llegaba, David levantó la cabeza y se llevó la sorpresa de su vida: ante él se encontraba una mujer torsidesnuda ofreciéndole un condón.

—¡Yo quiero un polvo, aquí y ahora!

Era su oportunidad. Esperaba haber sonado confiada y decidida. Si el médico la rechazaba, no sabía cómo podría sortear el trabajo a su lado. Pero la angustia le duró poco. Tan pronto como David vio esos senos —los mismos que le habían parecido deliciosos en la primera orgía—, no lo dudó: se acercó y se metió uno en la boca. Ella pulsó el botón de emergencia para detener el ascensor, y a partir de ese momento se desató el caos.

—¡Quiero que sea rudo, por atrás!, ¡quiero que sea salvaje y que tenga que morderme por las ganas de gritar! —Marcia estaba decidida. Ya había fantaseado mucho: era el momento de cumplir sus fantasías. David no se hizo de rogar y la penetró sin consideración alguna—. ¡Así!... ¡duro!... ¡quie-ro-más!... —dijo Marcia mientras sentía que el pene de David se perdía en su vagina desde atrás.

—Tranquila, que... apenas comien... ¡zooo!... ¡Uy!, ¡por todos los santos!, ¡estás ca-lien-te y hú... me... da!...

—¡No hables y con-cén-tra-te!... ¡Ufff, más!... ¡Dame duro! ¡Quiero recordarte todo el día!... ¡No te contengas!...

—¿Quieres más rudo?... Sí, ¡uy, sí!, ¡apriétame más! Sí...: ¡asíii!

Le dio una nalgada que la excitó aún más si tal cosa era posible...

—¡Apúrate! No queda mucho tiempo antes de que... ¡ay, sí!... ¡sí!... ¡síii!... ¡vengan!...

David empezó a acariciarle el clítoris con la mano para llevarla rápido al orgasmo, alternando las caricias con una que otra palmada.

—Es... una... lástima... no poder ver tus hermosas tetas... moverse... con cada... ¡ufff!... ¡síii!... ¡apriétame!... ¡sí!... ¡más, más!... con cada embestida...

—Haberlo... pensado... sí, David... ¡rudo!... ¡sí!... ¡sí!... antes...

En ese momento, ella contrajo los músculos vaginales de tal manera que hizo que David alcanzara el orgasmo llevándola con él.

En menos de un segundo, ella se había arreglado la ropa y recompuesto el peinado, y había puesto su cara de estudiante ejemplar. Cuando el ascensor llegó a la planta baja, se bajó como si nada. Pero el director del hospital, el doctor Franzhaus, los estaba esperando, evidentemente al tanto de lo que había pasado porque la cámara de seguridad del ascensor le había dado una función VIP. Los suspendieron dos días, y tuvieron que reemplazar a las enfermeras durante dos meses en las labores más difíciles de su quehacer y pagar las cintas del hospital, que fueron quemadas.

Pero los dos llegaron a la conclusión de que había valido la pena.

En otra ocasión, Daniel y David participaron en un trío, algo que recordarán hasta el día de su muerte. La curiosidad les pudo, y la idea de penetrar ambos a una misma mujer al mismo tiempo —algo que vieron en una película porno un jueves en que no tenían nada más que hacer— les resultó muy tentadora; tanto, que al día siguiente Daniel empezó a buscar a la mujer ideal para la misión. Habló con sus amigas de arte, pero ellas eran sus amigas verdaderas, y él habría dado la vida por cada una de ellas. (Es lo mismo que le pasa con Amelia; por eso le es tan dolorosa esta situación y el hecho de que su "hermano del alma" y una mujer que le ha brindado amistad genuina, apoyo incondicional y más de un momento especial, estén en el medio.)

Luego de un mes de búsqueda, Daniel logró por fin reclutar a una de sus compañeras de estudio en administración de negocios para su aventura con David. Jane —como la nombraron (por *Jane Doe*, nombre con que se designa en los procesos judiciales de Estados Unidos a las mujeres de identidad desconocida), debido a que, aunque no olvidan su nombre, ella les hizo jurar que no lo recordarían— estudiaba la misma carrera, pero yendo dos semestres adelante, que Daniel. Rubia natural, pelo largo, tetas que se le desbordaban de cualquier camiseta —como era de esperarse, las compraba unas tallas más pequeñas para hacer resaltar esas ubres—, un culo que Daniel sabía que

David no resistiría; algo bajita, eso sí, pero para lo que la buscaban no necesitaban una modelo de pasarela: mejor dicho, sus atributos y su actitud la hacían la mujer ideal para el trío. Poco más de ella recuerda Daniel, pero tiene la certeza de que era una fiera en la cama; mejor dicho, ¡resultó perfecta para su cometido!

La invitaron a una cena que les costaría privarse de salir del apartamento por un mes completo, pero hoy recuerdan haber pagado con gusto los cocteles y la comida *gourmet*. Durante dos horas la oyeron divagar sobre una diversidad de temas, desde algunos que manejaba a la perfección —como las negociaciones de valor presente a valor futuro y los indicadores de riesgo en una inversión— hasta otros, de cultura general, en que quedaba como una idiota, como cuando les dijo que siempre había querido conocer el Tíbet y, por eso, cuando pudiera viajar, el primer lugar que visitaría sería Egipto o cuando les preguntó quién había sido Ramsés Segundo.

Las horas pasaban, y ellos no habían abordado el tema que los había llevado a la cena del millón de dólares. David fue el encargado de revelarle el plan que habían trazado para esa noche a la mujer con quien planeaban llevar a cabo aquella fantasía.

—Oye, Jane: ya que te gustamos los dos, ¿qué te parece no tener que privarte del placer de estar con ambos... al tiempo?

Esto se lo dijo mientras le cogía una mano de manera seductora, tratando de cautivarla.

—¿Perdón? Es que no creo que... A ver, creo que no nos conocemos. ¡Bueno!, Danicito —(Daniel odiaba este diminutivo)— y yo nos hemos visto en algún taller de estadística, y recuerdo que eso se le dificulta mucho. Y, bueno, hay que ser honestos: se le dan francamente mal las formulaciones de riesgo... Pero, ¡es decir!, ¿tú y yo?

La rubia no podía creer lo que estaba pasando: aunque siempre había tenido curiosidad de participar en un trío y Daniel siempre le había parecido un tipo atractivo —algo bruto e ignorante para su gusto: no saber hacer una proyección de riesgo, algo tan importante y, para ella, la base de todo, ¡era algo casi imperdonable!—, y aunque los dos hombres le encantaban, no quería que la tildaran de fácil, por lo que se hizo la pendeja.

—Podemos conocernos mejor los tres, ¿no te parece? ¿Qué mejor escenario que el sexo para conocer a fondo una persona? —continuó David, molesto por lo "bruta" que le parecía esa mujer.

—Espera... ¿Qué? —dijo ella fingiendo sorpresa e indignación y arrebatándole de manera melodramática a David la mano que le tenía cogida.

(¡Que no dijera su hermana que no sabía ni fingir!)

—¡Sí, preciosa! —intervino Daniel presintiendo que era posible que ella se rehusara y David y él perdieran una oportunidad de lujo—. Tú sabes que la tensión sexual entre los dos es palpable a metros; tanto, que teniéndote cerca me embrutezco al punto de no poder concentrarme y aprender lo que sea que estemos estudiando.

—¡No creo que seas un bruto! —dijo ella con falsa convicción.

¡A ver si resultaría que ese tipo era realmente un pendejo! "Aplícate a convencerme —pensó—, que me muero por probar con dos tipos buenos, ¡y ustedes están mejores que el chocolate, y no engordan!"

—¡Vamos, preciosa! Los dos nos morimos por perdernos en tu cuerpo, por adorarte como la diosa que eres y rendirte honores con los nuestros —le dijo Daniel en un tono sugerente

(¡A ver si le servía de algo haberse leído alguna que otra novela romántica de su hermanita Monique!)

—Pero es que no somos nada, y luego no quiero que te lleves una impresión equivocada de mí.

"Me importa poco lo que tú pienses. Me preocupa más lo que les digas a nuestros compañeros. No me he matado por ser la mejor estudiante ni he conseguido la práctica con nuestro profesor, que así me llevará con él a trabajar en el mercado de valores, para que tú, con esa bocota sensual, tires todo por la borda diciendo que soy una 'fácil'."

—¡Solo pensaremos que eres la mujer más sensual que hemos tenido la oportunidad de conocer, una mujer segura de su sensualidad, que no teme explorar su sexualidad y que sabe dejarse consentir y adorar por dos hombres más que dispuestos a hacerlo! —le dijo David, que acababa de ordenar para ella una nueva bebida morada porque, como dicen por ahí, "los zapatos y las mujeres aflojan con alcohol".

—Mmm… No lo sé —dijo ella, seductora—. Por favor, céntrense en los términos de lo que vamos a hacer. Si me parecen razonables, y puedo confiar en su discreción, podemos irnos del restaurante, ¡que ya no soporto estas cosas moradas! No me gustó la primera, ¡y ya voy por la tercera!

—¿Qué te parece si hacemos un pacto de silencio? Esta noche será nada más los tres. Una vez termine, será como si no hubiera pasado —le dijo Daniel con intenciones de empezar a fijar términos a ver si por ahí iban los tiros y lo que quería la administradora era negociar.

—¿Me estas diciendo que, si hacemos un trío, puedo estar segura de que serán discretos? —preguntó ella en un tono intermedio entre "soy un tonta" y "que empiecen las negociaciones".

—¡En efecto! Será algo que recordaremos los tres —reiteró David en un tono que no admitía dudas.

—A ver, creo que esto no estoy siendo lo suficientemente clara y ya me cansé del papel de rubia tonta. Punto primero: ¡no quiero más de estas bebidas moradas! Si la idea es hacer un trío, no creo que a ustedes les interese la necrofilia, por lo que creo que es mejor que todos dejemos de tomar. — David y Daniel no lo podían creer: ¡esta, de tonta, no tenía un pelo! Pendejos ellos, que no habían sabido "leerla"—. Y, en efecto, amigo de Daniel, ¡yo, de pendeja, no tengo un pelo! Por algo distinto a mis tetas soy la monitora del mejor profesor de la carrera. —En ese momento no se sabía quién estaba más sorprendido, David o Daniel—. Si vamos a hacer esto, será bajo mis términos, ¿entendido?

—Está bien... —fue lo único que pudo articular David, quien, como Daniel, aún no salía de su asombro.

—Punto segundo: yo no los puedo llevar a mi casa. Es...

¿Cómo les decía que no quería que conocieran su hogar, que no quería que alguien pudiera rastrear esta aventura? Además, le parecían atractivos, pero de lo más aburrido.

—¿Por quiénes nos tomas, preciosa? Ya alquilamos una habitación...

Cuando David iba a terminar la oración, la mujer afirmó, indignada, categórica:

—¡Neee, yo no voy a moteles!

—¡Preciosa, sobra esa aclaración! Te decía David que alquilamos una habitación en un hotel, no muy lujoso pero bastante confortable. Recuerda: ¡lo importante es la compañía!

—Pero no será un hotel horrendo, ¿verdad?

"Si me resultan con un hotel donde la única estrella sea yo, ¡me muero!"

—Linda, te juro que cuando todo haya comenzado... ¡no te vas a dar cuenta de dónde estás! —le aseguró David.

—¡A ver, hombre con espíritu de *gigolo*! Si me parece horrendo no hay trío, ¿entendido? Puedo verme muy guapa ¡pero no soy una cualquiera! —Era un punto que quería dejar en claro: siempre había querido experimentar, pero no se iba a rebajar en el proceso—. ¡Vamos a ver, Daniel! —Este levanto una ceja al ver que ya no lo llamaba por el diminutivo—. Sí, sé que odias que te llamen por el diminutivo: solo quería saber cuánto estabas dispuesto a ceder. Y, en vista de lo que ha sucedido en esta cena, puedo afirmar sin temor a equivocarme... ¡que te tengo por las pelotas! Tú quieres un trío, y yo te parecí la mujer indicada para hacerlo. Yo siempre he querido experimentar, pero no estoy dispuesta a pagar con mi reputación para hacerlo. —Como decían sus profesores, en una negociación es fundamental identificar los intereses de las partes, establecer lo que uno quiere y lo que las otras partes quieren, centrarse en esos intereses, facilitar la solución creativa de los problemas y evitar conflictos—. Dicho esto, ¡vamos a ir a un hotel bonito! Si por complacerme se quedan sin almorzar ni comer el resto del año, ¡poco me importa! No quiero más que una noche de sexo.

"Traté de jugar a la pendeja, ¡pero me aburro como una ostra con ustedes! Y, por cierto, ¡Ramsés Segundo no es solo el del Antiguo Testamento sino que también es el esposo de Nefertari! Y ya estuve en el Tíbet; casi me congelo, pero fue una experiencia de lo más enriquecedora. Y si alguno de los dos me vuelve a decir 'preciosa' o 'linda', le entierro las uñas en las pelotas, ¿entendido? —De la sorpresa, los amigos no articulaban palabra—. ¡No me van a dar más ganas de estar con los dos porque parezcan en *shock* e inocentes!

"Y, por último, no quiero que, al terminar la experiencia, tú, Daniel, te pongas confianzudo o, no sé, que pienses que vamos a ir a más y… lo último pero no menos importante, ¡que me dañes la reputación que he tardado tanto en construir!

Mejor las cosas claras que tener al rubio detrás de ella. No sobraba decir que ese día estaba siendo una de las negociadoras de fusiones más importantes del país, y también la mejor paga.

—Además de preciosa, inteligente y práctica. ¡Eres mi mujer ideal! —le dijo Daniel.

—Pero tú estás lejos de ser mi hombre ideal, así que no te me entusiasmes. Quiero tener las cosas muy claras —enfatizó la mujer en un tono que patentizaba quién llevaría la voz cantante en la "experiencia".

Menos mal se había depilado. ¡Había pensado que se comería un bombón, pero resultaba que la vida le tenía preparada la caja entera!

—La verdad, queremos estar contigo los dos al tiempo, en diferentes posiciones —dijo David, algo perdido: Daniel y él no tenían un plan trazado con tiempos y movimientos.

—En conclusión, ¡todos estamos improvisando! ¡No puede ser! Debemos establecer reglas: no quiero juguetes, no quiero comida, nada de cosas guarras, y los tres nos dedicaremos a darnos placer.

Ante lo improvisado de la situación, era mejor tomar las riendas y, ya puestos, no ser sutil sino, más bien, directa y clara.

—Jane, nosotros te buscamos porque tienes todo lo que un hombre busca en una mujer: un cuerpo armonioso y un excelente gusto para vestir, además de que estás segura de tu cuerpo —le dijo Daniel en tono seductor.

En honor a la verdad, así había sido. Estaba algo arrepentido de haberla juzgado tan mal en cuanto al intelecto y la cultura general. En definitiva, uno nunca terminaba de conocer a la gente.

—Bueno, chicos, entonces ¿cómo y dónde vamos a hacer esto? ¡Ya se hace tarde, y quiero aprovechar la noche!

Una vez que pagaron la cena y juraron que el encuentro no saldría de los tres —lo que, en efecto, no ha pasado pese a que Daniel la ha visto en más de una oportunidad por cosas de trabajo y David la ha tenido como paciente: ¡la discreción primero!—, ella se puso de pie y se dio cuenta de que estaba más tomada de lo que hubiera pensado. ¡Eso le pasaba por no haber tomado antes el control de la situación!

—Esto me pasa… por no tomar control… de la situación.

—¡Tú no te preocupes! No dejaremos que nadie se dé cuenta de que te pasaste con el alcohol —le dijo David sin asomos de burla.

La verdad era que se sentía mal por haberla juzgado tan impulsivamente. Además, era consciente de que ella había trabajado muy duro para ganarse su lugar en su carrera, algo con lo que él podía relacionarse, así que no permitiría que su falta de tacto la afectara de ninguna manera.

—Gracias…

El modo en que la protegían de hacer el ridículo la conmovió y le hizo sentir más respeto por sus futuros compañeros de aventura.

—Laura, quiero que sepas que no me siento bien por haberte juzgado mal.

—Tranquilo. ¡Yo también te juzgué un idiota solo por ver que no das ni una en estadística! —le dijo ella.

Pero lo último que quería era que se pusieran sentimentales. Parte del atractivo y la libertad de la "experiencia" radicaba en que no fueran amigos.

—Gracias. ¡Eso me hace sentir mucho mejor! —dijo Daniel, muerto de la risa.

La verdad es que los tragos sí los estaban afectando. Una vez en el carro, los tres empezaron a preocuparse y a sentir ansiedad por lo que sucedería. Así que, envalentonada con la bebida, Jane se decantó por ser una borracha graciosa.

—Espero que no tengan alma de repartidores de pizza —les dijo en tono de alarma.

—¿Cómo? Perdona, no te entendemos —le dijo David.

—Sí, ¡no quiero que lleguen en menos de veinte minutos!

Esto los hizo reír.

—¡Mira que, además de hermosa, eres graciosa! —le dijo Daniel a su compañera de estudios mirando cómplice a su amigo.

El hotel no estaba nada mal, por lo que ella decidió no quejarse. Era modesto pero estaba muy bien ubicado. Además, era un "cuatro estrellas".

Al ver el aprieto en que estaba la rubia al verse sobrepasada por el alcohol, David tomó el control de la situación.

—A ver, Jane, ¡no te sientas mal! Fue una indiscreción de mi parte haberte pasado los cocteles con un afán puramente egoísta, ¿está bien? —Ella asintió mirándolo a la cara—. Para evitar más incomodidades, y como eres rubia, creo que lo mejor es que digamos que eres prima de Daniel, y vamos a decir que te cayó mal la comida, ¿te parece?

—¡Perfecto!

Daniel la ayudo a ponerse de pie y le sirvió de apoyo mientras caminaban por el *lobby*. Una vez que se registraron y estuvieron en el ascensor, David la llevó en brazos.

—Les pido unos minutos para recomponerme y sentirme más humana.

—¡Claro que sí!, ¡por supuesto! —dijeron los dos al unísono.

Mientras ella se arreglaba, los dos amigos pusieron música de fondo y decidieron seguir por la senda que ella había propuesto. Pusieron, pues, límites infranqueables.

—¡Nada de besos entre los dos! Yo te quiero como a un hermano, pero… —dijo Daniel.

—¡Ya sé! Yo tampoco quiero, pero si ella lo pide, ¡nada de lengua!, ¡nada de penetraciones! No quiero que me enculen… ¡y menos mi mejor amigo! —dijo David, nervioso: una cosa era haber visto miles de veces empeloto a Daniel, incluso acabando de tirarse a alguna "fresca", pero la idea de que lo penetrara era demasiado para él.

—Quiero metérsela por detrás. ¡Uno no sabe si al final es bien puta y la tiene como bolsillo de payaso! —manifestó categóricamente Daniel: la idea de penetrarla por atrás lo tenía con una erección desde hacía un buen rato.

—Dejemos las groserías para después, por favor… Bueno, aunque se supone que el de las colas soy yo, está bien: yo le digo que me apriete. O la boca: ¡mira que la tiene perfecta para una mamada! —dijo David, que se la había imaginado chapándole el pene cuando la vio tomarse esa cosa morada que él había pedido para ella en la cena.

"Okey, ¿algo más? —preguntó David.

—Sí: nada de caricias de más —exigió Daniel.

Una vez aclarado lo más importante se tomaron el resto del whisky del minibar que habían destapado y entraron en el cuarto. ¡Daniel casi se cae de culo cuando la vio empelota y abierta de piernas en la cama! Aunque la relación entre ellos ha cambiado y los tres se tienen, hace años, un mutuo respeto profesional, el paso del tiempo no ha borrado de la memoria de ambos amigos la huella del cuerpo de ella: tanto Daniel como David podrían describirlo sin problemas. ¿Cómo olvidar los dos lunares que tiene alrededor del pezón izquierdo y que Daniel atacó sin piedad hasta dejarle un buen morado?, ¿o la cicatriz que tiene en el muslo derecho y que David encontró cuando le estimulaba el clítoris?

David recuerda que estaba completamente depilada y que olía exquisitamente. Una de las cosas que le había hecho difícil a Daniel reclutar a la mujer indicada era que esta debía tener atributos que a los dos les gustaran, y, como sabía que a David le encantaban las tetas pequeñitas, buscó una mujer de cola linda y olor delicioso. (¡Lo del escote desbordado era un gusto suyo del que no pensaba privarse!)

David y Daniel llevaron a Jane más de una vez al orgasmo, y, justo cuando ella pensaba que no podría con más, David le puso lubricante en el ano, y se aplicó él también en todo su "equipo", para no ir a maltratarla al entrar en ella: ¡una cicatriz era suficiente! La penetró con suavidad, lentamente, haciéndola sentir cada centímetro de su pene, que ella iba acunando y exprimiendo a medida que se adentraba en ella. Una vez la tuvo empalada, Daniel aprovechó la postura en que la había puesto David —abierta de piernas— para entrar por su vagina. A diferencia de lo que había pensado, Jane era estrecha, y que la estuvieran penetrando por ambos lados hacía que contrajera más la vagina, que se ajustaba como un guante al pene de Daniel y le hizo perder el control. Tanto David como Daniel sintieron el pene del otro, y, pese a que al principio fue una sensación extraña —por lo que se quedaron quietos un tiempo—, ella no pudo resistir la presión de ambos penes y empezó a moverse por reflejo, lo que les desató a ambos una oleada de placer que aún hoy no logran describir. Fue un estado de excitación que los llevó al desenfreno. La besaron, la acariciaron y le provocaron un orgasmo tan fuerte, que cayó rendida en los brazos de Daniel. Ellos no se quedaron atrás y alcanzaron orgasmos de una intensidad que los dejó sin energía por un buen tiempo, éxtasis como nunca antes habían sentido.

Fue una experiencia única que decidieron atesorar en la memoria como uno de los recuerdos más preciados de su amistad. Terminada la "experiencia", *Jane* les dijo que quería que le pidieran un taxi. Eso era lo que era, y no había necesidad de prolongarlo o darle una connotación que no tenía.

¡Ella es toda una campeona!

capítulo 6
Sex type thing
(STONE TEMPLE PILOTS)

Saliendo del hotel, David y Daniel se toparon con una imagen insólita: la de un hombre alto y moreno, con un tatuaje que le bajaba del cuello al brazo; alguien muy parecido al futbolista americano que empalaba a Marcia con el pene en la fiesta de Halloween, el que la tenía cogida del pelo mientras ella estaba con la camiseta enrollada en el cuello dejando ver sus preciosos pechos. No era por ser repetitivos, pero la imagen de sus tetas rebotando se les había grabado a fuego en el cerebro, y ni con agua caliente se la podrían quitar.

Una vez lo detallaron bien constataron que no era que se pareciera al hombre que recordaban sino que... ¡era el mismo de la fiesta! Miguel es el nombre de ese imponente futbolista americano, que, de hecho, no es mariscal de campo de los *49ers* pero sí el principal instigador de las tardes dominicales de fútbol americano que se llevan a cabo en casa de David porque el fútbol americano es uno de sus *hobbies* y su deporte favorito.

De hecho Miguel es un ingeniero exitoso que trabaja con sus hermanos en el emporio que crearon sus padres, una empresa de cuya junta directiva es miembro y de cuyas acciones posee el 51%. Por increíble que parezca, Miguel estaba siendo arreado a golpes en la cara por quien es hoy su exnovia, una mujer menuda que no sobrepasa el metro cincuenta, pero de bonita figura. Desde donde estaban, David y Daniel no le veían bien la cara, pero pudieron apreciar que era una mujer hermosa pese a su gran enfado y, por lo que le gritaba a Miguel, una fémina despechada que estaba terminando con su pareja por un desliz de esta.

—¿Cómo pudiste tener el descaro de involucrarte con mi mejor amigo, la persona a la que yo le cuento mis problemas, con quien lloro mis penas y celebro mis alegrías? ¿Cómo es posible que no me dijeras que eres *gay*? —le decía, iracunda, la mujer.

—¡Que no soy *gay*, te digo! ¿Cuántas veces quieres que te lo repita? ¡No me gustan los hombres! —le decía Miguel tratando de hacerse entender sin perder la poca paciencia que parecía quedarle.

—Perdona, ¿no eras tú —le dijo ella señalándolo con un dedo contra el pecho— el que estaba enculando a mi mejor amigo?

—¡Que sí! Pero solo porque yo quería experimentar. ¡Y como resulta que a ti solo te gusta la posición del misionero...!

—¿Cómo te atreves a airear mi vida privada contigo? —le gritó ella antes de darle una segunda cachetada.

—¡Pues no es tan secreta! Cuando nos cuadramos, tu exnovio me llamó a preguntarme cómo se sentía estar con un coño que él había destrozado mil veces.

—¿Cómo? ¿Javier? ¡Pero tú no me dijiste nada! O sea, pero tú... ¿qué le dijiste? —le dijo la mujer, aún molesta pero sobre todo curiosa.

—¡Que se sentía como nueva después de los primeros cuatro centímetros!

La gente que oyó la respuesta de Miguel no pudo evitar reírse de la excelente réplica a un comentario tan salido de tono. Como David y Daniel se encontraban dentro del público, no podían dejar de mirar el espectáculo: era como un eclipse de sol, que no debes mirar pero que te mueres de curiosidad por ver.

—Pero... —La mujer no podía creer que su novio la defendiera de esa manera más bien animal. Pero era, a la larga, una respuesta salida de tono a una pregunta completamente vulgar. Al terminar de reflexionar acerca de lo vulgar, recuerda por qué están discutiendo—. Mira, me importa poco lo que pasó en ese entonces. ¡Eres un marica!

—Te pido que no te pongas soez: ¡sabes que lo detesto! —le dijo Miguel, la paciencia ya casi perdida.

—¡Ay, perdón! ¿Te ofendí? ¡Qué doble moral la tuya!

—¡No es doble moral! No sé cómo más hacerte entender que esto no se trata de sentimientos sino de la manera en que los dos vemos nuestra sexualidad. ¿A ti te gusta hacerlo con la luz apagada, debajo de las cobijas, comiendo perdices? Por mí, perfecto. Te quiero, y todo lo que me das es un tesoro. Pero la verdad es que yo quiero explorar los límites de mi sexualidad. Con esto en consideración, no se lo iba a pedir o compartir. Por eso Matías y yo decidimos experimentar sin incluirte —le contestó Miguel tratando de calmarla y hacerla entender su punto de vista.

—¿'Debajo de las cobijas y comiendo perdices'? ¡Disculpa que no sea una depravada como tú y tus amigos! ¡Pero si hasta arrastraste a Matías a tu mundo de depravaciones y homosexualismo...! —le gritó su exnovia, indignada y con una cara de asco que no podía con ella.

—Pero ¿por qué no puedes entender que no es más que un episodio heterocurioso que no trascendió y que eso no quita que te ame y que quiera construir algo más contigo? —dijo Miguel, convencido de lo que decía, con intenciones de calmarla para que la relación no se fuera al carajo.

—¿Que me amas?... ¿¿Dices que me amas??

La chica le dio otra cachetada a Miguel.

—¡Por favor, cálmate, que esto se nos está saliendo de las manos! Entiendo que estés molesta, pero la agresión física es algo delicado: es un irrespeto, y no te voy a tolerar otro —le dijo cogiéndose la cara, cuya mejilla izquierda le dolía un montón y se le estaba empezando a colorear por los golpes.

—¡Eres un hijo de…! —dijo la mujer con intenciones de arrearle otro "tortazo", pero en esa oportunidad la mano de Miguel la detuvo justo antes del impacto.

—Mira, linda: te lo advertí, te dije que no te iba a tolerar un irrespeto más. Así que, como me has demostrado que eres una mujer irrespetuosa y violenta, ¡lo mejor es que dejemos las cosas así! Porque aunque has traspasado un límite del que no podemos devolvernos y has acabado con cualquier sentimiento o deseo entre los dos, todavía tenemos los buenos momentos para la posteridad —le dijo Miguel, convencido de que, pese a quererla, no podía continuar con una mujer que en un disgusto por lo que fuera podía convertirse en una barriobajera sin educación.

—¿Te estás atreviendo a dejarme, Miguel?, ¿tú a mí, depravado de m…? —le dijo su ex, cada vez más indignada, mientras lo veía comenzar a distanciarse de ella.

—Me alegra que demuestres una vez más que eres una mujer, además de hermosa, realmente inteligente y perceptiva. Porque, en efecto, eso es lo que estoy haciendo. Y para que lo tengas aún más claro: el motivo por el cual no quiero seguir contigo, por más que me parezcas una mujer hermosa y haya valorado cada momento a tu lado, es que, aunque entiendo tu enfado, no te tolero ni una muestra más de violencia ni, ¡mucho menos!, que me sigas insultando y montando esta escena callejera de pacotilla.

—¡Ah!, ¿TÚ no me vas a tolerar A MÍ?

La mujer no podía creer el giro de acababan de tomar los acontecimientos.

Miguel quiso acercársele, pero su exnovia se apartó como si el que se le acercaba fuera el mismísimo demonio. Si bien Miguel quedó lastimado por el desplante, este le ayudaría a dar el paso que tanto trabajo le estaba costando.

—Gracias… Era lo que necesitaba. Permíteme nos ahorro el mal trago y adelanto lo que desde ya se ve como una horrible despedida.

Y, como si no estuviera terminando con la mujer que decía amar ni tuviera el corazón en un puño, se volteó y la dejó con la palabra en la boca.

Miguel sabía que nada bueno saldría de engañar a su exnovia para no lastimarla. Ellos tenían formas completamente opuestas de asumir su sexualidad, y las mentiras nunca eran buenas para edificar una relación saludable. Pero él la quería de verdad y pensó que, si no se enteraba del experimento, él podría recuperar aquella curiosidad y la exploración de los límites del deseo que tanta falta le hacían.

Mientras se alejaba de la mujer, Miguel veía a David y a Daniel fingiendo no haber oído la conversación y encaminándose al carro de Daniel. Como los había visto en más de una ocasión, les preguntó:

—¡Ey! ¡Yo los he visto a ustedes en una que otra orgía! De hecho, sé que estudiamos en la misma universidad porque una amiga mía estudia contigo —dijo señalando a David.

—¿Amiga? —le preguntó David al gigante.

—Sí, Marcia, la que te tiraste por atrás en el ascensor del hospital —le dijo Miguel al doctor, solo para que dejara de hacerse el pendejo.

Miguel lo había visto en la fiesta y se había percatado de cómo se comía a su amiga con los ojos. Por eso aprovechó, una vez hubo terminado la fiesta, para decirle a Marcia que, si quería sexo con su compañero de estudio, lo tomara por sorpresa en un lugar que lo obligara a "operar" rápido y le ayudara a no encapricharse o crear malentendidos sobre un episodio que él sabía que ella solo quería que ocurriera una vez.

¡Conque el encuentro del ascensor había sido mefistofélicamente planeado por la mente maestra de Miguel!

—¡Ya! Baja la voz, que media cuadra está oyendo —le dijo David, superavergonzado de verse descubierto.

—¿Te puedes calmar, que lo que miran es al gigante de dos metros al que su novia ha arreado por sodomita? —le dijo Miguel, cada vez más cerca.

—¿Me explicas cómo un gorila como tú se deja encular? —le preguntó Daniel, apenas aguantando la risa.

Y es que, al verlo en la fiesta, se le había hecho el tipo más varonil de todos, empezando por que medía más que ellos —y eso ya era mucho decir—, además de que su rol con la compañera de David había sido el de un macho alfa, no el de un pasivo que se deja cabalgar.

—¡Si me acercan a mi casa, les cuento lo que quieran! —le dijo al rubio, que seguro se había acostado con su compañera de la clase de valor presente y valor futuro.

La sospecha le llegó a Miguel cuando caminaba hacia el bar con su ex, mucho antes del pandemonio recién escenificado. Había creído verlos entrar al hotel con esa mujer. No eran amigos cercanos en ese momento, pero él sabía que ella despertaba muchas pasiones —la mayoría en hombres, aunque también en algunas mujeres—. No obstante, su ambición por ser una profesional de éxito la alejaba de todo el mundo y la hacía parecer una idiota sin sentimientos, una oportunista y una arribista sin escrúpulos, imagen distorsionada de la buena chica que era en realidad. Era su compañera de estudios… y nada más, alguien con quien, una vez que acabaran de estudiar, probablemente no se volvería a ver ni hablar. (Es gracioso que hoy sea una de las mejores amigas de Miguel, quien jamás le ha dicho que sabe de la aventura que tuvo con el rubio.)

Sin saber qué hacer, Daniel y David se miraron a los ojos: no estaban muy seguros de que este futbolista fuera alguien en quien confiar. Él, percibiendo las vacilaciones de los dos amigos, decidió continuar:

—A ver, ustedes me conocen. ¿Qué mejor que haberme visto dominando a una de mis amigas más buenas?

¡Claro que lo habían visto! No había que olvidar que era el hombre que había penetrado a Marcia. No querían ser repetitivos, pero la escena había sido memorable, ¡por sus protagonistas y por su fabulosa actuación!

—No estoy seguro. El tipo que vi tenía un tatuaje —le dijo Daniel con ganas de incomodarlo y hacerle quitar la camiseta, pues quería saber hasta dónde estaba dispuesto a ceder con tal de que le llevaran a su casa.

—Si te estás preguntando si dejaría que me encularas por un aventón... ¡por ahí no paso! Pero con gusto te muestro uno de mis muchos tatuajes —dijo Miguel mientas se quitaba la camisa—. Claro que sé que esto es por tocarme los huevos, porque soy lo bastante grande como para que no me recuerden.

¿Cómo no ver a un hombre de casi dos metros diez, con el cuerpo de un luchador profesional, de ojos grises, facciones bien definidas, cejas gruesas, nariz delicada, labios carnosos, medio brazo tatuado y pelo negro rizado? Todo el conjunto hacía que Miguel jamás pasara inadvertido.

—¡Ya, Daniel, no jodas más! —le dijo David a su mejor amigo.

No sabía muy bien por qué, pero ese gigante le inspiraba confianza. Le había gustado mucho la forma como había manejado una situación que, además de incómoda, era muy delicada por la agresividad de su exnovia y, bueno, por lo propensa que estaba a montar un espectáculo de proporciones romanas.

—¿Cómo que no? Al final, los que tenemos el carro somos nosotros, y yo quiero saber cómo se dejó encular.

—¿Es posible que dejes de usar ese verbo? Además, yo no me dejé: yo fui el ejecutor, no el receptor, del acto.

—¿Me estás diciendo que...?

—Sí, hablando de follar, al parecer ¡'cualquier hueco es trinchera'! Pero si quieres saber más, enciende el motor y les invito unas cervezas mientras les cuento lo que quieran.

Miguel los había visto, y si se habían involucrado en la vida de sus amigas, algo bueno tenían que tener.

—¡Con que nos cuentes lo de la enculada te ganas el aventón! —le dijo David desbloqueando los seguros del carro e invitando al gigante a subirse al vehículo.

—¿Es decir que no quieres saber de dónde sacó Marcia la personalidad y el carácter para pedirte que te la follaras? (Perdón por la vulgaridad, pero es que no hay otra palabra para lo que hicieron en el ascensor.)

David levanto una ceja, de lo más intrigado. Había pensado que Marcia se había desinhibido luego de la fiesta de Halloween, pero al parecer alguien más había intervenido en el cambio de actitud de su compañera: ¡alguien a quien, por cierto, iba tener que agradecerle!

—Tenemos un trato: ¡culo y Marcia! —dijo Daniel abriendo la portezuela del automóvil.

—Despúes ustedes deberán contarme qué hacían en el hotel.

—¡Ah!, ¿eso? Pues nada... Estamos mamados de oír tirar a nuestros vecinos y quisimos disfrutar por una vez de un poco de tranquilidad —dijo

David como quien no quería la cosa para desviar la atención de Miguel del tema.

Como seguía aturdido por el bochornoso episodio con quien ahora era su exnovia, Miguel se dejó entretener y dejó de preguntar. (Además, la aventura incluía a una conocida. Ya vería por donde iban los tiros con ella.)

Desde ese momento, los tres se volvieron uno, metafóricamente hablando, porque la no repitieron experiencia del trío, primero, porque a David realmente no le agradan las mujeres que a Daniel le encantan y, segundo, porque Miguel conoció a Gabriela, una administradora de empresas que tiene una compañía inmobiliaria: su alma gemela y, hoy en día, su esposa.

capítulo 7
Sex and candy
(MARCY PLAYGROUND)

Antes de continuar con la situación que tiene a todos los amigos de los pelos es importante que nos detengamos en la historia de amor de Miguel, un hombre que, aunque fue, de ellos, el que más experimentó con su sexualidad —no sobra recordar que estuvo en orgías, disfrutó de una noche de pasión con el mejor amigo de su exnovia y se involucró en algunas otras aventuras sexuales—, también fue el primero al que le llegó el amor. Le ocurrió de manera causal, en medio del estacionamiento de un supermercado, todo por una indiscreción cometida por él mismo un domingo de partido. Ese día no habían encontrado nada decente de comer en el apartamento de David: en aras de la verdad y de la precisión, no habían encontrado nada de comer, ¡y punto! Por eso decidieron salir a comprar qué cenar mientras veían el juego. Como no iban a tardar demasiado, Daniel propuso:

—Migue, parquea ahí. ¡No vamos a demorarnos nada!

Ese *ahí* era un espacio que bloqueaba la salida de tres carros, uno realmente pequeño.

—¡Pero le bloquearíamos la entrada a un montón de carros!

Miguel no estaba seguro: su camioneta era bastante grande, y a él no le agradaba la idea de incomodar a nadie.

—¡Será solo un segundo! Y si ves la hora, ya casi comienza el partido —argumentó Daniel.

Como no estaba seguro de qué hacer, Miguel miró a David, quien usualmente era la voz de la razón.

—Solo será un segundo; no creo que le hagamos daño a nadie —dijo David, no muy convencido pero con la sincera intención de no demorarse mucho.

Al final, Miguel decidió dejar mal parqueada, impidiendo la salida de varios carros, su camioneta en el estacionamiento del supermercado.

—Me sabe a feo dejar a mi camioneta ahí... ¡Mira que le estamos tapando la entrada a un huevo de gente! Además está ese carrito azul de juguete; no sé qué persona tan chiquita cabrá en él, pero me siento mal de taparle la salida —dijo Miguel, contrariado.

No estaba acostumbrado a ser egoísta ni, menos, descortés. "¡Ojalá el dueño del *micro machine* no salga antes que nosotros!", pensó.

—Miguel, ya te dije que no nos vamos a demorar mucho: es ir, comprar las cosas... ¡y ya está! Es más: si te parece mejor, dividámonos: David va por las cervezas, tú por las chucherías y yo por los platos calientes. Y por que sé que aún estás pensando en el tema, ¡problema del pendejo que compró esa cosa en Fisher Price! —le dijo Daniel, refiriéndose despectivamente al diminuto vehículo azul, mientras se acercaban a los carritos del supermercado.

—¡El que llegue de último a la caja paga la cuenta! —dijo David antes de salir corriendo con su carrito en busca de las cervezas y de algo más de tomar.

Una hechas las compras —pagadas por Daniel, el último en llegar— regresaron al estacionamiento. David y Daniel iban disputando acerca de cuál sería el equipo ganador mientras Miguel se buscaba en el bolsillo las llaves de la camioneta. Cuando se acercaban vislumbraron la silueta de lo que parecía ser una mujer sentada en el capó de la misma.

Una vez estuvieron enfrente vieron con claridad que, en efecto, se trataba de una mujer elegante, pequeña, con cara de pocos amigos y poseedora de unos hermosos ojos miel rodeados por miles de pestañas naturales, una boca roja, un pelo café que —peinado de manera impecable— le llegaba hasta los hombros y una nariz chiquita y pecosa: un conjunto de pequeñas cosas que la hacían una mujer hermosa, además de un bonito cuerpo y unas piernas de lo más apetecibles. Miguel pensó que se había sacado la lotería. Pero justo cuando terminaba de darle un escaneo en regla y se disponía a decirle algo, oyó que Daniel le decía en tono seductor, acercándose como un tigre a su presa:

—¡Disculpa, hermosa!, pero ¿dónde has estado toda mi vida?

—¡En el pene de tu padre, modelo de calzoncillos! Ahora que hemos aclarado la duda del rubio, podemos pasar a lo importante. —Los tres amigos no sabían qué decir. Era definitivamente hermosa y estaba, sin lugar a dudas, realmente molesta—. ¿De quién es esta monstruosidad que está impidiéndole el paso a mi bebé? —dijo Gabriela de mal modo mientras señalaba su cupé azul, que lucía un emblema de los Transformers.

—¡Ella es mía!… Linda, disculpa: es que íbamos de afán y… —alcanzó a decir Miguel antes de que Gabriela lo interrumpiera bajándose del capó de su camioneta con ademanes seductores.

—¿Estabas comprando una nevera para transportar el corazón que recibirá tu tía?

—¿Perdona? —contestó Miguel, confundido.

—¿Acabas de comprar la insulina de tu padre, que está teniendo un coma diabético?

—No te entiendo —decía un Miguel cada vez más confundido mientras sus amigos ponían cara de estarla pasando como nunca.

—¿Estás comprando unos extintores para apagar el incendio que está consumiendo tu casa?

—¿Cómo?

Miguel se sentía medio imbécil. No sabía si era la belleza de la mujer, o el hecho de no haber desayunado bien, o qué, pero no le estaba entendiendo nada a Campanita.

—Si la respuesta a cualquiera de mis preguntas es *no*, entonces no tienes una razón de peso para estar bloqueando a mi bebé con esta monstruosidad... que parece servirte para compensar alguna... ¡vergüenza de tamaño!

Esto último se lo dijo mirándolo de arriba abajo con una ceja levantada.

En ese momento, Daniel no aguantó más la risa y soltó una carcajada tan ruidosa que le puso los nervios de punta a esa mujer menuda pero con unas curvas de infarto. Esto la impulsó a acercársele y pegarle un rodillazo en las partes nobles.

—¡Upa!, ¡lo siento! Es que, cuando se burlan de mí, me dan calambres en las piernas ¡y no logro controlar lo que hacen! —Daniel estaba casi de rodillas tratando de recuperar el aire mientras David se acercaba a ayudarle—. Espero me disculpes, y si no puedes tener bebés, bueno... Igual, ¡ya somos demasiados en este mundo! —dijo Gabriela haciéndole saber que no estaba de buen humor y que no le permitía a nadie convertirla en su chistecito privado.

—Lo siento. Creo que Daniel... —David trataba de disculpar a su amigo ante los ojos de esa hermosa, belicosa, peligrosa mujer; pero, al ver su cara de pocos amigos y sus intenciones de hacerlo a él su segunda víctima, David agarró su humanidad y se encogió de hombros pidiéndole perdón—. ¡Disculpa! Estuvieron fuera de lugar la risa, mi comentario y, evidentemente, el desacierto de haber bloqueado la entrada.

—¡Vas por buen camino, chico guapo! Ahora tú, dueño de esta monstruosidad, agáchate, por favor, que al parecer estamos en pisos térmicos diferentes, y quiero compartir un secreto contigo. —Una vez Miguel que se puso a su altura, el contraste entre ambos era impresionante: ¡parecían Pitufina y Gulliver! Aprovechando que lo tenía al alcance de las manos, Gabriela lo agarró de una oreja y le dijo—: ¡Agradéceles a tus padres tus bellos genes! Porque si no estuvieras 'de infarto', te propinaba una patada igual a la que le acabo de dar a tu amigo en las gónadas. —Esto lo dijo señalando a Daniel, que apenas recuperaba la capacidad de respirar calmadamente, auxiliado por David, que le servía de apoyo—. Ahora, si eres un ser humano medianamente inteligente (¡y espero que lo seas!), y si no tienes novia ni, en su defecto, esposa, ¡me invitarás a cenar, sabedor de que no todos los días te encuentras a una mujer hermosa como yo sentada en el capó de tu... exorbitante camioneta!

Miguel no podía creer la suerte que tenía. Desde que había visto a esa hermosa mujer sentada encima de su camioneta le agradeció a quien hubiera sido el responsable de ubicarla en su camino y le rogó al cielo que estuviera soltera.

—Voy a hacer algo mejor: ¡cásate conmigo y ven con nosotros a ver el partido! —le dijo Miguel con una sonrisa que iluminó medio parqueadero.

No sobra decir que ese día no se casaron, pero el incidente sí anunció el comienzo de lo que hace años es un matrimonio feliz. Y aunque parece el llavero de Miguel debido a su estatura, es Gabriela quien manda en la relación, en el dormitorio, en la forma en que se lleva el hogar, en las finanzas... —en fin, en los diversos aspectos de su vida conyugal—, y literalmente lo hace. La consolidación de este amor, que se dio a primera vista en el parqueadero de un supermercado, no fue fácil: estuvo marcada por altibajos económicos, debido a que, a los pocos días de estar saliendo, la firma de Miguel sufrió una gran crisis económica que casi lo envía a la quiebra. Durante ese periodo, Miguel estuvo irascible, preocupado y, en muchos momentos, callado; y, aunque no era fácil estar a su lado, Gabriela no lo dejó solo: lo apoyó mientras sorteaban la situación gracias a un préstamo que les hizo David y a la colaboración de los padres de Daniel, que lo engancharon con varios de sus amigos que serían sus clientes.

También hubo incomprensiones de ambas partes. Miguel tiene una forma diferente de ver la vida a como la ve Gabriela. Ella requiere que todo esté en su lugar, es maniática del orden y no le gustan las sorpresas mientras que Miguel es un hombre que asume la vida con una mirada tranquila, dejándose sorprender de lo que el destino tiene para ofrecerle —algo que hizo que chocaran mucho al principio—: él era espontáneo mientras que Gabriela era partidaria de planearlo todo, hasta los fines de semana, y de estructurar agendas. Al final, con todo, lograron hacer compaginar sus caracteres y sus formas de afrontar la vida. Eso sin contar a los amigos entrometidos, que al principio tuvieron sus reservas frente a la nueva "adquisición" y a la forma en que estaba cambiando a su amigo. También hubo confesiones y pactos entre ambos, situaciones que sortearon a través del diálogo y la confianza: todo para poder ser hoy uno de los matrimonios más estables entre todas las relaciones amorosas de estos amigos.

Los roles que asumiría cada uno en la pareja se revelaron con el tiempo; para ser precisos, a los tres meses de estar saliendo, luego de descubrir algunas de las muchas cosas que tenían en común, como su amor por la cocina —no así la destreza, cabe aclarar, porque a Gabriela le va realmente mal cocinando, detalle que aprendió Miguel al mes de estar saliendo, un viernes en que ella lo había invitado a cenar a su apartamento—.

—Te invito a que disfrutes de una deliciosa lasaña hecha en casa, de unos exquisitos cocteles y de una excelente compañía en mi apartamento esta noche. ¿Qué me dices?

Era la primera vez que Gabriela lo invitaba a su apartamento.

—Sin miedo a sonar como película romántica de Tom Cruise, ¡me atrapaste en el momento en que dijiste 'lasaña'! —le contestó Miguel—. Dime qué llevo: ¿vino?, ¿el postre?...

—¡Nada! Hoy quiero que te relajes en mi compañía y disfrutes de todo lo que planeé para esta noche.

Lo que Gabriela olvidó decirle era que le había rogado a su hermana Lu que le preparara la lasaña, le diera las instrucciones necesarias para no estropear uno de sus platos favoritos y le dejara todo listo de modo que lo único que ella tuviera que hacer fuera calentarla en el horno.

—¡Estoy cada vez más contento de haber bloqueado la salida de tu bebé azul aquel día!

Este comentario había hecho reír a Gabriela, que se despidió pidiéndole que llegara a las 8 en punto de la noche, sin retraso.

Miguel llegó, como siempre, muy puntual al apartamento de Gabriela, lugar sobrio, decorado de manera minimalista, con muebles sencillos pero conjugados de manera exquisita, y muy parecido al apartamento de su amigo fotógrafo Cristian. Los sofás eran blancos, de cuero, y el precioso centro de mesa negro estaba decorado con hortensias de diferentes colores y unos pequeños adornos de plata. Al fondo de la sala, al lado de la cocina, encontró una mesa de comedor organizada de manera romántica, con un mantel blanco que contrastaba con los arreglos de flores negras que había sobre él, unas copas de cristal, unos platos de plata y unos cubiertos a juego. Gabriela invitó a Miguel a sentarse a la mesa mientras ella lo atendía y fue al horno por la lasaña casera hecha por su hermana. Una vez la puso en la mesa, y él se dispuso a partirla para servirle un trozo a su novia, Miguel notó que algo no estaba bien con el plato.

—Gabriela, mi vida, la lasaña… ¿no te parece que está algo brillante?

Si la intuición no le fallaba, su novia había estropeado el plato sin querer.

—Brillante… ¿cómo?

Gabriela no entendía que podía estar mal con la lasaña de su hermana.

—No sé como explicarme. A ver, es decir… Yo solo he visto una lasaña así una vez, y fue cuando mi amigo Cristian le puso aceite y, si no estoy mal, un tipo de pegante a un plato de pasta para que se viera brillante y llamativo para una sesión de fotos —le dijo Miguel, seguro de que algo no estaba bien con el plato que le había cocinado su novia, y también temiendo herir sus sentimientos.

—Pero ¿qué dices? ¿Y quién es Cristian? —dijo Gabriela poniéndose de pie para ver mejor el plato cocinado por su hermana.

—Cristian es uno de mis amigos más cercanos. Es fotógrafo. No he podido presentártelo porque en este momento se encuentra en Europa cubriendo no sé que eventos de moda y no sé que más cosas; llega en un mes, y cuando regrese espero poder presentártelo. ¡Sé que te va a caer superbién!

—¿Cómo puedes estar tan seguro?

Gabriela se acerco a la lasaña y verificó que, en efecto, estaba más brillante de lo que jamás hubiera visto antes.

—Porque comparten el gusto por las cosas de plata y la decoración minimalista. Es más: al ver las fotos que tienes colgadas en las paredes, no pude dejar de pensar en lo mucho vas a disfrutar del trabajo de mi amigo.

Miguel estaba divagando: tenía miedo de trinchar el plato de su novia, que se estaba poniendo viscoso. ¡Realmente algo iba mal con ese plato!

—¡No entiendo qué tiene que ver eso con el plato! —lo interrumpió Gabriela, molesta por los reparos de Miguel al plato de su hermana.

—¡Pequeña, no te molestes conmigo! Primero quiero decirte que me siento honrado de que me hayas preparado esta hermosa velada romántica y personal… Pero te aseguro que algo no está bien con la lasaña. ¿Me permites hacerte una pregunta?

Miguel había estado preguntándose qué podría haber salido mal y por qué provenía de la lasaña ese brillo como de algo plastificado.

—¡Pues dime! —le contestó Gabriela de mal modo, como una niña en medio de un berrinche.

—¿De casualidad le quitaste antes de meterla al horno el papel film o vinipel con que se cubre la lasaña para meterla en la nevera?

Tan pronto como Miguel lanzó la pregunta, Gabriela cayó sentada en la silla al darse cuenta de que, en su emoción por preparar la mejor velada para su novio, había tomado del refrigerador la lasaña de su hermana y la había metido al horno sin quitarle la película plástica. Fue tanta la rabia que sintió consigo misma que estuvo a punto de llorar, por lo que se cubrió la cara con las manos.

—Gabi, mi vida, ¡no te sulfures! —le dijo Miguel a su novia dejando los cubiertos al lado del plato de "lasaña". —A él siempre lo había mortificado el llanto de las mujeres, pero que su novia se sintiera mal por una bobada le partía el corazón. Gabriela estaba tratando de respirar hondo y no ponerse a llorar. En medio de su angustia por estar haciendo una escena cursi ante su novio, sintió que unas manos fuertes le sujetaban las muñecas con intenciones de retirarle las manos de la cara—. Mi vida, no te agobies por una bobada. ¿Por qué no me cuentas qué pasó?

Miguel se había puesto en cuclillas para verle la cara a su novia.

—Es que… ¡A ver, yo no soy de las que lloran por cualquier cosa! Pero es que…

Gabriela sentía que estaba a punto de ponerse a llorar. Adivinando lo agobiada que se sentía, Miguel la abrazó y empezó a reconfortarla sobándole la espalda.

—Gabi, no te pongas mal. ¿Te he dicho que me fascinas y que me estoy enamorando de ti?

Al oír lo que su novio acababa de decir, Gabriela se retiró un poco para mirarle la cara y descubrir si le estaba haciendo una broma o si solo quería hacerla sentir mejor.

—¿Estás intentando hacerme sentir mejor?

—¡No, vida! Jamás jugaría con algo tan importante como mis sentimientos por ti. —Con el peso de habérsele declarado a una mujer en medio de un ataque de pánico de ella, a una mujer que, por cierto, no había respondido nada a su declaración, prefirió volver a un lugar seguro: la comida—. Ahora podemos volver a la situación que te está haciendo sufrir. Seguro que, por estar pendiente de otras cosas o por la emoción de vernos esta noche, olvidaste quitar el plástico.

—Es que yo…

Gabriela estaba muy avergonzada.

—¡Esto es algo que puede pasarle a cualquiera, incluso a una excelente cocinera como tú! —Gabriela se sonrojó al oír que Miguel se la imaginaba toda una cocinera—. ¡Aún recuerdo lo que me dijiste en la cita a la que fuiste con unas medias de red que no me dejaban concentrarme por andar pensando cómo sería penetrarte con ellas puestas!

Aún no le había confesado que en esa cita se había puesto como una piedra, excitado hasta el dolor. De hecho, en esa ocasión agradeció en silencio haber ido con un pantalón de yin negro: si no, su vergüenza al levantarse habría sido mayúscula, ¡todo a causa de esas medias!

—Miguel, ¿puedes concéntrate en otra cosa que no seas tú penetrándome de cualquier forma?

Gabriela era consciente de la facilidad con que su novio se distraía pensando en ellos y en el maravilloso sexo que compartían.

—¿Perdón?

Miguel se había distraído con la visión de Gabriela con esas medias de red y había empezado a perderse en las fantasías que le producían.

—Estabas contándome de algo que te dije en una cita a la que me presenté con unas medias de red. Ahora ¿es posible que me digas qué dije en esa cita?

Ahora, al tiempo que sufría por haber arruinado la cena, estaba en el cielo al saber que era correspondida en su enamoramiento y tenía una curiosidad inmensa sobre lo que le había dicho a su novio.

—¡Vida, es que tú misma ya eres un manjar delicioso que me provoca todo el tiempo! —Gabriela le apretó las rodillas con las manos para que no se distrajera más—. Pero, para que salgas de la duda (¡y antes de que me claves las uñas!), me dijiste que te fascinaba la cocina.

Gabriela recordó al instante la conversación y se sintió morir. No imaginó que su novio fuera a pensar que esa declaración significaba que era una excelente cocinera. Supo, por consiguiente, que lo mejor era decir la verdad.

—Miguel, es que, aunque me encanta la buena comida y me fascina la cocina, como puedes ver —le dijo mostrándole una impecable cocina dotada de los últimos modelos de cada uno de los electrodomésticos que había comprado: ¡el sueño de cualquier chef!—, ¡me va realmente mal cocinando! —Dicho esto, escondió la cara entre las manos y añadió bajito—: ¡Y yo también me estoy enamorando de ti!

—¡Corazón, no te escondas de mí cuando me estás diciendo algo tan importante! —Gabriela levantó la cabeza—. Eso está mejor. Entonces ¿te estás enamorando?, ¿o estamos enamorados los dos? —Gabriela, muerta de la pena, solo pudo asentir—. ¿Cuál de las dos es?

—Estamos enamorados —dijo bajito.

—Entonces celebremos que ambos nos enamoramos, y de paso me muestras tu hermosa cocina de diseño, llena de productos Kitchenaid.

—Es hermosa, ¿verdad?

—Lo es. Si me permites usarla, puedo buscar algo en tu nevera y hacernos una cena ligera de celebración —le dijo Miguel mientras la cogía de las manos y la ayudaba ponerse de pie para ir a la cocina.

—Miguel, ¿no quieres saber qué pasó? —le preguntó Gabriela mientras se acercaba a la cocina de la mano de su novio gigante.

—¡Oh! Pero, mi vida, yo ya sé qué pasó.

Al oír esto, Gabriela se separó de su novio para oír lo que él creía que había pasado.

—Disculpa, ¿podrías iluminarme con tu sabiduría y contarme qué es lo que crees que sucedió? —le dijo en tono impertinente.

—¡No te pongas brava! —le dijo él tratando de abrazarla mientras ella, actuando como una niña pequeña, no se dejaba—. A ver, ¡te digo si me dejas abrazarte!

Y ella, como la niña pequeña que era en ese momento, se dejó abrazar a regañadientes.

—¿Entonces? ¡Estoy esperando! —dijo, mosqueada por la actitud de sabelotodo de Miguel.

—Alguien te preparó la lasaña: lo sé porque la salsa es hecha en casa.

—¿Cómo puedes estar seguro?

—Porque a mí se me da bien el cocinar y, aunque estaba plastificada, vi que la hicieron con carne molida, pollo y salsa bechamel casera, además de con amor, lo que me permite deducir que alguien cercano a ti… ¿tu mamá? —Al ver que no atinaba, siguió adivinando—: ¿alguno de tus hermanos? —Al ver que ella se sonrojaba, supo que había adivinado—. ¡Te ayudó cocinando la lasaña! —Al ver que Gabriela no afirmaba ni negaba nada, Miguel continuó—: Como me dijiste en la cita, a ti te encanta la cocina porque disfrutas de las preparaciones caseras, de los platos hechos con amor, incluso de esos que son hechos por chefs reconocidos que fusionan sabores e ingredientes.

—¡Los amo a todos y cada uno de ellos! —dijo ella relajándose y pensando en lo mucho que disfrutaba de la gastronomía.

Lástima que se le diera verdaderamente mal.

—Pero, como me has dicho, y en vista de lo que acaba de suceder, es más que evidente que… ¡eres fatal cocinando!

Ante esa afirmación, Gabriela se tensó en los brazos de Miguel, quien, ante su evidente disgusto y con la única intención de distraerla, le apretó la cola para hacerle olvidar lo que acababa de decirle.

—Miguel, no me distraigas, ¡y menos cuando estás insultando mis habilidades gastronómicas!

—¿Cuáles, mi vida?

Ese comentario le valió un pellizco chiquito de su novia.

—¡Auch!, ¡mira que eres vengativa! Y si te distraigo, es porque sé que te tiene mortificada que haya descubierto tu secreto.

Mortificada sí estaba.

—Solo un poquito.

Estaba muy mortificada.

—¡Un bastante! Pero, para superar este episodio, del que seguro nos reiremos tú y yo más adelante, y regresando al misterio de qué pasó con la lasaña de tu hermano…

Gabriela negó con la cabeza.

—¿De tu hermana?

En esta ocasión Gabriela asintió con la cabeza.

—Como te decía, esto fue lo que sucedió: tu hermana te dejó lista la lasaña con intenciones de que la sacaras del congelador y la calentaras en el horno a una temperatura que, por lo que puedo ver en tu horno, dejó programada antes de irse, ¿me equivoco?

—No, no te equivocas —dijo Gabriela entre dientes.

—Luego te dio las instrucciones del caso, pero estoy seguro de que se le olvidó recordarte la importancia de quitarle el papel film antes de meterla en el horno.

—Ajá.

¿Cómo no le había recordado su hermana ese detalle, si la conocía mejor que nadie y sabía lo despistada que era en la cocina?

—Por lo que pensaste que lo único que debías hacer era sacarla de la nevera y llevarla al horno, pero olvidaste quitarle el film que usó tu hermana para protegerla y evitar que los ingredientes se secaran por el frío —le dijo Miguel sacándola de la ensoñación en que estaba.

—¡No puedo creer que se me haya olvidado!

Gabriela estaba más mortificada ahora que comprendía que su error había sido no solo evidente sino también bastante tonto.

—¡Es lo más adorable que has hecho por mí!

—¿Qué?

Haber dañado la cena… ¿le parecía adorable?

—Sí, me oíste bien: querer agasajarme con una deliciosa comida casera, preparada por tu hermana, a la que le vamos a mentir y le vamos a decir que me encantó y que me la comí casi toda yo solo, con la promesa de repetir el próximo fin de semana…

Miguel no podía resistirse a la ternura que le producía lo que había hecho su novia, incluido haber "plastificado" la cena.

—¿Cómo?

Gabriela sintió vergüenza ante ese comentario y ocultó la cabeza en el pecho de su oso gigante.

—No tenemos por qué confesar tu pequeño desliz... ¡pero sí tenemos que darle de comer a tu novio, que quedó más que antojado de esa deliciosa lasaña! —le dijo Miguel acariciándole la espalda.

—Está bien. Yo le pido que nos haga de nuevo su lasaña —dijo Gabriela en tono de niña buena.

—¡Esa es mi chica! Entonces, para terminar con el misterio de quien mató la lasaña, ¡fue Gabriela, con el horno, en la cocina!

—¡Bobo! —le dijo Gabriela riéndose de la ocurrencia.

—Me imagino que, mientras asesinabas a fuego lento nuestro plato principal, hacías esos deliciosos cocteles que se ven en la encimera. Porque esos sí los hiciste tú, ¿verdad? —dijo Miguel mirándola a los ojos con picardía.

—¡Pero por supuesto! La decoración, los cocteles y lo demás es cosa mía —dijo Gabriela, orgullosa de su trabajo.

—Perdona, solo estaba confirmando —le dijo Miguel mientras la sentaba en una silla y él se acomodaba también en la cocina como si fuera natural para ellos estar en un lugar tan íntimo compartiendo un momento especial—. Te decía... Entonces, cuando terminaste de poner la mesa y de arreglarte para lucir más hermosa de lo que siempre estás —esto se lo dijo con una sonrisa pícara en la cara—, llegué yo, y solo en el momento en que te hice saber que algo no estaba bien con la cena (para ser más específico, con el plato de lasaña), te diste cuenta de lo que había sucedido. En conclusión, ¡plastificaste nuestra cena! —le dijo Miguel, tranquilo y bastante divertido al ver la confusión en los ojos de Gabriela por el hecho de que él hubiera entendido todo sin que ella se lo explicara.

—Pero no plastifiqué toda nuestra cena. De hecho, ¡lo más importante aún está esperándonos! —le dijo Gabriela con una voz sugerente que no le pasó inadvertida a Miguel.

—¿Hay más? —preguntó él con los sánduches que acababa de preparar en la mano, volviéndose hacia donde ella estaba, ahora de pie y sosteniendo una bandeja con lo que parecía ser una olla llena de chocolate derretido y una cesta de frutas.

—¡Pero por supuesto! Puede que no se me dé bien lo de cocinar lasañas o, bueno, casi nada, pero calentar chocolate para sumergir fresas, bananos, manzanas, duraznos... tu pene, mis tetas...

Miguel no necesitó oír más: soltó los sánduches, cogió con una mano la bandeja que ella sostenía y con el otro brazo la abrazó por la cintura, la besó como llevaba queriendo hacerlo desde que había entrado y le preguntó:

—¿Dónde queda el dormitorio?

No se demoraron nada en llegar. De hecho, el último tramo del recorrido lo hicieron con Miguel casi alzándola en su urgencia por llegar. Al llegar al cuarto de Gabriela, Miguel la puso a ella en el suelo y la bandeja en una mesita de noche y se deleitó con la decoración de ese espacio íntimo, que —no sobra decirlo— no era como se lo había imaginado: a diferencia del resto del apartamento, en esta habitación había muchas fotos de su familia y sus amigos, algunos peluches esparcidos y, en una biblioteca, muchos libros de ingeniería y arquitectura; de hecho, allí estaba el último ejemplar de *Fabricando el legado de Frank Gehry. La historia de la evolución de la práctica digital en la oficina de Frank Gehry* de Rick Smith y Steven Pliam, en inglés, libro que había tratado en vano de conseguir hasta la fecha. Hizo, pues, una nota mental de pedírselo prestado en un futuro no muy lejano.

Y en el centro de la habitación había una cama… ¡muy grande!, cosa que agradeció.

—Si te preguntas hace cuánto tengo esa cama, chico guapo, la compré cuando empezamos a salir. No quería excusas para que no te quedaras a dormir luego de toda una noche de pasión —dijo Gabriela mientras entraba en el vestidor a ponerse más cómoda y comenzar el resto de la noche como la había planeado.

—¡Gabi, podría ser un futón de un metro cuadrado y ni con agua caliente me echarías de tu lado después de una noche de pasión! —dijo Miguel mientras comenzaba a quitarse la corbata y desabotonarse la camisa admirando el estante de las fotos y hurgando entre los recuerdos de su novia.

—¿Quieres seguir viendo fotos o podemos enfocarnos en lo que nos trajo acá? ¡Porque tanto el chocolate como mis tetas se están enfriando! —Al oír el reclamo de Gabriela, Miguel dejó de mirar una foto de los dos que Gabriela había puesto en un hermoso marco de plata; lo había conmovido entender que ella no solo inmortalizaba así el hermoso momento en que él le había pedido que se tomaran esa *selfie* sino que además le abría espacio en su vida, en su corazón y también en su repisa. La reflexión terminó abruptamente cuando vio a su mujer desnuda; en realidad, no estaba desnuda: tenía la ropa interior más sexi que hubiera visto en su vida—. ¿Te vas a quedar ahí parado mirando mis Sacha Kimmes o vas a venir a quitármelos con la boca y a disfrutar del postre? —le preguntó ella acercándose a la cama para recostarse.

—Tus… ¿qué? —le dijo Miguel mientras se quitaba de manera poco sensual la camisa y los pantalones.

—¡Sacha Kimmes! Es la diseñadora de mi ropa interior, y la creó para causar el efecto que está teniendo en ti. ¡Ten cuidado, que te vas a caer! —No podía creer la velocidad con que Miguel se estaba desvistiendo: en menos de nada estuvo en calzoncillos, con una tienda de campaña en el medio—. ¡No olvides el chocolate!

Más se demoró ella en decirlo que él en acercarse con la bandeja de chocolate y frutas. Gabriela se arrodilló, tomó un poco de chocolate de la olla y se lo esparció a Miguel por el abdomen —perfectamente esculpido—, justo encima de la cintura de los bóxers. Cuando sacó la lengua, lo miró a los ojos y empezó a recorrer el rastro de chocolate con ella, Miguel casi se desmayó, más aún cuando Gabriela, con una mano, empezó a apretarle los testículos y, con la otra, liberó su erección.

—¡Uy, Gabi!... ¡Esto tiene que ser lo más erótico que he hecho con un postre! —Gabriela le untó de chocolate todo el pene y se lo metió en la boca—. ¡Gabi, esta es... sin duda...! —No pudo decir nada más porque Gabriela lo chupó con fuerza, puso su glande contra el paladar y al mismo tiempo le apretó los testículos. Miguel sintió tanto placer que su mente quedó en blanco. Ella siguió chupando con fuerza, mirándolo a los ojos, tentándolo con la mirada, arañándole las piernas—. ¡No pares, Gabi! Esta es... la mamada... ¡Uy, Gabi, mi vida!... Sí: ¡chupaaa! —La agarró con fuerza del pelo, siguiendo el movimiento de ella desde la punta de su pene hasta el fondo, algo impresionante porque Miguel no era precisamente pequeño—. ¡Sí, hasta el fondo!... No sé cómo lo haces... ¡Oh! —Gabriela no le daba tregua: mordiéndole la punta, lo chupó hasta que Miguel estuvo a punto de alcanzar el orgasmo, por lo que le dijo—: ¡Gabi, espera! Me voy a venir y no quiero... ¡Espera! —Gabriela aceleró el ritmo de las mamadas hasta que Miguel se derramó en su boca sintiendo que el primer chorro le salía violentamente de la columna vertebral. Los espasmos le sacudieron todo el cuerpo: fue un orgasmo poderoso, fuerte, algo que no había experimentado antes—. ¡Eso fue...!

—¿Maravilloso?, ¿de otro mundo? —dijo Gabriela mientras se aseaba.

—¡La mamada más impresionante que haya recibido! —dijo Miguel tratando de recuperarse. Imaginándose que lo había dejado exhausto, Gabriela iba a recostarse cuando, con maestría, Miguel la tomó de las caderas, la levantó y se puso su vagina contra la cara. Aprovechando el hueco de sus pantis le lamió los labios vaginales, metió el dedo en el chocolate y lo esparció por su vagina. La penetró con la lengua untándola artísticamente—. No sé qué me gusta más: tu sabor o el del chocolate caliente. ¡Creo que desde ahora este es mi postre favorito! —le fue diciendo mientras la penetraba con los dedos y simultáneamente le lamía el clítoris.

—¡Miguel! ¡Sí, penétrame más, lame con fuerza!... ¡Muerde! ¡Síii...!

Se mordió el labio para no gritar como quería.

—¡Ah, no: eso sí que no! ¡No te contengas! ¡Quiero que grites! Hazme saber que te gusta. Quiero saber si lo estoy haciendo bien.

Miguel no tuvo que hacerse rogar: una vez que Gabriela lo oyó, él le metió la lengua tan profundo en la vagina que ella no pudo evitar gritar su nombre.

—¡Miguel!... ¡Estás tan dentro...! ¡Uy, síii, Miguel! ¡No pares!, ¡no...!

Miguel no le dio respiro: lamió, chupó y la penetró con los dedos y la lengua hasta que Gabriela le arañó con fuerza las piernas y gritó su nombre mientras alcanzaba el orgasmo.

Después probaron diferentes posiciones y quedaron bien embadurnados de chocolate y fruta, por lo que tuvieron que bañarse y disfrutar de sexo en la ducha.

Esa noche descubrieron, gracias a un libro que tenía Gabriela en su mesita de noche, que también compartían el interés en las novelas policiacas y también el placer culposo de ver películas taquilleras de superhéroes.

Además, Gabriela le prestó el libro sobre Frank Gehry.

capítulo 8
Old habits die hard
(MICK JAGGER)

Cuando la relación empezó a consolidarse, Miguel llevó a su novia a una tarde de domingo y fútbol en casa de David. Durante el recorrido del hogar de Gabriela al apartamento de este, Miguel estuvo inquieto por lo que podría suceder en ese encuentro: le preocupaba que David o Daniel le reprocharan a Gabriela su comportamiento el día en que se conocieron o que la hicieran sentir incómoda de algún modo; pero lo que más ansiedad le generaba era el hecho de que las cosas no fluyeran entre su amigos y su mujer. Lo que no había previsto era que su mujer supiera lo importantes que eran para él sus amigos y lo importante que era él para ella y que hubiera llevado la "artillería pesada" para hacerse perdonar por los dos amigos.

Llegaron a la casa de David unos minutos antes —de hecho, quince— antes de la hora pactada. Gabriela vio que Daniel también había llegado más temprano de lo convenido, por lo que aprovechó la oportunidad y les dijo:

—¡Chicos, teniendo en cuenta que casi dejo de tío a uno de ustedes y amenacé con hacer lo mismo con el otro, les traje un detalle a los dos! —Una vez dicho esto, le entregó a cada uno una bolsa de regalo. Ambas contenían unos chocolates y unas gomitas en forma de pene. Cuando recibieron semejante regalo, los dos amigos no pudieron sino soltar la risa y, con ella, el resentimiento que hubieran podido llegar a albergar por esa hadita que se había ganado el corazón de Miguel—. ¡Pero eso no es todo! —continuó Gabriela—. Entiendo que fui un poco agresiva contigo —dijo señalando a Daniel—, en especial al llamarte 'modelo de calzoncillos' y 'rubio' y permitirme coger tus muy bien dotadas (¡no sobra decirlo!) partes nobles; por eso te traje algo que espero sepas disfrutar. Lo escogí según lo que Miguel me ha dicho de ti.

Le entregó una caja que parecía contener un tipo de licor. Cuando la abrió, Daniel tuvo que sentarse de la emoción y del impacto.

—¡Esto no era necesario! Es decir, te debió costar una fortuna, y bueno…

Daniel estaba sin palabras.

—¡No importa el precio! Lo que importa es que quiero empezar de nuevo, y de la mejor forma, con ustedes, porque ustedes son muy importantes para Miguel y Miguel es lo más importante para mí. Así que no importa el precio: lo que importa es que te guste y que me disculpes —dijo Gabriela con una sinceridad que los dejó a todos sin palabras.

Daniel se le acercó y la abrazó, sumamente agradecido.

—Estás disculpada, y que quede en actas que me encantó, que estoy muy agradecido y que eres más que bienvenida en nuestras tardes de fútbol americano, que, al final, son creación de Miguel —le dijo invitándola a sentarse en el sofá junto a él.

—¿Cómo así? ¿Estas tardes te las inventaste tú? —le preguntó Gabriela a su novio.

—Sí, señora. No te he contado que, cuando estuve de intercambio en Estados Unidos, hice parte del equipo de fútbol del colegio.

—Punto primero: ¡no sabía que estuviste de intercambio en Estados Unidos!

—No solo estuvo de intercambio. —Aunque no había formado parte de la vida de Miguel en ese tiempo, David estaba muy orgulloso de su amigo y no desaprovechaba oportunidad de alardear de los logros de su amigo—. De hecho, ¡casi lo fichan para un equipo universitario de fútbol!

—¿Cómo? Habrías podido ser el *quarterback* de algún equipo como...

—Antes de que dañes la buena energía que está circulando entre los dos y menciones un equipo de mierda, me voy a asegurar de que estés consiente de que este es el sofá de los seguidores de los *49ers* de San Francisco —dijo Daniel.

—En realidad no soy muy experta en el tema.

—Menos mal me entero a tiempo, antes de que caigas en las manos equivocadas y termines siendo seguidora de un equipo pomposo como los *Patriots*.

Ese comentario le valió a Miguel una mirada de desaprobación de David, seguidor y amante acérrimo de ese "pomposo" equipo.

—¡De la mirada que te acaba de clavar David deduzco que es su equipo favorito! —conjeturó Gabriela.

—Antes de que nos enfrasquemos en el eterno debate sobre cuál es el mejor equipo a sabiendas de que son los *Patriots*...

Miguel también adoraba ese equipo.

—¿Me vas a contar por qué no quisiste quedarte en Estados unidos y ser una estrella del deporte? —preguntó Gabriela.

—La verdad es que amo mi país y siempre me ha encantado la ingeniería. Desde pequeño, cuando acompañaba a mi papá a la oficina, me apasionaban las maquetas, diseños y demás cosas que mi papá tenía allá. Por eso, aunque me sentí superhonrado... ¡decliné la oferta! —Gabriela tenía la boca abierta; no podía creer que su pareja hubiera tenido la oportunidad de ser una estrella del fútbol y hubiera preferido a su familia y a sus amigos—. Como dices tú, ¡no te voy a querer más por lucir sorprendida! —le dijo Miguel mientras se sentaba en el otro sofá, al lado de David, con una cerveza en la mano, luego de dejarle una limonada en su lado de la mesa.

—¡Es que no creo que hayas rechazado la oportunidad de tener una carrera llena de glamur, modelos espectaculares, dinero y...!

Gabriela hablaba como la locutora de un programa radial del corazón.

—Sin ti, sin mi familia y sin mis amigos, ¡no, gracias! Estoy bien así...

Miguel jamás se había arrepentido de su decisión: en su país era alguien, y vivir lejos, siendo un desconocido, nunca había sido una opción para él.

—¡Ay, eres el hombre más tierno del mundo!

Viendo que Daniel iba a decir alguna tontería, pues tenía la misma cara de cuando se había burlado de ella, Gabriela se adelantó y le clavó las uñas en la rodilla, tradición que comenzó en ese momento y que se mantiene hasta la fecha.

—¡Auch! Disculpa, ¿a qué debo el honor? —dijo Daniel, dolorido y molesto, señalándose la rodilla.

—Estoy aprendiendo a conocerte, y estoy segura de que estabas a punto de arruinar un momento especial, cuando mi novio, tu amigo, estaba diciendo lo mucho que nos aprecia a nosotros y lo mucho que valora la vida que escogió, con algún chiste tuyo; así que, como tu nueva amiga, ¡evité que cometieras una indiscreción!

Este comentario hizo reír a David: a la fecha, aparte de la mamá de Daniel, no existía sobre la faz de la tierra nadie capaz de pararle los pies a su amigo.

—¿Qué te causa tanta risa? —le preguntó Daniel.

—¡Que he vivido para conocer a la primera mujer que te planta los pies aparte de tu mamá! Y por eso, mi querida Gabriela, quiero que sepas que te has convertido en mi heroína particular.

Esto último lo dijo haciéndole una reverencia.

—¡Gracias! Es un honor para mí contar con tu admiración. Y con este poder asumo toda la responsabilidad que conlleva —dijo Gabriela con picardía—. Bueno: me estabas poniendo al día. Luego de renunciar a una vida de lujos…

—Boba, tengo una vida de lujos y soy famoso entre los que me conocen. Además, lo mejor de todas las cosas que he tenido en mi vida es que puedo decir que, gracias a una sugerencia de tu compañero de sofá, te conocí a ti, la mujer que…

Miguel no pudo terminar de echarle flores a su mujer porque se vio interrumpido por uno de sus amigos.

—¡Terminemos con el cortejo! Eso lo pueden hacer los dos en su casa.

"La cosa es que Miguel seguía cada partido todos los domingos en soledad.

David encaminó la conversación hacia el partido. No era que no estuviera feliz por su amigo y el amor que estaba compartiendo con Gabriela, pero ya era suficiente de romanticismo.

—¡Exacto! El fútbol es un hábito para mí y, como dice la canción, 'old habits die hard'. Así que, cuando me hice amigo de Daniel y David, les propuse reunirnos los domingos por las tardes como una manera de estar cerca siempre.

—¡Alguno se iba a mudar!

—Neee, pero ¿no te ha pasado que te hayas distanciado de algunas de tus compañeras de universidad?

—Sí, claro. Hubo algunas que pensé que serían mis amigas para siempre, pero al final, con los horarios, la diferencia de trabajos, las maestrías y especializaciones… bueno, terminas alejándote.

—¡Exacto! Por eso, el fútbol era una excelente excusa para no alejarnos. Por eso llevamos años haciéndolo, desde los días de la universidad.

Mientras Miguel le explicaba esto a su mujer, Daniel volvía a guardar la botella de The Macallan M, de la serie 1824, que Gabriela le había regalado. Este gesto no le pasó inadvertido a David, que había tenido que oírlo quejarse más de una hora, justo antes de que Miguel y Gabriela llegaran, acerca de la "pitufa" que casi lo había dejado eunuco.

—¿Puedo preguntar qué le regalaste a mi temperamental, fácil de complacer y, al parecer, muy impresionado amigo? —preguntó David levantando una ceja y ganándose un puño de Miguel en el hombro por tratar de incomodar a su amigo y su mujer.

—¡No es nada fácil de complacer, si me permites aclarártelo! —dijo Gabriela en tono condescendiente—. Esa —dijo señalando la botella guardada en la caja —es una botella de Macallan de la serie 1824.

—¡De Macallan M, para ser exactos, el mejor whisky del mundo! Sobra decir que es muy exclusivo y sabe a gloria —aclaró Daniel.

—Algún día podremos probar esa delicia —le dijo Miguel y, sentándose al otro lado de su mujer, obligó a Gabriela y a Daniel a arrimarse un poco.

—Tu adorada mujer, en efecto, podrá saborearlo conmigo mientras que tú… ¡No sé si estés preparado para algo como esto! ¿Tú qué piensas, Gabi? ¿Te puedo llamar así?

Gabriela entendió que Daniel le estaba dando la oportunidad de integrarse, y no pensaba desaprovecharla.

—Mmm… No sé. Puedo asegurar que últimamente ha saboreado cosas más finas que ese whisky que tienes ahí, pero esa experiencia orgiástica es algo para lo que no sé si Miguel esté preparado. Hace poco se le vació el cerebro con un poco de chocolate —dijo Gabriela haciendo referencia al postre del día de la lasaña plastificada.

—¡Yo diría que fue mucho chocolate! —le recordó Miguel con picardía.

—¿Tú no estabas en una dieta baja en calorías? —le preguntó David, ajeno a lo que hablaban.

—¡Hay situaciones en las que hay que romper las reglas y dejarse llevar! —dijo Miguel abrazando a Gabriela, que se perdió en su ancho pecho.

—Tú eres un maestro para dejarte llevar en cualquier situación —le dijo David.

—¿En serio? ¡Cuéntamelo todo! —dijo Gabriela, muerta de curiosidad.

—Pues tu novio fue arreado en la cara por una exnovia en una vía llena de transeúntes por explorar el lado prohibido de las amistades y perseguido por perros por dejarse llevar con lo que pensó era una aeromoza soltera. Y otras… Bueno, aunque la lista no termina ahí podemos decir que Miguel es un experto en dejarse llevar de las situaciones. ¡Sobra decir que su última aventura empezó cuando se dejó llevar por sus amigos y parqueó mal su camioneta!

Con esto, Daniel quiso zanjar un tema que podría volverse incómodo y traerle problemas a Miguel con quien —¡se veía a leguas!— era la mujer de quien se había enamorado.

—¡Es la mejor decisión que he tomado y una aventura que pienso continuar por el resto de mi vida! —dijo Miguel mirando a su mujer con cara de niño bueno.

Todos quedaron sorprendidos por la seguridad y el amor con que Miguel se le declaraba a su mujer.

—¡Oh…! Es lo más hermoso que me has dicho, Miguel; aunque no creas que no me di cuenta de cómo cambiaron el tema, de manera sutil y con mucha experticia. Pero les dejo muy claro, aquí y ahora, que no soy boba. Por la cara de pánico de Miguel, entiendo que es algo que me escandalizaría. Así que, para cerrar este bochornoso episodio, voy a dejarlo estar con la promesa de que luego, en algún momento de debilidad, digamos después de unos tragos de Macallan M, terminaré por enterarme de todas estas historias.

"Pero hemos tenido demasiadas emociones fuertes; así que mejor preparémonos para el partido, ¡y comparte conmigo uno de esos penes de chocolate! —le dijo Gabriela a Daniel.

—Con gusto te regalo mi bolsita de penes: ¡con el que tengo colgando me basta! —le dijo David entregándole la bolsa.

—¡Me temo, mi adorada Gabriela, que no podemos empezar la tarde porque no ha llegado el resto de nuestros amigos!

Tan pronto como Daniel dijo esto sonó el timbre que anunciaba la llegada del resto de los invitados.

Esa tarde Gabriela congenió con los demás amigos de Miguel.

Aunque parecía que todo funcionaba como debía, tanto en lo social como en lo amoroso y lo sexual, Miguel empezó a notar, a medida que iba pasando el tiempo y la relación se tornaba cada vez más seria, que Gabriela se inquietaba por cosas que él no llegaba a comprender; en más de una ocasión la oyó llorar en el baño y, pese a darse cuenta de que ella lo hacía cuando lo creía dormido, saber que la persona de quien se había enamorado estaba siendo atormentada por alguna situación o motivo ignoto lo hacía sentir impotente.

capítulo 9
S & M
(RIHANNA)

El punto de quiebre llegó luego de una semana en que Miguel se dedicó a rogarle a Gabriela que confiara en él.

—¡Gabi, eres mi mujer! Por favor, ¡déjame compartir la carga que te está mortificando!

Ya no aguantaba ver a Gabriela apagarse a su lado. La había oído llorar en el baño más de una vez y, aunque sabía que ella disfrutaba de su compañía, algo le decía que Gabriela no estaba satisfecha del todo con su relación.

—¡Miguel, mi vida, te digo que no es nada! Creo que el periodo me ha puesto aprensiva.

Tenía miedo de afrontar lo que le sucedía con su relación.

—Gabi, tu periodo llega cada veintiocho días, ni un día antes ni uno después, y aún nos faltan cuatro días para que llegue.

Gabriela quedó boquiabierta: ¡no podía creer que Miguel supiera algo tan íntimo con eso!

—Pero ¿cómo...?

¿Cómo podía él recordar algo así cuando ella misma ni se acordaba de su periodo? Por eso, en más de una ocasión había sufrido de cólicos sin tener a la mano toallas ni medicación.

—¡Porque te quiero y me fijo en todo lo que tiene que ver contigo! Por eso te pido, ¡te ruego!, que cuentes conmigo y me dejes compartir contigo lo que te atormenta.

Además, desde el comienzo de la relación, él había aprendido a preparase para los periodos de Gabriela: las hormonas solían jugarle malas pasadas.

—Miguel, ¿te parece si vamos a almorzar al restaurante giratorio? ¡Es tan romántico y bonito y...!

—¡Gabi, no trates de distraerme, por favor!

Miguel estaba perdiendo la paciencia. Gabriela estaba mal: no había que ser un genio para notarlo. El hecho de que no confiara en él le estaba empezando a molestar más de lo que se había dado cuenta.

—¡Mi panda hermoso! Te prometo que, si me dejas invitarte el viernes a ese restaurante, en la intimidad que irradia te abriré mi corazón.

Gabriela estaba muerta del miedo, pero sabía que, si no hacía algo, Miguel empezaría a alejarse. Era mejor arriesgarse y esperar lo mejor que perderlo por cobardía, y ella siempre había sido valiente porque la vida, el amor y la felicidad son para los valientes.

—Mi vida, no necesitamos un espacio especial para que confíes en mí.

Él no entendía por qué Gabriela estaba tan misteriosa. Los dos habían compartido mucha intimidad, habían hecho cosas que podrían avergonzar a cualquier mojigato —juguetes, dulces, velas, una que otra palmada, estrangulamiento, jalones de pelo...—, pero Gabriela nunca se había avergonzado o apenado. Por eso no podía creer que algo la atormentara y ella no lo compartiera.

—¡Panda, por favor!...

Ella estaba realmente mortificada y muerta de miedo.

—¡Está bien! Me pondré la corbata que te encanta, y tendremos una cena espectacular. ¿A qué hora nos vemos ahí?

La veía tan afectada que decidió ceder y, por miedo a perderla, no seguir presionándola.

Esa noche, cuando llegó unos minutos antes de la hora acordada, Miguel se encontró con que Gabriela ya estaba acomodada ante una mesa en un rincón, el espacio de aura más romántica del restaurante. A medida que se acercaba a la mesa le extrañó ver que Gabriela había ordenado una botella de vino, detalle nada característico de su pareja: a ella no le gustaba el licor, y trataba de mantenerse alejada de quienes tomaban demasiado. Estaba tan nerviosa que Miguel se preocupó mucho; tanto, que hasta tuvo miedo de que lo abandonara.

—¡Mi vida!, ¿estás bien? —le dijo para alertarla sobre su presencia.

—¡Migue! No te había visto.

Lo único que podía significar esto era que estaba realmente distraída: que no lo hubiera visto era prácticamente imposible. Miguel aprovechó que ella se ponía de pie a saludarlo para abrazarla tratando de transmitirle calma, fuerza, amor...

—Pequeña... ¡todo va a estar bien! —le dijo mientras se apartaba para sentarse.

Ella aprovechó que su novio se sentara para comenzar con la conversación que tanto la asustaba.

—Mira, Miguel, no sé como decirte esto: es algo personal y que no puedo dejar de sentir ni cambiar. ¡Lo he intentado! Pero es no puedo reprimir... —dijo ella llevándose a los labios la segunda copa de vino.

Esto sí que alarmó a Miguel: ¡Gabriela siempre evitaba abusar de la bebida!

—¡Gabriela, me estás asustando! Dime qué es lo que te preocupa, y si debemos hacerlo, lo hacemos los dos juntos... ¡Pero no sigas sufriendo en silencio!

Miguel no sabía cómo llevar sosiego al corazón de su "pequeña".

—Miguel... ¿cómo te digo esto?...

Gabriela estaba muy nerviosa. Se veía que lo que iba a decirle era algo importante. Parecía que fuera a dejarlo.

—¡Por amor a todo lo divino, vas a dejarme! —dijo Miguel, angustiado.

—¿Qué? ¡No! Pero ¿qué dices, Miguel? ¡Si yo te adoro! ¿Cómo voy a dejarte? Me da miedo de que seas tú quien me abandone cuando te diga lo que tengo que decirte.

—Pero ¿qué dices, mi vida? ¡Yo también te adoro! Confía en el amor que siento por ti, por favor. Dime qué te pasa —le dijo Miguel, más tranquilo al saber que ella no quería dejarlo pero muy angustiado de ver tristeza en los ojos de su siempre alegre Gabi.

—Yo... yo... yo soy dominante —dijo Gabriela con la voz quedada, cubriéndose la cara con las manos.

—Vida, eso ya lo sé y no me hace quererte menos —le dijo Miguel, mucho más calmado, casi a punto de reírse de la "bobada" que atormentaba a Gabriela.

—¡No me estás entendiendo Miguel! ¡Te estoy diciendo que SOY DO-MI-NAN-TE, como en los libros y las películas: látigos, esposas, que me obedezcas, que me cedas el control y me permitas someterte en más de un sentido!

A Miguel se le cayó la mandíbula al suelo. Lo había intuido. Bueno, siempre la había sentido mandona, y eso a él no le molestaba. Pero, es decir... ¿acaso no estaba satisfecha con su vida sexual?

—¿Acaso no estás satisfecha con nuestra vida sexual? —le preguntó, realmente afanado.

—Miguel, ha sido la más satisfactoria que he podido tener, pero no quiero mentirte: me hace falta la dominación, necesito más, necesito poder ser yo, poder llevarte a los sitios a los que voy, que me dejes dominarte, no solo mandar en cosas como las compras en el supermercado o cómo vas vestido. ¡Es más íntimo! Necesito que confíes en mí y seas mi sumiso.

Cuando fue a tomar la tercera copa de vino, Miguel se lo impidió y se sentó a su lado.

—¡Gabi, mi vida, tranquilízate! No necesitas tomar nada para sosegarte. Estoy acá, y no me he ido ni me voy a ir. ¡Mírame a la cara, por favor!

De la vergüenza que estaba sintiendo, Gabriela tenía la mirada clavada en el mantel, lo que le hacía encogerse el corazón a Miguel, que nunca la había visto tan afectada por algo.

—Es que... Miguel, estoy enamorada de ti y me da miedo que...

Miguel la interrumpió. Sentía como propios su miedo y su dolor.

—Gabi, mi amor, desde que te vi montada en mi camioneta, esperándome para darme una patada por taparle la salida a 'tu bebé', sentí que había encontrado a la mujer de mi vida. Así que, si eso es algo que te hace falta para sentirte completa, aunque solo he dado un par de nalgadas por ahí y algún que otro jalón de pelo, estoy dispuesto a caminar contigo y a compartir esto que necesitas. ¡No me voy a ir! Acá estoy, mi vida, para quedarme contigo.

Gabriela había empezado a llorar. Era tan feliz que tenía atragantadas las palabras. Miguel, angustiado por sus lágrimas, la abrazó fuerte.

—Yo, Migue... ¡te amo! —fue lo único que ella pudo articular antes de devolverle el abrazo con toda la fuerza y el amor que sentía por ese hombre, dispuesto a todo con tal estar con ella.

La cena terminó en casa de Miguel con una sesión de sexo apasionado en que los dos terminaron exhaustos. Al día siguiente, Miguel le pidió a Gabriela que cuadrara un encuentro en algún lugar que frecuentara y planeara cómo podría iniciarlo en ese nuevo mundo.

Gabriela planeó la salida de manera meticulosa. Sabía que Miguel confiaba en ella, y eso la hacía sentir responsable de que su iniciación le permitiera sentirse cómodo con lo que sucedería y le ayudara a asumir con gusto el nuevo estilo de vida que Gabriela le proponía.

—Vida, ¿cómo es eso de la dominación? En la universidad leí, para una electiva, al Marqués de Sade y a Sacher-Masoch pero, la verdad, no se qué esperar de todo esto… Aunque siempre he sabido que tú eres mi *Venus de las pieles* —le dijo Miguel un lunes mientras se duchaba.

—¡No seas bobo!

—¡Disculpa! Puede que no haya practicado el asunto, pero sé de primera mano que nació con el famoso marqués y con Sacher-Masoch.

—Eso sí, pero lo que nosotros hacemos es BDSM, no sadismo o masoquismo puros.

Gabriela no dejaba de sorprenderse de su novio: ella pensaba conocerlo bien, pero él hacia comentarios como el anterior, que la dejaban totalmente asombrada. El mero hecho de que supiera de *La Venus de las pieles* la había impresionado muchísimo.

—¿Es decir que no habrá asesinatos?, ¿ni sacrificios de vírgenes o…?

El intento de burla le costó a Miguel una palmada en la cola.

—¡Obvio, no! ¡No seas bobo! A ver: se trata más de sensualidad, de sumisión (en este caso, voluntaria, ¡claro está!). No voy a hacer nada que tú no quieras ni iremos a lugares donde no te sientas cómodo —le dijo Gabriela maquillándose ante el espejo del baño.

—Mejor dicho, tú serás mi anfitriona a la BDSM —continuó Miguel, saliendo de la ducha.

—¡Así es! Vas a ver que todo será perfecto. Cuando algo te incomode, me avisas y paramos.

"¡Voy tarde a clase!… Si me demoro más, seguro que encontraré vacío el salón de clases.

—¡No seas bobita tú! ¡Si tus estudiantes te aman y seguro que te esperarían mil horas!

—Esto no es una canción de rock en español: es la vida real y son estudiantes. Cualquier excusa es buena para no ir a clase y quedarse durmiendo o teniendo sexo o, en su defecto, ir a tomarse algo —dijo Gabriela mientras terminaba de recoger sus cosas y meterlas en su bolso de diseñador.

—¿No te vas a despedir debidamente? —le preguntó Miguel con segundas intenciones desde el baño.

—¡Mi futbolista, tengo que correr! ¡Te quiero montones!

Cuando le iba a dar un besito inocente en la boca, Miguel la agarró por la cintura y le dio un beso delicioso que la dejó excitada y con ganas de más.

—Si yo tengo que lidiar con esta erección, ¡lo justo es que tú te vayas con el mismo deseo insatisfecho! Porque me imagino que... ¿No me vas a ayudar? —le dijo Miguel señalándose la entrepierna.

—Miguel, ¡que voy tarde!... Empléate a fondo para que no quedemos insatisfechos.

Sin más, se corrió la tanga y subió una pierna al lavamanos. Miguel la penetró rápido, sin preliminares. Ella tuvo que agarrarse del lavamanos. Como no tenían tiempo, Miguel la rodeó con un brazo y empezó a estimularle el clítoris.

—¡Ay, por favor, dame más duro! ¡Síii, así, dame duro!

Miguel no se hizo rogar: la agarró del pelo y, penetrándola con más fuerza, hizo que Gabriela empezara a exprimirlo con sus paredes vaginales.

—¡Uy, vida, eso exprime hasta la última gota! Aprieta más: ¡sí, así!

Empezaron a jadear fuerte. El orgasmo estaba cerca, por lo que Gabriela volteó la cara con deseos de besar a su "panda".

—¡Bésame!

Ante esa orden, Miguel la besó con pasión mientras se venían al tiempo.

Como no quería defraudarlo, Gabriela se tomó una semana completa para planear la velada, conseguir los juguetes y organizar lo que para ella era el principio del siguiente capítulo de su relación con Miguel. El jueves de la semana anterior lo llamó y le dijo que tenía todo listo para el viernes de la semana siguiente, cuando irían a uno de los salones de dominación y perversión más exclusivos de la ciudad.

Miguel estaba nervioso: no sabía con qué se iba a encontrar. Por eso pasó todo el fin de semana viendo películas pornográficas en que hombres y mujeres que eran sometidos. Vio a mujeres penetrando a hombres con penes de caucho y a hombres atados a cruces de San Andrés o a potros de tortura para ser fustigados por hermosas mujeres que les exigían todo tipo de perversiones, desde felaciones y pellizcos con pinzas hasta penetraciones anales.

Pero, como suele suceder, así como en las playas nudistas no está Pamela Anderson, en este caso el lugar adonde llegaron juntos Gabriela y Miguel no era, para nada, como él se lo había imaginado.

Al lado de un centro comercial había una casa de estilo Tudor en cuyo parqueadero había todo tipo de carros, todos modelos lujosos: BMW serie M, Mercedes, Audi... Parecía una exposición de vehículos de alta gama. Una hermosa mujer con un vestido de diseñador y un hombre impecablemente arreglado los recibieron en la puerta. Como Gabriela ya lo había arreglado todo, no tuvieron que pagar para ingresar. El hombre los guio a lo largo de un corredor decorado con pinturas eróticas de artistas reconocidos como Luis Caballero y Eugène Delacroix, entre otros.

A medida que avanzaban vieron salas compartidas, con cruces de San Andrés, fustas y látigos, todo ubicado con exquisita elegancia. La preocupación de ser el único hombre que se dejaría someter por su mujer se le quitó a Miguel en el momento en que vio a un hombre corpulento sometido en un potro de tortura por una mujer pelirroja con un largo látigo en la mano. Siguieron avanzando y se encontraron con una habitación donde había cuatro hombres y una sola mujer que los estaba complaciendo. El recorrido los llevó luego a un salón privado, muy elegante, con una cama central a cuyos lados había ganchos de que colgaban juguetes sexuales, fustas, látigos, esposas; había además aceites, velas y unas copas de *champagne* con una botella en hielo. La habitación olía como el dormitorio del apartamento de Gabriela, cosa que le extrañó a Gabriel pero también le ayudó a sosegarse.

—Vida, ¿huele como en casa?

Era impresionante que, en tan poco tiempo, el apartamento de Gabriela se hubiera convertido en su hogar, en su casa.

—Sí. Miguel. Me encanta que consideres mi apartamento nuestro hogar porque desde que te invité eso he querido crear para los dos.

—¡Mi casa está donde tú estés!

Gabriela abrazó a su pareja y continuó:

—Entiendo que es un paso importante para ti, para nosotros, y sé que no debe ser fácil.

—Bueno, no es muy cómodo, más que todo por la expectativa. Pero no…

Le había prometido ser sincero y compartir con ella todo lo que estuviera sintiendo; pero, como no estaba acostumbrado, le costaba verbalizar sus sentimientos y sus pensamientos.

—Quiero que entiendas que, si no hacemos bien esto, puede resultar una experiencia traumática. Por eso quiero que estés cómodo, y pensé que el olor de mi casa (nuestro hogar, como dijiste) te ayudaría a sentirte a salvo.

—¿Traumática? ¡Vamos, que…!

La situación era algo incómoda más que todo por la novedad, pero él no la consideraba "traumática".

—¡Miguel! —le gritó Gabriela y pateó el piso con rabia—. Eres mi pareja y mi sumiso; por eso es mi deber cuidarte y hacerte esta transición lo más fácil y lo menos traumática posible.

—Es un juego. No es para que lo tomes tan trascendentalmente.

—Miguel, ¡vas a estar sometido! Voy a golpear algunas partes de tu cuerpo para someterlo, por lo que liberará sustancias químicas que te van a llevar a un estado de sumisión, éxtasis y vulnerabilidad en que vas a estar, literalmente, a mi merced. Por eso quiero que, aunque sea tu primera vez, la experiencia sea tan placentera para ti como lo será para mí. Tu cuerpo será el alfa y el omega de nuestro placer, y es en tu sumisión donde encontraremos una manera de ser un cuerpo sin órganos, compuesto de sensaciones y energía.

—Así el asunto suena muy académico, casi teórico.

—Es que sobre el tema hay más de una teoría y estudio psiquiátrico, sociológico y demás. Pero lo que pase entre los dos no tiene que ver con lo que sienta, piense o escriba otro sino con lo que nosotros mismos sintamos y creemos.

—¡Vida!

Miguel no pudo más que besarla con pasión. Aquello, más que una experiencia sexual, era un camino de intimidad, confianza y amor.

—Te pido que confíes en mí y me dejes llevarte a lugares que no pensaste posibles —le dijo Gabriela besándolo apasionadamente otra vez.

—¡Confío en ti tanto que no solo te confío mi cuerpo sino también mi vida! —le dijo Miguel abrazándola con pasión.

Se desnudaron lentamente. Gabriela lo cubrió de chocolate y empezó a lamerlo poco a poco, como habían hecho la vez de la primera cena en casa de ella.

—¡Oh, Gabi, tu lengua es lo más excitante que…! ¡Oh!… ¡Vidaaa…!

Esto no se parecía en nada a lo que se había imaginado Miguel.

—Eres mi sumiso, y no recuerdo haberte dicho que podías hablar. Es más: ¡desde ahora serás Andrew!

Okey. Eso sí lo había leído él en *La Venus de las pieles*.

—¡Ja ja ja!…

En ese momento, Gabriela le pegó con una fusta en el muslo, muy cerca del pene, con maestría y decisión.

—¡Esto es muy serio, Andrew! ¿Quieres que siga?

—¡Obvio, vid…! —Miguel quedó cortado en seco al ver la cara de enfado de Gabriela—. Sí, por favor…

—'Sí, por favor', ¿qué?

Al verla con tales decisión y dominio y oír su inapelable voz de mando, Miguel se excitó más, si era posible, y pensó en cómo debía actuar para complacer a su mujer. Por eso optó por una actitud sumisa y contestó:

—Sí deseo que continúes.

—¡Ya irás aprendiendo, Andrew! —dijo Gabriela y continuó torturando a Miguel con la lengua.

Lo acomodó en el centro de la cama y se puso estratégicamente encima de él, formando un 69 perfecto; entonces lo chupó.

Cuando quiso sentir su sabor en la boca, Miguel le dijo:

—¡Ama! Sé que no me has dado permiso de hablar pero… ¡Ay, por favor!… ¡quisiera saborearte!

Gabriela tenía su pene en la boca y lo chupaba con maestría.

—¡Andrew, ese pedido es una insubordinación! Pero, por el tono respetuoso en que lo has pronunciado, te perdonaré esta vez y te dejaré hacerlo. Pero recuerda: ¡lo harás solo porque yo quiero! —Gabriela estaba bien metida en su rol dominante, por lo que disfrutaba mucho de la sumisión de su pareja—. Vamos a subir el nivel de nuestra experiencia, ¿te parece? —le dijo mirándolo a los ojos.

—¡Estoy a tu merced, ama!

No tuvo que decir más: a partir de ese momento disfrutaron del sexo en distintas posiciones. Gabriela no podía creer la manera en que Miguel se le entregaba, la forma tan natural en que ambos habían asumido su relación sumiso-dominante sin necesidad de forzar las cosas. Era la energía de los dos juntos la que creaba este nuevo cuerpo en la otredad.

Con el paso de las horas, Miguel empezó a entender las necesidades de su Gabi y comprendió que entregar el control, permitir a la mujer de su vida someterlo, era una experiencia liberadora e inigualable.

Por eso, después de esa noche, no dudó en pedirle a Gabriela que compartiera su vida con él.

Había sido ella la encargada de presentarle al grupo de amigos a Hugo, quien, pese haberse acoplado a ellos de manera natural, no estaba en casa de David en ese momento: se recuperaba de una cirugía que le habían practicado de urgencia hacía unos días por una apendicitis que, por andar de juicio en juicio, no se había cuidado y se le había convertido en un peritonitis que casi le cuesta la vida.

Hugo apareció en sus vidas de manera fortuita. Ocurrió en la boda de Miguel y Gabriela, como un conocido de ella, uno muy guapo por cierto. De padres abogados, siempre había estado inmerso en libros, leyes y juzgados, y, con excelentes promedios, siempre había sido el mejor de su clase. Es un hombre de ojos color almendra, pelo castaño, piel blanca como la nieve y cara de facciones delicadas; mide 1,91 m, requisito que parece obligatorio para formar parte de este grupo de amigos. La diferencia entre él y ellos reside en su contextura delgada, del tipo que exhibía la moda de diseñadores reconocidos como Dior. Y él es un hombre a quien le gusta vestir a la moda. En resumidas cuentas, es un abogado de prestigio que levanta miradas y envidia adondequiera que vaya. Su único defecto es ser adicto al trabajo, algo que en más de una ocasión le ha pasado la cuenta a su salud.

Un ejemplo de esto se presentó hace menos de dos semanas, cuando Hugo llegó en ambulancia al hospital donde David trabaja, escoltado por dos paramédicos y padeciendo un dolor abdominal que le impedía erguirse. Al verlo a lo lejos, David supuso que su amigo tenía algo grave. Después de varios exámenes —durante los cuales David no se apartó de su amigo— le diagnosticaron peritonitis y lo hicieron pasar a urgencias. Debido al vínculo afectivo que existía entre ambos, David solo pudo estar junto a su amigo como apoyo, y se le prohibió intervenir durante todo el procedimiento: podría hacerle compañía a Hugo, y nada más. Eso no le impidió estar al tanto de todo el procedimiento ni, una vez lo subieron a su habitación, estar pendiente de su recuperación, tanto en el hospital como, una vez dado de alta, en su casa.

(Fue por estar cuidando a Hugo en su casa durante varios días de la semana pasada por lo que estuvo ausente de su hogar y por lo que, al parecer, no se ha enterado de lo que le pasa al amor de su vida.)

Pero el verdadero ingreso de Hugo al grupo de amigos se dio gracias a su intervención en la vida de David en el momento en que este más la necesitaba. Todo comenzó por una enfermera "muy descarada" para el gusto de David, la misma sobre la que le había advertido la señora Duval —que aún vivía cuando ocurrieron los hechos—. La enfermera Sánchez había intentado acorralarlo varias veces por todo el hospital para que tuviera una relación con ella. Es importante mencionar que, apenas llegó trasladada de otro hospital, esta enfermera se hizo fama de estar buscando a un marido médico, pues había tratado de seducir a la mitad de los doctores del hospital. Y David era su objetivo ahora. A él no le gustaba su forma de ser ni, menos, la manera como trataba a los pacientes.

Marina Sánchez parecía la versión Barbie de una enfermera: tetas grandes, cintura de avispa, trasero redondo como un durazno, ojos verdes y pelo castaño. Era una mujer hermosa pero, según Mick, compañero de pregrado de David, "pésima" en la cama.

—Está muy pendiente de ella misma: si las tetas se le ven bien en esta o esa posición, si la luz le ayuda a verse más hermosa, si se le ve la panza... Además, pareciera ser voluptuosa pero, dejando de lado su busto operado, es bastante huesuda —dictaminaba Mick.

—¡Con una mujer así no se puede sudar a gusto! —confirmó David mientras terminaba su almuerzo en la cafetería.

—Puedo concluir diciendo que no es una amante generosa. Es primero ella, y luego, bueno, si queda tiempo para que llegues, perfecto; si no... ¡que te vaya bien!

—¿Me estás tomando del pelo? ¿O sea que no se preocupó por hacerte disfrutar?

—Sí se preocupó, pero más por cómo se veía todo el tiempo. Te estoy diciendo que no es una amante generosa y, lo que es peor, no oculta su interés en conseguir a un padre doctor para su futuro hijo.

—¡Por amor al arte!, ¿de dónde sacas eso? —preguntó David.

—Pues de los planes que te propone mientras te está conociendo. Primero te deja invitarla a cenar, y cuando digo 'deja' es porque ella escoge desde el restaurante hasta los platos que debes compartir con ella.

—¡Ufff, fuerte! ¿Al menos muestra intenciones de pagar?

—¡Ah!, no te dije: en el carro te pregunta si de casualidad llevas suficiente efectivo o una tarjeta por si acaso, sin mencionar que, si llegas a la cita en transporte público, no sale contigo.

—Pero ¿qué me estás diciendo?

—Luego te pide que la acompañes a hacer unas vueltas en que terminas visitando el local donde trabaja su mamá, quien, sin pensarlo dos veces y tan pronto se entera de que eres médico, te invita a una cena familiar. Yo me bajé de ese tren cuando me dijo, muy emocionada, que quiere formar pronto una familia.

—No me gusta ser machista. Al final, tengo una mamá y varias amigas, y toda mujer tiene derecho a vestirse como quiera, pero es que Marina se la pasa ofreciéndole sus encantos a quien quiera verlos.

David se refería a la actitud "lanzada" de la enfermera, que se había dejado encontrar torsidesnuda por más de un médico.

—A mí me encantó la primera vez que la vi, y tú conoces mi forma de ser.

Mick se había hecho amigo de David por tener la misma filosofía acerca de su vida privada: no le gustaba comentar sus conquistas ni, menos, hablar de sus novias o amigas. Pero Marina era un caso especial: Mick se había entusiasmado con ella, pero ahora solo le quedaba el resentimiento de sentirse engañado y además se había ofendido al ver que se metía con uno de los pocos amigos que él tenía en el hospital.

—A mí nunca me ha caído bien. Entiendo que tiene un cuerpo de infarto, pero su manera de tratar a los pacientes deja mucho que desear —dijo Marcia integrándose al grupo de amigos.

—La verdad, para mí su personalidad deja mucho que desear.

—Estas son profesiones de vocación. Si no la tienes, es mejor que busques otra cosa que hacer —dijo Marcia dándole el primer mordisco a su sánduche.

—Para mí fue muy incómodo tener que pedirle al doctor Aschou que la reasignara fuera de mi piso y no le permitiera visitar a mis pacientes —dijo Mick compartiendo su bebida con Marcia, pues, en medio del afán, a ella se le había olvidado ordenar una.

—Pero ¿qué dices, si la señora Duval no la puede ver ni en pintura? —dijo Marcia, que también había sido médico tratante en su caso.

—¡Pero si Marina me dijo que la había escogido como la enfermera encargada de su cuidado personal! —dijo, cabizbajo, David, que aún no entendía por qué la señora Duval la había incluido de manera voluntaria en sus vidas.

—David, ¿eso te dijo ella? —le preguntó Marcia dejando a un lado su sánduche, bastante sorprendida por lo que acababa de oír.

—Sí, hace poco me dijo que la señora Duval la había escogido a ella porque había podido ver en su alma lo 'buena' que era —le dijo David parafraseando a la enfermera.

—¡Perra!, ¿cómo puede ser tan mentirosa? —dijo Marcia, indignada.

—¿De qué hablas?

David y Mick quedaron desconcertados.

—La verdad, no quería comentarte esto, pero la señora Duval ha pedido en más de una ocasión el reemplazo de esa enfermera. Viendo que eso no sucede, me ha pedido a mí que la asista yo. Es decir, soy yo quien se ocupa de su arreglo personal. —David no podía creerlo: Marcia había estado asistiendo a la señora Duval. (¡Pero él era su amigo! ¿Cómo era posible?)—. David, ella es mi paciente; somos mujeres. Puede que ustedes sean muy buenos amigos, pero esto es algo personal —dijo apretándole la mano—. Volviendo a lo importante, Marina es una perra. ¡Y con esto me cae aún peor!

Este último comentario hizo reír a David y olvidar su disgusto por no ser él el encargado del cuidado personal de su paciente.

Un día en que David le rogaba que no lo acosara más, Marina, como de mala gana, le mostró el borrador de una demanda por acoso sexual.

—Pero ¿de qué estás hablando? ¡Yo jamás, y repito fuerte y claro, JAMÁS te he acosado! —dijo David, realmente sorprendido de lo que la enfermera le estaba diciendo.

—Lo tienes ante tus ojos: ¡o nos conocemos a las buenas, o me vas a conocer a las malas! —le dijo Marina en tono amenazador.

—¡Pero si ni siquiera nos agradamos; es decir, no me agradas como mujer! No te he dado confianza. Es más: ¡he tratado de mantenerme alejado de ti todo el tiempo!

—¡Pues eso no es lo que dice mi demanda!

¡Pretendía amedrentarlo con una demanda!

—¿Cual demanda? No tienes testigos ni causa probable: ¡no tienes nada!

David no podía entender el lío en que se había metido: ¡jamás se había acercado a ella lo suficiente como para que pudiera decir que le estaba acosando! En los únicos momentos en que había hablado con ella lo había hecho para pedirle que se mantuviera alejada de él.

—¡Pues o me invitas a salir, o ya sabes lo que te espera!

Marina había trazado un plan perfecto para lograr que uno de los médicos más apuestos del hospital saliera con ella. Esa demanda tenía la intención de amedrentar a David al punto de obligarlo a salir con ella. 'Tenía', porque, justo en el momento en que ella le tiraba los documentos a la cara a David, Hugo hizo acto de presencia para salvar al joven que le había enyesado la mano a una sobrina suya un tiempo antes. El médico se le había grabado en la memoria debido a la forma en que había tratado a la niña, imposible de consolar luego de una caída, hasta que el apuesto médico la trató con tal deferencia que logró que dejara de llorar. Esto, sumado al hecho de que le había dado un chocolate que Hugo sabía que sería su único alimento esa anoche, lo convenció de intervenir a favor del joven doctor.

—Señorita, le sugiero que deje en paz a mi cliente. Y no se acerque a él, porque a la demanda que hemos interpuesto en su contra se sumaría la de falsa denuncia —dijo Hugo con su más intimidante voz de abogado.

—¿Quién es usted? —dijo Marina con cara de asco.

—Señorita, creo que fui claro al decirle que dejara en paz a mi cliente. Si eso no fue lo suficientemente claro, permítame y se lo digo de manera más explícita: ¡soy el abogado de David!

Hugo recordaba el nombre del joven debido a que este se había presentado con su sobrina.

—¡Hola, guerrera! Me llamo David y seré tu médico el día de hoy. ¿Cómo te llamas? —le había preguntado mientras se preparaba para enyesarla.

—Mi nombre es Samantha —dijo la niña dejando de llorar mientras David le vendaba el brazo y le conversaba como si fuera la niña más interesante del planeta.

—Samantha, terminamos. Ahora, si me permites, me gustaría, como tu médico, ser el primero en firmarte el yeso.

—¿Cómo?

Como jamás había sufrido una lesión así, la niña no entendía lo que le decía su médico.

—¿No sabes? —La niña negó con la cabeza—. Es tradición que, cuando te enyesan, todos tus amigos te firmen el yeso. —La niña miró con desconfianza a su tío, que afirmó con la cabeza para que ella supiera que, en efecto, era una tradición—. ¡Listo! Ahora te ves más guerrera —dijo David luego de firmar y hacer una carita feliz de lo más horrenda, pues se le daba pésimo dibujar, pero lo importante era la intención.

—¿En serio? —le preguntó Samantha.

—¡Pero por supuesto! A los chicos siempre nos gustan más las chicas aventureras.

La niña se había enamorado de su apuesto doctor. Por eso, Hugo había decidido ayudarlo. Además, ahora que lo tenía más cerca, lo recordaba como uno de los invitados a la boda de su mejor amiga, Gabriela.

—Disculpa, lindo, pero esto es algo entre novios, por lo que acá no cabe un abogaducho de pacotilla —le dijo Marina al abogado con expresión de asco.

—Disculpa que no te diga 'linda', pero es que a mí las mujeres que tienen cara de fáciles no me gustan, y me cuesta hacerles cumplidos que no se merecen —Cuando ella fue a interrumpirlo, Hugo alzó un dedo amenazador y continuó hablando—: Como representante de David, tengo claro que esto no es una discusión de novios sino una escena en que una mujer mala busca arrinconar a un hombre noble para conseguir algo. ¿Qué? Aún no lo sé. Pero, como soy un excelente abogado, no me demoraré en averiguarlo, y si tengo que tomarme la molestia de hacerlo, ¡te pondré una demanda que te cagas! Así que, a no ser que quieras corroborar lo bueno que soy, te sugiero que te alejes de mi cliente, del hospital y de todo lo que nos rodea. —Ella lo miró, bastante asombrada y perdida, pues, habiéndose descubierto su juego, no sabía muy bien cómo proceder. Hugo se veía muy seguro de sí, lo que la hizo dudar sobre el camino que debía tomar. Al verla tan confundida, el abogado le dio una mano—: Recursos humanos queda en la segunda planta.

Lo que no sabían David y Marina era que Hugo había hecho sus prácticas profesionales en el bufete que representaba al hospital; por eso siempre acudía allí cuando necesitaba algún servicio. David no solo le agradeció el gesto sino que lo integró a su selecto grupo de amigos, quienes, al oír la historia, no dudaron en abrirle espacio en su círculo. No sobra decir que Gabriela fue la más contenta con esta adhesión porque ahora tenía a su mejor amigo dentro del grupo de amigos de su esposo.

El grupo se completo con Cristian, hijo de diplomáticos que había heredado de sus padres el espíritu gitano de recorrer el mundo. Amante de la fotografía, se había licenciado en diseño gráfico y, gracias a un taller de fotografía que había tomado en compañía de Daniel durante el pregrado, descubrió que lo que más deseaba era reflejar su visión del mundo capturando momentos especiales e importantes con su cámara fotográfica. Por eso, una vez que terminó su carrera de diseño, se matriculó en fotografía y, al graduarse, el mundo de la moda lo reclutó.

Delgado, siempre impecable, pelo al rape, ojos pardos casi negros y piel canela, Cristian se ha caracterizado por ser muy reservado, tímido y, en algunos casos, pudoroso. Es más: si bien casi todas sus novias habían sido modelos, él terminó enamorándose de una hermosa editora de libros infantiles, a quien conoció el día en que iba a revisar con su editor los últimos detalles de su próximo libro. Iba absorto en las maquetas de su primer libro, en que se recopilarían las mejores fotos de su carrera, cuando tropezó con una mujer pequeña a la que estuvo a punto de hacer caer y quien, al perder el equilibrio, soltó los libros que traía con ella, los cuales se esparcieron por todo el piso.

—¡Disculpa! ¿Estás bien?

Cristian no podía creer lo descuidado que había sido: ¡casi había hecho caer a esta personita! Ahora veía, gratamente sorprendido, sus tacones de aguja de más de quince centímetros, su elegante vestido y su bolso de diseñador —uno muy reconocido cuyas creaciones había fotografiado en más de una oportunidad—.

—No te preocupes… —dijo Márgaret con poca convicción contemplando el estropicio de libros que había hecho en medio del pasillo. Buscaba la forma de arrodillarse sin dañar su entallado y hermoso vestido cuando vio a un hombre de más de un metro noventa de estatura arrodillarse frente a ella a recoger las maquetas de los libros infantiles que había estado editando—. Tranquilo: no hace falta.

—Mujer, ¡claro que hace falta! Primero, porque casi te atropello y, luego, porque del golpe te hice soltar tus maquetas, que ahora están regadas por todo el piso —le contestó Cristian mientras se levantaba con las maquetas que había dejado caer lo que ahora se le revelaba como una mujer hermosa.

Irguiéndose, repasó unas piernas que parecían no tener comienzo de lo largas que eran —y eso que Cristian recordaba que no le había parecido muy alta—, un cuerpo armonioso —no muy voluptuoso pero digno de cualquier vestido de firma de diseñador— y una linda cara con unos inmensos ojos café, el pelo arreglado en una cola sencilla, también de color café, y un collar de perlas sencillo como accesorio: mejor dicho, ¡una mujer muy hermosa!

—Parece que acabas de cobrar otra víctima —le dijo al pasar otra mujer hermosa que también iba de afán con un montón de maquetas y libros en los brazos.

—¡No molestes, Amelia! Ya sabes que me estoy reservando para mi Edward Rochester —le contestó ella muy animada, saludando a su afanadísima amiga. La prisa de esta indicaba que otra vez hacía todo lo posible por llegar tarde a su cita con el hombre que le había roto el corazón con una modelo—. ¡No puedes seguir así, Amelia!

—¡Claro que puedo, y lo estoy haciendo! —dijo Amelia, consciente de a qué aludía su amiga.

—¡O pides un cambio de editor o enfrentas la situación, pero no puedes seguir evitando como la peste toda intimidad con Andrew! —le recordó Márgaret a su amiga.

—Mientras tú no te decidas a dejar de editar libros infantiles y empieces con libros de historia, yo estoy estancada con el hombre que prefiere las modelos a las historiadoras aburridas —dijo Amelia tratando de hacer una broma que no llegó a salirle sincera sino todo lo contrario: reflejaba el dolor lacerante que la atormentaba.

—Como un hombre que por su trabajo se ha rodeado de modelos, todas muy hermosas, de diferentes etnias, algunas amables, otras no tanto, y tomándome el atrevimiento de terciar en una conversación que, estoy seguro, las dos mantenían olvidando que yo estaba presente, quiero decirte —dijo Cristian volteando a mirar a Amelia a los ojos— que estoy seguro de que ese hombre debe vivir más que arrepentido de haber, según tus palabras, preferido a una modelo.

—No son mis palabras: ¡son los hechos! —le contestó Amelia sin darse cuenta de que había involucrado a un extraño en una conversación privada y sobre un tema que aún le dolía.

—No creo que la haya escogido; pienso que le ganaron las ganas de estar con un trofeo. Pero, de no ser así, te garantizo que si prefirió a una modelo antes que a ti, es porque al parecer es muy bueno editando libros pero muy malo escogiendo pareja. —Las dos mujeres no salían del asombro, por lo que él aprovechó para seguir sorprendiéndolas—. Y te lo digo porque, aunque no he tenido el placer de conocerte como persona, sé que eres Amelia Randall, la historiadora especializada en el periodo bizantino. —Al ver sus caras de sorpresa aclaró—: Sí, antes de que pregunten porqué lo sé, es porque eres más hermosa en persona que en las fotos de las cubiertas de tus libros, los cuales (debo admitirlo) me los he leído casi todos y los he disfrutado montones gracias a la forma tan elocuente de exponer, con humor y una narración exquisita, los hechos históricos. Por eso aprovecho esta oportunidad para presentarme: soy Cristian…

No pudo terminar de presentarse porque Andrew, aprovechando la "defensa" que el famoso fotógrafo había hecho de él, lo interrumpió.

—Me permito interrumpir, pues al parecer será la única oportunidad que voy a tener de excusarme por mi lamentable comportamiento y por haber arruinado la oportunidad de estar contigo. —Amelia lo iba a cortar, pero

Andrew no estaba dispuesto a permitir que esa hermosa historiadora le impidiera acercarse a recuperar el terreno que había perdido por un calentón que no había significado nada para él. Andrew se había fijado en Amelia desde la primera vez que ella había ido a presentar un manuscrito, y la había escogido para él. Puede que hubiera metido la pata, pero esta era una oportunidad de oro para recuperar el terreno que había perdido—. Pero, como dijo este amable caballero, no fue nada, Amelia: una aventura sin sentido. Tú eres mucho más valiosa que cualquier mujer. No fue que la escogiera: ¡fue un momento de debilidad!

Cristian vio lo incómoda que se sentía una de sus escritoras favoritas y lo tensa que se había puesto la hermosa mujer con quien había chocado. Además, le había parecido de lo más mezquino el hecho de que ese editor se aprovechara del esfuerzo de Cristian por reconfortar a la historiadora como la oportunidad de resarcirse y retomar las cosas donde Amelia y él las habían dejado.

—¡Uy, amigo! ¡Yo no iría por ahí! Una mujer como Amelia se merece a un hombre que sepa que no va a encontrar a otra como ella y no a uno que tenga que probar a otra para comprenderlo. Así que te pido que no utilices mi comentario para hacerle sentir que lo que pasó no fue nada y que se trata de algo que ella ha sacado de proporción: ¡te revolcaste con otra! Ahora dedícate a hacerle la vida más amable a tu escritora y no la incomodes más. Solo así le demostrarás que sí la valoras.

Amelia estaba incómoda pero muy agradecida. Además había notado que a su amiga Márgaret empezaba a gustarle el hombre con el que había chocado. Así que prefirió terminar el encuentro diciendo:

—En efecto, ¡es mezquino y demuestra que eres un imbécil! Serás un excelente editor, razón por la cual no he pedido que me asignen a otro, pero también un personaje muy ruin y bajo. Lo que hiciste no tiene justificación: te portaste mal conmigo, me hiciste sentir una mujer sin valor y, como no he querido hacer un escándalo del asunto, aprovechas mi incomodidad para sentirte mejor ser humano de lo que realmente eres.

—¡Andrew, Amelia, a mi oficina!

Ninguno había oído llegar al señor Thomson, uno de los dueños de Richard & Thompson, quien no se veía nada contento con lo que sucedía. Los dos se despidieron y, siguiendo al señor Thomson a su oficina, dejaron a Márgaret y a Cristian solos en el corredor.

—¡Gracias! —le dijo Márgaret a Cristian mientras le recibía las maquetas que él había recogido.

—No es nada. —Cristian no sabía qué más decir—. Al final, ¡fui yo quien te tumbó!

—No lo decía solo por eso sino también por tratar de hacer sentir mejor a mi amiga. La verdad es que le dolió mucho la infidelidad de…

¿Cómo decirle? Andrew siempre le había parecido un excelente editor, pero no le gustaba como persona ni, mucho menos, como hombre para su amiga Amelia. Sabía que no era de fiar: estaba demasiado consciente de su atractivo.

—Es una excelente profesional. ¡Siempre me ha parecido preciosa! —Notando que la hermosa mujer malinterpretaba sus palabras, redirigió la conversación—: Pero no es el tipo de mujer que me gusta.

¡A ver si eso le ayudaba a retomar con esperanzas el cortejo de esta preciosidad!

—Me pareció lo contrario: que ella es tu tipo de mujer.

—De hecho me gustan más las mujeres que editan libros infantiles y a las que atropello antes de que lleguen a su destino —le dijo Cristian con intenciones de impresionarla.

—Mira tú: a mí me gustan los fotógrafos que defienden a mis amigos, pero me gustarían más si preguntaran mi nombre y mi teléfono y me invitaran a salir.

A diferencia de Amelia, Márgaret era una mujer extrovertida, sin problemas para salir con el género masculino, y le había encantado ese espécimen que la había atropellado para luego socorrerla. Menos mal que Márgaret era de las mujeres a las que les gustaba tomar la iniciativa: Cristian no había sabido jamás cómo hacerlo. De hecho, mientras pasaba el tiempo, y en medio de la confusión, se había preocupado en varias oportunidades por tal vez haber estropeado las cosas con ella y no saber cómo encaminar el encuentro casual que había tenido con esa hermosa mujer.

Desde ese día, todo fluyó, y que su trabajo mantenga a Cristian ausente la mayor parte del tiempo no ha evitado que su relación con Márgaret crezca. De hecho, se la ha llevado en más de una oportunidad en sus viajes de negocios. Además, él se ha comprometido, con excelentes resultados, a mantenerse en contacto con su selecto grupo de amigos. Es más: Cristian fue el responsable del cambio radical de la vida de David y, por ende, de las vidas de todos, pues fue él quien llevó a Amelia a la vida de David.

Bueno, más o menos.

capítulo 11
The first day of my life
(BRIGHT EYES)

El encuentro sucedió en el lugar y el momento menos esperados. Para entender por qué hay que tomar en consideración, primero que todo, el poco tiempo de ocio con que cuentan los amigos. David es un médico entregado a su profesión las veinticuatro horas de los siete días de la semana, que escasamente saca tiempo para sus amigos y para uno que otro rollo con una chica, que no pasa de ser un buen rato. Daniel trabaja en su club un día sí y otro día también, y más ahora que está concentrado en la remodelación del segundo piso, además de dictar sus clases en la universidad y corregir los trabajos de sus estudiantes; las pocas horas que le quedan libres las dedica a sus amigos y, como David, a uno que otro rollo de una noche. Miguel reparte su vida entre su esposa, sus amigos y su trabajo. Y Hugo solo vive para trabajar. Bueno, la idea de que cualquiera de ellos —y, en este caso, todos— sacara tiempo para algo distinto a los domingos de fútbol era algo que parecía increíble pero no era imposible.

Segundo, el encuentro sucedió en una feria del libro. Y no era que los amigos detestaran leer; de hecho, todo lo contrario: los cuatro son lectores apasionados. El problema radicaba en que, después del fiasco ocurrido en la famosa feria donde el país invitado había sido Italia años atrás y en que habían tenido más de un disgusto al no lograr ponerse de acuerdo en cuáles pabellones visitar —disgustos que les duraron hasta el siguiente domingo de partido—, los amigos no estaban muy seguros de repetir su visita la famosa feria. La que precipitó su decisión de hacerlo fue que Cristian lanzaría su primer libro de fotografías, el que estaba organizando cuando se encontró con quien era ahora su novia Márgaret, y que Daniel necesitaba comprarle un regalo a su hermana menor, una romántica empedernida; según David, una "cursi sin remedio", opinión secundada por Daniel, que decía:

—¡No puedo creer que mi hermanita todavía crea en rosas, corazones y pastelitos de fresa!

Repetía obsesivamente estas palabras mientras se dirigían al pabellón de novela romántica pasando por alto el de novela gráfica, que Miguel y Hugo se morían por visitar. Monique, la hermana de Daniel, es una versión pequeña de él; la diferencia entre ellos no solo radica en la edad, pues Daniel le lleva ocho años a su hermanita, a quien ama y cuida como una joya, sino también en que, a diferencia de Daniel, Monique cree en el amor, el matrimonio y la estabilidad de la pareja, y está segura de encontrar a ese hombre especial, lleno de virtudes, sin defectos, que todos los libros románticos le dibujan. La razón de que los amigos se dirigieran al pabellón de novela romántica, lugar al que no se les habría ocurrido asistir, fue la recomendación que les había hecho

Cristian justo antes de que lo entrevistara una gran revista de moda. El fotógrafo estaba muy nervioso por la presentación de su primer libro de fotografías y esperaba que la presencia de David, Hugo, Daniel y Miguel en su lanzamiento en el marco de la feria del libro le ayudara a lidiar con la ansiedad.

—¡Estoy que me desmayo! —decía, nervioso como pocas veces.

—¡Tranquilízate! Si tu trabajo fuera una mierda, ya te lo habríamos dicho nosotros y, lo que es más, te lo habría dicho la editorial y no habría dedicado recursos a lanzarlo —dijo Hugo con la falta de tacto que lo caracterizaba.

—Eso le he dicho yo —reafirmó Márgaret, que a esas alturas había dejado de sentir el dedo meñique de la mano izquierda, que Cristian, nerviosísimo, le apretaba con mucha fuerza.

—Además, ¡en tu libro están empelotas las mujeres más hermosas del mundo! No creo que se necesite mucha técnica para hacerlas lucir bien —le dijo Daniel en broma, con intenciones de hacerle olvidar los nervios.

—¡Imbécil! Casi prefiero los ánimos que me da Hugo con su poco tacto.

—A ver, permíteme ser la voz de la razón y la sensatez. Sabes que estamos orgullosos de este logro que has alcanzado. No es fácil que una editorial reconozca un talento como el tuyo y que además le haga el homenaje que se merece. Ahora tú vas a estar a la altura de todas las personas que han seguido tu trabajo y lo admiran y de esos periodistas entrometidos que viven obsesionados con seguir tu vida privada. ¡Recomponte! Suéltale la manito a la pobre Márgaret, que ya la tiene gangrenada. ¡Déjanos abrazarte y disfruta de este, que es tu momento! —dijo Miguel abrazando a su amigo y liberando de paso la mano de la pobre Márgaret.

—Cristian, llegó la primera periodista. ¿Estás listo? —le dijo su jefe de prensa.

—¡Claro que lo está! Esperamos que la periodista esté lista para él —dijo Hugo dándole una palmada en la espalda a Cristian con intenciones de darle ánimos.

—Chicos, ¿por qué no van al pabellón que está acá al lado?

—¿Cuál? —preguntó Miguel.

—El de novela romántica. —Al ver la cara de asco de sus amigos, continuó—: En este momento está firmando autógrafos esa escritora de novelas cursis que tanto le fascina a tu hermana Monique.

—¿Cuál? —preguntó David, que había estado concentrado en el trabajo de su amigo, lleno de admiración y orgullo de ver el talento de Cristian para capturar momentos especiales y para transmitirlos con gran belleza en una fotografía.

Lo que no sabía era cómo hacérselo saber. Por eso, cuando oyó a su amigo hablar de novelas románticas, decidió preguntar.

—¡Como si nos importara! —dijo Hugo.

—Eso es cierto. Pero a tu hermana, que cumple años en una semana, sí le importa, y estoy segura de que le encantaría tener el último libro de su escritora favorita —dijo Márgaret al entender por qué Cristian les había recomendado ese pabellón a sus amigos.

—Tienes razón.

—¿Cómo es que todos saben que es el cumpleaños de tu hermana, menos yo? —preguntó Hugo, indignado al pensar que lo habían ignorado o no querían invitarlo a la celebración.

—¿Me harías el honor de revisar tu agenda del próximo sábado por favor? Es más: preferiría que empezaras por el viernes —dijo Daniel con una calma intencionalmente exagerada.

Al oír la impertinencia de Daniel, Hugo sacó el celular y revisó su agenda del sábado y del viernes, y en efecto vio que el viernes había un letrero rosa con un emoticón de regalo que decía: "Comprar regalo para hermana de Daniel", y con la dirección de un almacén de ropa de mujer y, adjunta, una foto de un saco precioso, y que el sábado había un letrero del mismo color rosa con unos dibujos de flores que decían: "Fiesta de cumpleaños en casa de los padres de Daniel".

—Lo siento: no había visto.

—Lo sé. Por eso te envié dos anuncios: uno con el recordatorio de que compres el regalo y la foto de lo que ella quiere y otro con la nota del cumpleaños que se celebrará en casa de mis padres.

—Muchachos, siento mucho molestar, pero es que si no empezamos la entrevista nos vamos a retrasar y el lanzamiento debe hacerse a la hora acordada —dijo la jefe de prensa, apenada por interrumpir a los amigos.

—¡Lo sentimos mucho! Tranquila, ya nos vamos.

—Pero…

Cristian temía que sus amigos se perdieran el lanzamiento.

—Sí, tranquilo. Por nada nos perderíamos el lanzamiento de tu primer libro —le dijo Hugo mientras salía con sus amigos y le daba espacio a la periodista para entrevistar a su amigo.

Mientras Hugo, David, Miguel y Daniel hacían fila, este último divisó en segundo plano, al lado de los estantes del fondo, en la sección de clásicos de la literatura, a una mujer de pelo rubio, tetona y con un trasero de infarto. Lo raro era que estaba organizando unos libros, pero sus yines, que dejaban poco a la imaginación, no le permitieron concentrarse en ese detalle; solo podía pensar con su otra cabeza, la que en casos como este controlaba sus acciones. La visión hizo que Daniel se olvidara de su hermana menor y, atraído por la mujer como una polilla por la luz, le pidió a David que hiciera la cola por él.

—¡David, he visto a la madre de mis hijos y me gustaría practicar mucho su concepción!

—¿Qué?

David, que estaba más que incómodo en ese pabellón, no entendía lo que su amigo le decía.

—Que ha llegado el momento de pagar los favores recibidos y hacer esta fila por mí —le dijo Daniel saliendo de la fila.

—¡Ah, no! ¡No me vas a dejar acá tirado! Te veo venir. Si quieres un polvo, te esperas a que lleguemos al final de la línea y luego te alivias el calentón —le dijo David reteniéndolo por el brazo.

—Pero ¿no ves que se puede ir pensando que la he rechazado?

—¿De dónde sacas tu estos cuentos? ¡Si está arreglando libros! —dijo David.

—Claro: una mujer como esa trabaja arreglando grandes clásicos de la literatura —dijo Hugo en tono sarcástico.

—Seguro, ¡y es voluntaria! —dijo Miguel continuando la broma de su amigo.

—Pues no sabremos si lo es si no me le acerco y le pregunto —dijo Daniel.

—Tú lo último que quieres es preguntarle cual es su novela favorita.

—¡Como si supiera leer! Está colocando los títulos al revés —dijo Miguel.

—¿Nos podemos centrar? ¡Puedo estar perdiendo la oportunidad de conocer a la madre de mis hijos!

—De unos hijos que nacerán tontos como una tapia —dijo Hugo.

—¿Pueden dejar de buscar a mis hijos por nacer?

—Me importan muy poco tu futuros hijos porque tu presente está acá, con nosotros, haciendo esta cola para lograr ese autógrafo —dijo David mientras Daniel se le escapaba de las manos.

—Oye, yo siempre estoy ahí para ti. Esto es un favor que te cobro.

—¿Disculpa? ¿Favor?

David temía lo que su amigo pudiera cometer en un pabellón lleno de mujeres románticas.

—Sí, por aquel fin de semana que tuve que dormir en casa de Hugo, en su incómodo sofá, para que tú pudieras…

—¡Deja eso! —dijo David mientras volvía a agarrar a su amigo por el brazo.

—¡Ese fin de semana en que conociste a fondo a la residente pelirroja! —le dijo Daniel soltándose del agarre.

—Bueno, si de pagar favores se trata, no sé qué hacemos Hugo y yo acá —dijo Miguel—. ¡La cumpleañera no es mi hermana!

—Pero sí es la hermana de nuestro mejor amigo —replicó David.

—A mí me tiene poca estima. Además nos estamos perdiendo la charla de ciencia ficción y de cómic que le gustaría a Hugo —continuó Miguel empezando a alejarse y guiñándole un ojo a Hugo.

Este imitó a su amigo diciendo:

—¡Novela gráfica, ignorante! Pero es cierto: a la larga, no nos conocemos hace tanto —corroboró Hugo.

—¡Ni por un instante se les ocurra dejarme solo en esta fila! ¡No se les olvide que nos conocemos hace más de diez años! —trató de argumentar David mientras veía a Daniel alejarse hacia la tetona sin uniforme y a sus otros dos amigos salir corriendo.

—Recuerda: que ponga 'Monique', aunque seguro a ella le encantaría que el autógrafo dijera 'Moni' —le gritó Daniel, que ya iba llegando adonde la rubia.

David fue a replicar con cara de pocos amigos, pero Daniel no mentía al sacarle en cara la vez en que, además de dejarle el apartamento para el solo, le había preparado una comida que lo hizo quedar como un príncipe. Además, él también conocía el temido sofá de Hugo, el más incómodo del mundo: era demasiado pequeño, y tanto él como Daniel, e incluso el mismo Hugo, terminaban siempre con la mitad del cuerpo en el piso.

En el último momento, Daniel le envió un mensaje de texto que decía: *No pongas esa cara, que cuando yo te hago favores los hago con gusto y sin replicar*, lo que no era del todo falso: cada vez que David había necesitado algo de su amigo, Daniel jamás se había negado y casi siempre lo había hecho de buena gana. David comprendió que negarse era ser desagradecido, además de inútil, porque Daniel ya estaba hablando con la supuesta madre de sus futuros hijos. Cuando quiso impedir que Miguel y Hugo lo dejaran solo se dio cuenta de que ya era demasiado tarde, pues ya salían del pabellón. Al quedarse solo en una fila llena de mujeres amantes del romanticismo fue de súbito consciente de una risa muy bajita a sus espaldas, lo que lo hizo maldecir entre dientes. Justo lo que le faltaba: ¡una frígida riéndose de él! Cuando se volteó para borrarle la risita a la imbécil que se estaba burlando de él quedó mudo al ver a Amelia.

—Perdone que me ría de usted. Es toda una descortesía, pero no pude evitarlo. Sus amigos, si así puede llamarlos, lo dejaron en un apuro, uno de ellos por buscarse un polvo con esa tetona, que, por cierto, como lo mencionaron sus otros dos amigos, los que acaban de salir del pabellón, no trabaja para las librerías que exponen acá sino que ha estado haciéndose notar moviendo libros que jamás leerá y desordenándolos sin leer ni los lomos. —Al ver la cara de extrañeza que ponía David ante su declaración, Amelia decidió ampliar un poco su explicación—: Se lo digo porque, desde que ustedes entraron, ella dijo, de manera muy pública, que tenía intenciones de terminar con alguno de los cuatro, así tuviera que arreglar libros toda la tarde.

Esto último lo dijo con una sonrisa que hizo que el enfado de David comenzara a esfumarse.

—Disculpe, ¿cómo sabe eso? ¿Nos vio entrar? —preguntó David, de lo más intrigado con aquella mujer.

—Creo que todo el pabellón lo hizo. Si mira a su alrededor, verá que acá prácticamente solo hay mujeres, la mayoría adolescentes; mujeres casadas, seguramente insatisfechas sexualmente, y solteronas; uno que otro novio resignado que espera ser compensado con sexo inspirado en alguna de las escenas eróticas de los libros que acá se encuentran, y ustedes cuatro. Bueno, en realidad solo queda usted —dijo Amelia riéndose.

—¿Y puedo saber en qué grupo se encuentra usted? —le preguntó David levantando una ceja, cada vez más intrigado por esa pequeña delicia.

—¡Entre las que casi pierden las bragas al verlos entrar! —le dijo Amelia, siendo valiente porque, como decía su madre, "la vida y el amor son para los valientes".

—¿Perdón?

David casi pierde el sentido cuando esa chica bajita, con cara de muñeca de porcelana, gafas que le daban un toque intelectual y cuerpo menudo que no se veía bien bajo las varias capas —demasiadas para su gusto— de una ropa exquisita de por sí, le dijo eso.

—Disculpe, ¿lo ofendí? ¿Se sintió objetualizado? Si es así, me disculpo por mi franqueza, pero es que este sería el último lugar en donde me imaginaría ver a un hombre tan guapo como usted, y menos haciendo fila para conocer a una escritora de novelas eróticas de contenido histórico —le explicó Amelia, avergonzada por su franqueza y algo arrepentida de haber sido tan sincera y coqueta.

—Y si le digo que es mi escritora favorita, ¿qué diría usted?

David no quería que esa pequeña se sintiera mal por lo que le había dicho, y la única manera que vio de que ella no se avergonzara o, ¡peor!, se retrajera fue retarla con la mirada.

—¡Le diría que enhorabuena! Es su turno: ¡este es su momento de gloria!

Esto se lo dijo señalando al frente, hacia un cubículo donde David supuso que estaría sentada la famosa escritora. El médico, conocido por manejarse de manera estoica en los momentos de presión, casi se desmaya cuando vio a la escritora saludándolo de manera efusiva. Más aún: por su sonrisa, David concluyó que había oído la conversación que él acababa de tener con su compañera de fila, en que se había declarado *fan* de sus novelas.

—¡Sigue, por favor! Y dime cuál de mis libros te ha gustado más. ¡Seguro te lo firmo!

—Yo, yo…

No sabía qué decir: ¡si en la vida la había visto!

—¡Oh!, no seas penoso. Si quieres, puedo hacer una breve pausa para un café —le dijo la escritora, más que entusiasmada de conocer a David.

—Eh… Pues…

David, la mente en blanco, se paseó la mano por la nuca sintiendo que le faltaba el aire. Odiaba a Daniel por haberlo dejado a su suerte. Cuando viera a Hugo y a Miguel les cortaría los testículos. Al fin y al cabo, Gabriela era una mujer hermosa y conseguiría rápido un reemplazo. A ver cómo salía ahora de ese aprieto: ¡ni siquiera conocía el título del libro que haría autografiar!

—Disculpa, Luisa. Mi novio está algo nervioso. —Amelia se acercó y, cogiendo de la mano a David, se la estrechó para darle seguridad—. ¡Es que no todos los días conoces a quien admiras! Pero a los dos nos encanta *Matrimonio por conveniencia*. El hecho de que conjugues datos históricos con ficción y que, además, las escenas eróticas sean tan sensuales y estén tan bien narradas nos encanta. Es más: ¡hemos hecho roles en la cama inspirados en tus personajes! —Dicho esto, le guiñó el ojo a David para que se relajara y dejara su cara de tragedia—. ¡Es un placer leerte! Estamos acá para que, además de honrarnos con un autógrafo para nuestra colección, nos permitas tomarnos una foto contigo para la posteridad —continuó Amelia.

—Un gusto conocerlos a los dos. No siempre vienen parejas de novios a estas actividades. Es raro ver a un hombre como tú entre mis seguidores —dijo Luisa mientras se incorporaba en la silla donde había estado poniendo autógrafos con cara de desilusión.

—Mi nombre es Amelia, y, si es posible, ¿podrías autografiar este que tiene mi novio en la mano? —David no salía de la impresión. Seguro que si lo pinchaban no sangraba. Por eso, casi no suelta el libro para entregárselo a Amelia, que tuvo que forcejear un poquito con él—. Es para una amiga del alma. Se llama Monique, pero te agradeceríamos si le pones 'Moni'.

David no podía creer lo que estaba sucediendo: esa pequeña hada lo estaba salvando de un ridículo mayúsculo. ¡Ay, por favor! Ahora estaba como Miguel con sus hadas.

—Será un gusto. Quiero que sepas que es una pena que estés acompañado, o si no te habría invitado a ese café —le dijo Luisa a David en un tono sensual que acentuó picándole el ojo.

Este gesto incomodó visiblemente a Amelia, que se había presentado como su novia y ahora tenía que ver cómo la escritora la menospreciaba y le faltaba al respeto. Al ver la reacción de Amelia, que se retrajo ante la actitud de la escritora —quizá no fueran novios, pero él no iba a dejar que su preciosa hada se sintiera menos hermosa de lo que realmente era— y empezó a hacerse a un lado, David la tomó por la cintura y la besó en la boca, dejándola muy sorprendida, para luego decir:

—Creo que ese tono está de más, Luisa. —Menos mal que había alcanzado a leer el nombre en el libro que la autora autografiaba para la hermanita de Daniel—. Te lo digo porque mi novia fue clara cuando dijo que era mi pareja y que disfrutamos leyendo juntos tu obra.

—¡Oh, querido!, no te pongas a la defensiva. Es que eres tan apuesto que es inevitable que nuestras feromonas se activen, ¿verdad, Andrea? —dijo la escritora tratando de restarle importancia a lo que acababa de ocurrir.

—Amelia. De nuevo, creo que fue clara cuando te dijo que se llama Amelia. Amelia, creo que debemos hacer un *tour* por este pabellón. Me da la impresión de que no les hemos dado la oportunidad de cautivarnos a otras escritoras.

Dicho esto, cogió el libro que la escritora le había autografiado a la hermanita de su amigo y se dispuso a salir de ese pabellón con Amelia agarrada por la cintura.

—¿Y la foto? —preguntó la escritora, incómoda con la actitud que había tomado David.

—No te preocupes: te buscamos por internet, la descargamos y le hacemos Photoshop.

Amelia no quería ser grosera con la profesional, por lo que, sabiendo que había salido vencedora gracias a David, dijo:

—¡Mi vida, no seamos groseros!… Sigues siendo mi escritora favorita. Soy historiadora, y la forma en que tratas los hechos jamás me desilusiona.

Entonces se ubicó al lado de la escritora —que quedó entre ellos dos—, le dio su celular al encargado de las fotos y posó. A David le incomodó la familiaridad con que la autora lo abrazaba, pero lo dejó pasar por su hada. Le tenía más confianza a Amelia ahora que había puesto en su lugar a esa "celebridad".

David salió del pabellón con Amelia abrazada. Cuando ya se encontraban afuera, Amelia, soltándose discretamente, dejó a David con sensación de vacío y ganas de volver a abrazarla.

—¡Muchas gracias por lo que hiciste ahí adentro! Me hiciste sentir realmente valorada y respetada. No tenías por qué, pero te lo agradezco más de lo que te puedas imaginar —le dijo Amelia.

David estaba confundido por lo que la historiadora le hacía sentir. Cuando Amelia le estaba entregando el libro entendió que o hacia algo o esa hermosa mujer desaparecería de su vida para siempre. Por eso, cuando ella se estaba despidiendo con un beso en la mejilla, David, obedeciendo a un impulso que no supo de dónde le salía, la agarró de la cintura y decidió darle un beso que ella nunca olvidara. Fue un beso que tomó por sorpresa a Amelia, que, aturdida por lo que decía y hacía ese hombre tan apuesto, soltó sus bolsas de libros y, aunque al principio no supo cómo reaccionar, una vez superada la impresión decidió dejarse ir: siendo sincera, ¿cuándo volvería a besar a un hombre como ese? Por lo tanto trató de corresponderle el beso con toda la pasión que tenía y la esperanza de que no la olvidara al menos en una semana. Luego de un rato, David se separó, algo renuente, de su "hermosa hada" para pedirle que le diera la oportunidad de conocerla.

—Amelia, me gustaría conocerte.

Ella no podía creer que él recordara su nombre.

—¡Ay, David! —Quería que él supiera que ella también recordaba su nombre y, además, que no se besaba con cualquiera—. Yo lo siento, pero es que hombres como tú no salen con mujeres como yo.

—Perdona. ¿Qué me estás diciendo? —¿Cómo que 'mujeres como ella', hermosas, divertidas e ingeniosas, además de oportunas? Pero ¿qué le estaba pasando? Era Miguel el que solía hablar así de Gabriela—. Sí, a ver cómo me explico: tú eres, bueno… ¡eres un Adonis!, y yo no soy del tipo de mujeres que salen con Adonis.

Siempre había sido una ratona de biblioteca. Por eso nunca había salido con el más guapo del curso o con el atleta o incluso con el profesor apuesto de la facultad.

—¿Me puedes explicar mejor eso de 'mujeres como tú'?

En serio, aunque siempre se había considerado inteligente, no tenía ni la más remota idea de lo que Amelia le decía.

—Pues eso: que un hombre tan apuesto y bien vestido como tú suele salir con mujeres de más de un metro setenta, de cuerpos esculturales, sacadas de catálogos de ropa interior… ¡no con mujeres como yo!

—¿Y cómo es una mujer como tú?

David empezaba a notar que Amelia se infravaloraba y, por alguna razón que él aún no descubría, era incapaz de ver lo hermosa que era. Aunque, si era sincero, él sí había salido con una que otra mujer que coincidía con esa descripción.

—¡Ay, por favor! ¿Me vas a hacer decirlo? —le preguntó ella, mortificada por lo que ese hombre le hacía en medio de su paraíso de libros y luego de un momento tan especial como el beso que acababa de darle.

—Por favor, ¿podrías explicármelo? —le dijo David, realmente intrigado sobre la forma en que ella se veía a sí misma.

—Bajita, tipo Pitufina; de ojos cafés de lo más ordinarios, tetas chiquitas; respondona, la última que sacan a bailar en los bares, algo torpe, muy cursi, ñoña, ratona de biblioteca… ¡Podría seguir y seguir!

Amelia hizo la enumeración sintiéndose expuesta y humillada y bajó la mirada con vergüenza. David, al ver lo mortificada que se sentía al tener que exponer lo que para ella eran sus defectos, la tomó de la barbilla y la obligó a mirarlo.

—Primero, no eres bajita: ¡eres de la medida perfecta para abrazar! —Y lo hizo tan pronto como mencionó ese atributo, con intenciones de que ella entendiera; solo se apartó para poder mirarla a los ojos mientras seguía refutando su lista de "defectos", pues ella lo atraía bastante—. Tus ojos no son cafés sino pardos, un color precioso y no tan común como piensas. Las tetas… entre tantas capas de ropa exquisita y muy a la moda, pero entre millones de capas igual, no podría valorarlas; pero si quieres que te las puntee, ¡vamos al baño y salimos de dudas!

Luego de decir esto levantó una ceja de manera muy sexi, buscando persuadirla de ir al baño con él para verla en todo su esplendor. Pero, por más de que puso su mirada de Casanova, Amelia se rio de la ocurrencia y le dejó claro que eso no sucedería ni en un millón de años.

—¿Desde cuando te volviste calificador oficial de tetas? —le preguntó con una sonrisa.

Al menos ya no tenía esa mirada afligida. Pero algo le decía a David que algún malnacido la había hecho sentir menos valiosa de lo que David percibía que era.

—¡Desde el momento en que me viste y casi pierdes las bragas!

"¡Por amor al arte!", pensó Amelia: ¿era que ese hombre no olvidaba nada de lo que ella decía?

—¿Cómo es que recuerdas todo lo que digo? —preguntó, roja como un tomate maduro.

—¡Porque me encanta todo lo que sale de tu boca! Ahora no te digo cuánto me apasionaría saber qué entra. —Oído esto, Amelia se puso aún más colorada—. Entonces ¿vamos? Sé que estamos muy cerca de unos baños.

—Eh… ¡mejor no! —dijo Amelia comenzando a resbalarse de entre los brazos de David, que, al ver que se le iba a escapar, afianzó su agarre.

—¿No? ¿Estás segura? Mira que, además de todo, soy médico, así que puedo decir que tengo un cartón universitario que avala en mí los conocimientos anatómicos necesarios para hacer un trabajo excepcional evaluando tus atributos. —David sabía que eso no iba a pasar, pero le encantaba la idea de hacerla reír, y, ahora que había encontrado la forma de hacerlo, no iba a parar. Amelia negó con la cabeza y se escondió en su pecho, presa de la vergüenza—. Okey, cuando quieras lo hacemos. Entonces, ya que no vamos a puntear tus tetas, volvamos a tu lista de defectos. ¿Qué más dijiste? Ah, sí: respondona. Me encanta porque, de no ser así, no me habrías podido salvar del ridículo que estaba por hacer con esa escritora. Además, no olvidaré que lograste impresionarme con tu forma honesta y atrevida de responder a mis preguntas. Sobre que seas la última que sacan a bailar en los bares, eso tiene una razón de ser: si un hombre o una mujer van a un bar, no lo hacen buscando a una niña interesante sino un rollo fácil que te puedas llevar a la cama y devolver a su casa una vez has terminado; y tu de eso tienes poco. Por eso es que los hombres prefieren bailar con otras a sacarte a bailar a ti… ¿Cursi? Bueno, eso lo supuse desde el momento en que te vi en la fila del pabellón de novela romántica esperando a que una escritora de pacotilla te firmara un ejemplar.

—Oye, es una excelente escritora, además de que la entiendo… Tú eres un hombre realmente apuesto —le dijo Amelia separando la cabeza de su pecho para enfrentarse a sus ojos.

—Está bien, está bien. Pero a lo que iba es que no por nada hacías fila para conocer a una escritora que, obvio, lees y te apasiona: ¡sabías qué contestar!

—Bueno, eso es cierto —dijo Amelia más para sí misma que para David.

—Ahora debo agregar que me encantaría que siguieras enumerando eso que para ti seguro son fallas y defectos, pero que estoy seguro que a mí me parecerán de lo más encantadores y podré convertir en virtudes. Porque déjame dejarte algo en claro: ¡tanto tu cara de porcelana como tu espontaneidad me fascinan! Al parecer voy a ser yo quien ha conocido a su alma gemela.

—Pero ¿qué dices? —Amelia estaba aterrada—. ¡Si me acabas de conocer!

—Y podría apostar la lectura completa del libro de miles de hojas que traigo en mi mano…

—Mil doscientas tres, para ser exactos.

—Perfecto, mil doscientas tres a que nunca besas a desconocidos como lo acabas de hacer conmigo —le dijo David con ganas de hacerla recordar ese momento íntimo que habían compartido.

—Pero por supuesto que…

David no la dejó terminar: la calló con otro beso como el anterior. No podía controlarse: ¡esa mujer sabía besar!

—Entonces, una vez aclarado que esta química que compartimos es especial, me pregunto si quisieras acompañarme al lanzamiento del libro de un amigo.

—¿Cuando?, ¿ahora? —dijo ella mirando su reloj.

—Sí, empieza en quince minutos —dijo David mirando a su vez su reloj.

—¡Ay, no! No puedo —dijo Amelia, compungida, realmente apenada de no poder continuar conociendo a ese hombre maravilloso que le daba besos que la volvían loca.

—Pero ¿cómo? ¿Por qué? —Esto nunca le había pasado a David: jamás una mujer se había resistido o negado a salir con él. ¿Qué podía hacer ahora? Siempre lograba lo que se proponía. La mayoría de las mujeres siempre hacían el primer movimiento. La verdad era que, con un guiño, una sonrisa o una ceja levantada, siempre lograba lo que se proponía. ¡Y ahora no se le ocurría nada! Al parecer de un momento a otro se había vuelto un inepto a la hora de conquistar a una mujer. Viendo que Amelia empezaba a separarse y se disponía a coger unos paquetes con muchos libros cada uno, David agarró las bolsas, que por cierto pesaban un infierno—. Pero ¿haces pesas todos los días, o algo así? Esto pesa más que una condena.

Amelia no podía parar de reírse.

—¡No es para tanto! Además paro cada vez que puedo para recuperar fuerzas. En todo caso me encantó conocerte y…

—¿Por qué no puedes venir conmigo?

David no podía creer que todo fuera a terminar tan pronto. Además no entendía por qué no quería o no podía seguir compartiendo su tiempo con él.

—Es que justo ahora en ese pabellón que ves ahí está una de mis amigas más cercanas, pues su novio va a lanzar su primer libro. Ella es editora, y le prometí que estaría en el lanzamiento. —David no podía creer la suerte que tenía: ¡como que el destino le echaba una mano! Al ver que David sonreía, Amelia se detuvo—. ¿Qué te parece tan gracioso?

No podía ser que ese apuesto espécimen estuviera ahora riéndose de ella.

—Eh, no me malinterpretes, pero el novio de tu amiga, ese que lanza su primer libro, es amigo mío, ¡y ese es el lanzamiento al cual te acabo de invitar! Cada vez estoy más seguro de que eres la mujer de mi vida y, al parecer, el destino lo piensa también.

Desde ese momento hasta hoy, David nunca ha dudado por un momento que ella sea la mujer de su vida, la persona con quien quiere compartir su vida, su casa, un apartamento que hasta hoy ha creído compartir con Amelia; mejor dicho, un hogar, porque así lo siente desde el momento en que ella se apoderó de cada rincón y lo dotó de una magia que no tenía. Incluso ahora que todo está tan enredado, él no duda ni por un instante que ese día conoció a la mujer de su vida y que es ella con quien desea pasar el resto de sus días.

En este momento son más las preguntas que las certezas de David sobre lo que está pasando. De hecho, la única certidumbre que tiene es la de estar enfrentando, por primera vez en su vida, el miedo real a perder a alguien fundamental para su felicidad, a una persona sin la cual no quisiera imaginar su vida. Perdido en sus pensamientos, con un deseo inmenso de arreglar las cosas con su "pequeña pitufa", su hada sexual... en fin, su futura esposa, no tiene la menor idea de por dónde empezar a remendar lo que, por su comportamiento estúpido y descuidado, ha empezado a hacerse añicos frente sus ojos. Y, aunque no sabe si será capaz de solucionar la situación, de algo sí está seguro: si fracasa en el intento y pierde a Amelia, el resultado lo dejará devastado.

Este es un hecho que Daniel tiene claro. Por eso, al ver tan apesadumbrado a su amigo, decide tomar la vocería y darle alguna luz sobre lo que sucede y sobre cómo debe actuar para solucionar las cosas con Amelia.

—A ver, David: creo que no te has dado cuenta, pero estás perdiendo a Amelia, ¡y todo por darla por segura! —Al ver que David le va a contestar de mala manera, Daniel levanta una mano y continúa—: ¡Y me importa una mierda que me mires mal y te molestes conmigo! Al parecer no te has dado cuenta, pero llevas semanas haciéndole sentir a Amelia que lo de ustedes tiene una fecha de caducidad.

—¿¿Cómo?? Pero ¿qué estupidez estás diciendo? —truena David alzando mucho las cejas y como con ganas de golpear a alguien.

—David, ¿podrías dejar esta actitud y escuchar lo que te digo? Si sigues así, no vamos a llegar a algún lado —le advierte Daniel con voz cansada.

—Lo siento. Es que me da ira todo: ¡me siento como un imbécil! —dice David.

Sin ánimos de rebatirlo, Daniel sigue con lo que le está contando:

—¿Recuerdas qué le dijiste a Amelia hace unos días cuando ella nos contó que lo único que deseaba con todo su corazón era celebrar contigo el primer año de estar viviendo juntos?

—¿Cuándo? —pregunta David sin poder creer lo que ha estado pasando a sus espaldas (o, mejor dicho, el daño que le ha hecho a la mujer que más ama en el mundo) y la manera en que sus actos han alejado a la persona que más le importa en la vida.

—En la reunión en casa de Miguel y Gabriela por el cumpleaños de Cristian. —Al ver que sus dos amigos están perdidos, Daniel dice—: ¿Por qué precisamente hoy nadie recuerda nada? —Frustrado ante la obvia incompetencia de sus amigos para ubicarse en los recuerdos importantes sobre los eventos que han conducido a Amelia y David a la situación que hoy enfrentan, prosigue—: A ver: estábamos hablando de los planes que deseábamos llevar a cabo con nuestras parejas, yo con Mandi, Mindi... bueno, como se llame la mujer que estaba conmigo...

—¿Quién? —pregunta Miguel, que no recuerda a ninguna Mindi o Mandi.

—La modelo con quien yo seguía saliendo.

—Eso no reduce la muestra: de hecho, ¡todas las tuyas han sido modelos!

—¡No todas! —Notando que sus amigos lo miran con intenciones de hacerle saber que lo conocen perfectamente y que no tiene sentido que trate de mentirles, continúa—: Primero, en la universidad salí con 'aspirantes a modelos', así que no todas ha sido modelos. Es más: por ahí tengo una galerista y una escultora. ¡Ah!, y la residente de medicina interna, amiga de David. Y la lista podría alargarse. Y segundo, me refiero a la hermosa mujer con quien salí más de un mes para ganarle a Amelia la apuesta que hice con ella.

—¿Cuál apuesta? —pregunta Miguel.

—¿Se acuerdan que aposté con Amelia a que podía estar más de un mes en pareja estable con alguien?

—¿Cómo?

Miguel estaba algo perdido.

—Resulta que Amelia apostó conmigo acerca de mi incapacidad de tener una relación seria con alguna de las mujeres con quienes salgo.

—Neee, no recuerdo —dice Miguel.

—¿Qué pasa hoy, que todos parecen parientes de Dori? Esto no es *Buscando a Nemo*, ¡por amor al arte! Aunque no es importante, Amelia y yo apostamos sobre si yo duraba o no más de dos semanas con Mini... ¡Ay, maldita sea! ¿Cómo se llama? Al final es que no me acuerdo de cómo se llama la fulana —dice Daniel tratando de recordar el nombre de aquella pelirroja.

—Estamos teniendo problemas para enforcarnos en lo importante —dce David en tono impertinente y enfurruñado—. Tu... ¡Laura! (así se llama la chica con la que estabas saliendo para fastidiar a Amelia y ganarle esa estúpida apuesta) y tus pendejadas me traen sin cuidado. Y no: ¡no recuerdo qué le dije! —termina por reconocer David tratando de recordar algo, pero cada vez más perdido.

—¡A nosotros no nos hables en ese tono! Te lo digo desde ya: me tienes cansado, no solo porque la situación se me sale de las manos sino también porque, al final, si esto está pasando, no es precisamente por culpa de nosotros —le dice Miguel a David, cansado de su agresividad hacia Daniel y él mismo.

—Lo siento... Es que esto me supera, y quiero arreglar ya las cosas con mi pitufa —contesta David, arrepentido de su mal comportamiento.

—¡Laura, eso era! Bueno, como veo que no recuerdas, y tú tampoco, Miguel, permítanme que les refresque la memoria. Gabriela dijo que quería ir con Miguel a ese bar de sumisión *hardcore* donde pagas un riñón para que te laceren el otro.

—¡Sí, ya lo recuerdo! —dice Miguel con orgullo recordando no solo la conversación sino asimismo la noche que pasó con Gabriela en ese lugar y pensando que debería volver a reservar algo allí próximamente para su mujer y él.

—Hugo dijo que esperaba disfrutar del plan por Tanzania, con safari, Zanzíbar... y no sé qué más que había comprado para irse con Hue —continúa Daniel—. Yo dije que quería disfrutar de un fin de semana de intimidad con Laura, y Amelia dijo con toda la ilusión del caso, que 'lo único' —hace énfasis en la palabra— que deseaba era celebrar contigo el primer año de novios. ¿Sí o no?

—Lo recuerdo, ¡pero por supuesto! —dice Miguel, para continuar—: Tú le dijiste, con una ceja levantada, en tono categórico, como quien puede ver el futuro: 'No creo que suceda, mi pitufa'. ¡Pero por supuesto que lo recuerdo! Me acuerdo de que Hugo te miró con ganas de matarte, y mira que el que a él algo lo haga ponerse en evidencia es bien complicado.

—Ah, pero es que... ¡Un momento! ¿Ella piensa que la voy a dejar? —pregunta David sin dar crédito a lo que acaba de oír.

—No, David, ella no 'piensa' que las vas a dejar: ¡ella está segura de que lo vas a hacer! —dice Daniel en tono neutral mirando a su amigo con la certeza de que Amelia ya ha tomado la decisión de mudarse para que, cuando David la abandone, la experiencia no tenga que ser aún más traumática de lo que ya es.

—¿Cómo va a pensar eso? Es decir, ¡ella es mi todo! —dice David sin creer lo que está sucediendo: ¿cómo puede ser que, por despistarla juguetonamente un poco, la hubiera alejado de veras del todo?

—Lo que no entiendo es por qué si Amelia cree que la vas a dejar. ¿No te ha dicho algo? Mejor aún, ¿por qué no terminó ella primero contigo? —pregunta Miguel, algo confundido: Amelia jamás ha sido cobarde, por lo que esta situación lo tiene perplejo.

—Porque, como lo ama tanto, ha decidido disfrutar con David todo el tiempo que él tenga destinado para pasar con ella —dice Daniel.

—¿Cómo? ¡No entiendo nada! Ella es una mujer decidida... ¡Si, además de ser una mujer laureada y con más logros profesionales que cualquiera de nosotros (y eso ya es suficiente decir), siempre ha sido una mujer de carácter...!

Miguel no entendía nada.

—Creo haber entendido lo que pasa: ella ha estado mudando la mayor cantidad posible de sus cosas a las casas de todos los que la conocemos para que, cuando tú le termines, ella ya tenga todo solucionado y no quede sin un hogar donde refugiarse —afirmó Daniel, muy preocupado, primero, por su amigo y, bueno, para ser sincero, también por su amiga, porque esa "pitufa" se había ganado no solo el corazón de "su" David sino también los de él, Gabriela, Miguel y todos los que los conocían a ellos dos.

—Y tú… ¿cómo sabes? —pregunta David sin dar crédito a lo que le dicen sus amigos.

—Estoy de acuerdo con Daniel: creo que Amelia ha estado mudándose porque sus ropa está en mi habitación de huéspedes, y al parecer en el bar de Daniel hay otras cosas, y quién sabe adónde más haya llevado sus coroticos…

—¿Cómo que su ropa está en tu cuarto de huéspedes si hace un momento no sabías dónde estaba? Es más: hay una gran porción de ella en esa horrible e inmensa maleta morada —dice David, contrariado y sintiéndose traicionado por Miguel.

—¡No me mires así! —le dice Miguel a David, que lo fulmina con ganas de estrangularlo—. Quiero que me entiendas: eres uno de mis mejores amigos, hemos estado juntos en las malas y en las buenas. Y eso es algo bien difícil de encontrar: amigos que se alegren sinceramente y de corazón de tus logros y tu felicidad no son fáciles de encontrar. Pero recuerda que Gabriela es una de las amigas más cercanas de Amelia, y es a ella a quien Amelia le pidió ayuda.

—Pero ¿por qué no me dijiste nada?

—Porque no era a mí a quien le correspondía contarte los secretos de tu mujer. Además, tú sabes cómo es mi esposa; ella te quiere, pero su amor por Amelia es superior. Gabi dice que siempre has sido bueno pero que, gracias a Amelia, eres un ser humano extraordinario.

—Entonces ¿por qué ella…?

—David, eso no es lo importante. No sobra que te recuerde que nuestra casa es su dominio y, si me preguntas, cuando Amelia llevó la ropa, no pensé que las cosas fueran así de serias. Es más: recuerdo que me dijo que era porque estaban reformando el clóset para que ustedes dos tuvieran más espacio donde meter sus cosas. ¡Pero lo importante no es qué hacen las cosas de Amelia en mi clóset!

—¿Cómo no pensaste que esos detalles eran algo que yo debía saber? ¡Es mi mujer la que se ha ido mudando, no joda!

David se deja caer en el sofá.

—Mira, David: decirte que no me he dado cuenta de que Amelia se ha estado apagando estos últimos días sería falso. Pero ¿por qué llamar la atención sobre algo que, al parecer, te era completamente indiferente?

Miguel se siente mal al decirle eso a su amigo, pero era la verdad: los últimos días, David había estado indiferente al dolor de Amelia o, al menos, eso le había parecido a él.

—¿Cómo va a ser indiferente algo que tenga que ver con Amelia, si ella lo es todo para mí? Ustedes son mis amigos, me conocen desde antes de que ella estuviera conmigo, han sido testigos de la manera en que ella ha cambiado mi mundo, mi manera de ser… Ella, como dice Gabriela, me ha hecho mejor ser humano.

—En serio ¿no te has dado cuenta de los cambios que ha tenido Amelia? —le pregunta Daniel.

—No. La verdad, estas semanas, con lo que le pasó a Hugo (que me hizo jurarle que no les diría nada a ustedes ni a Amelia), no he podido pensar en algo distinto a su salud.

—Pero ¿es que lo suyo es grave? Gabriela me juró que no había sido nada: un susto, nada más —dice Miguel, que, al ver lo vehemente que se ha puesto David al hablar del estado de su amigo, ha comenzado a pensar que no es una simple peritonitis.

—Hugo se murió dos veces en el quirófano; la segunda tardó bastante en regresar con nosotros.

Al oírlo decir esto, los amigos quedan impresionados: no han pensado ni por un minuto que las cosas hayan estado tan graves.

—Pero ¿cómo? ¿O sea que…?

Daniel no sabe qué decir.

—¿Cómo no les dije nada,? Bueno, de la misma manera en que ustedes le guardaron los secretos a mi mujer, Hugo me hizo prometer que no les diría nada, menos aún a Amelia. Por eso tu mujer se ha aferrado de esa forma a Hugo: porque estuvo en cuidados intensivos más tiempo del que ustedes se imaginan. Esta ultima semana ha mejorado, pero perdió doce kilos y, para alguien de su estatura y su contextura, bueno… les puedo asegurar que daba miedo verlo. ¡Nuestro amigo estuvo a punto de dejarnos dos veces! Entonces, aunque me estoy muriendo por lo que está pasando y por no haber podido estar acá para mi mujer, quiero que dejen de juzgarme y entiendan que no fue por frivolidad.

—¡Lo sentimos! En realidad, sí te hemos juzgado, y lamento haber sido injusto. A ver: es que la pequeña ya ni hace postres, solo se mata en el gimnasio. Es más: me pidió que la ayudara a entrenar.

—¿Cómo? ¡Pero si Amelia odia ir al gimnasio! Por eso me pidió que pusiéramos el *wifi*, además de esa alfombra, para hacer yoga.

—Pues tu novia me preguntó si era posible que le hiciera una rutina de ejercicios que la ayudaran a verse más linda —le dice Miguel.

—¡Pero si ella es preciosa tal y como es! ¡Yo lo amo todo de ella! —dice David, convencido de lo que está diciendo—. Daniel, ¿estás bien? Parece que…

—¡Me emputa que Hugo nos dejara por fuera de esto! Pudo morir, ¿y yo no he sabido? ¡Es mi amigo, no joda, es como mi hermano! Si hubiera sabido…

—Bueno, ya sabes. Ahora deja de lamentarte y haz algo.

—Tienes razón. Cuando lo vea, si está recuperado del todo, ¡le voy a pegar en las pelotas!

Esto los hace reír.

—El caso es que Amelia está tratando de hacer que te enamores de ella de nuevo, pero al parecer ha perdido la esperanza de que suceda —le dice Miguel.

—¡Pero es que yo nunca he dejado de estar enamorado de ella! Para mí, ella es la mujer más hermosa del mundo.

Esto hace que Daniel se reconecte a la conversación.

—¡Pues ella no cree que tus ojos la vean así! Me imagino que lo que está haciendo lo hace con la ilusión de ponerse bonita para ti —dice Miguel, muy triste por su amiga, abriendo un paquete de las chucherías que ha comprado David, síntoma inequívoco de que la situación lo ha sobrepasado y de que él está muy preocupado: en una situación normal, ¡ni muerto se comería una de esas porquerías!

—Según como veo las cosas, todo lo está haciendo con intenciones de lograr prolongar su estadía a tu lado. Aclaro que esto último son conjeturas mías, ¿no? —afirma Daniel—. En mi bar están las orquídeas y las figuritas de Disney, que tengo que custodiar día sí y día también porque tengo claro cuánto las ama. Y sobra decir que tienen más amigos que los barman de la zona VIP.

—A ver: ¿ustedes me están diciendo que tanto tú como Miguel sabían esto y no me habían comentado nada? ¡Tú, Dani, mi mejor amigo…! ¿Cómo NO le impediste hacerlo? ¿Cómo es posible que no le hayas dicho que yo la quiero, que la amo tanto que le di la llave de mi apartamento, la invité a mi casa, es decir que estamos construyendo, como ella siempre me lo dice, 'un proyecto en pareja'?

—David, en efecto, soy tu mejor amigo, y tú sabes que eres mi hermano del alma y que, en lo mejor y en lo peor, siempre has estado ahí y yo estaré ahí. Pero Amelia merece mi respeto y lealtad.

Daniel ya sabía que este día llegaría y que él tendría que enfrentarse a su hermano por haber protegido la privacidad de Amelia.

—No te digo que no, pero es que… ¿cómo no le dijiste que…? No sé: tú me conoces mejor que cualquier persona y podrías haberle dicho que…

David ya no sabe qué decir.

—David, quiero que sepas que, en cada paso en que Amelia ha contado conmigo, he tratado de hacerle entender que tú la amas con locura y que, como lo he entendido y comprobado hoy, todo ha sido un malentendido. —David asiente. Le es difícil entender a su mejor amigo, pero está tratando de hacerlo: si Daniel ha apoyado a Amelia, no ha sido para hacerle daño a él sino para estar ahí para ella—. Lo que no logro comprender es cómo has llegado a este punto sin darte cuenta.

—Es que con Hugo…

—No, David, esto no se trata de Hugo ni de la maestría, el doctorado o lo que quieras. Entiendo que nuestro amigo haya estado cerca de la muerte, pero tú te has estado saboteando a lo largo de estos meses: la situación de Hugo es de hace unos pocos días mientras que lo tuyo y de Amelia lleva meses sucediendo —continúa Daniel.

—Pero ¿qué dices? ¡No te entiendo!

David se ha sorprendido ante ese comentario.

—David, antes de seguir con la situación de Amelia, quiero hablar contigo de cómo esto ha afectado la idea que tienes de mi lealtad hacia ti.

—Yo no dudo —dice David con poca convicción.

—Sí lo haces y, aunque me duela, lo entiendo. Pero quiero que tú también entiendas una cosa: no sé si no te has dado cuenta, pero Amelia ha estado más sola que la una.

—Amelia está rodeada de personas que la quieren: sus amigas de toda la vida, su amigo…

David no puede continuar porque Daniel lo refuta en el minuto mismo en que él comienza a enumerar a los amigos y familia de Amelia:

—No, David. En esta oportunidad, ella está sola porque no ha querido apoyarse en sus amigas o amigos.

—¡Pero si ellas le son incondicionales!

—Lo son, pero ella no les ha contado todo lo que le está sucediendo en su relación contigo… ¡porque no ha querido que te vean como el hijo de puta egoísta que estás siendo! —En este momento, David se pone de pie con intenciones de enfrentarse a Daniel, pero este no se deja amedrentar por su mejor amigo: no en vano son de la misma estatura y la misma complexión física. Por eso, luego de ponerse de pie y en guardia, Daniel le dice—: De nuevo, me importa muy poco si no te gusta lo que te estoy diciendo, pero sí te advierto que, si me vuelves a poner un dedo encima, ¡te voy a responder y las cosas se van a poner muy feas!

David conoce muy bien a Daniel y sabe que, además de tener la mecha corta, en este momento ha alcanzado su límite. Por eso, antes de quedarse también sin su mejor amigo, recapacita y se sienta, no sin antes disculparse por su agresividad hacia él.

—Disculpa. Estoy… ¡No sé cómo estoy! Pero tienes razón: esto es mi culpa. Lo único que quiero es llegar al fondo del asunto para ver qué tanto daño le he hecho a mi mujer y encontrar la manera de solucionarlo. Continúa, por favor, y disculpa. Te quiero como a un hermano. No quiero que, como dice Miguel, aparte de perder a Amelia esta noche, también me quede sin mi hermano.

Porque eso son David y Daniel: hermanos del alma. Lo han sido toda la vida y se han comprometido a serlo hasta el final de sus días.

—David, no me voy a ir de tu lado, y menos en estos momentos, cuando hemos dejado lo malo y nos encontramos en el punto de lo feo. Porque, para mi pesar, el de Miguel, el tuyo y el de todos los amigos que queremos a Amelia y que la conocimos gracias a ti, esta situación, al tocar fondo, no ha hecho sino empezar, ¡y lo que viene se va a poner más difícil! —David sabe que su "hermano" tiene razón—. Lo que sí te quiero dejar en claro es que no te aguanto un berrinche más: o te pones a la altura de la situación y la afrontas como un adulto, le pones huevos y sales adelante, o te quedas hoy solo llorando como un pendejo y con un golpe de más si continúas con tu impertinencia y tu agresividad, cosa que me irritaría demasiado porque sé que no eres estúpido ni, mucho menos, cobarde —dice Daniel, sabiendo que la única forma en que su amigo podrá salir adelante en esta situación es encarándola con valentía y madurez. Como David no dice nada, Daniel decide proseguir—: Como no puede acudir a sus amigas, su mamá, su amigo el chef o su padre, Amelia me pidió que, como soy tu mejor amigo y no voy a resentirme contigo por lo que sea que le estés haciendo, le sirva de hombro en que llorar y apoyarse.

—¡Pero se supone que yo soy su mejor amigo! ¡Es conmigo con quien debe llorar, es en mí en quien debe apoyarse!

David se siente herido: él nunca ha acudido a nadie que no sea ella, y el hecho de que ella busque apoyo en un hombro ajeno le duele considerablemente.

—David, mira: Amelia siempre me ha dejado en claro que no quiere ponerme en una situación incómoda, que no quiere que haya conflictos entre los dos. Y, ahora que lo pienso, el hecho de que yo haya sido su paño de lágrimas es lo mejor porque, como acabas de decir, no hay quien te conozca mejor que yo.

—¿Qué tiene que ver eso con el hecho de que mi mujer no me vea como su pilar, su hombro para llorar, su compañero?

—Es que ella no te está buscando reemplazo ni me ha postulado a mí como su compañero: ella lo que ha necesitado es un hombre donde llorar tus desplantes, los momentos en que las has herido; ha necesitado confiarle su dolor a alguien que no te vaya a juzgar.

—Pero es que si yo la lastimo y ella no me lo dice, ¿cómo voy a hacer para curarle las heridas?

David está decepcionado de forma de actuar de Amelia: ¿cómo había sido posible que él, que la amaba tanto, que había buscado protegerla de cualquier cosa que pudiera hacerle daño, fuera quien más daño le había hecho?

—¡Déjame terminar, por favor! Como te conozco a ti y la he apoyado a ella en los momentos en que más lo ha necesitado estos últimos meses, puedo afirmar que tú no le dijiste que se viniera a vivir contigo y convirtiera este exmiserable apartamento en un hogar: tú simplemente la invitaste a tu casa; es decir, ella no es dueña de la mitad de esto.

—Si es por eso, puedo mandar hacer los papeles.

—¡Hombre, esto no se trata de algo tan superficial como un documento! ¿Crees que a Amelia le podría importar algo tu dinero o el hecho de que su nombre esté en las escrituras, cosa que debiste pensar desde el principio?

Claro que habría sido un excelente detalle para con ella: la forma de hacerle saber de manera legal que este también es su hogar. Pero esto tiene que ver con algo mucho más profundo.

—¿De qué estás hablando? —pregunta David.

—De que tú nunca la has visto como tu esposa sino como una invitada y, a ojos de Amelia, una invitada que tarde o temprano se iría de tu casa.

—¡Eso es una ridiculez! ¡Ella es mi mujer y esta es su casa! Eso no tiene discusión.

—¿Recuerdas como comenzó su trasteo?

—Claro. Llevaba meses planeando pedirle que se casara conmigo; quería dormir a su lado y despertarme con ella junto a mí.

—Pero ¿recuerdas qué le dijiste?

—La verdad, fueron tantas las veces que se lo pedí que no recuerdo cómo comenzó.

—Bueno, tú le dijiste que no tenías problema si traía sus cosas a tu apartamento, que así se evitarían 'tanto trasteo de cosas y tener que andar de un apartamento a otro'.

—Pero ¿qué estupidez es esa?—dice David de mal modo.

—¡Perfecto! ¡Me voy! Miguel, tú mira si te quedas, pero yo tengo mejores cosas que hacer que perder mi tiempo con niños berrinchosos.

Dicho esto, Daniel coge su saco pero, cuando se dirige a la puerta, David le dice:

—¡Espera!, ¡espera! —Lo coge del brazo—. ¡No te vayas, Daniel! Por favor, dime qué sabes.

Daniel lo piensa. Pero, como no quiere ser una gota más de ese océano de desesperación, respirando profundo, dice:

—Este es tu penúltimo *strike*: uno más… ¡y te puedes ir a la puta mierda!

—¿Contigo delante para que no me pierda? —le contesta David con intenciones de relajar un poco el ambiente y de que Daniel no se vaya molesto de su apartamento.

Daniel sabe que su amigo está haciendo un esfuerzo hercúleo para no dejarse llevar por la desesperación y, aunque se da cuenta de que David ha fallado calamitosamente, lo disculpa y vuelve a la sala. Porque de eso se trata su "hermandad": de "estar ahí" en las buenas, en las malas y, como en la situación que están viviendo, en las feas.

—¡Tráeme esa cerveza, a ver si te aguanto mejor con un tris de alcohol! —le dice Daniel, acomodándose en el sofá al lado de Miguel, quien ya va por el segundo paquete de chucherías—. Miguel, ¡deja de comer esa mierda, que no quiero a Gabriela jodiendo porque te dejamos atiborrarte de porquerías que no te sientan bien!

—Es que tengo…

Miguel no podía hablar porque tenía la boca llena.

—Yo también tengo un hambre atroz pero no puedo permitirte comer más pendejadas. O cuando llegues a tu casa y tu esposa se dé cuenta de todas las chucherías que te comiste… —Como evidentemente Miguel va a replicar que ella no se dará cuenta, Daniel continúa con su argumentación—. ¡Porque los dos sabemos que sí se va a dar cuenta! Gabriela te conoce mejor que cualquier ser humano, así que nos me mires como si no fuera una afirmación pragmática de mi parte decirte que Gabriela se va a dar cuenta, tan pronto te vea, de que te has atiborrado de paquetes de comida poco saludable. ¡No puedo permitir que, la siguiente vez que me vea, me destroce la rodilla con las uñas! —termina Daniel y le arrebata el paquete.

Cuando regresa con las cervezas para sus amigos —dos de sus cervezas favoritas, que Amelia procuraba que no faltaran en la nevera (siempre abastecida, menos hoy)—, David se dice que debía haberse dado cuenta de que algo pasaba cuando, el sábado en la noche, vio la nevera vacía, algo que nunca había ocurrido desde que Amelia se había ido a vivir con él. Justo cuando David se estaba sentando en el sofá, Daniel dijo:

—Creo que, si no abordamos el tema de manera clara, directa y con los detalles que ella te ahorró para que no te sintieras avergonzado de lo que le habías dicho y del dolor que le habías ocasionado, no vamos a poder encontrarle una solución a esta situación, ¡que nos tiene desesperados!: a Miguel al borde de un ACV, a ti, bueno, cerca de la locura y a mí próximo a cometer un asesinato. Un día después de tu infortunada declaración acerca de que no creías que Amelia y tú pudieran celebrar el aniversario de novios, ella me llamó llorando desconsolada. Aún recuerdo la angustia que sentí al oírla llorar, desgarrada al otro lado del teléfono.

—Amelia, ¿te pasó algo malo? ¡Dime dónde estás y ya voy a recogerte!

Daniel se puso de pie en un movimiento instintivo, se revisó el bolsillo del pantalón para asegurarse que llevaba la billetera, buscó las llaves del carro y avanzó hacia la puerta de su oficina. Si ella lo necesitaba, donde fuera que estuviera, allí iría él a acompañarla.

—¡Dani, no! No te preocupes. Es que David me vabmdmmm…

Amelia estaba tan afectada por lo que le sucedía que prácticamente no podía articular palabra alguna con sentido.

—¿Qué? ¡Mi vida, si no dejas de llorar no puedo entenderte! Dame tu dirección y ya voy adonde estés.

Lo más importante para Daniel era saber si a alguno de los dos le había pasado algo grave.

—Es que David me va a dejkjkj…

La sola idea de que lo que estaba pensando pudiera ocurrir le atenazaba de miedo cuerpo y alma. Ella amaba a David y estaba segura de que quería pasar el resto de sus días con él.

—Amelia, ¿estás bien?, ¿te pasó algo?, ¿estás herida? ¿David está bien?

Daniel estaba tan angustiado que comenzaba a perder los estribos mientras daba vueltas por su oficina tratando de mantener la poca calma que aún tenía. De hecho, la pregunta que acababa de hacerle a Amelia la había formulado en un tono más fuerte del que había pretendido.

—¡Ay, no, no es eso! —Al oír tanta preocupación en la voz de Daniel, Amelia comprendió lo que su amigo se estaba imaginando, y ella no quería enviarle el mensaje equivocado. Al final, ¡lo único malherido era su corazón!—. Estoy bien; no estoy herida, al menos físicamente, y David está en el hospital atendiendo unas urgencias que llegaron a causa de un accidente con un grúa en un estacionamiento.

—Entonces ¿por qué lloras con tanto sentimiento? ¿Es algo relacionado con tu familia? Por favor, ¡dime donde estás y ya voy a recogerte!

Daniel solo oía el llanto de Amelia a través del teléfono, pero sabía que ella estaba haciendo un esfuerzo titánico por serenarse y responder a sus preguntas, aunque lo único que él necesitaba era que le dijera dónde estaba para poder estar con ella.

—¡No-o-o-ooo…! ¡No quiero!…

Amelia no podía controlar el llanto.

—Amelia, o voy adonde estás o vienes al bar, pero no me voy a quedar tranquilo hasta no saber qué te tiene tan triste y ver que te has recuperado o que, al menos, has podido desahogar con alguien todo ese dolor que traes adentro.

Abatido, Daniel se sentó en el sofá de su oficina mirando las orquídeas que ahora decoraban la mesa de centro.

Al oír esas palabras, Amelia se emocionó y soltó un sonoro suspiro que conmovió a Daniel, pues él sabía que no era una mujer propensa a llorar por cualquier cosa, y menos con tanto dolor. A ver: sí era una mujer que se conmovía con las pequeñas cosas de la vida y soltaba una que otra lágrima, o alguien a quien ante ciertas manifestaciones artísticas se le aguaban los ojos, pero que en su vida privada y profesional no era una persona a quien le gustara dejar ver sus sentimientos, lo que le hacía preocuparse aún más.

—Yo… Es que…

Amelia no sabía cómo actuar, qué hacer: sentía que la habían herido de muerte y, siendo David quien le había infligido esa herida, no sabía a quién acudir. No quería que sus padres se resintieran con su novio; mucho menos, sus amigos: los conocía y sabía que no le perdonarían al médico la forma en que la había tratado. De hecho, no sabía si haber llamado a Daniel era la decisión más acertada; al fin y al cabo, Daniel era el mejor amigo de su pareja desde que estaban en el colegio, y ella no sabía si esto podría causarle algún inconveniente con David en el futuro.

—No pienses más. Te pido que me dejes ir a recogerte. No estás en condiciones de manejar, y me preocupa que tomes un taxi o el transporte equivocado.

Amelia parecía tan afectada que Daniel temía que se perdiera o que resultara expuesta a alguna situación peligrosa.

—¡No, no, no! Tú no te preocupes. Ya voy a tomar un taxi para que me lleve adonde estás; me imagino que en el bar —dijo Amelia con convicción.

Ya era suficiente con involucrar a Daniel en algo tan personal, y que afectaba además la vida de su mejor amigo, como para también hacerlo salir de la comodidad de su bar para ir por ella.

—¿Estás segura? Quedaría más tranquilo si te recojo. Es más: si quieres, ¡te invito a comer de esos helados espantosos de yogurt que tanto te gustan!

Daniel ya no sabía qué más hacer para convencerla de que se dejara recoger.

—No te preocupes. Ya lo pedí por la aplicación, y acaba de llegar a recogerme. Seguro que en nada de tiempo estoy allá. Estás en el bar, ¿verdad? —dijo Amelia cerrando la puerta del taxi que había venido a recogerla.

—Sí, señora. Envíame el recorrido por mensaje para que así yo pueda rastrearte y saber dónde vienes. —Daniel sintió que le acababa de entrar un mensaje, por lo que alejó el celular de su rostro para comprobar que, en efecto, era el enlace que Amelia le había enviado para que pudiera rastrear su recorrido—. Dile que te traiga al bar. Yo te estaré esperando en la puerta.

—No te preocupes. En pocos minutos estoy allá.

Daniel salió de su oficina, decidido y con cara de pocos amigos. Los empleados del bar decidieron dejarlo en paz, pues no querían correr el riesgo de molestarlo y terminar recibiendo un regaño.

—¡Tan pronto llegues te voy a preparar uno esos mojitos sin alcohol que tanto te gustan! —le dijo Daniel a Amelia, con intenciones de hacerla olvidar lo que fuera que la tuviera tan alterada, pero logrando el efecto contrario porque, cuando recordó el motivo por el cual él la estaba invitando a unos deliciosos mojitos, ella, volviendo a romper en llanto, le hizo imposible a Daniel entender mayor cosa de lo que le decía.

Pero él supuso que Amelia ya estaba cerca del bar. En efecto, a los quince minutos de haber colgado, un taxi aparcaba en la acera de enfrente del bar.

Amelia se bajó del taxi hecha un mar de lágrimas, con los ojos rojos e hinchados: parecía haber llorado durante más de un día, pues el enrojecimiento iba acompañado de unas pronunciadas ojeras. Daniel se acercó para abrazarla y guiarla al interior del bar. Ella, al sentir los brazos de Daniel rodeándola, protegiéndola, se sintió tan a gusto que dejó que el llanto se apoderara una vez más de ella.

Fue algo complicado para él sortear con ella todos los corredores y escaleras del local hasta llegar a su oficina. Pero, una vez en ella, animó a Amelia a dejar salir todo el dolor que la consumía. No pudo apartarse de ella porque Amelia no soltaba su abrazo. Por eso, después de lo que a él le pareció casi media hora, cuando el llanto de Amelia comenzó a amainar, Daniel le dijo:

—Pequeña, ahora que te siento más calmada, y a riesgo de que mi pregunta vuelva a desencadenar una reacción lacrimógena como la que acabamos de superar, ¿puedes decirme qué pasó, por qué lloras así, quién o qué te ha causado este dolor? —Viendo que Amelia lo pensaba dos veces,

Daniel siguió hablando con intenciones de persuadirla de que confiara en él—
: Tú sabes que cualquier cosa que pueda hacer por ti, por aliviar la carga que al
parecer no te deja ni dormir, puedes contar conmigo. Además, no sobra
decirte que cuentas con mi absoluta discreción.

No era característico de Daniel el ser delicado; de hecho, sus amigos lo
conocían por su falta de tacto y su manera directa, a veces brusca, de encarar
las situaciones. Pero con sus amigas, sus verdaderas amigas, él se comportaba
de otro modo; ellas podían ver una faceta que Daniel no le mostraba a todo el
mundo: la de un ser amoroso, tolerante y delicado. Él sabía que ella estaba
muy triste por algo y no quería que una pregunta o una frase infortunada de
su parte la repeliera o la hiciera sentir censurada; por eso la abrazó con
intenciones de infundirle la confianza suficiente para que le contara qué la
estaba atormentando.

Amelia respiró hondo tratando de serenarse para comenzar a hablar:

—Daniel… ¡me voy!

Su voz era la de una mujer decidida, la de alguien que tenía la certeza de
haber tomado una decisión a partir de la cual actuaría en consecuencia.

—¿Cómo? ¿Adónde? ¿Por qué? ¡Pero si acabas de llegar y aún no me has
dicho qué te tiene así!

Daniel no entendía. Amelia lo había llamado, alterada como nunca la había
sentido; más aún: pocas veces había visto él a una mujer tan triste y
acongojada. Luego de lo que a Daniel le parecieron unos larguísimos minutos
de derramamiento de lágrimas, Amelia, en una reacción provocada por él no
sabía qué… ¡le decía que se iba! Algo no marchaba bien en esa escena.

—¡No me voy de tu oficina ahora sino que me voy de la vida de todos
ustedes! —dijo Amelia con voz entrecortada.

Daniel había pensado que verla llorar con el corazón roto sería lo más
triste que habría vivido con ella ese día. Pero ahora estaba seguro de que se
había equivocado: ¡lo que le acaba de decir Amelia era lo más triste que podía
haber oído! ¿Cómo era posible que su amiga, esa pequeñuela con quien
compartía su amor por el arte y los museos, le estuviera diciendo ahora que
no deseaba disfrutar más de su compañía ni de la de sus amigos? Peor aún: si
ella se iba, ¿eso en qué lugar dejaba a David, a quien seguro la partida de la
historiadora lo dejaría desolado?

—¿De qué me estás hablando? ¿Será que, de tanto llorar, te deshidrataste y
ya no piensas con claridad?

Era el Daniel que todos conocían: el que soltaba perlas cuando se sentía
lastimado y hacía malos chistes al sentirse desbordado por las circunstancias.
Ahí estaban, pues, sus tres facetas —al parecer, era el día de suerte de Amelia:
¡tres por uno!—: el tierno, el malo y el gracioso.

—No me malinterpretes: no es una decisión que haya tomado porque me
haya cansado de la compañía de ninguno de ustedes. Todo lo contrario: mi

familia de amigos se ha visto mejorada en número y en calidad ahora que los he conocido.

—Entonces, si no es porque ya no quieres seguir compartiendo tu vida con nosotros, ¿es que te cansaste de David?

Daniel no comprendía qué pasaba, pero la lógica le decía que, si Amelia no estaba cansada del grupo de amigos que había adquirido al unir su vida con la de David, era el médico, entonces, en quien radicaba el problema.

—Todo lo contrario: ¡fue David el que se cansó de mí!

Esto lo dijo con nuevas lágrimas en los ojos.

—Pero ¿qué estás diciendo, mi vida? No entiendo de dónde sacas eso. ¡David te ama con locura! No en vano están juntos, y él ha puesto mucho de su parte para mejorar lo peor de lo suyo, empezando por su tendencia a dejar plantadas a las personas.

Daniel estaba confundido: David no le había dicho que estuviera cansado de su mujer. De hecho, ocurría todo lo contrario: le había dicho que por fin había encontrado a su pareja, a su complemento, a la persona que lo inspiraba a ser una mejor persona cada día.

—Daniel, no me hagas repetirlo. Entiendo que quieras cuidar mis sentimientos, pero no entiendo por qué tienes conmigo una delicadeza que David no tuvo.

Amelia había comenzado a enfadarse con Daniel. No le gustaba que la vieran como una niña tonta que no se entera de lo que ocurre a su alrededor. De hecho, siempre se había esforzado por ganarse el respeto de quienes la rodeaban.

—¡Amelia, no te molestes conmigo! En realidad, no sé cuándo suspendió David el buen trato que suele darte. De hecho, ¡no entiendo nada!

En realidad estaba perdido: no entendía la facilidad con que Amelia había pasado del dolor al enfado ni, mucho menos, que dijera que David la había tratado con poca delicadeza.

—¿No recuerdas lo que dijo hace solo unos días?

—Por favor, no les des más rodeos a las cosas. ¡Tú sabes que me disgusta mucho que la gente no sea clara conmigo y no me diga las cosas como son!

—¡Pues cuando David dijo que no nos quedaba mucho tiempo de novios!

Cuando ella pronunció esas palabras, él quedó tieso. ¡Claro que recordaba esas palabras! Él mismo había encarado a David ese día y le había preguntado si estaba cansado de Amelia. Él le dijo que no y que todo se trataba de una sorpresa que le tenía preparada. Como no sabía cuál era, a Daniel le iba a quedar muy difícil sacar a David del aprieto y convencer a Amelia de que no le estaba terminando.

—¡Amelia, corazón! —La abrazó para ganar algo de tiempo—. Estoy seguro de que fue un comentario desafortunado que no significó mayor cosa.

Eso esperaba. Donde su amigo le rompiera el corazón a esa pequeña... Podría ser su hermano, pero para quererlo como tal no lo necesitaba fértil, así que podría castrarlo a voluntad para vengar a Amelia.

—¡¡¡No!!! ¡No me caramelees! No me vas a distraer con abrazos, Daniel.

Ese comentario lo hizo reír. Daniel no pudo menos de asombrarse de que Amelia tuviera la sagacidad de descubrir, aun en semejante estado, que alguien tratara de embaucarla o distraer su atención.

—Yo no...

Amelia lo interrumpió: no toleraría que él insultara su inteligencia.

—¡No insultes mi inteligencia, Daniel! Si quieres apoyarme, entonces no podemos seguir negando lo obvio: ¡David ya se cansó de mí!

Con eso Amelia expresó lo que tanto le dolía: creía que su novio ya no la quería y que estaban al principio del final de su historia de amor.

—Pero ¿por qué lo dices?

Daniel no sabía qué hacer, no entendía por qué su amigo le había dicho eso a Amelia delante de todos sus amigos, pero confiaba en él y esperaba que de verdad fuera solo una forma de empezar a crear una sorpresa. ¡Ojalá le hubiera dicho de qué se trataba! Así sabría como sortear acrobáticamente este bochornoso episodio con su amiga.

—¿Es que no ves todos los mensajes que ha estado enviando? ¡Que no vamos a llegar al año de novios, que mis cosas invaden las suyas...! Además, no sé qué te extraña tanto. No es que haya sido precisamente discreto en el asunto: ¡estábamos juntos todos los amigos cuando lo hizo! —Daniel trataba de parecer perplejo, como quien no sabía en qué consistía la cosa o a qué se refería Amelia, pero fallaba aparatosamente—. No me digas que no viste la cara de Hugo, precisamente la de Hugo, ¡el más frío y controlado de todos ustedes! —Esto iba de mal en peor: ahora ellos eran "ustedes", no "nosotros"—. En cuanto a demostraciones de cualquier emoción, Hugo siempre ha sido el más estoico de ustedes, pero en esa ocasión no pudo ocultar su disgusto cuando... David dijo... que... no creía que...

Amelia ya no pudo articular más palabras.

—Amelia, tú sabes que soy el mejor amigo de David, ¿verdad?

Tenía que encarar las cosas con sinceridad; solo así podría salir victorioso de esta situación y, así, infundirle algo de tranquilidad a su amiga.

—¡Lo siento! Te estoy incomodando. Ya me voy. No estaba segura de que fuera buena idea venir.

Con intenciones de irse, Amelia trató de levantarse del sofá donde estaban los dos, pero Daniel la retuvo tomándole delicadamente una mano y pidiéndole que se sentara de nuevo.

—No, Amelia: no lo dije precisamente para pedirte que no me pusieras en una situación incómoda. Pero, ahora que has interpretado así mis palabras, quisiera preguntarte antes de continuar por qué no acudiste a tus amigos, los que no conocen a David como nosotros.

Aunque no hasta entonces había pensado en ello, Daniel sabía de antemano que ella contaba con un buen círculo de amigos que la adoraban y darían lo que fuera por ella.

—No quiero que se resientan con David. Tú sabes que son incondicionales conmigo. Por eso no quiero que le pierdan cariño —comentó Amelia con tristeza.

—Eres, sin lugar a dudas, una de las mejores mujeres que he conocido. —No podía creer que, incluso ahora, cuando David la había lastimado tanto, ella lo antepusiera a su bienestar, a su derecho a desahogarse con sus amigos—. Te lo dije porque, aunque David es mi mejor amigo y sé que te ama con locura y que perderte lo destrozaría, como el confidente que has escogido para que te acompañe en este doloroso recorrido no puedo más que preguntarte de manera prudente y pensando en tu bienestar y tu tranquilidad: si las cosas están así de mal para ti por haberte sentido tan herida y mal valorada, ¿no crees que es mejor dejarlo? ¡No quiero que sigas sufriendo una agonía que ya te puso enferma!

No había que ser una lumbrera para darse cuenta de que Amelia estaba no solo triste sino, además, más flaca que cuando la había conocido y al parecer atravesaba un resfriado.

—¿Enferma? —David saca a Daniel de su ensoñación con la pregunta, hecha en un tono que excede la preocupación y raya en el desespero—. ¿Amelia está enferma? ¿Qué tiene? ¿Es grave? ¡Ay, por favor, que no sea nada grave!
A Daniel, perdido en los recuerdos de ese día, se le ha olvidado lo importante.

—David, cálmate. Está más delgada y por eso se ha sentido débil y apática; tuvo unos episodios de fiebre, pero el médico le dijo que solo era un resfriado y que lo más seguro era que, a través de esa gripa, su cuerpo estuviera exorcizando algo doloroso.

—Gabriela me dice que ha estado llorando mucho —añade Miguel.

—¡Ay, por favor, no me digan que también la estoy haciendo enfermarse! Yo solo quiero adorarla con mi cuerpo, mi alma y mi mente.

David se agarra el pelo con tanta fuerza que, de seguir haciéndolo, antes de que termine el día estará calvo.

—David, quiero que entiendas el nivel de amor que te tiene Amelia. Por eso te cuento esto traicionando su confianza.

—Lo siento —dice David.

Entiende que su amigo ha estado allí para Amelia cuando él mismo no ha podido, como se lo había pedido. Daniel le sonríe con pesar y continúa:

—Cuando yo le pregunté ese día por qué, si las cosas no estaban bien y ella se sentía cada vez más dolida, no te dejaba, Amelia me contestó (¡y cito textualmente!): '¡Porque lo amo, Dani! Lo quiero tanto que cualquier tiempo que él quiera compartir conmigo será, para mí, una bendición que atesoraré para cuando ya no estemos juntos'. Luego comentó lo patético que se oía eso y me aseguró que de por sí era un milagro que te hubieras fijado en ella.

Lo dice señalándolo con el dedo.

—¡Pero si ella es mi mundo! Y sí: ya sé que suena a parlamento de novela cursi de esas que a ella le fascinan o a algo que tal vez diría Miguel de Gabriela, ¡pero es que es así!… A ver: no he sido el más hogareño de los dos, y no porque no provenga de una familia amorosa, sino porque mi medicina fue mi primer amor y por ella dejé muchas otras cosas. Las mujeres, aunque he disfrutado de su compañía, no me suponían una prioridad y no me había propuesto construir una familia con ninguna, al menos no hasta ahora. Pero el día en que ella, cargada de libros, irrumpió en mi vida, ese día mi corazón comprendió que era la mujer con quien quería compartir mi mundo y mi vida. Simplemente encajé con ella, y ahora cambio para mejorar.

Sus amigos lo miran asombrados porque sus palabras y el tono en que las pronuncia evidencian todo el amor que no ha sido capaz de declararle a la historiadora y que ellos saben que siente por ella.

—David, no entiendo qué está pasando entre la Peque y tú. ¿Cómo es posible que ella se sienta así de mal y no perciba el amor que le profesas y que no sobra que te diga que al menos nosotros tus amigos sabemos que sientes por ella? —pregunta Miguel mirando mal a Daniel por haberle quitado las chucherías de que se estaba atragantando hace poco.

—Lo dices porque Gabriela no está convencida, ¿verdad? —Miguel cae en la cuenta de que ha cometido una indiscreción, pero David le sonríe restándole importancia al desliz—. No tienes que justificarlo. Tú mismo lo has dicho: Gabriela es *team* Amelia.

—¡Ey, nosotros también! —dicen los amigos al unísono con intenciones de hacerlo reír.

Dada la situación, la afirmación no está desencaminada: ellos apoyan a Amelia porque, desde que entró en la vida de David, ha sido incondicional con él y con ellos como su familia.

David se rio un poco y contestó:

—¡Yo, sinceramente, también! Ella me alegra la vida con sus pequeños detalles, sus maricaditas por toda la casa. —Al ver que Daniel va a decir algo, David levanta una mano para evitar que le dé alguna de las réplicas ingeniosas que siempre tiene en la punta de la lengua—. Ya sé que he hecho una serie de comentarios infortunados, pero la verdad es que todo lo de Amelia tiene una magia que solo ella posee: las carteritas en miniatura de porcelana, sus plantitas de colores, las pinzas de cocina de Mickey Mouse para sacar cosas del horno (¡que realmente no sirven para nada pero que aun guardamos porque ella se rehúsa a dar su brazo a torcer!), los portavasos de colores para la mesa de centro, los libros de novela gráfica que veíamos juntos y discutíamos tomando chocolate y comiendo masmelos porque 'solo así se puede leer novela gráfica', su olor en el vestidor y en toda la casa, el olor a recién horneado…

—¡Guao! —le dice Miguel, impresionado por la cantidad de detalles de su novia que David ha mencionado, pues, de los del grupo, David siempre ha sido el más despistado en lo que a los detalles se refiere: por ejemplo, solo después de por lo menos un mes de ser amigos se había fijado en que él, además del tatuaje del brazo, también tenía uno en la muñeca con un signo de infinito igual al de su hermano mayor, Fernando.

—Es que es como dice tu esposa: ella me hace ser mejor. Cuando tengo enredos o compliques con un paciente, ella me escucha y, cuando siento que no he dado lo mejor, ella me patea el culo, me hornea esas cositas con frutas que me encantan y me envía de nuevo a la faena.

David lo ama todo de Amelia y ha aprendido a manejar el disgusto que le producen algunas cosas suyas, como dejar extendida su ropa interior en un toallero que puso en el baño o que siempre se quede dormida viendo programas de cocina que a él lo único que le hacen es producirle un hambre terrible.

—Ella te ama no a pesar de tus defectos sino por todo lo que te hace ser tú, incluidos tus defectos. —Cuando Daniel pronuncia estas palabras, sus dos amigos lo miran con curiosidad, pues si hay alguien alérgico a hablar de amor es él, a quien también, por ejemplo, le encantan todas las manifestaciones del arte, la música y la cotidianidad, pero para quien verbalizar sus impresiones es otro cuento—. ¡No me miren así! Quería tener la oportunidad de repetirlo porque, cuando Amelia me lo dijo, me pareció realmente hermoso. Y sí, David: lo dijo hablándome de ti.

—Yo la adoro con todos sus detalles. Me encanta despertarme y despertarla a punta de orgasmos, que nunca me niega, pues siempre está dispuesta a lo que yo quiera probar en materia de sexo. Si quiero juguetes o probar una postura que vi en algún libro, película o novela gráfica, nunca se rehúsa. Cuando leo algo en sus novelas eróticas, en que los protagonistas hace cochinadas que la hacen poner colorada, me las deja probar con ella.

—¿Quien iba a pensar que Amelia sería así de atrevida? —dice Miguel, sorprendido de que su amiga sea así de liberada en el ámbito sexual: nunca ha dudado que sea una mujer sensual, e incluso apasionada, pero no sabe qué tan libre podrá ser en su sexualidad.

—Es que Amelia es una caja de sorpresas (¡nunca sabes con qué va a salir!), además de que es sincera en todo lo que hace y es una pésima mentirosa. Como cuando dice que no tiene sueño y que por eso va a leer una novela, cosa que siempre dice bostezando, pensando que no me doy cuenta de que está que se cae del sueño, tanto que al poco tiempo se queda dormida con su 'kínder sorpresa', como le dice a su Kindle, en las manos. O como cuando alguien no le agrada, y trata de que no se le note, pero siempre falla conmovedoramente, como con Susi; ahora que lo pienso, tienen toda la razón: siempre evita hablar de ella y, de un tiempo para acá, siempre reprograma las reuniones en casa de mis padres cuando sabe que nos la vamos a encontrar. Pero que esa perra se tenga, ¡porque la próxima vez que nos veamos va a saber quién es Amelia en mi casa para mí, mis padres y mi hermano!

—¿Cómo así? Luego ¿quién es Amelia para tu hermano? —pregunta Daniel, que sabe que, desde siempre Andrés, ha sido alérgico a las novias de David, que, aunque pocas, nunca se han llevado bien con el hombre de negocios, pues este siempre las ha mantenido lejos de sí, entre otras razones porque no le gustan los intrusos en su familia, a la que resguarda y cuida como un perro guardián.

—¿Te acuerdas del sueño de toda la vida de Andrés?

—¿El de acostarse con Pamela Anderson? —le recuerda Daniel con una sonrisa pícara.

—¡Imbécil! El sueño laboral —dice David riéndose de la ocurrencia de Daniel—: la meta profesional que siempre quiso alcanzar.

—Espera. ¿Tu hermano se enamoró de Pamela Anderson?

Miguel no lo puede creer. Andrés siempre ha salido con mujeres recatadas, hermosas, pero todas con una cara de estreñidas que no pueden con ella.

—Yo sé: él también es una caja de sorpresas —afirma David sabiendo que hay muchas cosas que Miguel desconoce de su hermano y que, si las conociera, cambiarían su manera de pensar acerca de él; pero no es potestad contarlas—. Hablo del sueño de…

—¡Tratar de conquistar el mundo como Cerebro! —dice Daniel buscándole de nuevo la lengua a David.

—¡Pedazo de…!

David no puede evitar soltar una carcajada: es un chiste que siempre han hecho, al que Andrés contesta que si él es Cerebro, David es su Pinky, a lo que David, a su vez, recontesta con un *¡narf!*

—¡Ya, ya! ¿Hablas del de hacerse con una plaza en la junta directiva como socio de la empresa?

—¡Ese mismo!

—Claro, es lo que ha soñado desde que ingresó en esa firma —dice Daniel recordando la ambición de Andrés, que desde niño ha querido ser una figura famosa y respetada en los negocios.

—¿Él no lleva desde los días de prácticas profesionales en el mismo lugar? —pregunta Miguel.

—En efecto. Andrés siempre ha querido ser socio de esa firma en particular, no solo porque es la más prestigiosa del país sino también porque es una de las compañías más innovadoras del mundo, además de ser una empresa cuyos dueños se preocupan por sus empleados y han orientado todos sus esfuerzos a proteger la unidad familiar y la estabilidad emocional de sus trabajadores.

Al ver la cara de extrañeza de Miguel, que jamás ha imaginado que el componente emocional sea algo que le importe a Andrés, a quien siempre ha considerado un hombre frío, calculador, un 'tiburón' para los negocios —no sobra decir que Miguel nunca ha tenido problemas con Andrés; de hecho es él quien lleva todo el portafolio de la empresa familiar y el suyo personal, pero ahora, oyendo a su amigo hablar de él, le parece no conocerlo en absoluto—, David decide traicionar la confianza de su hermano contándole a Miguel algo que cambiará para siempre su vida y su percepción de Andres. Este día, a la larga, van a terminar sabiendo todos los secretos del grupo.

—Miguel, yo sé que siempre has visto a Andrés como el hombre más frío del planeta, pero la verdad es que Andrés es tímido, no frío.

—¿Me estás diciendo que tu hermano no es un cabrón de primera en los negocios? —le pregunta Miguel.

—¡Un momento! Yo no te he dicho que mi hermano no sea un HP para los negocios. Lo que pasa es que, con los años, aprendió a usar la timidez como una estrategia gracias a la cual lo que perciben quienes lo rodean y no lo conocen es que se trata de un maldito sin sentimientos; de esta forma, sus competidores no se aprovecharán de su timidez, pues solo sus amigos saben que es un hombre hogareño, sociable y amiguero, con un pésimo o, más bien, aciago gusto en materia de mujeres, todas hermosas pero, curiosamente, frías como esculturas de mármol.

—Es que me cuesta creerlo: ¡si se ve superseguro de sí mismo todo el tiempo!

Miguel siempre ha admirado la forma distante y profesional de Andrés de manejarse en los negocios.

—A ver, Miguel: como alguien que conoce a Andrés desde que estábamos chiquitos puedo asegurarte que es una persona segura de sus conocimientos y que tiene un instinto único para los negocios. Pero, por desgracia, es un hombre dolorosamente acomplejado y miedoso: todas las mujeres de su vida han tenido que tmar la iniciativa y acercársele, pues él es incapaz de entablar conversación con una —le dice Daniel a Miguel mientras se toma otra cerveza en el sofá.

—¡No lo puedo creer! Siempre he pensado que es un ser sin sentimientos. ¡No te ofendas! —le dice Miguel a David.

—Pues déjame contarte una historia…

Es hora de que Miguel sepa lo que el hermano de David hizo por él.

capítulo 14
Money on my mind
(SAM SMITH)

—Cuando las acciones se desplomaron en la bolsa hace unos años, las mismas acciones que tú no vendiste a pesar de que Andrés te aconsejó en varias oportunidades que lo hicieras, ¿te acuerdas?...

Había sido un momento difícil para Andrés, pues los mercados se estaban resintiendo con el cambio de gobierno y más de un cliente se había ido a la quiebra por desoír los consejos de sus asesores financieros.

—¡Sí, claro! Casi quedo en bancarrota.

Creyéndose en la ruina, Miguel había pasado los peores días de su existencia.

—¿Por qué fue que no te quedaste en la ruina? —pregunta David (que conoce la verdadera razón) con el único propósito de que Miguel caiga en la trampa que le está poniendo.

—¡Ufff!, porque tu hermano ignoró mis órdenes y vendió las acciones. La verdad, no sé qué habría pasado con todo mi capital si tu hermano no hubiera intervenido —le contesta Miguel.

—Pues, para que te enteres, y me apena mucho que sea de mi boca, y no porque no le haya dicho más de una vez a mi hermano que te lo contara...

—Que me contara... ¿qué?

Habían hablado más de una vez sobre ese episodio, que marcaría un nuevo comienzo en su relación de negocios, y todo había quedado claro: Miguel le había agradecido a Andrés su desobediencia y se había comprometido a no dudar jamás de su criterio.

—¡Pues que no es cierto que vendiera las acciones!

—¿¿Qué??

Miguel no se cae de culo porque está bien sentado en el sofá, pero sí se le caen las papas fritas del paquete que está devorando.

—De hecho, ¡Andrés sacó de su sueldo y su prima de navidad para reponerte el dinero que perdiste por no haber seguido su consejo!

—¿Cómo? —Miguel se pone de pie de un brinco. No puede creer lo que su amigo le acababa de contar—. ¿Me estás diciendo que tu hermano me prestó el dinero?

¡No podía ser! En el contrato que mismo había redactado y que les hacía firmar a todos sus clientes, Andrés hacía constar expresamente que estos no podían pedirle dinero prestado, pues él no era prestamista: era un asesor profesional en negocios.

—Más bien, te regaló el dinero: a la fecha, no he oído que te lo haya cobrado. Es más: de no ser por que acabo de contártelo, tú ni te habrías enterado de que Andrés te donó dinero 'para que la pérdida no afecte sus finanzas de manera tan apocalíptica'. ¡Palabras suyas, no mías!

—¡Espera! ¿Me estás diciendo que Andrés no vendió las acciones sino que le dio a Miguel la plata para su apartamento?

Daniel sabe que Miguel pasó por una crisis económica muy complicada y que, aunque en más de una ocasión él se ofreció a prestarle el dinero, aquel se había negado rotundamente.

Fue por la época en que Miguel se casó con Gabriela. La empresa de sus padres atravesaba una severa crisis económica, y los hermanos habían tenido que endeudarse hasta las cejas para mantener a flote el negocio. Gabriela y él habían acordado que venderían sus respectivos apartamentos y comprarían uno más grande cuyos espacios pudieran compartir los dos, teniendo, a la vez, un espacio para cada uno. Encontraron uno precioso, con vista a las montañas, por lo que, para poder adquirir el apartamento que Gabriela y él soñaban, Miguel le había pedido a Andrés invertir en capitales de alto riesgo, incluidas las acciones de que hablaban.

—¿Quieres decir que Andrés…?

Miguel no salía de su estupor. ¡Si Andrés era el hombre más profesional que había conocido! De hecho, nunca permitía que sus clientes se confundieran de papeles y llegaran a intimar con él de alguna manera que les diera confianza para luego abusar de su relación personal.

—Sí, te estoy diciendo que Andrés es la razón por la cual hoy tú disfrutas con tu esposa del apartamento de ensueño de Gabriela y tuyo.

Miguel aún recuerda el almuerzo en que comenzó la ruleta rusa de que siempre pensó que se había salvado, sin jamás imaginarse que había sido Andrés quien había recibido la bala que era para él. Era la primera vez que Miguel había decidido invitar a Andrés a almorzar. La iniciativa nació porque Miguel pensaba que un asunto tan delicado debía tratarse en persona, razón por la cual escogió un restaurante bastante costoso cerca de la oficina de Andrés con el fin de que su asesor financiero supiera que él conocía su estatus y se percatara del profundo respeto que le tenía.

Miguel llegó puntual al lugar, pues detestaba hacer esperar a la gente. Por eso, siempre procuraba llegar antes de tiempo a sus citas. Lo que no se había imaginado era que Andrés ya estuviera esperándolo.

—Disculpa. Pensé que habíamos dicho que a las 12:30 —dijo a manera de saludo dándole la mano y sentándose en la silla de enfrente.

—En efecto, a esa hora quedamos de vernos; pero a mí me gusta llegar antes para asegurarme de que mis clientes o citas no tengan que esperarme —le dijo Andrés en tono profesional.

—¿Y ya sabes qué vas a pedir? —le dijo Miguel mientras cogía el menú para revisarlo, obviando el comentario de que ambos tenían la misma política de puntualidad.

—Sí, de hecho ordené el estofado de cordero, una de las especialidades del chef: te lo recomiendo —dijo Andrés con la misma seguridad con que se refería a todo.

—Suena delicioso; voy a seguir tu consejo —dijo Miguel mientras terminaba de revisar el menú por si se antojaba de algún entrante—. ¿Y cómo has estado? ¿Todo bien en el trabajo?

—Disculpa, Miguel. No quiero ser grosero, pero, en todos los años que hace que nos conocemos, jamás has tratado de acercarte a mí. De modo que no sobra preguntarte si me trajiste a este restaurante, ¡que cuesta un ojo de la cara!, solo para preguntarme cómo va todo en mi trabajo.

Andrés era un hombre pragmático: no le gustaba perder el tiempo, menos dándole rodeos a un asunto que podía abordarse de manera efectiva y directa.

—Disculpa…

Miguel casi se atraganta de la impresión. Usualmente era él quien imponía el tono de las reuniones y quien centraba a los interlocutores: no estaba acostumbrado a que le plantaran cara.

—Miguel, creo que las cosas fluirían de manera más natural y tú y yo nos sentiríamos menos incomodos si me dijeras cuál es el motivo de esta reunión.

Andrés conocía a Miguel desde hacía muchos años y, como acababa de decirlo, sabía que su interlocutor no se sentía cómodo con su forma de ser. Prefería, pues, no darle rodeos al asunto pendiente, disfrutar de la excelente comida, descubrir qué quería de él su cliente y pasar a su siguiente cita.

—La verdad es que podría decirte que te traje a este restaurante, cuya cuenta me costará los dos riñones pagarla, porque quería hablar contigo, aunque también podría hacer una pregunta fuera de tono como: '¿Acaso no puedo invitar a almorzar al hermano de uno de mis mejores amigos?'.

Miguel no dejaría que Andrés lo hiciera sentir incómodo: ¡si quería intimidarlo, no sabía dónde se estaba metiendo!

—Si hicieras eso, te diría, Miguel: 'La cara de pendejo es para mí, y no le estoy buscando administrador: ¡conmigo mismo me basto!'. Así que te pido que no me subestimes porque no hay algo que me haga enojar más que el hecho de que me vean cara de tonto. También te reafirmaría algo que ya sabes: yo ¡nunca! te he simpatizado; me consideras excelente en lo que hago, cosa que te agradezco, pero para ti soy un cubo de hielo con cerebro —le dijo Andrés con intenciones de impedirle evadirse con algún comentario.

—Eso no es así: de hecho, no siento animadversión alguna hacia ti.

Era cierto, aunque también lo era el hecho de que Miguel nunca habría buscado una oportunidad de conocer al hermano mayor de David porque su férrea seguridad y su tajante forma de expresarse, además de su reputación en los negocios, siempre lo habían intimidado. No era que le cayera mal: era que lo admiraba y no sabía cómo abordar a un hombre que, a todas luces, parecía no tener sentimientos.

—Miguel, no tienes por qué sentirte mal —le dijo Andrés a uno de sus mejores clientes. Lo hizo en tono conciliador, buscando no incomodarlo en exceso; además, sabía que no lograría nada de Miguel si lo contrariaba—. Este es un tema de empatía, y yo entiendo que, aunque eres amigo de David, conmigo no has podido conectar en un nivel más personal porque, bueno… porque, básicamente, somos dos personas que asumimos la vida de maneras opuestas: yo soy racional y pragmático mientras tú eres emocional. Pero también sé que, a pesar de que no hay empatía entre los dos, tú confías de manera incondicional en mis habilidades profesionales, hecho que hace que te valore como cliente y te respete como tal. Así que no te sientas mal por no haber buscado mi amistad antes —Si hasta ese momento Miguel no se había sentido mal, ahora sí que se estaba sintiendo miserable—. Una vez hemos dejado atrás el tema más controvertido, te pido, de manera atrevida, que me digas por qué estamos reunidos hoy en este restaurante, que, aunque exquisito, te repito, ¡cuesta un ojo de la cara!

Andrés le hizo espacio al mesero para que le sirviera lo que había ordenado.

—Andrés, necesito dinero.

¿Para qué seguir con rodeos? Andrés ya había impuesto el tono de la conversación, y no tenía sentido tratar de entablar amistad en un almuerzo en un restaurante de ambiente propicio para los negocios.

—Okey. Y este dinero que estás necesitando… ¿es para…? Y antes de que me contestes alguna pendejada, te agradecería que recuerdes que soy asesor tanto de la firma como tuyo en tus asuntos personales, por lo que la sinceridad es primordial.

Si había algo que Andrés detestara de sus clientes era que trataran de ponerlo en su lugar con algún comentario ingenioso. Si no lo había permitido cuando era apenas un *junior*, menos lo permitía ahora, cuando ya era un profesional reputado.

—Como acabas de decirlo, ¿quién en mejor posición que tú para saber que estamos apretados de dinero en la firma y que las cosas no fluyeron con las licitaciones en que estábamos participando? Es más: la pérdida de esas tres últimas licitaciones nos dejó bastante mal. Eso, sumado a que el cálculo de mi hermano en cuanto a vigencias futuras de los otros negocios que cerramos (bueno, tú ya sabes) estuvo errado, nos ha traído perdidas onerosas. Por eso hemos tenido que incurrir en préstamos y edeudamientos personales para solventar los gastos de funcionamiento de la empresa, y también tuvimos que cortar parte del *overhead* de la compañía; pero, a pesar de todas estas medidas, igual las cosas no están bien, y bueno, si a esto…

—Miguel, solo tengo una hora de almuerzo. ¿Por qué necesitas dinero?… Sobre las vigencias futuras, envíame los papeles, y ya veré YO cómo negocio los títulos para que recuperen la inversión. Algo de *factoring* puede ayudar.

El plato estaba delicioso. Lástima que fuera mediodía, o lo habría maridado con algún excelente vino tinto.

—¿Harías eso?

Miguel dejó el tenedor en la mesa. ¡Vaya buen gusto que tenía para la comida su asesor!

—Miguel, me pagas por hacer este tipo de cosas. —Miguel no era estúpido y sabía que, por ese tipo de negociaciones, Andrés cobraba un ojo de la cara en honorarios. Era el mejor, y él valoraba su trabajo pero entendió que estaba teniendo una cortesía con el amigo de su "hermanito", y Miguel no estaba en posición de rechazar ninguna ayuda—. Ahora nos enfocamos en lo que te trajo acá: ¿por qué necesitas dinero con tamaña urgencia?

—Gabriela encontró el apartamento de sus sueños… —Al ver que Andrés arqueaba una ceja con suspicacia, igual a como lo hacía David, Miguel completó la oración—: Y también de los míos, lo acepto. Por eso necesito más dinero del que tenía presupuestado para poder comprarlo. Entiendo que nuestras inversiones rentan, pero necesito un poco más de lo presupuestado.

—Perdona mi intromisión en tu vida personal, pero ¿por qué no le dices…?

—¡Ni se te ocurra decirlo! —lo interrumpió Miguel—. Este es el sueño que le prometí a Gabriela cumplirle y no quiero empezar mi matrimonio quebrantando promesas.

Era algo que Andrés podía comprender: si había algo que uniera a Miguel y Andrés, ello era que lo que prometían lo cumplían, así dejaran la piel en tiras para lograrlo.

—Okey. Eso lo entiendo, así que dime qué quieres que hagamos. ¿O prefieres que té de ideas?

—Me gustaría arriesgarme un poco y conseguir ganancias de capitales que rentan más pero son más peligrosos…

Por primera vez en todo el almuerzo, Andrés dejó de comer para centrarse en lo que su cliente le acababa de proponer. Si estaban mal en la empresa, lo último que le parecía prudente era ponerse a jugar con acciones de alto riesgo. Solo faltaba que el amigo de su hermano le dijera que quería hacer una OPA hostil a la competencia: ¡ahí sí se llevaría la palma en malas decisiones!

—Miguel, ¿estás seguro de que entiendes lo que eso significa? Como podemos ganar más dinero, también lo podemos perder. Si quieres, miremos primero otras opciones.

El mercado estaba resentido y las evaluadoras de riesgo habían bajado la calificación del país: no era el mejor momento para arriesgarse.

—Como acabas de reconocerlo, Andrés, yo confío en ti y en tus habilidades.

Miguel ya estaba mayorcito. Si arriesgarse era lo que quería, allá él: Andrés no era su papá y no podía negarle un servicio a un cliente tan importante. Ya había tratado de advertirle del peligro, pero el otro no le había puesto cuidado, así que se limitaría a hacer lo que le acababa de pedir.

—Está bien. Voy a revisar el mercado y a organizar un plan de inversiones. Pero te pido de antemano que, en este nuevo terreno que vas a explorar, te dejes asesorar. Y, lo más importante, cuando llegue el momento de retirarnos, por favor, desde ya te pido que me oigas y me hagas caso. No quiero que mis decisiones entren en controversia. Como lo dijiste tú mismo, yo conozco el terreno donde nos vamos meter y por lo mismo sabré como debemos manejarnos frente a los riesgos que corremos.

Andrés sabía qué pasaba una vez que los clientes empezaban a ver las rentas que se obtenían en ese tipo de inversiones y el efecto que ello tenía en sus decisiones, y lo último que quería era que Miguel, por ambicioso, terminara en la calle: no sería la primera vez que ocurría algo así.

—¡Pero por supuesto! Pongo todos mis ahorros en tus manos, y sabré dejarme guiar.

El almuerzo no se prolongó mucho. Andrés había pagado la comida antes de que se sentaran, no solo porque su comensal fuera a ser un cliente sino también porque sabía que el amigo de su "hermanito" estaba en una situación económica apretada y lo último que quería era afectar más sus finanzas.

Después de la reunión, Andrés comenzó a estructurar un plan de inversiones, algunas bastante riesgosas. Con mucha cautela lograrían recuperar algo del dinero que habían perdido por el error de cálculo en cuanto a las vigencias futuras. Otras eran de mediano plazo. Una vez que tuvo claro que por esa ruta lograrían hacer rentar la mayoría de las acciones, se lo presentó, más que todo como una formalidad, a Miguel, que lo aprobó. Una vez recibida tal aprobación, comenzaría a ejecutarlo.

Como suele acontecer en este tipo de negocios, una vez que vio la rentabilidad de las inversiones al mes de cumplido el plan, Miguel se puso ambicioso y le dijo a Andrés que invirtiera más dinero en la empresa que más estaba rentando. Esa vez no lo invitó a un restaurante lujoso: lo hizo a través de una llamada telefónica en el transcurso de la cual Andrés le aconsejó varias veces que no lo hiciera.

—Entiendo que te emocione ver las cifras, pero no conviene ponerse ambicioso. Permíteme continuar como venimos, y en menos de dos meses tendremos el capital que necesitas.

Andrés sabía que era un riesgo que siempre se corría cuando los clientes veían los beneficios.

—¡No te pago para que me frenes y me trates como si fuera un niño: te pago para que, cuando te dé una instrucción, te limites a seguirla! Y te digo que ahora quiero invertir el doble del capital, así que limítate a hacer tu trabajo.

Miguel sabía que se había pasado y que Andrés era el mejor en lo que hacía, pero necesitaba desesperadamente el dinero y no podía esperar para reunirlo.

—Perfecto. —Andrés acusó el golpe como el profesional que era y decidió comenzar a redactar el acuerdo de entrega de todos los negocios que les llevaba a Miguel y a su empresa—. Te envío un contrato en donde dejamos en claras letras de molde que tú asumes la responsabilidad del riesgo que vamos a asumir. Lo quiero firmado para antes de que abra la bolsa mañana. Una vez los firmes, procederé a invertir las sumas que me has pedido.

Esa tarde, puntual como siempre, Andrés le envió una documentación en donde, además de ser categórico a la hora de diagnosticar de riesgo elevado e innecesario la inversión, también lo hacía responsable de cualquier consecuencia que pudiera generarse con esas inversiones.

Dos semanas más tarde, Andrés llamó a Miguel. Pese a que aún estaba resentido por la actitud de su cliente, no podía olvidar que Miguel era un buen amigo de su "hermanito" y tampoco le deseaba ningún mal.

—Miguel, te llamo porque es hora de retirarnos. Ya ganamos más dinero del que hubieras podido esperar, y no me gusta la situación de la empresa con el gobierno. Es algo que podría afectar los mercados y tú podrías perder el dinero invertido.

Para entonces ya había hablado con sus clientes, y todos habían dejado en sus manos el capital aceptando que era el momento de retirarse.

—¿Me estás diciendo que vendamos justo ahora que las acciones están dando tantos beneficios?

Miguel no entendía por qué un hombre "de sangre fría" como Andrés se acobardaba cuando las cosas iban tan bien.

—Miguel, entiendo que pienses que podemos aguantar, pero creo que…

En ese momento, Miguel lo interrumpió categóricamente, en el tono del más prepotente de los seres humanos:

—Yo creo esta conversación ya la habíamos tenido. ¡Que tengas buena tarde!

Y le colgó con la satisfacción de haber puesto en su lugar a un hombre que, al parecer, había olvidado para quién trabajaba.

Pero quien habría de ser puesto en su lugar sería Miguel, que al día siguiente se levantó con la noticia de que había perdido todo lo invertido por no haberle hecho caso a su asesor financiero. A primera hora, tan pronto como leyó la noticia del cierre, por parte de las autoridades, de la planta principal de la empresa, Miguel se presentó en la oficina de Andrés, que se encontraba trabajando desde hacía varias horas.

—¡Disculpa que te moleste a esta hora de la mañana! —dijo Miguel tocando a la puerta y entrando sin haber sido invitado a seguir.

¿Había encontrado, ahora sí, la humildad y la nobleza que había perdido en días pasados?

—Hola, Miguel. ¡Qué sorpresa!

Andrés estaba terminando de redactar el último contrato de finalización de la relación comercial entre él y Miguel, sabiendo que, al enterarse del cierre de la planta principal de la empresa, Miguel aparecería por su oficina para ver en qué situación se encontraba ahora.

—¿De verdad te sorprende verme en tu oficina?

Miguel no sabía cómo asumir está conversación con Andrés. Era consciente de que se le había ido la mano —o, mejor, la lengua— no una sino dos veces a lo largo de estas inversiones, sin mencionar que había desoído los consejos de Andres y le había incumplido la promesa que hecha en el almuerzo con que había comenzado esa aventura.

—No. Lo que me sorprende es que hayas recuperado tus modales. Para serte sincero, hoy llegué antes a la oficina antes de la hora de siempre porque tenía el presentimiento de que vendrías a visitarme.

Andrés recogía los documentos que había terminado de elaborar y regresaba a su puesto a firmarlos.

—Lo siento Andrés: sé que no me he comportado como es debido.

Lo mejor era comenzar por los modales, ¿no?

—Es una pena que haya tenido que pasar esto para que recuperaras los modales.

Andrés, que había terminado de firmar los últimos documentos, los estaba organizando en carpetas y se disponía a comenzar la incierta conversación que debía sostener con su cliente.

—¡Andrés, lo perdimos todo! —dijo Miguel en un tono que evidenciaba su angustia y lo desolado que estaba ante la posibilidad de defraudar a su esposa.

—¿Perdimos? —dijo Andrés, aún molesto por el maltrato que le había dado su cliente en los últimos meses.

—Perdón: ¡lo perdí todo! —dijo Miguel con la voz ahogada por la angustia.

Al ver la desolación de su cliente, Andrés no pudo evitar sentirse conmovido, pues, a pesar de que Miguel había sido grosero y arrogante hacia él, sabía que no era una mala persona; de hecho, había estado ahí para su hermano menor más veces de las que Andrés podía contar con los dedos. Por eso tomó en ese momento una decisión trascendental y, por primera vez en su carrera profesional, le mintió a un cliente.

—No, Miguel, no perdiste tu dinero: yo hice lo que sabía que era correcto y retiré la inversión a tiempo.

No era cierto. Para poder darle el dinero que necesitaba, Andrés tendría que privarse de su adorada camioneta, la que había ido a probar el pasado fin de semana. Sabiendo que Miguel necesitaba el dinero para su familia, decidió ayudarle como lo había hecho Miguel con su hermano todos esos años.

—¿Me estás diciendo que…?

¿Sería posible? ¿Lo había salvado Andrés de la ruina?

—¡Sí, te estoy diciendo que no perdiste tu dinero!

Este favor le saldría caro; pero se trataba del mejor amigo de su hermano, lo que convertía en familia, y Andrés siempre cuidaba a su familia.

—Andrés… —Miguel se había quedado sin palabras—. ¡Gracias, muchas gracias! No puedo creer que me hayas salvado de la quiebra inminente. ¡Eres, eres…!

Miguel se paró queriendo darle un abrazo a Andrés, pero este aún estaba molesto y resentido por la forma en que lo había maltratado las últimas semanas y no iba a permitirle que se olvidara del asunto sin aclararlo primero. De modo que lo frenó en seco y le notificó la decisión que había tomado:

—Miguel, estos documentos que ves en la mesa son mi renuncia a seguir manejando tu portafolio de negocios. —Miguel quiso interrumpirlo: no podía creer que, ahora que sabía que Andrés lo había salvado de la quiebra, perdería al mejor asesor que pudiera tener. Pero Andrés no estaba dispuesto a dejarse convencer. Ya estaba mayorcito, y todos los días se partía el lomo para ser el mejor profesional que pudiera; así que continuó—: No deseo seguir asesorándote. No me gustó cómo perdiste los modales y el respeto profesional; por eso has dejado de ser un cliente valioso para mí. Yo no soy tu empleado; tú me pagas mis servicios, y no sé qué modales te enseñaron en tu casa, pero a mí me enseñaron a construir las relaciones con base en el respeto. La nuestra, por desgracia, perdió ese pilar fundamental hace unos meses. Así que, si eres tan amable de firmar acá, te entregaré todos tus portafolios con un resumen detallado de tus inversiones.

Miguel se rehusó a firmar los papales. Si de algo estaba seguro, era de que pelearía hasta con los dientes con tal de conseguir que Andrés no lo abandonara.

—Andrés, acepto que mi comportamiento fue muy irrespetuoso. Además sé que me pasé más de tres pueblos, ¡y no una sino dos veces!, a lo largo de estas inversiones, sin mencionar que desoí los consejos que me diste… ¡Sé que te fallé como cliente, como persona, como amigo de tu hermano!

—Te pido que dejes a mi hermano fuera de esta relación profesional. En este espacio eres un cliente que no deseo conservar.

Andrés sabía que estaba siendo inflexible, pero, para él, el respeto era lo más importante en cualquier relación. Infortunadamente le había perdido el respeto a Miguel; ya no tenía sentido seguir con su relación comercial.

—Andrés, sé que, además de todo, falté a la promesa que te hice en el almuerzo (¡que, además de todo, pagaste tú!). Pero te pido que seas el mejor hombre de esta relación y me des otra oportunidad. Quiero que sepas que no me siento orgulloso de mi comportamiento, que, además de grosero, fue prepotente y, sinceramente, muy desagradable; pero también soy un hombre que sabe cuándo se ha equivocado, que aprende de sus errores y que, aunque no ha sabido mostrar la buena educación que le dieron sus padres, valora a las personas, aunque no te lo haya demostrado.

Miguel paró para tomar aliento. Andrés aprovechó la pausa para cortar la declaración de Miguel; la verdad era que lo estaba convenciendo de que no le devolviera el portafolio.

—Miguel, tú y yo ya no nos respetamos. No tiene sentido que sigamos con esto. Además, en el mercado encontrarás excelentes profesionales que pueden continuar con la gestión que yo estaba realizando. —Andrés había incluido entre los documentos respectivos una lista de profesionales que consideraba a la altura de las necesidades de Miguel—. De hecho, dentro de la documentación que he preparado podrás encontrar una lista de profesionales excelentes.

—Andrés, tú eres mi asesor financiero de cabecera. No quiero otro porque, a diferencia de mí, siempre estás a la altura de las situaciones. Por eso te pido que, aunque he faltado a mi palabra, me des una oportunidad de mostrarte que puedo estar a la altura de lo que le exiges a un cliente. —Miguel se dejaría arrancar la piel con tal de restaurar el respeto y la confianza perdidos. La determinación que vio en los ojos de su cliente y el hecho de que, por más que se repitiera que no era parte de esta relación profesional, la relación que tenía con su hermano sí lo fuera, eran elementos que hacían dudar a Andrés de la decisión que había tomado—. ¡Por favor, Andrés, permíteme resarcirte, reivindicarme y ganarme tu respeto!

—Miguel, creo que has aprendido a conocerme en los años que llevamos cerca y que David te ha contado cómo soy en los negocios: no les permito a mis clientes que se tomen atribuciones que no les he dado, no les tolero que sean irrespetuosos ni, mucho menos, que traten de ponerme en una posición que no me corresponde; es decir, en la de un asalariado en sus nóminas.

A Miguel no le gustaba el tono ni lo que Andrés le estaba diciendo, pero al parecer no importaba lo que él argumentara: el otro ya había tomado una decisión.

—¿Hay algo que te pueda decir o que pueda hacer para que cambies tu decisión? —le preguntó Miguel con resignación y un poco, pero muy poco, de esperanza.

—Miguel, soy tu asesor financiero, alguien a quien espero que de ahora en adelante te dirijas con más respeto y a quien también espero que escuches cuando te dé un consejo. Estás en un periodo condicional. ¿Cuáles son las condiciones? Bueno, no lo sé porque jamás había vuelto a recibir a un cliente con el que hubiera dejado de trabajar por un tema de respeto. Pero sí te digo que, a la mínima muestra tuya de cambio de actitud o como vuelvas a usar ese tono humillante o a decirme que me pagas para que te haga caso (de paso te aclaro que me pagas por mis conocimientos y para que te asesore, ¡no para que te haga caso!), renunciaré inapelablemente a todo tu portafolio.

Andrés no podía creer que estuviera aceptando de nuevo a Miguel, pero el hecho de que se hubiera disculpado y puesto a la altura de la situación lo había conmovido y lo había hecho cambiar de decisión.

—Andrés, yo…

Miguel estaba realmente conmovido: ese hombre, que siempre le había parecido un tiburón, alguien que siempre dejaba los sentimientos en la puerta, le acababa de dar una lección de humildad que lo había impresionado.

—¡Lo sientes, ya lo sé! No te preocupes —le dijo Andrés sentándose de nuevo ante su escritorio—. ¿Me puedes enviar el número de cuenta de a quien tenemos que enviarle el dinero y el monto que debes pagar?

Sí, lo ayudaría a pesar de que aún estaba algo molesto: Miguel lo había humillado más de una vez y, aunque se hubiera retractado de su decisión, no estaba de ánimo para dejarse caramelear.

—¡Gracias, Andrés! De verdad, no sé qué habría pasado…

Miguel quería que Andrés supiera que estaba realmente arrepentido de su comportamiento y agradecido de que su asesor hubiera revertido su decisión.

—Miguel, ya lo dijiste. Para que lo tengas claro, ¡te habrías quedado en la ruina! —Al ver que Miguel empezaba a sonrojarse, Andrés no desperdició la oportunidad de ponerlo en su lugar—. Y sí: te portaste de una manera grosera en todas las llamadas que me hiciste y, lo que es peor, me ofendiste como profesional ignorando mis recomendaciones y poniendo en peligro tu patrimonio. Quiero que entiendas que esto es algo que usualmente no les tolero a los clientes. No me gusta la violencia, y tu forma de tratarme fue violenta y me hizo sentir incómodo. Pero no olvido que eres uno de los mejores amigos de mi hermanito y un cliente a quien, de todas maneras, le tengo mucho aprecio; por eso voy a dejarlo pasar por esta vez. Pero, como me vuelvas a tratar de la forma en que lo hiciste en las últimas semanas, daré por terminados de-fi-ni-ti-va-men-te nuestra relación comercial y cualquier vínculo afectivo que podamos compartir.

Miguel se sintió herido al caer de lleno en la cuenta de que había humillado y maltratado tanto a Andrés. Él mismo, de hecho, ya lo había pensado; pero oírselo decir a su víctima era mucho peor.

—¡Discúlpame! No sé qué me pasó.

—Lo que les pasa a la mayoría de seres humanos poco educados cuando ganan dinero: ¡se les sube a la cabeza!

Andrés no se andaría por las ramas: Miguel se había portado como un vulgar nuevorrico, y él no tenía por qué suavizarle las cosas.

—Perdona. Entiendo que estés molesto, pero…

—¡No, Miguel! No lo entiendes: te portaste como un hombre sin educación, y eso no tiene disculpa. ¿Debo recordarte que me dijiste que me pagabas por obedecerte, como si yo fuera Kunta Kinte? —Viendo que Miguel se sonrojaba, Andrés le dijo—: Me alegra saber que aun tienes algo de pudor, porque tu comportamiento es algo de lo que debes sentirte avergonzado. Ambos somos profesionales, pero me temo que tuve que ser yo quien mantuviera la compostura porque tú perdiste toda educación y te portaste como un barriobajero de primera. —Miguel sabía que Andrés tenía toda la razón y que había sido el hermano de su mejor amigo no solo quien se había comportado a la altura sino también la persona gracias a la cual no había perdido todo su dinero. Una vez dicho lo anterior, Andrés se puso de pie y rompió los papeles que había organizado para romper la relación comercial entre ellos. Una vez terminó, le dijo a Miguel—: Sigo disgustado contigo, por lo que te pido que demos fin a este capítulo de nuestra relación comercial. Una vez haya superado el disgusto contigo, me pondré en contacto para que organicemos nuestro plan de acción para lo que queda del año.

La reunión terminó en ese momento, pero Miguel jamás olvidaría lo que Andrés había hecho por él. Por eso, apenas se recuperó económicamente, le hizo un hermoso regalo: una pluma y un estilógrafo de colección dedicados a Voltaire, uno de los escritores favoritos de Andrés, y una agenda de cuero con su nombre grabado, además de unos chocolates que valían un ojo de la cara, que Gabriela había tenido que pedir por Amazon y que llegaron a tiempo gracias a un pedido prioritario que también le había costado "medio riñón". Pero pagó con gusto porque sabía que eran los bombones favoritos de Andrés y, aunque reconocía que eso era muy poco comparado con lo que Andrés había hecho por él, Miguel necesitaba hacerle saber al hermano de su amigo que, aunque pasara el tiempo, no olvidaba lo que había hecho por él.

Lo que Miguel no sabía era que el gesto de Andrés había sido aún más generoso: ¡había pagado sus deudas!

—Perdona, ¿me estás diciendo que Andrés se endeudó para ayudarme?

Miguel aún no sale de su asombro. ¿Cómo podrá pagarle a Andrés lo que hizo por él?

—No, lo que te estoy diciendo es que mi hermano se privó de muchas cosas para sacarte de una situación complicada. Lo hizo desinteresadamente, sin esperar nada a cambio. Y te pido que lo dejes estar porque, como te digo, Andrés lo hizo porque le nació y no porque quisiera tu gratitud. Con la pluma y el estilógrafo que le regalaste se dio por recompensado y se sintió encantado.

Lo último que David quiere es que ahora Miguel lo ponga en evidencia: cuando su hermano hace algo, lo hace de corazón, y, aunque eso es algo muy inusual en las personas, lo hace sin esperar nada a cambio.

—Pero ¿cómo pretendes que me quede callado si lo que hizo es algo, es…?

No hay palabras para describir el sacrificio que Andrés hizo por él, piensa Miguel.

—¡No pretendo nada! Solo te pido que no hagas nada que vaya a hacer sentir mal a mi hermano. En caso de que no haya sido lo suficientemente claro, permíteme serlo ahora: ¡no lo llames, no le escribas y, por lo que más quieras, no le hagas saber que te enteraste de lo que hizo por ti!

—¡Pero es que…!

Miguel quiere llamarlo a agradecerle, aparecer en su casa, tener algún gesto heroico hacia el hombre que, con sus ahorros, lo salvó de la quiebra.

Percibiendo las intenciones de Miguel y la angustia de David, y sabiendo que Andrés no tomará a bien los agradecimientos que Miguel quiere ofrecerle, Daniel decide intervenir.

—Miguel, Andrés es así: ayuda cuando puede. Pero le desagrada muchísimo que la ayuda que les da a sus seres queridos, a sus amigos, a su familia o a quien sea someta a tenerle eterna gratitud a quien le haya ayudado. ¡Respeta el deseo de Andrés de permanecer en el anonimato! —le dice en un tono autoritario que no admite reparos, tratando de hacerle entender a Miguel que, en este caso, lo mejor que puede hacer es quedarse callado y agradecer el gesto en silencio—. ¿Quieres agradecerle lo que hizo por ti? —Miguel asiente—. ¡Entonces quédate callado!

—Es que me cuesta. Es decir, no me imaginé…

Miguel está confundido. Siempre ha visto a Andrés… Bueno, lo ha juzgado supermal, y ahora no puede creer que el hermano de David, que siempre le pareció un hombre frío y sin sentimientos, haya tenido un gesto tan bonito, y de una forma tan desinteresada, con él, el "amigo" que menos simpatía le ha mostrado siempre.

—A ver, Miguel: te lo conté para que veas que Andrés no es como tú pensabas y que de hecho es una de las personas más nobles y de mejor corazón que he conocido… ¡Y no lo digo porque sea mi hermano mayor! Pero no quiero que lo molestes con gestos de gratitud que él no desea que tengas con él.

—Yo… Es que no sé qué…

—¡No hagas nada, Miguel! —le dice Daniel apoyando a David.

—Pero es que…

¿Cómo no iba a hacer algo? ¡Regalándole una suma considerable de dinero, Andrés lo había salvado de la quiebra!

—Por favor, ¡presta atención a lo que te digo! ¡Y deja de comer pendejadas de una puta vez! —Esto se lo dice Daniel arrancándole de las manos la última bolsa de chucherías que sostiene Miguel, que está tan inquieto que no para de comer—. Conozco a Andrés desde que era pequeño y sé que si no te dijo la verdad acerca de lo que había ocurrido, es porque no quiso que te sintieras mal por una decisión enteramente suya. Te garantizo que lo hizo porque le nació hacerlo, y lo hizo de manera desinteresada, revelando una faceta que desconocías de alguien a quien creías extremadamente frío e inescrupuloso. Así que agradécele en silencio y deja que las cosas pasen de manera natural. Si me preguntas, te digo que lo único que debes hacer es darte la oportunidad de conocer esta faceta que David te acaba de mostrar, ¡y ya está!

Esto se lo dice con intenciones de dar por terminado este debate.

—Tengo que admitir que me cuesta dejar así las cosas, más ahora que sé que no fue mi dinero el que recuperó… ¡sino que me dio su propio dinero! ¡Y saber que yo le di en agradecimiento…!

De la vergüenza, a Miguel se le apaga la voz.

—¡Le diste un hermoso juego de plumas y una ancheta llena de cosas deliciosas! —dice David, que, al ver extrañeza en los ojos de Miguel, añade—: Lo sé porque me lo contaron mi hermano y Amelia.

—¿Conque Amelia y tu hermano? ¡Esto me recuerda por qué estamos hablando de todo esto! —dice Daniel con suspicacia.

—¿Por qué es extraño que Amelia y Andrés se lleven bien?

Miguel no entiende cuál es el misterio.

—Es que, hasta Amelia, Andrés no había podido pasar por el gaznate a las chicas con quienes he salido —aclara Miguel.

—Bueno, en defensa de Andrés, ¡las chicas con quienes salías antes de Amelia no eran precisamente buenas conversadoras! —dice Daniel.

—Esto va sonar extremadamente machista, pero es que, antes de Amelia, yo no buscaba a las mujeres para conversar.

—Yo, la verdad, no he conocido a muchas de tus novias. ¡Porque Marcia no fue precisamente tu novia! —dice Miguel.

—Una vez David llevó a tres chicas, ¡y una de ellas quedó tan impactada con Andrés que hasta le regó vino en la corbata favorita!

Aunque David parece salido de un comercial de calzoncillos caros, también Andrés es un adonis sin parangón, además de un hombre detallista, culto y exitoso. Las mujeres siempre han quedado deslumbradas con él. Su único defecto es su timidez.

—¡No me jodas! Con lo contenido que es tu hermano… —dice Miguel.

—Pues con esa pobre chica no se cohibió. Pero después te cuento esa historia. La pregunta que me ronda la cabeza es, primero, cómo es que Amelia logró ganarse a tu hermano y, segundo, qué significa Amelia para Andrés —indaga Daniel.

—¡Es que la pequeña se hace querer! —dice Miguel como si fuera lo más obvio.

—Lo sé. Pero es que nunca pensé que dos personas tan opuestas pudieran relacionarse. Lo digo porque Amelia es humanista y tu hermano un hombre de números.

Aunque es un hombre culto, Andrés siempre se ha inclinado por las finanzas y no les ha abierto mucho espacio en su vida a los libros ni al arte, mientras que Amelia, aunque siempre ha sido una mujer exitosa y ha sabido llevar acertadamente sus finanzas, no se ha interesado mucho por los números.

—Pues... ¡agárrate, que en esta historia no solo te vas a enterar de quién es Amelia para mi hermano sino también de qué tan pendeja puede ser la estúpida de Susi! —dice David.

capítulo 15
Live your life
(T.I. feat. RIHANNA)

—¡Cuéntamelo todo! ¿Traigo palomitas? —pregunta Daniel tomando un sorbo de su cerveza.

—¡Deberías porque la historia es como para alquilar balcón! —Dándose cuenta de que sus amigos están bien intrigados, David comienza a contar la historia—. Resulta que la pretenciosa de la Susi, en una acción nacida de lo más profundo de su inculto, desagradable y (no sobra decirlo) egoísta ser, casi le arruina a mi hermano la oportunidad de realizar su sueño de convertirse en socio de la firma.

Daniel suelta una carcajada imaginándose a la estúpida que había humillado a su amiga metiendo la pata hasta el fondo.

—Estás de joda, ¿verdad? Es decir, ¡no puede ser que la 'palo en el culo' haya olvidado su papel! —dice Daniel con malicia: Susi siempre ha sido una mujer impostada y contenida, que se comporta según lo prescriben los cánones de la educación, la clase y la cultura, y a quien él siempre ha visto como un modelo intachable que presentar en sociedad, incluso como una costosa dama de compañía.

—Pues como lo oyen... Miguel, ¿tienes problemas de concentración? —le dice David notando que su amigo aún no sale del *shock* y busca con la mirada algo más de comer.

—Lo siento. Es que aun no me repongo. ¡No joda, es que era mucho dinero!

Miguel aún no puede creer el gesto tan generoso que Andrés tuvo con él.

—Sí, lo fue; pero, por favor, ¡no hagas nada! —le dice David, medio arrepentido de haberle revelado amigo el gesto de su hermano.

—David... —Miguel va a refutarlo pero, al detectar arrepentimiento en la voz de su amigo, prefiere hacer caso, pues por fin empieza a entender que lo mejor que puede hacer es no hacer nada—. Te prometo que no le voy a decir a tu hermano que me contaste lo que hizo por mí. Sabes que soy una persona prudente, así que no te preocupes: ¡puedes confiar en mí!

—Perfecto —tercia Daniel y evita que la situación, dramática de por sí, se torne más incómoda—. ¿Podemos concentrarnos en la historia de la pendeja de Susi? ¿Qué hizo la estirada esa?

—Resulta que, para la cena anual de la firma, el termómetro que usan los socios para conocer a las familias de sus trabajadores y verlos en un ámbito más personal, mi hermano tuvo la brillante idea de invitar a la mujer más plástica y contenida que ha parido la tierra, y ella, como la arribista que ha demostrado ser, ¡lo acompañó encantada!

—Perdón que interrumpa: ¿cuál cena anual? —dice Miguel, perdido en el tema: la verdad es que, como casi no se ha relacionado con Andrés en todos esos años, no tiene mucha idea de aquello de que hablan sus amigos.

—Todos los años, la firma de que Andrés es hoy en día socio hace una cena de gala en casa de alguno de los accionistas. Se la rotan todos los años, y la hacen con la idea de integrar a todo el personal de la empresa mientras los socios y sus esposas averiguan si los ejecutivos y demás empleados son dignos de formar parte de su prestigiosa compañía. No sobra decir que es un acontecimiento en que la elegancia es el plato principal de la noche —le explica Daniel a Miguel.

—Para que te hagas una idea de lo importante que es, entérate de los siguiente: Andrés se prepara con un mes de anticipación, tiene detalles casuales con las esposas de sus compañeros y accionistas, revisa el tema de la noche… ¡Ese acontecimiento es para él como la entrega de los premios de la Academia de Artes y Ciencias Cinematográficas de Hollywood! ¡Además hay premios y galardones! ¡No sobra que te aclare que es en esa cena donde se juega el puesto de accionista! —continúa David.

—La pregunta del millón no es qué 'galardones' dan o los temas de la fiesta sino qué papel tuvo la brillante modelo en la actividad más importante del año para tu hermano —pregunta Daniel.

—Resulta que, obedeciendo a un impulso inexplicable, la pendeja de Susi decidió sincerarse con una de las esposas de los accionistas cuando esta le preguntó qué papel desempeñaba la familia en su vida.

—¿Ninguno? —contesta Miguel adivinando la posible respuesta de la mujer.

—Peor aún: ¡la frígida respondió que, para ella, la familia podría ser un estorbo en muchas ocasiones!

—¡¡No me jodas!! —dice Daniel.

—¿Cómo les parece? ¡Mi hermano casi se infarta en plena cena!

—La verdad, no me extraña. Lo que me gustaría saber es si dejó ahí el tema o siguió argumentando.

—¿La conoces? —Todos responden afirmativamente, conscientes de que Susi jamás ha desaprovechado una oportunidad de hacerse notar—. Obvio: se dejó ir como gorda en tobogán y, cuando la esposa del jefe de Andrés le preguntó por qué consideraba a la familia un estorbo, le contestó que porque, la mayoría de las veces, las personas más cercanas son las se interponen entre los hombres ambiciosos y sus metas y su satisfacción personal y profesional. Además ¡afirmó que ella no iba a renunciar a sus sueños por cuidar a un 'mocoso'!

—¡¡¡No me jodas!!! —dice Miguel, que casi cae de espaldas al oír la respuesta, tan salida de tono, de la modelo.

—No me digan que no lo veían venir —afirma David al ver la cara de sorpresa de sus amigos—. A ver: si hay alguien a quien se le nota a leguas que carece de instinto maternal... ¡es esa pendeja! —agrega con todo el fastidio del mundo.

—Pero ¿desde cuándo la detestas de esa manera? —pregunta Daniel, que desconoce la intensa animadversión de su amigo por su futura cuñada.

—¡Desde siempre! El mismo día en que la conocí le dije a Andrés que no era santa de mi devoción, y ahora que sé que se metió con mi pequeña no me la paso del gaznate, como diría mi pitufa.

—¡Hay que hacer algo para eliminarla de nuestras vidas! —dice Miguel con decisión.

Esto le extraña a David, que ignoraba que Miguel tampoco se llevaba bien con Susi. Sin embargo se repone al instante y le dice:

—Tú no te preocupes, Migue. Tan pronto mi hermano se entere de la forma en que humilló a Amelia la esconderá en el clóset con intenciones de que se pierda en Narnia.

—Pero, a ver: ¿desde cuándo quiere tu hermano tanto a Amelia? Antes de que Miguel me enumere los miles de virtudes de Amelia aclaro que no me extraña que se haya ganado el cariño de Andrés. Lo que quiero saber es cómo lo hizo, porque sé que no acuden a los mismos eventos, no se mueven en los mismos círculos sociales y sobra decir que no comparten los mismos pasatiempos y gustos —averigua Daniel.

—Bueno, es que la historia no para ahí. La declaración de Susi no habría trascendido entre los accionistas ni habría puesto en peligro el puesto de mi hermano si no hubiera sido por que la esposa del señor a quien le soltó esa pendejada tuvo muchos problemas para tener a sus dos hijos, y si a eso le suman ustedes que la señora adoptó a tres niños más y que, además, está superorientada a la familia, ya podrán imaginarse el desagrado que le produjo esa frase y lo mal que la encajó.

—Sé que no debo alegrarme de la desgracia ajena, pero no puedo evitar sentir un fresco...

Aunque no se alegra del disgusto que le produjo la modelo a la señora, Miguel sí siente un fresco al saberla en una posición difícil ante su novio. A él tampoco le agrada Susi; le parece una escultura preciosa pero gélida. Esta situación ha empeorado después de que, en una cena en casa de los padres de David, ella se le insinuó de manera poco sutil o, más bien, bastante desvergonzada. Tenía tanta confianza en sus atractivos que llegó a plantearle la idea de que hicieran un *swinger* entre ella y él. Su animadversión empeoró cuando Susi hizo un chiste de mal gusto sobre la estatura de Gabriela preguntándole cómo hacía 'para encontrarla en la cama'.

—¡No me digas! ¿Tú tampoco te la tragas? —le pregunta Daniel a su amigo al ver su cara de satisfacción ante la impertinencia de la modelo.

—Parafraseando lo que acabas de decir y citando a mi historiadora favorita, ¡es que no me la paso del gaznate!

—¿Y se puede saber qué fue lo que te hizo a ti? —pregunta Daniel.

—¿Es por lo del chiste? —pregunta David.

—¿Qué chiste? —pregunta Daniel, que es ahora el perdido.

—Pues resulta que la prudente y diplomática de Susi también brilló por su sensibilidad y su tacto en una cena en casa de mis padres en que estábamos Gabriela, Miguel, Andrés, Susi y yo. —Se nota que a Daniel no le pasa inadvertido que no haya mencionado a Amelia—. Esto fue antes de la llegada de mi pequeña —responde David a la pregunta no verbalizada de Daniel—. El caso fue que, en plena cena, Susi le dijo a Miguel algo así cómo: 'Miguelito, ¿cómo haces para encontrar en tu cama a la enana de Gabriela?', y agregó al final, en un tono de voz de lo más entallado y con un arrepentimiento que estaba lejos de sentir: 'No te enojes, Gabriela, pero, bueno... es que mides ¿cuánto?, ¿un metro?'. Todo esto lo hizo remedando la voz de mosca muerta de la novia de su hermano.

—¡Ufff, no me digas! ¿Gabriela saco el látigo y la marcó a golpes? —dice Daniel en tono de chisme.

—¡No seas imbécil! Estábamos en casa de mi mamá. Seguro que en otro espacio no se habría cohibido, pero se portó a la altura de las circunstancias y prefirió usar el látigo de la indiferencia con la modelo.

Lo que David desconoce es que, cuando se siente lastimada, Gabriela prefiere encerrarse en sí misma y lamerse las heridas.

—¡No creo que Gabriela lograra ese nivel de autocontrol!

—Casi se le tira encima, pero la mamá de David estaba en medio. De no haber sido así, no estaríamos hablando de ella.

Miguel aclara que Gabriela es sensible pero se repone rápido: su mujer, al ver que salían los papás de David, no se cortó un pelo una vez se repuso del impacto.

—De hecho logró controlarse hasta que mis padres fueron a la cocina por el postre. Entonces le dijo: 'Susi, princesa, primero, no me ofendo cuando haces comentarios sobre mi estatura: ¡los perfumes más costosos y las cosas más maravillosas de la vida vienen casi siempre en tamaño pequeño! Y sobre tu pregunta acerca de cómo hace Miguel (¡porque se llama Miguel, y no tiene nada pequeño como para que le digas Miguelito!) para encontrarme en la cama, él no necesita buscarme porque tiene claro que soy la mujer que lo guarda entre sus piernas mientras duerme, folla y descansa y la que lleva su anillo, su apellido y, sin lugar a dudas, su corazón'.

—*Touché!* ¡Es por eso y por muchas cosas más que Gabriela es una de las mujeres que más admiro! —dice Daniel con toda la sinceridad del mundo: tal vez le encante molestarla juguetonamente pero jamás ha sentido por ella otra cosa que admiración.

—¡Es que mi esposa es única! —dice Miguel, orgulloso de su mujer—. Pero el caso, lo que aún no nos cuentas, es la relación entre Andrés y Amelia.

Parecen unas viejas chismosas: no han salido de una historia cuando entran en otra. ¡A ver si de ahora en adelante fundan un club de costura!

—Bueno, imagínense que cuando Amelia se enteró de lo sucedido gracias a la imprudencia de mi mamá en una cena en casa de mis padres, decidió tomar cartas en el asunto y les envió una invitación a todos los socios con sus esposas a nuestra casa para una cena familiar.

—¿Cómo? ¿Y Andrés la dejó?

¡Con lo quisquilloso que era Andrés en cuanto a no revolver las diferentes facetas de su vida…!

—Pues no tuvo la opción de rehusarse porque mi Amelia lo hizo todo a escondidas.

—¿Y cómo hizo para que Andrés no explotara?

—Porque cuando llegó al apartamento vio que Amelia había organizado la casa de tal forma que parecía una escena sacada de *Alicia en el País de las Maravillas*, con canastillas de chocolate en forma de reloj en los platos; también había decorado las servilletas y les había preparado cestas de regalos a las esposas. ¡Era un espectáculo digno de verse! Cuando quieran les muestro las fotos. ¡Además les preparó un plato digo del Waldorf Astoria!

—¿En serio? ¿Cuál era el menú? —pregunta Miguel.

A la larga, uno nunca puede dejar de ser lo que es, y Miguel es un apasionado de la comida.

—¿Te puedes enfocar? ¡Luego le pedimos a Amelia que te dé las putas recetas! —le dice Daniel, molesto por el cambio de tema de Miguel.

—¡A mí no me hables en ese tono!

Miguel se pone de pie: ¡al parecer están todos de un humor de perros!

—¡A ver, calma!… ¡Haya paz!… Después te cuento bien el menú —dice David para calmar la curiosidad de su amigo—. Porque fue una de esas oportunidades en que mi princesa se lució en la comida, en la decoración y, lo más importante, en la conversación: con cada comentario hizo lucirse a Andrés y les hizo ver a los socios que mi hermano era alguien que se había criado en un entorno familiar lleno de valores, además de que lo dibujó como el yerno ideal: ¡amoroso, preocupado, familiar…!

—Bueno, igual tu hermano es todas esas cosas. No entiendo por qué está son Susi: ¡si hasta cara de mal polvo tiene! —dice Daniel.

—No tengo idea. Mi mamá piensa que ella lo buscó y lo encontró.

—¡De eso no dudo porque la cara de trepadora de esa chica no tiene comparación! —dice Miguel buscando qué comer, por lo que Daniel le pasa un paquete de frutos secos, lo que le disgusta porque solo le gustan como complemento de las comidas o en los postres.

Al ver su cara de asco, Daniel le dice:

—¡No me repliques ni me mires con esa cara de asco! Sabes que tengo la mecha corta, y ya estoy llegando al límite de mi paciencia con todo: la desaparición de Amelia, la ineptitud de David para darse cuenta de lo que ha estado pasando, el hecho de que no estemos viendo el partido… Mejor dicho, ¡todo me tiene al límite, incluida tu dieta! Así que o te tragas los frutos secos con una sonrisa en la cara o te los meto por el culo y luego me disculpo con Gabriela.

Miguel agarra de mal modo el paquete y lo abre.

—El caso es que, con la cena que preparó en nuestra casa, a la que asistieron todos los socios, Amelia logró que la señora Marie, la mujer que había dado su negativa a que Andrés se hiciera socio, diera el visto bueno al ver a mi hermano en un entorno familiar, colaborando con Amelia en la cocina y ayudándole a recoger los restos de la cena. —Al ver la expresión de incredulidad de sus amigos, pues sabe por ellos que Andrés odia la cocina y que Amelia no recibe a cualquiera en su cocina, David aclara—: Sí, ya sé qué están pensando; pero todo fue parte del plan de Amelia, quien esperó hasta el día de la cena para contarle a Andrés lo que había planeado. Cuando mi hermano se presentó, el apartamento ya estaba decorado y la cena casi lista. Mi hermano, que estaba hecho un basilisco con Amelia por haber hecho todo a sus espaldas, se olvidó de su enojo cuando ella le contó lo que había organizado y al ver la elegancia con que había planeado todo.

—Me cuesta encajar la idea de que tu hermano dejara su futuro profesional en manos de otro, ¡y menos de una mujer que comparte la cama contigo!

—Es que, sin ideas mejores y bien desesperado, Andrés no tuvo otra opción que hacerle caso. Todo salió a la perfección; tanto, que cuando interrumpió las conversaciones en plena cena para agradecerle a Amelia la invitación, ¡la señora Marie les dijo a los socios que Andrés era el elemento que le hacía falta a la compañía!

—Es que es el mejor en su trabajo —afirma Miguel de manera categórica.

—Lo es. Claro que, además de recomendarlo, le advirtió que debía cuidar mejor su imagen y las mujeres con las que compartía su intimidad, porque para ella no estaba bien que un socio como él se juntara… ¡con una 'trepadora sin escrúpulos'! Sobra decir que mi hermano está superagradecido con Amelia, con quien además almuerza a veces y a quien le regaló un relicario de lo más costoso, inspirado en Teodora de Bizancio. No sé si lo han visto. Es su colgante favorito: ¡ya no se lo quita ni con agua caliente!

—¡Espera! ¿Teodora? ¿Esa es la emperatriz que Amelia tanto admira?— pregunta Miguel, sorprendido de que David se fije en esas pequeñas cosas.

—Esa misma: la esposa de Justiniano I, la que es una santa para los ortodoxos —dice David como si nada, como si aquel fuera un dato de los que se aprenden en primaria.

—¡Mierda, cómo te ha cambiado Amelia! —afirma Daniel, extrañado—. No me malinterpretes pero, aunque sabes nombrar los 206 huesos y las 230 articulaciones del cuerpo humano, eras, hasta hace poco, bastante ignorante en historia universal. ¡No sobra decir que te tenía sin cuidado el imperio bizantino! Por eso digo que ella te ha cambiado mucho.

David sabe que su amigo tiene razón, por lo que lo deja estar y prosigue con su narración:

—De hecho, para darle ese colgante, Andrés tuvo que llamar a Christie's, en Nueva York, para que le ayudaran a conseguir una joya de diseñador inspirada en el periodo bizantino, ¡tarea nada fácil! Pero, como mi hermano tiene conexiones en todas partes y siempre logra hacerse con aliados y amigos, el vendedor le consiguió la réplica de una joya de la emperatriz. No sobra decirles que, cuando Andrés le entregó el regalo, Amelia se hizo un mar de lágrimas. Es más: a todos los presentes se nos hizo un nudo en la garganta. La situación empeoró cuando Amelia abrazó el collar, se lo puso contra el corazón y le dijo a mi hermano:

"—Andrés, ¡es el collar más hermoso que he visto! Es igual al que está en un mosaico de la iglesia de San Vital de Rávena.

—¡Lo es! —dijo Andrés con suficiencia, como alguien que sabe que ha dado en el blanco.

—¡Debió costarte una fortuna!

—Eso no tiene importancia. No sobra que te diga que es de mala educación preguntármelo, ¿verdad?

A Andrés le incomodaba que ella se sintiera intimidada por el costo de su detalle. Solo quería tener con Amelia un hermoso detalle, conseguido con la misma dedicación que ella le había puesto a la cena que lo llevó a socio de la firma, y no iba a permitir que ella enlodara la felicidad que él sabía que el presente le había dado por una minucia como el costo de la joya.

—Pero es que no puedo aceptarlo: ¡es muy costoso! Con que me des mis naranjitas de chocolate me basta.

—Pero ¿quién crees que soy?, ¿mi hermano? ¡Mira el fondo del paquete!

Amelia bajó la vista y vio dentro del paquete, además de la cajita que contenía el colgante, otra caja con sus chocolates favoritos. Tenía la cara cubierta de lágrimas de alegría pero se sentía cohibida en aceptar el collar.

Al notar la embarazosa situación en que ella estaba, Andrés se puso de pie, se le acercó, se puso en cuclillas, le agarró una mano y le dijo:

—Mi hermano te escogió como su compañera de vida y, por eso, ya eres parte de mi familia. Pero tu preocupación por mi bienestar, por que yo pudiera lograr uno de los sueños más importantes que he tenido profesionalmente, y la dedicación que le pusiste a cada uno de los detalles que hicieron que mis socios y sus familias se sintieran tan cómodos conmigo como para darme la vacante te convirtieron en mi hermana. ¡No pienses en el costo de la joya! Yo no lo hago. Piensa en que, con ella, yo quiero demostrarte, a través de un detalle que sabía que te fascinaría, que te valoro y te quiero mucho, no solo por lo que hiciste sino también por la hermosa persona que me has demostrado ser.

Amelia no pudo aguantar más la emoción y abrazó a Andrés con todas sus fuerzas.

Él sonrió y le puso el colgante.

—Amelia es superadicta a esos chocolates, ¿no? —dice Daniel recordando una tarde de fútbol en que terminó con dolor de estómago por todos los chocolates que se comió.

—Sí, señor. Haciendo gala de su fama de buen negociador, Andrés logró que Amelia se quedara con el collar, y desde esa cena Amelia ha logrado que mi hermano vaya a exposiciones de arte. —Cuando Daniel alza la cara, David lo mira con picardía—. Sí, señores: ¡fueron juntos a la de Ariadna! Y no pienses ni por un segundo que se me escapa el hecho de que tú aún no te la has podido sacar del sistema. ¡Ya te veré como nosotros, dominado!

—¡Pero en la cama, mi amigo, en la cama! —dice Daniel con ironía.

—¡Neee, esa chica se te metió en el sistema! Estoy con David: me parece burdo apostar sobre el cariño de una pareja, y más cuando vamos a ganar. Pero no sobra decir que yo también te veo bien dominado —dice Miguel sabiendo que Daniel está "cogido por los huevos" en lo que a esa chica se refiere.

El único problema es que él no quiere someterse a una relación porque tiene la idea errada de que perderá muchas de las libertades que tanto adora.

—¿Nos podemos enfocar en lo que nos tiene distraídos del partido? Presiento que me va a llegar el periodo, ¡y no sé si traje los tampones! —dice Daniel con intenciones de cambiar de tema porque todavía no está preparado para hablar de Ariadna—. ¿Puedo afirmar, entonces, que Amelia está convirtiendo a tu hermano en un ser artístico?

—Sí, señores: ¡Amelia logró poner cuadros en casa de Andrés! —dice David con solemnidad.

—¡Que me caigo de culo! ¡Menos mal estaba sentado! ¡Eso sí que es un milagro!

Andrés le hizo matoneo a Daniel durante toda la carrera de arte preguntándole si era su manera de mostrar su lado marica. Llegó incluso a decirle que, de entonces en adelante, se cuidaría de darle la espalda.

—¿Qué es lo que te extraña? —pregunta Miguel.

—¿Que qué es lo que me extraña? ¡No sé ni por dónde empezar! A ver: Andrés me hizo la vida a cuadritos en la universidad mientras cursaba la carrera de artes porque le parecía de lo más marica. Como te digo, no sé cómo resumir cómo me impacta el hecho de que Andrés tenga cuadros en su casa.

—¡Vamos, Andrés siempre ha tenido un gusto impecable! —dice Miguel sintiendo la necesidad de defender a su benefactor.

—No te digo que no, pero es que Andrés tiene su sensibilidad artística en el culo. Por eso, que Amelia haya logrado llevarlo a exposiciones y metido cuadros en su casa en menos de ocho meses… bueno, ¡no sobra decir que es sorprendente!

—Por eso les digo: ¡vamos a ver qué pasa con Susi ahora que Andrés ha hecho de Amelia su hermanita! —dice David dejando entrever sus ganas de acabar con 'la mosca muerta de Susi'.

—No sabes la felicidad que me da pensar que no vamos a tener que seguir viendo a la 'tengo un palo en el culo' de Susi. Ya sé que esto es de lo más grosero y vulgar, ¡pero es que ella es así! —dice Miguel.

—Estoy de acuerdo: ¡tiene un palo en el culo! —refuerza Daniel con una sonrisa en los labios.

—Disculpen el cambio de tema, pero hay algo que no logro entender: si te fijas o no en todos los detalles de tu novia, desde cómo duerme a lo que cocina, pasando por su olor y, bueno, un montón de detalles más… Algo poco característico de ti. —Al ver la reacción de David aclara—: A ver, no digo que, en lo que concierne al área de la salud, seas el más detallista, ¡pero para lo que son las cosas sentimentales tienes memoria de pez! Creo que si te preguntara tres detalles de las cinco ultimas parejas con las que estuviste antes de Amelia, no podrías darme ni dos.

—A ver: ¿tanto así…?

—¡David, no interrumpas! Miguel tiene razón: solo te viniste a dar cuenta del color de los ojos de Marcia luego de tres años estudiando juntos. ¡Y no sobra decir que eran azules!

—Pero, bueno, es que con ese cuerpo…

—¡David, no te me distraigas! ¿Me puedes decir cómo es posible que recuerdes su relicario favorito, sus cenas, decoraciones y menús, su rutina para acostarse y no sé qué más cosas, y no te hayas dado cuenta de lo que está pasando? Es que, sinceramente, David, ¡mira a tu alrededor! ¿Tú crees que Amelia dejaría que su hogar se viera así? —le dice Miguel levantando el desorden de la sala y señalándole el hueco donde solían estar las figuritas de Disney.

Cuando Miguel le señala a David el puesto que solían ocupar las famosas figuritas de Disney con las que cada amigo ha creado un momento especial, David se pierde en el recuerdo de uno de los días más importantes de su vida, el día en que Amelia se mudó a su casa y convirtió lo que había sido un espacio sin vida, lleno de libros de medicina regados por toda la casa, con la nevera vacía y el salón con unos muebles elegidos sin criterio estético particular —en conclusión, un lugar que David apenas usaba para dormir, bañarse y poco más—, en un hogar, un sitio que no quería imaginarse sin la presencia de su mujer en cada instancia. Todo lo que ella le había aportado a su casa le encantaba: cómo transformó la cocina en un agradable espacio donde departir con los amigos y en pareja, el encanto que le imprimió a la sala y el comedor, la manera en que les infundió magia a los muebles y la forma en que conjugó con las suyas las cosas de David para que todas convivieran en armonía. De ahí que no comprendiera por qué ni cómo le había hecho entender a ella lo contrario. David no era estúpido y sabía que ella era quien le había dado vida y corazón a su apartamento.

Lograr que Amelia aceptara abandonar su pequeño apartamento, ubicado cerca de su negocio —la galería de una de sus amigas más cercanas—, y a menos de media cuadra del restaurante de su mejor amigo, y no muy lejos de la universidad, para mudarse con él, para irse a vivir retirada de su zona de confort, no fue tarea fácil. De hecho, para que accediera a trasladarse con todas sus cosas al apartamento de David se requirió de todo un operativo romántico que él planeó por más de dos meses y que requirió el apoyo de todos sus amigos.

La "operación mudanza" comenzó luego del aparatoso fracaso de David en su primer intento de persuadir a Amelia de irse a vivir con él. Aquella, de hecho, fue una experiencia dolorosa, bastante vergonzosa y muy pública, al punto de que todos recuerdan ese episodio como uno de los momentos más incómodos y a la vez más graciosos de su amistad con David y Amelia.

El desastroso acontecimiento tuvo lugar en la pizzería favorita de Gabriela, un lugar acogedor, pequeño, con una hermosa terraza decorada con un gusto impecable, todas las mesas vestidas con manteles de cuadros azules y blancos, decorados con hermosos floreros llenos de lavandas, que hacían conjunto con unas sillas preciosas de madera blanca: un lugar digno de la Toscana. Además, los amigos valoraban el pequeño restaurante debido a que el dueño y su esposa agasajaban a los comensales con productos caseros, como deliciosos encurtidos y pizzas rústicas hechas en horno de leña y condimentadas con especias y productos orgánicos.

Los amigos estaban sentados en la terraza, donde habían unido dos mesas para poder estar todos juntos. Cada pareja había pedido una pizza para compartir, exceptuando a Gabriela y Amelia, pues sus parejas comían tanto que ellas siempre preferían compartir sus propios platos, y de esa manera probaban dos viandas diferentes. En esa oportunidad, Gabriela había decidido compartir con Amelia su pizza favorita, de queso *brie* y manzana, razón por la cual le había pedido a David que se cambiara de puesto para que las dos amigas quedaran juntas. Mientras se acomodaba en su nuevo lugar, David le dijo a su novia:

—Amelia, vida, creo que dejé mi fonendoscopio en tu apartamento. No lo encuentro en el mío: ya lo busqué en mi armario, en mi maleta... ¡en todas partes! Ayer tuve que pasear con el fonendo de Talía por todo el hospital.

Una vez estuvo sentado en su sitio, el mesero le sirvió su plato de milanesa.

—¿La pediatra? —preguntó Daniel comenzando a comerse su pizza.

—La misma. No sobra decir que el fonendo tiene animalitos y la carita de un cerdito. —Tras dejar que sus amigos se rieran un rato de lo que acababa de decir, continuó—: ¡No sobra decirles que he sido la broma de todos los médicos del piso!

Mientras tanto cortaba un poco de su carne para ponerla en el plato de Amelia. Luego de sus meses juntos, David ya se había acostumbrado a que a su novia se le antojara probar lo que él ordenaba. Por eso había decidido que, en vez de pelear con ella, preguntarle por qué no pedía un plato igual o hacerle mala cara, lo mejor era compartir su comida con ella y disfrutar de cenas agradables.

—En efecto, lo dejaste hace como dos días en mi casa. Si quieres, pasamos por mi apartamento antes de que vayas al hospital, y lo recoges. Lo tengo guardado en una bolsita para que no se pierda o se dañe —dijo Amelia sirviéndole un trozo de la pizza que compartía con Gabriela y Hugo, pues, aunque amaba esa combinación, él siempre terminaba pidiendo la que más le gustaba a Hue, la de peperoni, porque sabía que ella no podría con una completa.

—Ya que me voy a desviar de la ruta creo que, para hacer el viaje más productivo, deberíamos recoger todas tus cosas y mudarlas a mi apartamento.

Lo dijo en tono despreocupado, como si estuviera hablando de recoger ropa sucia para llevarla a la lavandería. Inmediatamente David terminó de pronunciar estas palabras, de la impresión, Miguel estuvo a punto de atragantarse con la sandía que estaba terminando de comerse, Gabriela dejó caer de la mesa un cubierto, Hugo se quemó con el queso de la pizza que acababa de servirle Amelia, Daniel quedó pasmado y sin saber qué hacer ni qué decir y Hue se cubrió la cara con las manos: ¡todos estaban completamente estupefactos con la poca sensibilidad que había demostrado su amigo a la hora de pedirle a su pareja que se fuera a vivir con él en un acto carente de cualquier romanticismo!

No sobra decir que Amelia casi se cae de la silla en que estaba sentada.

—Perdón... —fue lo único que pudo articular la pobre, que no salía de su asombro, primero, porque no se lo esperaba, pues llevaban pocos meses de novios y era muy pronto para tomar una decisión tan trascendental y, segundo, porque no sabía qué tan en serio hablaba su novio: de pronto lo que él acababa de decirle era una broma, y ella se lo estaba tomando en serio, pues con ellos no se podía estar seguro de nada; aunque todos sabían lo mucho que a ella le molestaban las bromas, ¡a veces se gastaban un humor de tres pesos!

—¡David, por amor al arte! —dijo Hugo una vez que hubo recuperado la voz, se hubo limpiado el queso con una servilleta y hubo aplicado un cubo de hielo de la bebida de Hue a su dedo quemado—. ¡Tienes la sensibilidad en el culo! ¿Cómo se te ocurre proponerle a Amelia algo tan importante de una forma tan impersonal? ¡Y eso que supones que los fríos somos tu hermano y yo!

Su tono permitía ver que estaba molesto, no solo por el accidente y la herida que ahora tenía sino también porque Amelia, mujer sensible, detallista y amorosa, se merecía una declaración más romántica. Intentando calmarlo, Hue le puso una mano en la pierna. Sabía que su novio adoraba a la historiadora, que siempre había estado ahí para él; por eso no confiaba en que Hugo pudiera contenerse. No quería que terminaran empeorando una situación que en sí ya era incómoda y la convirtieran en algo más que un disgusto.

—¿De qué estás hablando? —preguntó David, algo molesto por la interrupción de su amigo: ¿cómo era posible de que aquel no se diera cuenta del momento tan importante que él estaba viviendo?

—¡De la forma en que acabas de proponerle a Amelia que se vaya a vivir contigo! Fue... fue... ¡La verdad es que no sé ni qué fue! —le dijo Hugo golpeando la mesa con la mano al dejarla caer de manera histriónica.

—¡Un momento! ¿Estás hablando en serio? —interrumpió Amelia a Hugo, perpleja: realmente no podía creer que su novio hubiera hablado en serio.

—Lo mejor que nos podría suceder a todos es que esto fuera un mal chiste —dijo Gabriela, molesta por la burda declaración del amigo de Miguel, porque, como él siempre decía, cada vez que el médico cometía una 'cagada', dejaba de ser amigo de ambos y pasaba a ser amigo solamente de su esposo.

—Mucho me temo que no es un chiste. ¡David pretende incomodarnos a todos con lo que podría catalogarse como la peor declaración de la historia! —confirmó Hugo, aún molesto con David por su falta de tacto.

Al oír que se formaba una discusión por su propuesta, David decidió hacerse cargo de la situación: al parecer no había sido claro al expresar sus intenciones y todos estaban malinterpretando su propuesta. Lo mejor era hacer uso de la razón: eso siempre le había funcionado en los momentos más trascendentales de su vida, por lo que era imposible que, en algo tan importante para él como el paso que venía planeando dar en su relación desde hacía varias semanas con intenciones de consolidar el amor que construía con Amelia, no fuera a funcionar. Así que dijo con seguridad y decisión:

—¡Amelia, mi pequeña!, si lo piensas bien, es lo más razonable. —Cuando toda la mesa pensaba que no podía hacerlo peor, David se superaba y continuaba—: Estamos juntos todo el tiempo, ya sea en tu apartamento o en el mío. Es más: si le pones lógica a este asunto, nosotros prácticamente vivimos juntos. Tú tienes parte de mi ropa en tu armario y mis cosas de baño en tu casa, y yo tengo un depósito de cremas tuyas en el mío. ¡Lo que propongo es lo más práctico que podemos hacer!

En ese momento, Daniel no pudo más que reírse: ¡la situación había pasado de incómoda a inverosímil! ¿Cómo podía ser tan estúpido su mejor amigo?

—Perdona: ¿acabas de decir 'práctico'? —preguntó reponiéndose del ataque de risa.

—No lo olvides: ¡dizque 'razonable'! —recordó Hugo, que no tenía ánimos de reírse, menos aún viendo la cara de angustia de Amelia.

—¿Será que me dejan hablar con mi novia un segundo sin interrumpir? —les gritó David, muy irritado, a sus amigos, que no parecían entender que sus "nobles" intervenciones estaban arruinando su plan.

—La verdad, como tu mejor amigo de toda la vida, no puedo dejarte continuar porque me aterra lo que pueda salir de tu boca en este momento —le dijo Daniel con convicción y con intenciones de pararle los pies a su amigo haciéndole entender que cometía un grave error al abordar su declaración amorosa según la "lógica".

—A ver: yo no soy tu amigo de toda la vida pero sí soy tu abogado, tu único asesor legal hasta, donde tengo entendido, y como tal te aconsejo que te acojas al derecho a guardar silencio —le dijo Hugo haciéndolos reír a todos, pero con la verdadera intención de hacer reír a Amelia, que se había retraído y estaba roja como un tomate de la vergüenza.

—Pero ¿de qué están hablando ustedes? ¿Cómo es posible que no entiendan que…?

En el preciso momento en que se disponía a explicarles su propuesta, David recibió un fuerte puntapié en una canilla, que lo hizo callarse. Daniel aprovechó la oportunidad que le daba el silencio para ponerle fin a una situación que ya se salía de control.

—Como te veo algo perdido, déjame iluminarte un poco luego de una declaración tan… tan… ¿Cómo fue que la calificaste, Hugo?

—¡Como hecha con la sensibilidad en el culo! —contestó Hugo sin poder creer la forma como su amigo había logrado superarse en su infame declaración añadiendo argumentos que apelaban a la lógica y el pragmatismo, no al corazón y las emociones.

—¡Correcto! Con la sensibilidad tan en el culo ¿le dices a Amelia, historiadora aficionada a la lectura de novelas románticas y mujer detallista, amorosa y que siempre procura consentirnos con alguna cosa, que se vaya a vivir contigo porque es 'lo más cómodo' y no sé qué más estupideces? — David trató de interrumpir a su amigo, pero este levantó una mano para hacerlo callar incluso antes de que comenzara—. Cuando todos habíamos pensado que las cosas no podían empeorar, ¡tú decides continuar por el camino más… mmm… ¿cómo calificarlo?, digamos que por la vía más espinosa, y a una declaración ya fatal le aplicas lógica y practicidad dejando de lado lo más importante: que la que quieres que Amelia tome es una decisión que debe tomarse con el corazón, motivada por los sentimientos! —remató Daniel con intenciones de hacerle ver a su amigo de parvulario el error que acababa de cometer.

—Daniel, ¿te puedes callar? —le dijo David en un tono que no disimulaba lo incómodo que estaba con la situación.

—¡Pero por supuesto que puedo guardar silencio! La pregunta es: ¿podrías hacerlo tú y no cagarla más? —le preguntó Daniel con sarcasmo, lo que le costó un golpe en el pecho y la risa de todos en la mesa.

—¡Esperen todos un momento! ¿Podemos concentrarnos en un asunto? —gritó Amelia tratando de entender qué sucedía—. ¡David! —Espero a que su novio la mirara a los ojos para preguntarle—: ¿tú quieres que me mude contigo?

—¡Claro que sí! Eh…

Amelia no le dejó continuar.

—¡No es tan claro! Te lo pregunto porque… bueno, no está de más señalar que no llevamos ni un año juntos y tú no te has mostrado muy propenso a construir y a compartir tu mundo con una pareja.

—¿Qué importa el tiempo que hayamos pasado juntos? Lo importante es la intensidad de lo que sentimos. Yo…

¿Cómo decirle que no había construido nada antes con mujer alguna porque solo ella le había llegado al corazón?

—Vamos a ver: creo que para todos esto es un poco incómodo; por eso propongo que hagamos un llamado a la cordura y nos tomemos un segundo para reponernos del impacto. ¡Bajémosle al acelere y dejemos a nuestros amigos discutir el tema —dijo Gabriela señalando a David y Amelia— en la intimidad de alguno de los dos apartamentos, sin todos nosotros oyéndolos! Es más: me arriesgo a proponer que lo hagan cuando vayan al apartamento de Amelia a recoger el fonendoscopio de David.

—¡Secundo la moción de cordura de Gabriela, no sin reiterar que la de David fue una propuesta del culo! — dijo Hugo.

—Pero… ¡no entiendo!

David era un hombre conocido por su pragmatismo y su manera franca y directa de afrontar las circunstancias. Y no cayó en cuenta de su error hasta ver la cara de Daniel, su hermano del alma, que le hizo una seña para que comprendiera que era el momento de replegarse y aprovechar la oportunidad que Gabriela le daba de repensar lo que había dicho, si tenía intenciones de intentarlo de nuevo, con el fin de obtener el resultado deseado. El color de las mejillas de Amelia le hizo terminar de entender el dislate que había cometido.

Ella, por su parte, al ver que su novio por fin caía en la cuenta de lo chocante de la situación, se acercó a la mesa, le cogió una mano a David y le dijo:

—Davo, te quiero por miles de razones; en este caso, por tener la valentía de hacer una proposición como esta enfrente de todos nuestros amigos, por querer compartir tu hogar conmigo. Pero me uno a la moción de Gabriela: esto es algo que tenemos que hablar los dos más adelante. Por ahora no quiero que nos precipitemos y demos un paso para el que no estemos preparados. —Como David iba a contraargumentar, Amelia se le adelantó y le dijo—: Yo sé que nos queremos y que compartimos una química maravillosa, ¡pero de ahí a compartir el control remoto todos los días hay un paso enorme!

—¡Yo te doy mi control con tal de tenerte conmigo! —dijo David en un último intento de persuadir a su mujer—. ¡Por favor, Peque, déjalo pasar! En casa lo hablamos mejor. —Al ver la expresión de angustia de su novia, a quien se le habían puesto aún más rojas las mejillas, David entendió que la había puesto en una posición incomoda frente a sus amigos y que, si quería convencerla de mudarse con él, tendría que hacer lo que Daniel le había sugerido: apelar a su lado más romántico y dejar de lado la practicidad porque su mujer era una romántica empedernida y solo a través de las emociones y los sentimientos, lograría que ella diera un paso tan importante para los dos—. Está bien —dijo, derrotado, sin poder creer el resultado de su declaración.

Si hasta Hugo, conocido por ser uno de los más fríos del grupo, junto con su hermano, había percibido lo burdo de su proposición, ¿cómo era posible que él mismo no hubiera previsto el desastroso resultado que esta tendría?

El almuerzo continuó con dificultad: los amigos no lograron reponerse del suceso, aunque lo intentaron. Menos mal que se pusieron de acuerdo telepáticamente y comieron más rápido que de costumbre para no prolongarlo más de lo necesario. Todos apelaron a razones diferentes para levantar la sesión y retirarse con sus parejas a sus casas.

Luego de que el grupo se disolviera, David llevó a Amelia a su apartamento, y ella, naturalmente, aprovechó la oportunidad de estar a solas con él para abordar el tema del almuerzo. Sabía que no tenían mucho tiempo porque David debía llegar al hospital antes de que comenzara su turno. Por eso decidió no darle más vueltas al asunto y atacar directamente la proposición. Una vez que llegaron al apartamento, en el momento en que los dos entraban a la sala, Amelia se volteó para mirar a David a los ojos, le tomó la cara con ambas manos y le dijo:

—David, no quiero que te sientas mal por la forma en que me propusiste irme a vivir contigo. Fue un acto muy valiente, algo escaso, sí, de emoción y sentimiento, ¡pero estoy segura de que provino de un bonito lugar!

¡Qué mal había sonado ese remate, y eso que lo había ensayado mentalmente durante el trayecto! ¿Qué tal que no lo hubiera hecho?

—Escaso de emoción y sentimiento… —repitió David sintiéndose fatal al oír a su novia describir así su declaración.

—Vida, de nuevo, no quiero que te sientas mal: quiero que nos quedemos con lo bonito del sentimiento y dejemos a atrás la forma en que fue expresado —le dijo Amelia dándole un beso en la boca para luego retirarse a buscar el fonendoscopio.

Si lo que le había dicho luego de pensarlo más de diez minutos había sonado terrible, ella no confiaba en poder decir algo romántico de manera espontánea: ¿quién mejor que uno para conocerse? Así que lo mejor era pensar en otra cosa, buscar el fonendoscopio y dejar morir el momento.

—Yo no quería avergonzarte Amelia. ¡Por favor, créeme cuando te digo que no era mi intención! ¡No pensé bien lo que dije!

Era evidente que David estaba afectado de veras por lo sucedido mientras caminaba detrás de su novia, a quien conocía de sobra: por eso sabía que huía de él para no decirle qué pensaba.

—¡David, no le des más vueltas! El mero hecho de que haya sucedido nos indica que aún no estamos preparados para vivir juntos —le dijo Amelia antes de darle un beso y un abrazo.

—¡Amelia, por favor, no dudes que quiero compartir mi casa contigo, que te amo y…!

No pudo continuar porque Amelia le dio otro beso.

—David, te amo y, aunque sí fue algo desastroso, te conozco y sé que tenías las mejores intensiones. Ahora ve a trabajar y trata de no pensar en lo que pasó hoy, aunque sé que es prácticamente imposible que me hagas caso, y estarás medio turno repasando lo que hiciste mal.

Amelia no podía continuar con esa conversación: necesitaba espacio y silencio, pues aún estaba impresionada con lo que había ocurrido en el almuerzo, con la estrafalaria declaración de su novio y con la noticia de que él estaba preparado para dar el siguiente paso y vivir con ella. Definitivamente, necesitaba llamar a su mejor amigo y contarle lo que había sucedido. Le entregó, pues, el fonendoscopio a David y lo acompañó hasta la puerta.

—¡Te amo, mi pequeña! —le dijo David a su novia antes de salir de su apartamento, donde, aparentemente, ella permanecería aún más tiempo del que a él le habría gustado.

capítulo 17
Junk of the heart (Happy)
(THE KOOKS)

Cabizbajo, con el ánimo por el suelo, cavilando en lo que había ocurrido ese día, reprochándose su comportamiento y recriminándose con más saña de lo que podría haberlo hecho cualquiera de sus amigos —hay que reconocer que nosotros mismos somos nuestros jueces más severos—; en definitiva, recogiendo los añicos de su orgullo y sus ilusiones, David salió del edificio donde vivía su novia. Perdido en sus pensamientos, se despidió, sin revelar emoción alguna, del portero del edificio de Amelia y, cuando ya estaba saliendo a la calle, oyó una voz que le decía sarcásticamente:

—¡Se busca médico extraordinario en su profesión pero torpe en cuestiones del corazón!

Daniel estaba recostado contra la camioneta de Miguel.

—¡Como cardiólogo se muere de hambre! —afirmó Cristian, que, a pesar de no haber estado en el desastroso almuerzo por encontrarse en casa de los padres de su novia Márgaret celebrando el cumpleaños de su suegro, se había enterado del episodio gracias a sus amigos, que lo convocaron a una reunión de emergencia con el fin de mitigar los posibles daños ocasionados por la zafia conducta de su amigo.

—¡Como Don Juan, al parecer, también se muere de hambre! —apostó Hugo uniéndose a los bromas de sus amigos y atrayendo la atención de su despistado amigo, quien sintió un gran desconcierto al oír al abogado haciendo bromas, pues, cuando se habían despedido, Hugo seguía molesto con él.

—Pero... pero ¿qué hacen ustedes acá? —contestó por fin David, obviamente sorprendido de encontrarse con sus amigos precisamente a su salida del apartamento de su mujer.

—Hay que ser sinceros: ¡lo primero que venimos a hacer es matoneo! —respondió Daniel buscando desesperadamente la manera de sacar a David de su congoja anímica.

—¿Cómo?

David sentía que, desde aquel almuerzo, estaba más tonto que una mula: sinceramente, ¡no entendía nada!

—¡Sí, por llevarte el premio a la peor declaración de amor en la historia! —dijo Miguel haciendo acto de presencia ante los ojos de David, que no lo había visto mientras estaba en el asiento del conductor de su camioneta hablando con su hermano sobre una cita que tenían a primera hora con unos clientes.

—¿Cómo?

Seguía sin entender la visita de sus amigos. Pero, a pesar de su desconcierto, saludó de un abrazo —uno muy varonil, no sobra decirlo— a Miguel.

—Segundo, para evitar que en un futuro cometas los mismos errores —continuó enumerando Miguel los motivos por los cuales esperaban a David en la portería de Amelia.

—¿Cuáles errores debo evitar? —preguntó David tratando de comprender lo que sus amigos le decían.

—¡Ufff!, la lista es interminable; la verdad, son tantos que no me apetece enumerarlos en la portería del edificio de Amelia... ¡ni mucho menos exponerme a que nos encuentre alguno de sus amigos y nos coja a golpes por tu falta de sensibilidad! —dijo Daniel mirando a ambos lados de la calle.

—¿Qué tienen que ver los amigos de Amelia con todo esto? —preguntó David.

—No es posible que creas que, después de lo que ocurrió hoy, tu novia no vaya a llamar refuerzos ni aproveche que hoy tienes el turno de la noche para analizar minuto a minuto lo sucedido en el almuerzo —le contestó Daniel, sorprendido por lo poco que su amigo conocía a las mujeres.

El episodio sería el tema de conversación del mes siguiente entre las amigas y los amigos de Amelia. Menos mal que le tenían cariño a David: de lo contrario, ¡lo buscarían por donde fuera y le extirparían las gónadas, en especial el chef!

—Estoy de acuerdo con Daniel: ¡es hora de que nos alejemos de este edificio! —dijo Hugo abriendo la puerta de la camioneta e invitando a todos los amigos a subirse para salir de allí cuanto antes—. Lo importante no son los errores: es la pregunta de si vas intentarlo de nuevo, ¿verdad? —preguntó Hugo mientras se subía después de Cristian.

—¿Qué...? No estoy entendiendo... bueno, ¡nada! —dijo David, confundido, mientras Daniel lo empujaba para hacerlo sentarse en el puesto libre.

—¡Que si en realidad quieres que la Peque se vaya a vivir contigo! —le preguntó Miguel cerrando la puerta del conductor.

—Queremos saber si lo vas a intentar de nuevo —le preguntó Cristian abrochándose el cinturón.

No por nada habían escogido la camioneta de Miguel para ir a recoger a David.

—Sí, obvio que lo voy a intentar de nuevo —les aseguró David, que, a pesar del bajón que estaba teniendo ese día tras el rechazo de su novia, estaba seguro de que lo que más quería en la vida era que Amelia se fuera a vivir con él.

—Una vez hemos aclarado tus intenciones, debemos comenzar a desarrollar la agenda que hemos estructurado para la tarde —dijo Cristian con picardía.

—¿Es decir…? —preguntó ingenuamente David.

—¿De verdad pensaste que íbamos a dejar pasar esa declaración tan emotiva y cargada de romanticismo sin el matoneo de rigor? —dijo Daniel en tono sarcástico y con una sonrisa maliciosa en la cara.

—¡El premio al hombre que tiene la sensibilidad más en el culo es para…! —zumbó Hugo.

—Es que aún no puedo creer que le hayas dicho que era lo más 'práctico' que podían hacer —terció Cristian.

—La palma se la lleva el detalle de que David esperó a reunirnos a todos los amigos para hacer la propuesta más 'lógica' y 'práctica' del planeta, con lo que logró poner a Amelia incómoda y en evidencia, y no sobra decir que también al resto de nosotros —dijo Miguel.

—Bueno, no a todos —objetó Cristian.

—¡Menos mal no estaba Márgaret, porque si no te habría tirado la pizza caliente en la cara! —dijo Daniel, que sabía cuánto adoraba a Amelia la novia de Cristian.

—¡Si Gabriela estuvo a punto de saltarle desde el otro lado de la mesa para arañarle la cara! —continuó Miguel.

—¡Mira, pedazo de… que aún no te disculpo el patadón! —le dijo David.

—¿Cuál patadón? ¡Yo no te pegué! —le dijo Miguel, extrañado.

—El patadón se lo dio tu esposa —dijo Hugo. Todos lo miraron extrañados, primero, del hecho de que supiera del puntapié de que hablaba David y, segundo, de que Gabriela hubiera sido capaz de pegarle en una pierna desde donde estaba en ese momento—. Y aclaro que lo hizo con intenciones de hacerlo callar —les aclaró a todos Hugo antes de que malinterpretaran lo sucedido.

—¡Pero si es pequeñita! ¿Cómo es posible que alcanzara a darme desde donde estaba sentada? —preguntó David, perplejo, verbalizando lo que todos pensaban.

—¡Gabriela será pequeñita pero tiene la tenacidad y la fuerza de un pesista! Ahora, para resolver tu pregunta de cómo llegó hasta donde estabas… Tú no eres pequeñito, y hay una razón para que siempre la sentemos a ella en medio de los dos: que si nos sentamos de otra forma, nosotros —dijo señalando a los amigos— terminamos rozándonos las rodillas entre nosotros. Entonces ella pudo patearte en la pierna porque tus rodillas estaban en la mitad del camino de sus piernas —explicó Hugo.

—¡Pero mira que tiene fuerza! —afirmó David mostrándoles el morado que se le había formado cerca de la rodilla.

—Es una guerrera, no lo olvides. Hay que ver los mordiscos que Miguel tiene en los hombros y los arañazos que le cruzan la espalda cuando se quita la camisa en el gimnasio —recordó Daniel.

—¿Será posible que nos concentremos en la razón por la que todos estamos acá, y no en casa con nuestras parejas? —dijo Miguel, incómodo por el comentario de Daniel.

—¿Quieres que sigamos con el matoneo? —dijo Cristian.

—¡Sí, por favor! Mejor si lo dirigimos a David, ya que, a la larga, yo no me meto con ustedes ni con las huellas de sus pasiones —dijo Miguel.

—¡Es que nosotros no tenemos ese tipo de 'demostraciones de cariño' en el cuerpo! —dijo Cristian riendo.

—¿Nos enfocamos en David? ¡No joda! Gabriela es mi amiga, es como mi hermana, y si alguno se propasa con ella, ¡le parto la cara! —amenazó Hugo.

—Me da más miedo Miguel que tú —le contestó Cristian.

—A ver: aunque burlarme de David siempre ha sido divertido (¡y les juro que esta declaración del culo me va a durar por lo menos diez años!) —dijo Hugo tratando de reencauzar la conversación hacia un tema distinto a las muestras de pasión de su mejor amiga en la cama—, lo importante, y lo que en realidad nos ha hecho perseguirte y dejar a nuestras parejas un domingo por la tarde (¡y no sobra resaltar que es el único día de descanso que tenemos algunos!), es, primero, que queremos saber si tú en realidad quieres que la pequeña se mude a tu apartamento.

—¡Pero por supuesto! ¿O es que pensaron que lo que quería era incomodar a…? —dijo David categóricamente.

No pudo continuar porque Hugo lo interrumpió.

—Me importa muy poco lo que te haya llevado a meter la pata hasta el fondo. Lo que queremos saber todos (y me tomo la libertad de hablar por el grupo) —dijo mirando a sus amigos, que asintieron dando su aprobación— es si quieres que tu relación con nuestra historiadora favorita siga creciendo y que la pequeña tenga el amor y el romanticismo que se merece.

—¡Claro que quiero! Es algo que vengo pensando hace semanas.

—Con eso en mente, y en vista de lo sucedido esta tarde, ¡hemos decidido colaborarte para que saques la pata de donde la metiste y logres que Amelia se vaya a vivir contigo!

—Pero ¿cómo…? Si…

David estaba tan abatido que no lograba articular sus ideas de manera coherente. Cuanto más pensaba en su declaración, peor se sentía. ¡De verdad se llevaba la palma a la declaración menos romántica de la historia!

—David, te olvidas de que no solo somos profesionales exitosos sino que también, a diferencia tuya, todos los aquí presentes vivimos con nuestras parejas. Algunos, los que creemos en el matrimonio, logramos casarnos con ellas, y los que no estamos casados o en pareja, bueno, seamos sinceros, ¡es porque no queremos! —dijo Hugo haciendo la salvedad de Daniel, el único que no estaba interesado en abandonar su vida de soltero por una idea equivocada de lo que significaba estar en pareja, rasgo que de seguro cambiaría una vez que conociera a una mujer que le interesara de verdad.

Hugo estaba por creer que esa persona sería la amiga de Amelia, algo de lo que ella misma lo había convencido.

—La verdad es que no sé qué hacer para que Amelia no me rechace, y menos ahora que la he avergonzado tanto.

La actitud derrotista de David, además de su abatimiento, los estaba afectando a todos. Por eso, Cristian decidió tomar cartas en el asunto.

—David, ¿será posible que dejes de lamentarte un momento y vengas con nosotros a no sé donde nos está llevando Miguel para planear una estrategia que logre que la pequeña no te rechace de nuevo?

—¿En cuánto tiempo comienza tu turno en el hospital? —preguntó Miguel con intenciones de indagar dónde podrían conversar sin ocasionarle problemas a su amigo por llegar tarde.

—Tengo más o menos dos horas antes de que comience mi turno —respondió David mirando por la ventanilla, perdido en sus pensamientos.

Considerando esto, Miguel tomó la decisión de trasladar la conversación a una de las cafeterías del hospital; así, David podría estar pendiente de sus pacientes y hablar con sus amigos entre rondas. No sobra decir que los cuatro amigos molestaron a David un rato más por su "práctica, lógica y cómoda" declaración.

—¿Quieres que te pida un café? ¿O es más práctico que le diga a la enfermera que te sirva lo que pides siempre? —dijo Miguel con intenciones de fastidiarlo.

—¡Aplícale un poco de lógica! —dijo Hugo continuando la broma.

Justo cuando David iba a decir algo, Daniel le cogió un brazo y le hizo sentir que era una pelea perdida: sus amigos no le darían un pase libre sobre este tema en particular, por lo que, si les refutaba algo acerca de su famosa "declaración", lo único que lograría David sería azuzarlos para que siguieran fastidiándolo; sería algo así como darle oxígeno al fuego: solo empeoraría la situación.

—Al final, David prácticamente vive acá, así que la decisión debe tomarse con lógica y pragmatismo —dijo Cristian cerrando el chiste mientras Miguel y Hugo iban por las bebidas.

Inmediatamente trajeron los cafés, los amigos se pusieron manos a la obra, pues sabían que no contaban con mucho tiempo debido a que David estaba de turno. Hicieron una lista de cosas que le encantaban a Amelia, empezando por la comida.

—Tengo entendido que a la Peque le encantan los platos griegos, la comida japonesa… —dijo Miguel.

—¡No olvides que también adora los postres! —añadió Hugo.

—Y las fajitas, los nachos y los tacos mexicanos. ¡Ah!, y las papas fritas y los paquetes con maduritos, y esas cosas —completó David la lista.

—¿Cómo? ¿Las chucherías?

De la impresión, a Miguel se le cayó la mandíbula: ¡si ella era su amiga y compañera en las clases de cocina!

—¡No pongas esa cara! Son el placer culposo de Amelia; por eso se lo guarda para ella. ¡Pero en su casa tiene un cajón lleno de paqueticos y chucherías! —dijo David sonriendo al recordar la cara de culpa de Amelia el día en que él descubrió su secreto.

—Una vez hemos establecido que Amelia le es infiel a Miguel con las chucherías… —Miguel miró a Cristian con cara de pocos amigos y le dio un manotazo en el brazo—. ¡Auch! Podemos seguir enumerando las actividades que más le gustan —dijo Cristian riéndose de la expresión de su amigo.

—Ir a museos, pasear por el centro histórico, leer, caminar y ver vitrinas —enumeró Daniel.

—¡También le encanta ver series televisivas de bomberos, médicos y policías! —agregó David.

—Sin olvidar el canal de historia —dijo Miguel, que en ocasiones había tenido que cocinar oyendo los documentales históricos que se transmitían por televisión.

—¡Al cual critica el 93,4 %! —apuntó David.

—¡Ah!, también le encanta el cine —dijo Cristian, que había ido con ellos, en cita doble, a más de una película.

—Bueno, también le gustan las novelas, en especial las románticas —dijo David.

—Tienes razón: ahí podemos buscar detalles para preparar la mejor proposición del mundo —pensó en voz alta Daniel.

Después de una lluvia de ideas de más de tres páginas y de haber bebido una cantidad poco saludable de café comenzaron a planear un fin de semana inolvidable; decidieron que sería un fin de semana completo.

—Creo que un día no es suficiente: debemos planear todo un fin de semana. La meta es persuadir a Amelia, y ella, como mujer culta y estructurada, requiere muchos argumentos, ¡aunque románticos!, para tomar una decisión que, aunque espontánea, no por eso no es propensa a ser un error —dijo Hugo con argumentación propia de abogado.

—Estamos claros acerca de que esto no es un juicio, ¿verdad? —dijo Daniel tratando de quitarle a la conversación un poco de la solemnidad que le había imprimido Hugo.

—¿Acaso no estuvimos en el mismo almuerzo? Si esto fuera un juicio, ¡a David ya lo estaríamos ejecutando! —respondió Hugo, que no quería que sus amigos olvidaran el desastre de la tarde y lo importante de que todo saliera bien.

—Hugo tiene toda la razón, no solo en que todo esto tiene la solemnidad de las decisiones y los momentos de verdad sino también en que es importante que sea un fin de semana completo. Por eso propongo que se haga en ese precioso hotel colonial del centro —dijo Cristian.

Entendía la molestia de Hugo: también había tenido la oportunidad de conocer a Amelia en un ambiente alejado de sus amigos y había percibido que era una persona extraordinaria que adoraba a sus amigos, digna de una declaración bien romántica; también entendía que no estaban en la mejor posición, pues la propuesta de David había predispuesto en contra a la historiadora, y no iban a tenerlo fácil a la hora de intentar persuadirla.

—¿El que queda cerca de la plaza del Museo de Arte Colonial? —preguntó Daniel.

—Ese mismo —confirmó Cristian.

—Estoy de acuerdo. Además debe ser en un lugar neutral —terció Miguel.

—¿No sería mejor en mi apartamento? —preguntó David.

—¡Neee! —contestaron todos al unísono.

—Pero ¿por qué no? La idea es que ella se sienta cómoda donde se haga.

—Claro, esa es la idea, y funcionaría a la perfección si no le hubieras advertido de tus intensiones. Si la invitas a un fin de semana en tu casa, va a saber que estamos tramando algo y puede llegar a sentir que le estás poniendo una trampa, y eso es lo último que necesitamos. Lo que buscamos con esta operación es que pueda valorar todas las cosas que le encantan y lo mucho que disfruta hacerlas contigo a su lado.

—Okey. ¿Y en su casa?

—¿Para que vea que pueden compartir momentos especiales en su apartamento y no quiera salir de él ni quemando el lugar? —contestó Daniel, algo dramáticamente.

—Estoy de acuerdo con Cristian: debe ser en un lugar romántico, y me encanta ese hotel. Además tiene toda la historia que Amelia valora —dijo Andrés uniéndose al grupo gracias a una llamada de auxilio de Hugo y aún molesto con su "hermanito" por lo sucedido.

—¡Andrés! ¿Tú? Tú… ¿qué haces…?

David no salía de su asombro, y no de que Andrés estuviera en el hospital: de hecho, tenía una excelente relación con su hermano, y este lo visitaba a menudo en el hospital, ya fuera para almorzar, para cenar o, al menos, para tomarse un café en esa misma cafetería. Lo que lo impresionaba era el hecho de que su hermano se hubiera enterado tan rápido, aunque, si era sincero, debía admitir que había estado tentado a llamarlo apenas dejó el apartamento de Amelia.

—¡Vengo a restaurar el buen nombre de la familia! —dijo Andrés sentándose al lado de su hermano y robándole el café, aún caliente.

—Entonces… ¡decidido! El hotel-*boutique* romántico del centro histórico de la ciudad será el lugar donde se alojarán el fin de semana.

Cristian se asignó la tarea de llamar para hacer la reservación. Allí lo conocían por haber hecho en las instalaciones varias sesiones de fotos para distintas revistas, lo que había atraído bastante clientela al hotel.

—Además, el hecho de que ustedes estén lejos de las casas de ambos nos permitiría a los demás mudar (con ayuda de nuestras esposas, de ser posible) las cosas de Amelia a casa de David —dijo Miguel, entusiasmado de poder ayudar.

—Okey, necesitamos las llaves de su casa —dijo Andrés instando con la mirada a su hermano a que se las diera—. ¡No me mires así, que no vamos a robarle el apartamento!

—No, es que…

David acababa de caer en la cuenta de que, en medio de su despiste crónico, nunca le había pedido a Amelia copia de la llave de su casa. De hecho, la vez en que Amelia se las había dejado en la encimera de la cocina, David había salido tarde para el hospital y no las había tocado. Amelia no le dijo nada pero no se las volvió a dejar.

—¡No me jodas! ¿NO LAS TIENES? —dijo Daniel adivinando qué sucedía.

—Es que…

—¡Con razón a ella le pareció apresurado el paso! ¿Me puedes explicar; mejor, nos puedes explicar la razón por la cual no tienes las llaves del apartamento de tu novia? —preguntó Andrés.

—La vez que me las dio yo iba de afán al hospital y las dejé…

No pudo hablar más porque Andrés le dio, con rabia, una palmada en la nuca.

—¡Eres un idiota! ¿Le despreciaste las llaves a tu novia? Si no fuera por nuestros buenos genes, ¡la partenogénesis sería la única forma en que tú podrías tener descendencia!

—¿Partenogénesis? —dijo Hugo, aliviado de poder compartir con alguien la indignación que sentía cuando se enteraba de un detalle así.

—¡Es que nunca he necesitado las llaves! A ver: no la rechacé sino que las olvidé. Y, la verdad, siempre llego a su casa cuando ella está ahí.

—Voy a obviar ese comentario para no darte una paliza como cuando éramos pequeños. ¿Alguien tiene la copia de la llave? —les preguntó Andrés al resto de los amigos.

—¡Mi esposa! —dijo Miguel.

—Okey, ¿alguien más?—dijo Daniel.

—Oye, ¡te digo que Gabriela nos puede ayudar!

—Corrección: dijiste que tu esposa tenía la llave. De ahí a que nos quiera ayudar hay un vacío del tamaño del Gran Cañón —continuó Daniel.

—Seguro que, si le pido el favor… —estaba diciendo Miguel cuando Daniel lo interrumpió.

—¡Te pregunta por qué las necesitas, y, con tu poca fuerza de voluntad ante los encantos de tu mujer, terminas traicionándonos y contándole el plan!

—A ver: ¡no soy tan débil como me pintas! —se defendió Miguel.

—¡Miguel, no trates de engañarnos! Tu esposa es tu debilidad. Ahora, hay que aceptar la realidad: si ella es la única persona que conocemos con copia de la llave, ¡no nos queda otra opción que involucrarla en nuestros planes! —dijo Andrés.

—¡Miguel, necesitamos que la convenzas! —dijo Daniel.

—Propongo que vaya con la artillería pesada. —Notando que ninguno entendía, Andrés aclaró—: Hugo, debes acompañar a Miguel. Si alguien tiene el poder de persuadir a Gabriela, ¡ese eres tú!

—Oye, ¡mi esposa me hace caso a mí!

—Pero no perdamos de vista que el sumiso eres tú, y en esta situación debemos ser nosotros los dominantes —dijo Daniel.

—Al final, Hugo es su mejor amigo, y siempre es mejor movilizar toda la caballería: ¡no podemos dejar cosas al azar! —dijo Cristian dando por terminado el debate de quiénes irían a persuadir a Gabriela.

—¡Yo pienso que la propuesta oficial tiene que ocurrir al cierre de un fin de semana lleno de momentos mágicos!

—¿Qué tal en una cena romántica el sábado por la noche? —propuso David.

—De acuerdo. ¡Por fin estás poniéndote al día! —dijo Hugo.

—Creo que puede ser en el restaurante de su amigo —dijo Daniel.

—¡Nooo! —dijeron Hugo y Andrés.

—Por ideas como estas es que sabemos que son como hermanos, y su amistad ha perdurado tantos años —dijo Hugo.

—A David lo trajo la cigüeña; no estamos seguros de dónde exactamente. De hecho, ¡no estoy seguro de que compartamos los mismos genes! —bromeó Andrés.

—Para evitar que tonto y más tonto la caguen escogiendo el restaurante, propongo que lo hagas tú, Andrés —dijo Miguel.

—Estoy de acuerdo. Es más: creo que tú también eres el más calificado para elegir el menú. No sobra mencionar que la comida es una parte esencial de la vida y los gustos de Amelia, por lo que el menú no puede tener defecto alguno —dijo Hugo, que conocía de sobra el exquisito gusto de su amigo para los restaurantes: no en vano almorzaban juntos todos los martes.

—¡Vale! ¿Vamos el jueves al lugar que creo que será perfecto?—le dijo Andrés a Hugo.

—Oye, ¿y nosotros? —dijo Miguel, que ahora se sentía excluido de algo tan importante.

—Tranquilos: todos vamos —confirmó Hugo.

—Al final, es una de las partes más importantes de la operación, así que todos debemos aprobar el lugar —dijo Cristian.

—¿Dudas de mi exquisito gusto?

—Bueno, para la gastronomía no. En cuanto a mujeres, me gustaría que las escogieras un poquito menos mmm… como que no tuvieran un palo atorado en el recto —contestó Cristian.

—¡Muy médico de tu parte! —dijo David sonriendo.

—¡Estoy honrando el lugar donde nos encontramos! —bromeó Cristian.

—Bueno, nos quedan las actividades del fin de semana —dijo Daniel.

—Propongo que Cristian y Daniel busquen entre las exposiciones que se estén presentando en los museos favoritos de Amelia y diseñen un recorrido para el fin de semana —dijo Hugo.

—Por último, requerimos un regalo inolvidable para que la proposición esté completa. Andrés, ¿me puedes ayudar a buscar un detalle que darle a Amelia para que recuerde ese fin de semana cada vez que lo vea? —le preguntó David a su hermano.

—¡Pero por supuesto! Podemos buscarle unos pendientes que vayan con su colgante.

—¿Y un anillo?—preguntó David.

—¡Por amor a todo lo divino!, ¿podrías sacar la cabeza del culo? —le dijo Hugo a David—. Le estas proponiendo que se mude contigo: cuando quieras que se case contigo, ¡le das el anillo! Creo que lo mejor es que tú te dediques a ser tú porque, al parecer, esto te está sobrepasando. —Al ver que David se retraía, Hugo se dio cuenta de que estaba juzgando muy duramente a su amigo, que, aunque torpe, tenía las intenciones más nobles—. ¡Tranquilo, David! Que no estés acostumbrado a estas cosas no puede ser peor; pero tranquilo: las cosas van a mejorar. Lo importante es que por ahora no te obsesiones. Ya pasó lo peor; ahora solo nos queda subir.

—Bueno, creo que lo tenemos todo planeado.

—Doctor, qué pena molestar, pero acabamos de recibir una emergencia: un choque de varios carros. Al parecer vienen más heridos porque entre los vehículos involucrados estaba un bus —interrumpió una enfermera a los amigos.

—Tengo que…

David comenzó a levantarse con vergüenza.

—No te preocupes: ¡ve! —le dijo Andrés.

David salió corriendo detrás de la enfermera sin notar que aún no se había cambiado a su uniforme.

—¡Que la vida me perdone, pero esa emergencia es lo mejor que nos pudo pasar! —dijo Daniel viendo desaparecer a su amigo.

—¿Y nosotros somos los de la sensibilidad en el culo? —dijo Hugo.

—Lo digo porque si hubiera sido una noche lenta, David se habría obsesionado con el tema —aclaró Daniel.

—Bueno, cada uno de nosotros tiene una tarea. La idea es arreglar este desastre, ¡así que todo tiene que salirnos perfecto! —dijo Hugo.

—Tenemos un mes para lograrlo. Por eso, todos debemos empeñarnos al máximo en hacer magia… ¡y rápido! —concluyó Miguel.

capítulo 18
Lego house
(ED SHEERAN)

El fin de semana de Amelia y David comenzó el viernes con un desayuno en el restaurante favorito de Amelia, conocido por su bufete "todo lo que puedas comer": platos calientes y una muestra de comida fría, además de una gran sección de postres que Amelia asaltaba sin piedad y sin tomar prisioneros. Una vez que desayunaron y Amelia se lleno la panza de postres, David la llevó a caminar por el centro histórico, que no estaba tan concurrido como los sábados y los domingos, circunstancia que David aprovechó a su favor para hacer un recorrido en que Amelia le contara algunas de las curiosas historias que conocía, como cuando pasaron por el lado de un mausoleo donde reposaban algunos próceres fundadores de la patria.

—David, ¿sabías que antes del siglo XIX no existían los cementerios?

—Como dirías tú, ¡eu! Entonces ¿dónde enterraba la gente a sus muertos? En serio, no lo podía creer.

—Pues la mayoría de personas enterraba a sus familiares en sus casas o en las afueras de la respectiva ciudad.

—¿Qué hacían si tenían perro?... '¡Pluto, no desentierres otra vez al abuelo!' —se burló David.

—¡No seas bobo! —dijo Amelia riéndose, no obstante, del tonto chiste de David—. La verdad es que también comenzaron a enterrarlos en el patio de las iglesias hasta que se llenaron; entonces buscaron lugares más amplios donde hacerlo.

—¡Eres una Wikipedia ambulante: no hay día en que no aprenda algo de ti!

—¡Ay, no me hagas sonrojar! —le dijo Amelia, retrayéndose un tanto ante el cumplido: ¡no había aprendido a aceptar un halago!

—No te dé pena. Esa es una de las razones por las que me encanta pasar todo mi tiempo libre contigo —le dijo David de corazón.

Era verdad: siempre buscaba excusas para ver a Amelia. En todos sus años jamás había encontrado una mujer como ella, que supiera divertirlo fuera de la cama y hacerlo reír; era incluso la única que lo ponía en su lugar cuando se equivocaba, pero a la vez lo consolaba con algún dulce que cocinaba solo para él. Era su compañera, su amiga, su amante: ¡la mujer que hacía de su vida algo especial!

—¡Uy, te quiero! —le dijo ella deteniéndose a darle un beso en la boca antes de seguir caminando y terminar de ver el antiguo mausoleo, donde se encontraron con una tumba sin nombre, lo que le trajo a Amelia otra historia a la memoria—. ¡Ay!, ¿sabes de qué me acordé?

—En realidad, tu mente opera de modos misteriosos para mí, conque estoy seguro de no tener la menor idea.

—¡Bobo! ¿Sabes por qué hay tantas lápidas sin nombre?

—Podría inventarme una historia, pero lo más lógico sería porque los que lo enterraron no conocían el nombre del fallecido.

—No, no siempre. De hecho, si el fallecido era malo, si había sido ejecutado como criminal, si era pobre o si deseaba el anonimato póstumo, las lápidas se ponían sin nombre —le aclaró Amelia.

—¿Y si no sabían el nombre del fallecido?

Si David no ganaba… ¡medio empataba! Ambos se rieron y siguieron caminando por el centro. Como el desayuno había sido copioso, no se detuvieron a almorzar, y emprendieron un recorrido en cuyo transcurso pararon en el Museo de Arte Moderno para ver algunas videoinstalaciones de un artista nuevo que, se suponía, Amelia iba a apreciar porque unía la tecnología con la historia en un itinerario por las mejores emperatrices de la historia.

—Si te aburres, podemos ver parte de la exposición y luego ir adonde quieras.

Amelia sabía que David no solía visitar ni recorrer museos, pero ignoraba si era por falta de tiempo, por ausencia de interés o porque se aburría, o si asistía a algunas exposiciones: al fin y al cabo, Daniel era su mejor amigo y tenía una profunda —¡y hasta quizá contagiosa!— inclinación por el arte.

—La verdad es que de esto entiendo poco, pero ver lo mucho que tú disfrutas de la exposición hace que yo la disfrute en tu compañía.

Amelia se sintió halagada y conmovida; por eso abrazó a David con todo el cariño que la situación le había despertado.

—¿Estás seguro? —le dijo, aún abrazada a él.

—Estaría mejor si me contaras tu versión de lo que vemos.

David había pensado hacerle algunas preguntas para no estar tan ciego frente a cada pieza pero se había sentido intimidado: no quería pasar por ignorante aunque, en esta área de la cultura, lo era cabalmente.

—¡Ay, me encantaría! Pero antes quería preguntarte: ¿te gusta ir a museos? —le dijo Amelia señalándole el camino que quería que tomaran para ver la exposición en el orden en que se lo había imaginado.

—La verdad es que me encanta. Ya sabes que Daniel es un apasionado por el arte, y ese amor le viene de su madre, que de niños nos llevaba a exposiciones artísticas; algunas me gustaban, otras no tanto.

—¿Lo sigues haciendo? —le preguntó Amelia mostrándole una pieza que para ella era valiosa no solo porque hacía referencia a Catalina la Grande sino también por la forma en que el artista había aprovechado las joyas de la pintura original para reflejar en ellas algunas fotos que se recuperaron del salón sexual de la emperatriz de Rusia.

—¿Qué? —dijo David, desconcertado al ver una mesa hecha de penes.

—Ir a exposiciones con la mamá de Daniel.

—Claro, eso no ha cambiado; la alimentación, tal vez.

—¿Cómo así?

—Antes ella nos regalaba dulces y paqueticos; ahora somos nosotros los que la llevamos a almorzar o a cenar.

—Eso me encanta. Mi madre también nos llevaba a mí y a Ariadna a ver exposiciones de arte.

—Una pregunta, y no me odies por hacerla: ¿por qué Ariadna es tan cortante con Daniel?

—Porque él le dijo que era una 'pedante intelectual'.

—¿Cómo?

David se detuvo en seco ante el comentario de su novia.

—¿Te acuerdas de una reunión que hice en mi apartamento, de la que te tuviste que ir temprano?

—¿Por una cirugía de corazón?

Había sido una de las pocas veces en que David se había sentido realmente frustrado de tener que dejar lo que estaba haciendo para ir al hospital por una cirugía de corazón. ¡Pero siempre había querido asistir a una!

—Esa misma.

—De verdad que no me quería ir. Todos tus amigos me encantaron, y la estaba pasando muy bien. ¡Esas cositas que hizo Owen me encantaron!

—Si no me lo dices, no me doy cuenta: ¡te las comiste todas! Se te notó tanto el gusto, que a la semana Owen te llevó más al hospital para que merendaras algo.

—¡No te me distraigas, mi Peque, que yo te conozco!

Amelia tenía una fuerte tendencia a desviarse de los temas, aunque no sobra decir que también era maravillosa cerrándolos.

—¡Verdad, verdad! La cosa fue que, cuando te fuiste, Marissa comenzó un debate sobre los pintores impresionistas, y la cosa se fue de madre. La verdad, no recuerdo qué fue lo que dijo Ariadna, pero Daniel se molestó con ella.

—¿Daniel? Si él siempre está dispuesto a debatir las cosas... ¡más hablando de arte!

—Bueno, el problema no era el tema sino quién estaba debatiendo.

—¿Cómo así? ¿A Daniel le desagrada Ariadna?

No se lo esperaba: ¡si ella tenía el físico que su amigo siempre había deseado!

—Más bien, todo lo contrario: le encanta, y a ella también le encanta Daniel. Lo que pasa es que con ellos nos estamos devolviendo al sexto grado.

—¡No jodas!

—Sí, señor: la cosa es que ambos aman tanto su soltería, que prefieren jalarse los pelos a admitir que se sienten mutuamente atraídos y probar suerte.

—¡Es que, como dice en la novela que te encanta, 'el amor es para los valientes'!

—¡Exacto!

Siguieron disfrutando de la exposición hasta el final. Luego fueron a la tienda de regalos, y Amelia compró algunas cosas, entre ellas un prendedor para David. Él le regaló una hermosa pañoleta. Se tomaron un café y luego decidieron volver al hotel y aprovechar la habitación y los manjares que les habían dejado.

Cristian les había conseguido la mejor habitación del hotel, con una decoración romántica, y las delicias que les habían servido eran, además de lujosas, exquisitas. Por ser David uno de los mejores amigos de Cristian, el hotel no había escatimado en gastos y había decorado la *suite* —¡que era, además, la que tenía la bañera más grande!— con orquídeas, además de con unas cuantas velas. Amelia y David tenían a su disposición una botella de champaña Cristal, unas fresas bañadas en chocolate Godiva y una ancheta rebosante de productos, todo de un gusto maravilloso.

Cuando llegaron a la habitación, Amelia puso a funcionar la bañera y regó en ella aceite y burbujas. Después llevó puso copas de champaña que David había llenado en la mesita lateral y, cuando notó que su novio la miraba, empezó a desnudarse de manera despreocupada pero con todas las intenciones de excitar a David, que no se perdía el mínimo detalle del *show* que su novia le hacía, sin poder creer su suerte: tenía la oportunidad de estar al lado de una mujer que no solo lo hacía reír sino que también, con un gesto ínfimo, una palabra, una caricia o el simple hecho de quitarse la ropa, lo excitaba como ninguna lo había hecho antes que ella.

—¡Ven, mi doctor favorito! Deja que te consienta. Disfruta conmigo este baño de espuma —le dijo Amelia, metida en la bañera con el agua hasta las rodillas.

—¡Eres una ninfa que me tienta! —dijo David desvistiéndose con movimientos torpes: ¡quería estar ahí dentro con ella lo más pronto posible!

—¿Podría ser una sirena malvada, no lo olvides: ¿qué tal que mi canto sea solo una forma de distraerte para luego hacer lo que quiera contigo? —le dijo ella, juguetona, mientras veía a su novio luchar con su ropa de la manera más torpe y graciosa del mundo.

—¡Puedes hacer conmigo lo que quieras! —le dijo David acercándose a la bañera y entrando a espaldas de ella.

Una vez dentro, la acomodó de manera en que ella quedó adelante y encima de él, recostada en su cuerpo.

—¡Esta fue una idea maravillosa, Davo! Hacía rato que no teníamos tiempo para los dos. Tú con tus estudios y el hospital, y yo entre mis clases, mis estudiantes, el negocio... ¡Bueno, ya has visto! —le dijo Amelia mientras acariciaba los brazos que la tenían rodeada desde atrás.

—¡Este es el mejor lugar del mundo para estar contigo entre mis brazos, encima mío! —le dijo él besándole el cuello.

—¡Y con tu pene erecto entre mis nalgas! —le dijo Amelia en broma.

—¡Uy, menos mal lo notaste! ¡Estaba empezando a asustarme! —le dijo David mordisqueándole el cuello, uno de los puntos erógenos más sensibles de Amelia.

—¡Es imposible no notar semejante apéndice clavado en mis nalgas!

No pudo continuar porque David le cerró la boca de un beso apasionado mientras subía las manos para presionarle los pezones, erectos pese al agua caliente. Amelia empezó a restregarle la verga entre sus nalgas con intenciones de que se excitara más si era posible.

—Peque, estás jugando con fuego, ¡y yo soy un adversario temible! ¡Creo que llegó el momento de que tengamos sexo acuático! —le dijo él mientras se levantaba dándole tiempo a ella de incorporarse.

—¿Sexo acuático?— dijo ella dejando que David la pusiera en cuatro patas y sujetándose del borde de la bañera.

—¡Sí, mi vida! —le dijo David desde atrás mientras situaba su hinchada verga en medio de su vagina, abría sus labios con cuidado y, penetrándola lentamente, la hacía sentir sus dimensiones y la marcaba a fuego vivo desde adentro.

—¡Oh, esto es!

Amelia no tenía palabras, y, cuando David la hubo penetrado por completo, se volteó para morderle un brazo.

—En efecto... ¡lo es! —ratificó David mientras le sobaba las tetas y comenzaba a moverse a buen ritmo.

—¡Uy, David...! Vamos a... dejar... el baño... hecho... ¡un asco! —dijo Amelia, casi sin aliento a causa de lo que David le hacía sentir con su pene, con sus manos y, ahora, con su lengua, que le recorría el cuello sin piedad.

—¿Puedes pensar en el estado...? —En ese momento, apretándolo entre sus paredes vaginales, Amelia lo hizo perder la conciencia un instante y olvidar la idea que trataba de articular—. ¡Sigue así, mi vida!

—¡No te distraigas ahora! —le dijo Amelia con malicia—. ¿Me decías que si podía pensar en...?

—En el estado en que vamos a dejar el baño —le dijo David pellizcándole los pezones.

—¿Qué pasa? —dijo Amelia en medio de un gemido.

—Eso quiere decir que no lo estoy haciendo bien —le dijo David al oído mientras apretaba el paso y le mordía el cuello, algo que sabía que a ella le encantaba.

—¿¿Qué??... ¡Ay, no pares!

Amelia ya no podía pensar en nada distinto a su novio y a las sensaciones que le hacía experimentar.

—Si puedes... Eso es, nena: ¡apriétame!, ¡siente cómo me exprime tu vagina! —le decía David acariciándole los pezones en círculos y pellizcándoselos un poco.

—¿Qué me estabas diciendo? —preguntó Amelia tratando de pensar con coherencia mientras le apretaba el pene de nuevo entre sus paredes vaginales, pues sabía que eso lo enloquecía.

—Que si... ¡Oooh, eres fabulosa!... ¡Me encanta ver cómo ese durazno hermoso se come mi pene, cómo se pierde mi verga en ese hermoso trasero que es solo mío! —le dijo mientras le daba una nalgada—. Pero si puedes... pensar en cómo... (¡uy, nena, no pares!) va a quedar el baño... es que... ¡no lo estoy haciendo bien!...

—¡Ay, David...! Si lo haces mejor me... ¡voy a morir! —dijo Amelia clavándole las uñas en los antebrazos.

—¡No pares, mi vida! —le dijo David apretándole los pezones mientras Amelia volteaba la cara para darle un apasionado beso con el cual lo llevó al límite.

Al sentir que estaba cerca del orgasmo, David bajó una mano con intenciones de estimularle el clítoris.

—¡Davo, no voy a aguantar...!

—No lo hagas, mi vida: ¡yo te tengo! —Cuando David apenas le rozaba el clítoris, Amelia explotó en mil pedazos y se lo llevó a él con ella. David tuvo un orgasmo en cada célula de su cuerpo. Una vez que recuperó las fuerzas, atrajo a Amelia hacia sí para que recostara la cabeza en su pecho. Les tomó un tiempo recuperarse. Al rato, David dijo—: ¡Tenías razón! —Cuando vio que Amelia lo miraba confundida, continuo—: Sí, mi vida. En una acción sin precedentes te digo que tienes razón.

Amelia lo golpeó en el brazo.

—No es sin precedentes: ¡la mayoría del tiempo, yo tengo la razón!

—En esta oportunidad la tienes: ¡dejamos el baño hecho un asco! Menos mal es el del hotel porque, de haberlo hecho en casa, habríamos tenido que mudarnos. —Amelia estalló en una carcajada que los sacó de la ensoñación—. Bueno, mi historiadora favorita, ¡tenemos que prepararnos para la siguiente sorpresa!

Entonces la instó a pararse para que pudieran arreglarse pensando en el plan de la noche.

Les tomó más de una hora prepararse, todo por culpa de David, que, apenas vio a Amelia con su tanga roja, a juego con un brasier de encaje, arreglándose frente al espejo, no pudo contenerse y la penetró por segunda vez. Fue un "rapidito", pero la dejó hecha una pena, por lo que ella tuvo que arreglarse de nuevo.

En la noche fueron a cenar a un lugar de comida de autor y, aunque las muestras y los platos estaban exquisitos, no se podía decir que las porciones fueran generosas. Una vez que probaron la muestra de postres ordenaron un café; a continuación pidieron la cuenta y pagaron. La noche continuó con una visita al teatro: esa semana se presentaba un *show* que involucraba acróbatas y música en vivo, además de un excelente elenco.

—Esta ha sido una de las mejores noches de mi vida: todo ha sido mágico —dijo Amelia, abrazada a David, mientras subían por las escaleras del hotel hacia su habitación.

—¡No has visto nada! Mi idea es que la emoción que sientes, la magia de que hablas, se repita muchas veces —le dijo David dándole un beso en la frente mientras abría la habitación—. Bueno, ¡es hora de que probemos esta ancheta romántica!

¡Y vaya que la probaron! Aceites, bolas…: no se quedaron sin usar nada de la ancheta; tanto así, que terminaron viendo el amanecer antes de caer rendidos.

—¡Cariño, si hasta los conejos descansan! —le dijo Amelia mientras caía rendida de un orgasmo que había tenido gracias a unas bolas chinas y al pene de su novio.

—No estoy seguro de esa información —dijo David acomodándola a su costado como siempre cuando dormía con ella: era algo que esperaba hacer, a partir de esa noche, por el resto de su vida.

Al día siguiente fueron a visitar un museo donde se exhibía una muestra de arte bizantino. Allí, al final del recorrido, en la tienda de *souvenirs*, David la hizo creer que le había comprado una chuchería de la exposición cuando en realidad le estaba entregando unos hermosos aretes, réplicas de la época bizantina, que Andrés le había conseguido y que, como este había predicho, hacían juego con el colgante que su hermano le había regalado meses atrás.

—¿Qué es esto?

—¡Un *souvenir* para que recuerdes este fin de semana! —le dijo él señalando una mesa del café del museo para que se sentaran con sus paquetes y los cafés que acababan de comprar.

—Pero ¿de dónde lo sacaste? —preguntó Amelia, pues no lo había visto novio comprar nada en la tienda.

—Lo compré mientras estabas distraída. ¡A ver, ábrelo! Quiero ver tu cara de sorpresa.

¡Ups, de verdad que David era malo el romance: por poco y le dice a Amelia qué había en el estuche!

—No importa lo que sea: seguro me va a encantar. ¡El mero hecho de que hayas sido tú quien me lo compró lo garantiza! —Desde que David había llegado a su vida, todos y cada uno de los detalles que había tenido con ella le habían encantado, así que estaba segura de que esta vez no sería la excepción. Amelia depositó el pocillo en la mesa y se dispuso a abrir la caja. Cuando por fin vio el interior, sus ojos se llenaron de lágrimas y agarró instintivamente el collar que le había regalado Andrés—. ¡Oh, David, son preciosos! ¿Cómo…?

—El cómo no es importante: el porqué sí lo es. Te los estoy regalando porque te amo, porque eres la mujer de mi vida y porque quiero que recordemos este fin de semana por el resto de nuestras vidas —le dijo él mientras la veía ponérselos con lágrimas de felicidad en los ojos.

Una vez que se los puso, se limpió las lágrimas y le pidió al mesero que les tomara una foto a los dos para inmortalizar el recuerdo.

Esa tarde, como habían dormido poco, decidieron recostarse un rato y descansar en la habitación del hotel. David fue el primero en despertarse. Lo que sucedería esa la noche lo tenía inquieto: no quería que algo saliera mal y su propuesta fuera rechazada; quería que Amelia se fuera a vivir con él. El dónde era poco importante siempre y cuando estuvieran juntos.

—¿Estás despierto? —le preguntó ella desperezándose como una gata.

—¿Te desperté? —le dijo él haciéndole cosquillas. Amelia no podía parar de reírse—. Bueno, mi vida: ¡hora de levantarte para la siguiente sorpresa!

—¿Hay más? —dijo ella acariciándole la espalda y restregándose contra él con intenciones de tentarlo para que se quedaran en la cama.

—¡No, no, no! —dijo David—. No me vas a distraer. Tengo una misión, ¡y nada me va a impedir cumplirla!

Y, para evitar que Amelia se saliera con la suya, cerró la puerta del baño. Una vez estuvieron listos, salieron a comer a un restaurante situado en la zona histórica de la ciudad y conocido por las leyendas que lo rodeaban y las personalidades históricas que habían asistido alguna vez.

La comida estaba deliciosa y la conversión estaba entretenida como siempre, pero David no podía relajarse: ¡estaba tan nervioso…!

Todo lo que sus amigos le habían dicho y rogado le rondaba la cabeza.

—Te pido (no: ¡te ruego!), David, que la dejes disfrutar del postre —le dijo Hugo—. Es lo más importante para Amelia, su parte favorita de toda la comida. Es más: ¡se me ocurre que podemos hacer que les sirvan primero el postre!

—¡Neee!, Amelia es muy inteligente y se daría cuenta al minuto de que algo no está bien y estamos tratando de embaucarla —dijo Daniel.

—Es que eso es lo que estamos haciendo: ¡la estamos embaucando para que se vaya a vivir con el más 'práctico, lógico y cómodo' de nosotros! —dijo Miguel saltándose su régimen dietario con una porción de pizza de peperoni y llevándose un golpe de David en la nuca.

—¡Imbécil, ya me di cuenta del error! Dejemos así.

Luego de algunos días de reflexión acerca de lo sucedido, David vio claramente qué había hecho mal, empezando por razonar como un científico, ignorando la sensibilidad de su novia, humanista de formación y convicción.

—¡No me siento cómodo ni entiendo la lógica de dejar de hacer algo tan 'práctico' como molestarte por ser un idiota! —dijo Hugo y los hizo reír a todos.

—¡Idiota! No te pego porque estás lejos y porque no comprendo cómo es que ustedes saben todas esas cosas de Amelia.

—Fácil: ella se tomo el trabajo conocernos a todos. Sabe del amor de Daniel por el arte y los postres de fresa; por eso, cada quince días, los domingos de partido, le prepara algo con fresas. Sabe que yo soy el único que odia la pizza con verduras; por eso, siempre que confirmo que voy a ir, pide una pizza de peperoni solo para mí. Podría hacerte una lista interminable de detalles que conoce de todos nosotros porque, al ser tus amigos, nos hizo una prioridad, así que lo mínimo que podíamos hacer era darle el mismo trato —explicó Cristian.

—Por eso… te pido, ¡te ruego que la dejes llegar al postre!

—¿Qué es el postre? —preguntó David con curiosidad.

—¡La mejor *crème brûlée* del mundo! La hicimos llegar al restaurante y nos costó una fortuna que, no siendo parte del menú del chef, nos permitieran servirlo.

—¡No me jodas! ¿En serio?

David no podía creerlo.

—Sí que te jodo porque ha sido bastante complicado lograr que todo salga perfecto. Así que, ¡por favor!, deja que Amelia lo deguste como se merece —le encareció Hugo.

—No puedo creer que, de todos nosotros, seas tú el que comparta su amor por los dulces —dijo Miguel, incrédulo, luego de enterarse de que los dos habían asistido al instituto de cocina para aprender a cocinar postres.

No sobra decir que al principio le habían dado celos pero, luego de la primera clase con ambos, entendió por qué Amelia no le había pedido que fuera: ¡nada le salía bien! Se le había ido la mano con el azúcar, había abierto el horno antes de tiempo y hecho que la mezcla no creciera de manera apropiada, y la masa… bueno, ¡había sido un fracaso total!

—Yo aún no puedo creer que mi amigo chef no sepa que no se debe abrir un horno cuando se está cocinando una torta —le dijo Hugo con intenciones de mortificarlo.

—Aunque me fascina nuestra conversación sobre masas y hornos, ¿podemos enfocarnos de nuevo en el postre, mis amigos reposteros? —dijo Daniel.

—¡No soy repostero! —replicó Hugo.

—¡Moción de aclaración, señores miembros del jurado! Hugo no es repostero. ¿Les queda claro a todos los presentes? —parodió Daniel.

—¡Sí, señor! —exclamaron todos los demás.

—Saben que eso no pasa en los juicios, ¿verdad? —dijo Hugo, inconforme con el concepto que sus amigos tenían de su trabajo, basado en lo que veían en las series de televisión; de hecho, ya había perdido la cuenta de las veces en que los había oído imitar el ruidito de *La ley y el orden* para cambiar de tema.

—¿Es posible que regresemos a lo que nos reúne el día de hoy? Por fin entiendo el enfado de Gabriela y de Amelia ante nuestra falta de concentración. ¡Por amor al arte! —dijo Daniel—. ¡Recuerda que la idea es que Amelia disfrute cada momento de la que ha de ser una declaración romántica sin precedentes!

—Bueno, es sin precedentes porque la primera dejó la marca tan bajita que con una chocolatina y una nota escrita a mano la podemos superar —dijo Hugo, aún ofendido, a decir verdad, por la declaración tan pobre y burda que su amiga había recibido.

capítulo 19
By your side
(SADE)

Lo que sus amigos desconocen es el origen del cariño y de la amistad entre Hugo y Amelia. Esta surgió unos meses atrás cuando él tuvo que enfrentar un caso complicado: uno de sus clientes estuvo a punto de purgar varios años de prisión, por lo que, aunque acostumbrado a la presión y la tensión de su profesión, en este caso lo mediático que había sido el juicio, la notoriedad que había alcanzado entre sus colegas y lo mucho que se había jugado su cliente le habían dejado a Hugo unos episodios de ansiedad que le quitaban el sueño y, bueno, lo mantenían intranquilo. Él había tratado de superarlos por su cuenta, pero la verdad era que estaba perdiendo la pelea. Por ejemplo, no quiso decirle a su novia que lo habían amenazado y que en más de una ocasión había sentido que alguien lo seguía.

La verdad era que, después de haber vuelto el juicio a favor de su cliente, Hugo seguía nervioso y preocupado, detalle que Amelia notó una tarde de domingo cuando sus amigos celebraban un *touchdown*. La gritería de sus amigos irritó a Hugo, que se sintió incómodo y empezó a tener un ataque de pánico. Era algo inexplicable, pues hasta entonces jamás le había pasado: comenzó a sudar copiosamente y, para evitar que sus amigos se dieran cuenta, empezó a agarrarse las manos con ansiedad. Todos estaban absortos en la celebración, menos Amelia, que se le acercó discretamente. Él no se dio cuenta hasta que sintió que unas manos pequeñitas tomaban tiernamente sus temblorosas manos con intenciones de tranquilizarlo.

Para evitar que el resto de los asistentes se percataran, Amelia le dijo:

—Hugo, ¿por qué no me acompañas a la cocina por el resto de los chocolates calientes?

Y lo jaló con las manos hasta la cocina. Por inercia, Hugo siguió a la "pequeña" hasta su refugio.

La cocina era un territorio exclusivamente suyo, pues, aunque aún no vivía con David, se había apropiado del espacio y le había dado vida. Acercó un taburete y se sentó frente a él.

—¿Hace cuánto los tienes? —le preguntó.

—No sé de qué…

Hugo iba a negar lo que fuera que la historiadora estuviera pensando cuando ella lo interrumpió:

—Hugo, tú siempre has dicho que me consideras una de las mujeres más inteligentes y cultas que conoces. Te pido, pues, que no insultes mi inteligencia ni la tuya. Si no me quieres contar, no hay problema. ¡Pero no me mientas! —le dijo, algo molesta, comenzando a ponerse de pie.

—¡Desde que un cliente casi termina en la cárcel por mi culpa! —le confesó Hugo sujetando su mano para que no se fuera.

—Hugo —lo consoló Amelia con voz conciliadora—, lo que pudo pasar pero no pasó no existe. Pero eso no es lo que me preocupa: me preocupa que estás mal, y tenemos que hacer algo para salir de esta ansiedad —le dijo, segura de que él no había compartido con nadie lo que le sucedía por la idea (¡muy equivocada!) de que al hacerlo se mostraría débil.

No lo conocía hacía mucho, pero él siempre se proyectaba como un hombre muy seguro de sí, característica indispensable en su línea de trabajo.

—Es que no entiendo qué me pasa: yo siempre he podido con la presión y conozco los riesgos de mi profesión. Por eso evito involucrarme emocionalmente con mis clientes para que mi juicio...

En ese momento, Amelia lo tomó de las manos y le dijo:

—¡Eres el mejor abogado que conozco y, aunque no conozco a muchos, eres mi favorito! —le dijo con una sonrisa radiante.

—Gracias —le dijo Hugo con una sonrisa melancólica.

—Bueno, me imagino que proponerte que veas a un especialista es tiempo perdido.

—¿Para que me medique y se libre de mí mientras yo me hago adicto a algún medicamento?

Hugo había visto a más de un colega hacerse adicto a las pepas.

—Okey. No es necesariamente así, pero la idea es liberar la tensión, no producirte más.

—Ya voy a estar bien.

—Sí, me doy cuenta: ¡lo tienes todo controlado! —le dijo ella con sarcasmo.

—Bueno: controlado, no... ¡Pero algo se me ocurrirá!

—¿Has pensado probar alguna actividad que te distraiga?

—¿Sexo? Amelia, me pareces hermosa, pero sabes que tengo novia, y no somos de compartir.

—¡Idiota, no te escudes en el humor para evadir lo que te está pasando! —En cualquier otra ocasión, Amelia se habría reído del chiste, pero no ahora: si no hacían algo, los episodios empeorarían. En ese momento se le ocurrió algo—. Te propongo algo: a ti, como a mí, te encantan los postres, ¿verdad?

—Bueno, no sé si como a ti, pero sí me gustan.

Ella tenía razón: era algo que debía enfrentar, y ya no sabía cómo: llevaba semanas sintiéndose mal pero no quería molestar a nadie con su malestar.

—Disculpa, ¿no fuiste tú quien se relamió los dedos con mi torta de manzana luego de limpiar el plato con ellos? —le preguntó Amelia levantando una ceja como solía hacerlo David.

—¡Es que estaba deliciosa! Creo que se volvió mi postre favorito...

—No me distraigas, que soy novia de David y compañera de arte de Daniel: ya aprendí a conocerlos.

—¡Me declaro culpable! —dijo Hugo, manos arriba.

—Se me ocurre una idea (claro: ¡loca como todas las mías!), y no sé si tienes lo que se necesita para participar de mis malévolos planes —le dijo Amelia, consciente de su espíritu competitivo, con intenciones de retarlo.

—¿Tratas de retarme? Sabes que si me lanzas un guante, ¡te lo voy a recoger! —dijo Hugo sintiéndose mucho mejor por el mero hecho de conversar con esa "pequeña" que tanto había mejorado el ambiente del grupo.

—¡Perfecto! ¡Esa es la actitud! Mañana nos vamos a matricular en el curso de postres de mi academia de cocina. —Cuando le vio en la cara a Hugo que quería retractarse le dijo—: A no ser que creas que no tienes las habilidades y destrezas necesarias para ser mi compañero de cocina, entiendo que mis exquisitos platos puedan intimidarte.

—¡Dime la hora y el lugar, y allí estaré!

Hugo jamás se amilanaba ante un reto, y no iba a comenzar ahora.

—¡Lo sabía!

Lo que Amelia no le dijo fue que a ese curso asistía una pareja de psiquiatras que seguro le podrían echar una mano.

—David tiene razón: ¡eres un poco tirana! —le guiñó un ojo Hugo.

—Pero así me vas a aprender a querer. ¡Ya verás! Además, tú eres el único que les ha prestado atención a todos mis detalles. Así que ¿quién mejor que tú para ser mi compañero de cocina?

—Oye, ¿y Miguel no se pondrá celoso?

Su amigo era muy "territorial", y no le gustaba la idea de que lo reemplazaran en nada.

—¡Pero por supuesto que se pondrá! Por eso, vamos a dejar que vaya a una clase con nosotros, y cuando vea que no le va… Bueno, seamos sinceros: ¡un secreto entre los dos!

—¡Por fin soy el primero en saber algo que nadie más sabe y en tener un secreto contigo! —Esto la hizo reír—. Siempre soy el último en enterarme de todo.

—Bueno, en ese caso, te cuento que Miguel es estrepitosamente torpe para los postres, sin mencionar que también es descuidado: no presta atención a las medidas. Puede que eso no tenga repercusiones en un filete pero, cuando estás haciendo un *brownie* o un pan brioche, es…

—¡No me digas que no midió las cantidades!

—Peor: ¡abrió el horno!

Todo buen cocinero sabe que, aunque la torta parezca estar lista por los costados al mirarla a través de la ventanita, si se abre la puerta del horno, todo el calor que la torta guarda en su centro se pierde, lo que tiene como resultado una torta perfecta en los bordes pero cruda y apelmazada en el centro. Por eso, ambos se rieron de la torpeza de su amigo chef.

Cuando salían con los chocolates calientes, Hugo dijo:

—Pero ¿cómo puede ser? ¡Voy a ir a molestarlo ya mismo!

—No, no, no: es secreto profesional y, como mi abogado, no puedes revelar nada de lo que te he contado —le dijo Amelia guiñándole un ojo mientras se dirigía a la sala, donde todos esperaban los chocolates calientes.

—Está bien —dijo Hugo con cara de niño regañado—: no voy a decir nada, pero quiero que sepas que representa un gran sacrificio para mí. Por cierto, Amelia, no te olvides de decirme cuánto…

—¡No te atrevas a preguntarme cuánto cuesta el curso! Es mi invitación, y yo pago —le dijo Amelia entregándole a Daniel un chocolate con masmelos, su favorito.

—¿Qué invitación? —preguntó este.

—Hugo me va a hacer el favor de acompañarme a los cursos de postres —dijo Amelia cubriéndole la espalda a Hugo.

Si él no quería apoyarse en sus amigos, ella no lo juzgaría y le guardaría el secreto siempre y cuando fuera ella quien lo apoyara.

—¿Y nosotros? —preguntó Miguel, en efecto celoso.

—¡Ah, no te preocupes, Oso! Claro que vas a venir con nosotros. Es solo que no sé si puedas asistir ambos días, así que Hugo será mi segundo.

Amelia le guiñó el ojo a Hugo.

—Yo soy el plato de segunda mesa —dijo Hugo haciéndose el ofendido y provocándoles risa a todos.

Las primeras clases fueron toda una novedad para Hugo, que se mostraba un tanto retraído, fuera de su elemento y con algo de nerviosismo ante la perspectiva de hacer quedar mal a Amelia. Ella le dio confianza y lo fue empoderando a medida que hacían las recetas. Los dos aprovecharon ese espacio para hablar de cualquier cosa, desde sus orígenes, lo que les gustaba hacer y sus respectivas carreras hasta los problemas que tenían en el trabajo.

Amelia aprovechó para presentarle a la pareja de psiquiatras, que en más de una ocasión le dieron algún consejo sobre cómo manejar la ansiedad. Y aunque no comprendía la conexión entre ese nuevo *hobby* y los ataques de ansiedad ni entendía en qué le ayudarían los postres a librarse del mal que lo martirizaba, Hugo asistía puntal a clase. Lo hacía, más que todo, en retribución por la amabilidad de Amelia y porque disfrutaba de compartir con ella un nuevo pasatiempo, no porque en realidad pensara que esas clases pudieran ayudarlo.

A medida que avanzaban las clases, Hugo comenzó a librarse de la ansiedad. El hecho de tener que concentrarse en las instrucciones, las medidas, los ingredientes y la secuencia de preparación de las recetas al mismo tiempo que profesora dictaba las instrucciones le ayudó a transferir toda la ansiedad contenida del trabajo a una diversión. Al mes de estar tomando clases se dio cuenta de que ya no tenía pesadillas, y un domingo en la tarde, cuando su equipo favorito había ganado el partido, en el momento en que sus amigos comenzaron a gritar y a celebrar, no se asustó. Por eso aprovechó el jolgorio para abrazar Amelia y agradecerle su ayuda.

Pero Amelia no lo dejaría tranquilo hasta que visitaron a un profesional. Menos mal que sus compañeros de clase eran psiquiatras, pues habría sido tremendamente incomodo para él tener que escoger a unos desconocidos para airear sus problemas ante ellos. Ese fue el principio de una gran amistad. Hugo consideraba a Amelia una amiga del alma, y de esas no tenía muchas.

Por eso estaba tan ofendido: si había alguien que se preocupara por la estabilidad, la tranquilidad y el bienestar de todos los del grupo, ¡esa era Amelia! De hecho, desde la llegada de la historiadora al grupo, las peleas entre ellos se habían vuelto menos frecuentes.

—¿Puedo saber qué es lo que te ofende? Porque te conozco, y sé cuándo me molestas a mí por hacer matoneo y cuándo algo te molesta a ti. Por eso puedo asegurar sin temor a equivocarme que esto te molesta —le dijo David a su amigo.

—La verdad es que sí estoy molesto contigo porque... vamos a ver, sé que soy una persona difícil, y a ustedes puede parecerles que soy algo despistado pero, como me dijo Amelia un día, soy el más prudente de nosotros y el que más presta atención a los detalles. Por eso he visto que la presencia de Amelia ha hecho de Gabriela una mujer más abierta ante los demás, ¡y a ella si la conozco de toda la vida! —dijo Hugo haciendo referencia a tantas veces en que David y Daniel sacaban a colación el hecho de conocerse toda la vida—. Es más: gracias a Amelia, Gabriela ya no se siente enana, y créanme que ese ha sido un detalle que siempre han usado sus contrincantes para achantarla y una característica de su físico que la ha traumatizado toda la vida.

”También sé que Daniel ha dejado de abusar de su cuerpo tomando alcohol y pasándosela de fiesta con sexo y excesos, todo porque Amelia lo hace levantarse a caminar y desayunar en los museos. Miguel ya no es tan ansioso como antes y, bueno... yo, como pueden ver, estoy siendo más comunicativo. Con respecto a ti, Cris, no te he olvidado, pero tu presencia acá hace que no tenga que decir lo obvio; pero, por si acaso, desde que Amelia está con nosotros y te presentó a tu novia ('técnicamente' porque, aunque el destino los puso en un mismo corredor o ascensor, si no es por su intervención, probablemente no habrías logrado salir con Márgaret) tenemos el gusto de compartir contigo más momentos importantes, y no solo narrados en correos electrónicos o videollamadas.

”Sobre ti, David, bueno, tú mismo nos has dicho cómo te cambió la vida. Por eso me duele y me lastima que la hayas humillado con una declaración tan pobre y falta de cualquier cariño o consideración, con el agravante de que lo hiciste frente a todos nosotros. Ella no es un mueble que acomodas en un nuevo espacio: ¡es tu mujer! y se merece que la honres como tal. ¡Por eso te pido que seas considerado y la honres con esta declaración como no lo hiciste la última vez! —remató Hugo.

—Lo siento. No sabía...

David no pudo decir nada más: en realidad, hasta ese momento no se había dado cuenta de lo importante que era su novia para todo el grupo ni, mucho menos, del cariño que Hugo le tenía a Amelia. De hecho, en más de una ocasión se había preocupado de que el cariño que Amelia le tenía a Hugo no fuera correspondido. Pero ¡qué equivocado había estado! Hugo solo atacaba a quien lastimara a alguien que a él le importara de verdad.

—Mira, no me pidas disculpas. Me jode que la cagues, y más cuando lo haces con Amelia. ¡Pero soy tu amigo del alma! Puede que no de pequeños, pero no por eso soy menos amigo tuyo y, aunque seas un idiota del carajo en el amor, ¡eres mi amigo! —le dijo Hugo.

David y Daniel también entendieron entonces que debían dejar de sacar a relucir el hecho de ser amigos desde niños.

—Me encanta saber que Amelia nos ha vuelto a todos unos cursis del carajo. Pero ¿nos podemos concentrar y seguir con nuestra planeación antes de que me llegue el periodo? —dijo Daniel, incómodo con el episodio: claro que él era sensible, pero darse cuenta claramente de que también lo eran sus amigos era otra cosa.

—Es bueno saber que siempre serás el mismo cabrón de toda la vida. No importa a cuántos museos, exposiciones o desayunos te lleve Amelia, ¡jamás podrá corregirte! —le dijo Miguel.

—Es que, por más de que Amelia este haciéndole a Daniel todo un proceso de reinserción en la sociedad, ¡no le podemos pedir imposibles! —dijo Hugo riéndose.

—Bueno, ¡los prefiero haciendo matoneo a trenzas! —dijo Daniel también riéndose.

—A ver: ¿nos concentramos? —les pidió David—. Aún no logro entender por qué tanto énfasis en el postre.

—Porque vas a estar tan nervioso que seguro te va a costar concentrarte en algo que no sea mudarte con Amelia y lograr que te diga que sí. Es más: si es por ti, le dices que mudamos sus cosas incluso antes de que se sentara a cenar —dijo Daniel.

—¡Esperemos que no tengamos que hacer un trasteo doble! —dijo Miguel, nervioso.

—¡Ah, no! Si este idiota no logra convencerla, me rehúso a confesar mi participación en el plan. ¿Qué? ¡No me miren así, o van a ser ustedes los que vayan conmigo a las bienales y muestras artísticas! —dijo Daniel fingiendo indignación.

—A mí me ampara el secreto profesional cliente-abogado. ¡Así que no necesito ni estoy obligado a confesar mi participación en esta mudanza! —dijo Hugo a manera de chiste.

—¡Todos ustedes tan chistosos que a veces no puedo creer que no se hayan dedicado a la comedia! —dijo David, resentido y molesto por la falta de seriedad de sus amigos a la hora de abordar un tema tan importante para él.

—¡Oye, David! ¿Crees que no sabemos lo importante que es para ti que todo salga bien? —le contestó Miguel al verlo tan alterado y confundido—. Por eso hemos planeado todo al detalle. Y, aunque sabemos que la 'pequeña' te ama con todo el corazón, debes tratar de apegarte a lo que hemos planeado.

Aunque David había tenido y tenía que enfrentar retos que involucraban tomar decisiones que les cambiaban para siempre la vida a sus pacientes, esta era una oportunidad que cambiaría para siempre su propia vida de David. Por eso estaba tan nervioso. No quería arruinarlo todo y que Amelia decidiera no irse a vivir con él.

Ahora, en la cena más importante de su vida, David no podía hacer más que recordar los consejos de sus amigos y la importancia de dejar que su novia llegara bien al postre para disfrutar la mejor *crème brûlée* del mundo.

—David, ¿te pasa algo? —le preguntó Amelia, pues no le pasó inadvertido el cambio de actitud de David una vez entraron en el restaurante.

—Nada, mi vida. Estaba recordando que Hugo me mencionó que aquí hacen la mejor *crème brûlée* de la ciudad.

—Okey. ¡Ahora estoy segura de que algo pasa!

—¿Cómo?

—Sí, señores: a ti te pasa algo, así que quiero saber qué es.

—Pero ¿qué dices? Todo está bien, estamos juntos y…

—David, ¡no insultes mi inteligencia! Acá no hacen *crème brûlée*.

—No joda. —Como sus amigos no se lo habían dicho, había pensado que sí la hacían allí, solo que no tan rica como la que le servirían a Amelia. ¡A ver cómo lo arreglaba ahora!—. Lo siento, Amelia. No te molestes, por favor. ¡Quiero que esta noche sea perfecta!

—Este fin de semana ha sido perfecto; todo ha estado hermoso. Se nota que fue planeado al detalle, como traerme este restaurante, donde se también han planeado algunos de los momentos más importantes de nuestra historia, pasando por la exposición de arte bizantino y los aretes compañeros de mi colgante para terminar con lo que parece ser la mejor receta de mi postre favorito.

—Es que quiero…

—David, no me interrumpas —le hizo callar Amelia—. Como te decía, todo se planeó al detalle con intenciones de hacerme vivir uno de los mejores fines de semana de mi vida, ¡algo no muy difícil de lograr para ti si tienes en cuenta que todos los fines de semana que comparto contigo son los mejores solo por el hecho de disfrutar de tu compañía! —Amelia levantó una mano para impedir que David la interrumpiera—. Por todos los detalles que planearon tú, Miguel, Hugo, Cristian, Andrés y Daniel, sé que algo importante está sucediendo, así que te pido que nos saques a los dos de este sufrimiento y me digas qué es lo que no te deja disfrutar esta deliciosa cena. Te prometo que le digo a Hugo que me dijiste lo que sea que hayan planeado después del postre.

David no podía creer el poder deductivo de su novia. ¿Cómo era posible que hubiera descubierto lo que habían planeado con meticulosa precisión y total sigilo?

—Pero ¿cómo es que...?

—¿Quieres que nos pongamos a divagar sobre la forma en que descubrí que Hugo pagó por traer hasta aquí la mejor *crème brûlée* de la ciudad y cómo tu hermano logró que te diseñaran unos aretes que hicieran juego con mi colgante de Teodora? O, mejor, ¿nos concentramos en lo que te tiene tan nervioso?

Lo que menos quería Amelia era que su novio se distrajera con los detalles: ya tendrían tiempo para eso en otro momento. Ahora lo que le preocupaba era saber qué tenía a David tan nervioso.

—Es que, Amelia, ¡estoy tan nervioso! ¡No sé qué decir para que no me rechaces...!

—¡Ay, por...!

Amelia comprendió al instante la causa del nerviosismo de David.

—¡No, no, no! ¡Por favor, no te asustes! Antes de que me rechaces déjame darte todas las razones que tengo para que compartas mi casa y la hagas nuestro hogar.

—Davo, creo que...

—Amelia, sé que me amas y sé que sabes que te adoro. ¡Por favor, mi Peque, por el cariño que nos tenemos, te pido que no me niegues la oportunidad de exponerte mis razones! Si, una vez que las haya expuesto (¡todas y cada una de ellas!), sigues con la idea de que es muy pronto para irnos a vivir juntos, respetaré tu decisión y no te presionaré más.

Amelia dudó unos segundos. Desde el día del mercado había pasado varias noches preguntándose si habría sido buena idea rechazar a David. Su inquietud aumentó al ver que, desde ese domingo, David no había vuelto a tocar el tema, lo que la hizo pensar que había recapacitado y decidido que, en efecto, era mejor estar como estaban. Por el miedo que sintió al pensar que su novio ya no quería vivir con ella, decidió darle una oportunidad: a lo mejor no era algo precipitado.

—¿Cómo negarme escucharte luego de todos los momentos mágicos que has preparado? —dijo Amelia mientras David movía la silla para estar más cerca de ella.

—Bueno, que los dioses me ayuden: ¡acá voy! —dijo David respirando hondo y rezando para que esta vez todo saliera según lo planeado—. Amelia, mi pequeña, sé que la primera vez que te hice esta proposición fue un desastre. No lo pensé mucho, no que te fueras a vivir conmigo: lo venía pensando hacía semanas. La proposición fue la que no planeé, y no sabes cuánto lamento haberte avergonzado como lo hice frente a nuestros amigos.

—David, no te preocupes por lo que pasó. Por favor, avancemos. La verdad es algo que me ha estado rondando hace un tiempo, y quiero oírte porque creo que ese día de pronto me precipité al no dejarte hablar. ¡Así que no nos quedemos en el pasado y avancemos juntos hacia el futuro!

—¡Mi vida! Te digo así porque… ¡sabes que eres mi vida!, ¿verdad? Eres lo mejor de mi día. Aún recuerdo cuando me dijiste lo de ese libro romántico acerca de las tres importantes preguntas que le hace el protagonista a la amiga de su amada. ¿Te acuerdas?

David estaba tan nervioso que no sabía si Amelia estaba al tanto de lo que le estaba diciendo.

—¿Cuál era su comida favorita, dos cosas que tuviera en su mesita de noche y un gesto que le encantara de ella?

—Sí. Te encanta la comida turca, griega y japonesa, pero, por encima de todo, los postres, sean de donde sean. En tu mesita de noche tienes un libro acerca de Teodora, la emperatriz de Bizancio, de Gillian Bradshaw, que has leído por lo menos diez veces, además de un cofrecito con tus joyas más queridas. ¡Y me encanta que me piques el ojo cada vez que haces algo que consideras una travesura!

"Más: la pasta también te gusta mucho. Siempre tienes chocolates y una foto que nos tomaron en la feria del libro con sombreros de totoro. ¡Ah!, y me encanta que levantes una ceja cada vez que quieres enfatizar algo.

"Mi vida, ¿ves por qué te amo con todo mi corazón? Es cierto que, antes de que llegaras a mi vida, no me había planteado tener una relación con nadie, pero no porque me encantara mi soltería sino porque mi prioridad era mi vocación de médico. Pero contigo me he dado cuenta de que no tengo por qué sacrificar algo que me apasiona, como mi profesión, por estar contigo, y sabes por qué lo sé.

—No —dijo Amelia, aunque estaba segura de que era una pregunta más bien retórica.

—Porque hemos logrado combinar nuestros biorritmos y porque desde hace mucho tiempo tú eres mi prioridad. Además, las cosas que ya no hago es porque me han dejado de importar y porque ahora disfruto hacerlo todo contigo.

—David, me preocupa que, una vez me instale en tu casa, descubras que te choca cómo aprieto la crema dental o no te guste ver mis cosas por todo tu hogar. Me preocupa que me digas que hay que ralentizar las cosas.

Amelia estaba segura de sus sentimientos por David: le preocupaba lo que su novio sintiera por ella.

—Amelia, en serio, no entiendo de dónde sacas esas ideas. A mí me encanta tenerte en mi casa. Tú haces de ella un hogar. ¡Desde que estamos juntos solo puedo dormir si mi cama huele a fresas como tú! Me fascina llegar a mi apartamento y encontrarte dormida en el sofá, esperándome. ¡Podría durar toda esta cena enumerando las cosas que me encantan de ti!

—Peque, punto primero: ¡yo huelo a cerezas, no a fresas! Y segundo: no sé… ¡Me da miedo!

Amelia estaba muy asustada. Le parecía que iban muy rápido y, aunque sabía que David era el hombre de su vida, le preocupaba que él estuviera dando pasos apresurados y en algún momento se arrepintiera.

—¡Amelia, princesa!, te pido que me digas qué te asusta, porque si no sé qué te preocupa no puedo demostrarte que son temores infundados.

—¡Me preocupa que sea una decisión basada en un calentón!

Amelia se sonrojó profusamente una vez que le manifestó a David su miedo más grande: que David se estuviera precipitando en una relación por la calentura del momento y la excelente química sexual que había entre los dos. Por eso, una vez logró articular las palabras que tanto miedo le producían, bajó la cabeza y se escondió en su postre.

—¡Amelia, mi pitufa, por favor, mírame! —le dijo David tomándola por la barbilla para levantarle la cara—. Quiero que entiendas que no soy un adolescente y que, si te digo que quiero que vivamos juntos, no es por lo maravillosa que eres en la cama. —Amelia se sonrojó aún más, pero también sonrió y empezó a relajarse al oír seguridad y cariño en la voz del hombre a quien amaba—. No sobra decir, por supuesto, que esa es una de las muchas razones por las que sé que quiero compartir mi vida contigo. Pero quiero que sepas que esto no es un mero… ¿cómo lo llamaste? 'calentón'. Si te digo que quiero que te mudes a mi apartamento, es, primero, porque es más grande que el tuyo e incluso te queda más cerca del trabajo y, segundo, porque no tengo la menor duda de que eres la mujer más maravillosa del mundo ni de que te amo ni de que quiero compartir contigo mi casa, mi tiempo y mi vida. —En ese momento, a Amelia se le llenaron los ojos de lágrimas—. Por todas estas razones, y muchas más, te pido que vengas y hagas de mi desastroso apartamento un hogar. Por favor, ¡no vayas a llorar! Y, si es posible, ¿me puedes hacer una seña para saber cuál es tu decisión? Mira que, aunque parezca un tipo rudo, ¡estoy que me cago del susto de que me rechaces otra vez!

—¡Dijiste…!

—Sí, ¡una grosería! Eso debe indicarte lo nervioso que estoy. Así que, por favor, mi vida, no me hagas sufrir más.

David no pudo continuar porque Amelia lo abrazó por el cuello y le dio un beso para luego sonreír y decirle:

—¿Cómo podría negarme ante una declaración tan bonita? ¡Claro que sí me encantará mudarme contigo! Déjame hablo con la dueña del apartamento para decirle que me mudo contigo y, bueno, ¡debo arreglarlo todo!

Y, como siempre pasaba, Amelia pasó de estar con él a comenzar a realizar los preparativos para mudarse al apartamento de David.

—¡Amelia, Peque, mi vida!… —David tuvo que besarla para que le prestara atención—. Tus cosas ya están en mi apartamento. Ya hablé con la dueña del tuyo y le di el mes de depósito por mudarte antes de finalizar el contrato, y, si no me equivoco, nuestros amigos ya trastearon todo a mi casa, ¡a nuestra casa!

—Pero ¿como...? —Luego de pensarlo un poco, Amelia descifró el enigma—: ¡Gabriela...!

—¡Sí, señores! No creas que fue fácil convencerla: ¡como que Hugo va a tener que ir a yoga con ella por lo menos un mes!

—¡Pero si Hugo odia cualquier tipo de ejercicio o práctica oriental individual como el yoga o el taichí! —dijo Amelia riéndose.

—¡Porque es supertorpe!

—¿En serio?

—No le digas a nadie que te lo conté: él es más de deportes de contacto.

—¡No me lo habría imaginado!

—Bueno, es que sabe ocultarlo, y no tengo idea de qué le prometió Miguel; pero, por lo que sé, fue algo bastante gordo que ella siempre había querido.

—¡Ah, eso es fácil! ¡Va a tener que ir con ella a su club de lectura!

—Pero...

—Sus compañeras de lectura no le creían que estaba casada con un hombre como Miguel, así que ahora no solo va a tener que acompañarla sino que además es el encargado de los pasabocas de la velada, por lo menos en lo que queda de este año.

—Mira tú: ¡Gabriela en un club de lectura!

—David, necesitas dejar de lado tus prejuicios sobre ella. Aunque no lo creas, ella te da estabilidad, te ha hecho mejor persona y, lo que es más importante, hace feliz a Miguel. Así que es mejor que empieces a aceptarla porque es mi amiga y la quiero, ¡como dominante, como mujer, como todo lo que la hace ser ella!

—Tienes razón: es hora de que deje de lado mis prejuicios. Ahora, si me permites, ¿qué te parece si disfrutamos de este deliciosos postre y del resto de la noche en nuestra *suite*?

—¡Me encanta la idea!

—¡Ah!, ¿y si Hugo pregunta?

—Ya sé: me lo dijiste después del postre.

Amelia y David disfrutaron, pues, de la deliciosa *crème brûlée* que había encargado Hugo y decidieron regresar al hotel para cerrar un fin de semana mágico con una noche de sexo apasionado, el mejor abrebocas para una nueva etapa en sus vidas.

capítulo 21
Daydreamer
(ADELE)

El domingo, por más que no habían dormido mucho la noche anterior, la ansiedad y los nervios por lo que sucedería ese día los hicieron levantarse más temprano de lo esperado, por lo que, luego de un copioso desayuno en el hotel, con *pancakes*, tostadas francesas, jugo, huevos y caldo, además de bebidas calientes y fruta, decidieron recoger sus cosas.

—¡Ha sido un fin de semana mágico! —le dijo Amelia a David abrazándolo.

—¡Sí que lo ha sido! Gracias por compartirlo conmigo y gracias por decidir dar el siguiente paso en nuestra relación. —David le beso la frente y continuó—: ¿Lista para irnos a nuestra casa?

—¡Pero por supuesto! —contestó Amelia, separándose un poco para recoger su maleta y salir de esa hermosa habitación donde había pasado unas noches llenas de amor, sexo, pasión y desenfreno.

Le agradecieron al personal del hotel su amabilidad durante toda su estancia, se disculparon por décima vez por el desastre que habían dejado en la habitación luego del episodio acuático en la tina y se encaminaron a lo que sería, desde ese momento, su nuevo hogar, el que construirían juntos. Ambos estaban tan nerviosos que no encontraron tema de conversación durante el trayecto del hotel al apartamento: David porque no quería decir alguna palabra o frase que pudiera estropear el fin de semana que estaba viviendo con su novia, y Amelia —amante del orden y algo controladora (bueno, ¡las cosas como eran!), una obsesiva compulsiva con sus cosas— porque estaba aprensiva y temerosa por no saber cómo habrían llegado sus pertenencias al apartamento de David. Le preocupaba que sus cosas hubieran podido estropearse o no saber en qué estado se encontraban sus pertenencias, y si sus amigos habían olvidado alguno de sus tesoros. Al no ser ella quien había empacado sus libros, sus reliquias, ¡su ropa!… cualquier cosa podría suceder. El recorrido se le hacía eterno a David, que aún tenía pendiente una misión y no sabía cómo llevarla a cabo.

Pero pasó poco tiempo antes de que el taxi llegara al edificio de David. Cuando se estacionó en la acera de enfrente, él pagó el taxi y se dispuso a llevar las maletas de los dos al interior del edificio. Una vez adentro, David presentó le a Amelia al portero de turno, Néstor, uno de los más "comunicativos" del edificio y que ya la conocía como visitante regular, pero que a partir de ese momento la reconocería como otra dueña del inmueble.

—¡Bienvenida a su hogar, señorita Amelia! —dijo el guardia con una sonrisa.

—¡Muchas gracias! —le contestó Amelia, algo tímida y aprensiva ante lo que sucedía.

La verdad, le incomodaba un poco la cara de complicidad del personaje. Ese era un momento íntimo y, aunque sabía que el portero lo hacía con las mejores intenciones, el gesto le había parecido impertinente.

—Néstor, por favor, a partir de este momento, toda la correspondencia que llegue a nombre de Amelia Randall la guarda en mi buzón —dijo David antes de que se cerraran las puertas del ascensor.

Subieron cogidos de la mano, cada uno con las pulsaciones a mil. Él fue el primero en salir, y guio a Amelia por el corredor hasta la puerta del apartamento. Le sudaban las manos y estaba realmente ansioso de que su "pequeña" se sintiera en casa mientras Amelia no sabía ni para donde mirar. No era la primera vez que visitaba el apartamento de David, pero ni siquiera aquella vez había estado así de nerviosa, y eso, en parte, se debía a que, a partir de ese momento, ya no era el apartamento de David sino el hogar de los dos. Justo antes de abrir la puerta de su nueva residencia, él la tomó de las manos y le dijo:

—Amelia, no sabes lo feliz que estoy de que por fin hayas aceptado mudarte conmigo. Sé que tuviste todas las reservas del mundo, pero quiero que sepas que no he dudado ni un instante que tú eres la mujer de mi vida, y la idea de por fin tenerte conmigo a mi lado en nuestra casa es…

A David lo desbordaba la emoción, y le costaba hacerse entender.

—¡Ay, Davo, mi despistado y amoroso doctor! Yo también estoy emocionada; algo asustada, debo aceptarlo, ¡pero muy emocionada! —le dijo Amelia abrazándolo.

La verdad era que, si bien aquel momento era de lo más romántico, le ganaba la curiosidad de saber cómo habrían llegado sus cosas.

—Antes de que entres a lo que estoy muy seguro te parecerá un desastre (¡y sé que te está matando el miedo a que hayan roto alguna de tus cosas o a que alguno de nuestros amigos dejara algún detalle en tu apartamento anterior!)… —Al decir esto, David sorprendió a Amelia, quien no podía creer que su novio la conociera tanto—: te digo que puedes estar tranquila porque fue Gabriela la encargada de supervisar la mudanza, y no sobra decir todo el cariño que te tiene y lo meticulosa que es en cualquier tarea, más teniendo en cuenta que es algo que te concierne. Por eso, antes de enfrentarte a la mudanza, te pido que me des cinco minutos más de concentración. Sé que es lo más difícil que te he pedido hoy, pero son solo unos minutos más.

Amelia se limitó a asentir. La verdad era que no estaba para mucho trote: tenía los nervios destrozados.

Cuando terminó de hablar, David se metió la mano al bolsillo y sacó una cajita de Tiffany's que le entregó a Amelia, que aún no podía creer cuán transparente era para su novio. Cuando abrió la caja, Amelia vio un hermoso dije consistente en una llave con la leyenda *Mi hogar eres tú*, además de un llavero de estilo bizantino con las llaves del apartamento. Al ver tan hermoso detalle, comenzó a llorar de la emoción y tuvo que hacer un esfuerzo sobrehumano para poder articular palabra.

—¡Mi David!... ¡Mi novio, mi vida!... No sabes lo feliz que me haces al querer compartir tu vida conmigo y... —En ese punto, los sollozos le impidieron hablar. Por eso, con intenciones de sosegarse, Amelia respiró profundo varias veces antes de continuar—: Cuando pensé que esta era la declaración más bonita del mundo... que no había detalle alguno que la hiciera más especial, haces... Es como la canción: ¡siento que este es el primer día de mi vida! —David no pudo aguantarse más y la besó apasionadamente antes de levantarla en brazos y entrar con ella a su hogar. Una vez adentro, Amelia perdió todo el color de la cara al ver, en la entrada, un montón de cajas desordenadas que le impedían ver el resto del apartamento—. ¡David, por favor, bájame! —dijo, aterrada, desconcertada y al borde de un ataque de nervios.

Al parecer, sus peores pesadillas se habían hecho realidad: ¡todo estaba hecho un desastre según lo que se veía desde la entrada! Justo cuando estaba apunto de perder la cordura, todos sus amigos salieron de entre las cajas a abrazarlos, llenos de felicidad por la mudanza de Amelia y mostrándoles, de fondo, un apartamento ordenado tras una mudanza ordenada como la que habría planeado Amelia.

Al ver la cara de alivio de Amelia y que los colores le volvían al rostro, Daniel le dijo abrazándola:

—¿De verdad pensaste que Gabriela nos iba a permitir arruinar tus cosas?

—La verdad es que...

Amelia se sentía apenada con su amiga por haber desconfiado de ella.

—¡Peque, no te preocupes! ¡Yo me opuse desde el principio a esta pendejada! —dijo Gabriela acerca de la broma de mal gusto de hacerle creer a la pobre Amelia que todo estaba patas arriba—, pero no sobra decir que me ganaron por una sorprendente mayoría —continuó mientras se le acercaba señalando a todos los hombres presentes, que habían votado por hacerle una "bromita" a la historiadora.

—Perdona: no debí dudar —dijo Amelia, rebosante de emoción, abrazando a Gabriela.

—¡Bah!, no te preocupes, Peque: no es tu culpa. La sensibilidad en el culo de todos los hombres aquí presentes es la responsable de que te hayamos hecho pasar un susto de muerte en uno de los momentos más especiales de tu fin de semana —dijo Hue, la novia de Hugo, con intenciones de devolverle a su novio las bromas y los malos ratos que le había hecho pasar a David por su "lógica y práctica" declaración, mientras se le acercaba a Amelia a abrazarla.

—¿Así que fue idea tuya? —dijo Amelia mirando a Hugo de manera acusadora apuntándole con un dedo, y para hacerle saber que esa acción tendría repercusiones devastadoras en la clase de postres del lunes.

—No es bueno que te aferres a rencores, y menos en un día tan importante como hoy. Además, recuerda la maravillosa...

Hugo no pudo terminar la frase porque Amelia lo hizo por él:

—¿*Crème brûlée* de anoche?

Hugo la miró con inocencia fingida, haciéndose el que no sabía de qué hablaba ella.

—Bueno, me reconforta saber que te pareció maravillosa —dijo Hugo como respuesta.

—¿Creíste que no averiguaría la verdadera razón de que David postergara la noticia hasta después del postre? —le dijo Amelia, aún abrazada a Hue.

—¿Hay un motivo oculto? —preguntó David, que estaba saludando a Miguel.

—¡Claro que lo hay! A veces parece que no conoces a tu amigo —le dijo Amelia.

—La idea era que fuera una melodía de sabores que estimulara los sentidos del exquisito paladar de tu novia —trató de argumentar Hugo.

—¿Estás tratando de hacernos creer que no intentaste persuadirme del mal genio que me provocaría esta broma de mal gusto? —dijo Amelia acercándose a Hugo con un dedo amenazante.

—Una mujer culta como tú sabe que la revancha y todos los tipos de venganza que se han llevado a cabo a lo largo de la historia han tenido consecuencias nefastas para la humanidad. Además, no olvides lo que Gandhi solía decir: 'Ojo por ojo, ¡y el mundo terminará tuerto!' —dijo Hugo abrazando a Amelia.

—¡Uy, me tienes miedo! —le dijo Amelia mientras lo abrazaba.

—Digamos que una considerable suma de respeto y admiración...

—Creo que deberías considerar la posibilidad de consignar una suma mucho mayor de respeto en mi cuenta porque sería desastroso para ti que, en la clase de mañana, el polvo de hornear se acabara antes de que pudiéramos completar alguna receta o... no sé, que el cierre de la puerta del horno se nos dañara y las masas... bueno, no sobra recordarte lo que pasa si se abre la puerta del horno antes de que la masa este completamente cocinada, ¿verdad? —le dijo Amelia en tono sarcástico y, a la par, condescendiente.

—¿Estás amenazando con masas y tortas a uno de los abogados más reconocidos del país? —le preguntó David a su novia.

—Le estoy haciendo una afirmación pragmática —contestó Amelia.

—¿Se te olvida que tiene el poder de demandarnos a voluntad? No sobra decir que lo respalda el conocimiento y que tiene más mala leche en todo el cuerpo que cualquiera de nosotros —continuó David.

—David, creo que se te está olvidando que Amelia tiene el poder de intimidar a Hugo con el meñique —le dijo Hue riéndose.

—¡Eso es porque Amelia tiene más mala leche en ese dedito meñique que yo en todo el cuerpo! —afirmó Hugo mientras seguía abrazándola.

—¡Me encanta que me conozcas tan bien! Es una pena que a veces se te olvide lo importante que es tenerme una admiración respetuosa —dijo Amelia soltándosele para seguir saludando a sus amigos.

—¡De ahora en adelante trataré de no olvidarlo por el bienestar de mis postres! —dijo Hugo dándole a su amiga un beso en la sien.

—¿Es posible que dejemos de lado la repostería y avancemos a la sala para disfrutar de la comida que preparó Hugo y que nos trajo Gabriela? —dijo Daniel lanzándole el guante a Gabriela, que le propinó un golpe en el brazo por burlarse de su inhabilidad para la artes culinarias.

Una vez en la sala, mientras comían, Gabriela le dio un parte de tranquilidad a su amiga, que no podía dejar de mirar de reojo las cajas que había en la sala.

—Peque —la llamó Gabriela esperando a que la mirara a los ojos para continuar—, todas tus cosas las guardamos por etapas. Comenzamos con los libros, que guardamos clasificados como estaban en las estanterías donde los tenías ordenados; si te acercas verás que cada caja tiene un número que corresponde a los estantes en que estaban guardados de izquierda a derecha, empezando por la entrada y terminando con los del lado de la ventana que daba al balcón. Luego guardamos en esas cajas —dijo señalando las cajas que habían puesto cerca del mesón de la cocina—, empacadas en papel de burbujas, todas las porcelanas y la decoración de la sala y el comedor. En el cuarto están tu ropa y tus zapatos, además de tus productos de belleza, que pusimos en unas cajitas dentro de un horrible mueble que hay en el baño. Si me permites sugerir que ese sea el primer cambio que realices, aquí tengo los números de teléfono de varios diseñadores. Los accesorios están dentro de las carteras, y yo misma verifiqué tres veces con Daniel que no se nos quedara nada importante —le reiteró tratando de aliviar la ansiedad que sabía que estaba viviendo su amiga—. Como te conozco, no me atreví a desempacar las cosas porque sé que prefieres ser tú la que decore este desastre que David llama casa.

—¿Pueden dejar de insultar mi apartamento? ¡No sobra decirles que siempre vienen los domingos a ver el partido, y no los he oído quejarse nunca! —dijo David.

—David, ¿hace cuánto estás de novio con Amelia? —le preguntó Miguel.

David lo pensó un segundo antes de contestar. No obstante, su respuesta se le quedó en la boca porque Daniel contestó más rápido por él:

—Antes de que digas alguna estupidez y estropees este maravilloso fin de semana para Amelia, lo que Migue quiere decir es que, desde que estás con Amelia, no tenemos queja alguna: la comida que nos das es exquisita, su presentación es impecable y los menús son supervariados, a diferencia de las chucherías con que solías engordarnos antes de la llegada de la Peque a nuestras vidas. Además, por primera vez desde siempre, tu casa luce como un lugar habitable: ya no tenemos que perdernos momentos importantes de un partido apilando libros de medicina en un rincón para poder sentarnos en el sofá.

—Disculpa: tú y yo vivimos juntos durante todo el pregrado y gran parte de la maestría, pero no te oí quejarte mucho mientras estábamos en la universidad.

—Es cierto. Casi no me oías quejarme porque te la pasabas día sí y día también en el hospital. Por eso nunca me oías renegar de tu manía de dejar fotocopias y libros de medicina botados por todo el apartamento ni de tu mala costumbre de dejar la ropa con jabón, lo que hacía imposible la misión de probarse unas medias. Por último, para no monopolizar la conversación, no puedo olvidar tu inhabilidad para cocinar, razón por la cual llenabas la cocina de comida chatarra y miles de paqueticos —le dijo Daniel enumerando con los dedos algunas de las "miles" de manías que le habían fastidiado a lo largo de su convivencia con David.

—¡Quien te oyera llegaría a la conclusión de que vivir conmigo fue un suplicio! —dijo David, indignado con su mejor amigo.

—No sobra decir que un factor de suma importancia que nos ayudó mucho a la hora de disfrutar nuestra convivencia fue el hecho de que vivieras día sí y día también en el hospital —le dijo Daniel riéndose.

—¡A ver, la nueva compañera de cuarto soy yo! —dijo Amelia tratando de impedir que, a punta de bromas, cayeran en un disgusto.

—No eres mi compañera de cuarto: ¡eres mi pareja, este es nuestro hogar, y punto! —dijo David para dejarle claro a Amelia que ese sería su apartamento y el hogar de los dos.

—Hablando de compañeros de cuarto, creo que es el momento de que le demos a la pareja la oportunidad de disfrutar de su nuevo hogar —dijo Miguel haciéndoles a todos la seña de que se despidieran.

—¡No creas que no nos damos cuenta de que te vas justo ahora que se acabó la comida! —le dijo Amelia, pícara, sabiendo que con ese comentario lo haría sonrojarse.

—¡Gracias, Peque! La discreción nunca ha sido tu punto fuerte —contestó Miguel ayudando a Gabriela a ponerse el abrigo mientras ella recogía las cosas de ambos.

—Pese a ser cierto que el *Sun* de Inglaterra o *TMZ* de Estados Unidos son más discretos que la pequeña, y aunque parezca que vinimos a comer, cosa que también es cierta, no olvides que también vinimos a darte un síncope de muerte haciéndote pensar que habíamos estropeado tus cosas —le dijo Daniel con una sonrisa traviesa saliendo detrás de Gabriela—. La verdad es que nuestra tarea ya terminó, y es momento de que ustedes disfruten de su primer día o, mejor dicho, de su primera tarde juntos. ¡Que la fuerza esté contigo, pequeña!

Con eso se despidió de la "pequeña" y de su mejor amigo.

capítulo 22
The little things
(COLBIE CAILLAT)

Una vez partieron sus amigos, Amelia y David recogieron parte del desorden que habían dejado.

—¿Cómo adivinaste las intenciones de Hugo con el postre? —preguntó él mientras terminaba de lavar los platos que habían ensuciado los visitantes.

—No lo hice —dijo Amelia como si nada.

—¿O sea que…?

David no podía creerlo: ¡estaba convencido de que ella lo había descubierto en flagrancia!

—Aprende, mi adorado doctor: Hugo tiende a tocarse ligeramente una oreja cuando ha tramado algo: por eso, al ver que se estaba adelantando, me dediqué a jalar la cuerda para que él solito terminara por explicarme lo que había hecho.

—Eres… ¡eres malvada! Razón tiene Hugo en profesarte una admiración respetuosa.

—¡Que no se te olvide! —le dijo ella guiñándole un ojo.

—Seguro que a partir de este momento trataré de no olvidarlo —le dijo él acercándosele para abrazarla—. ¿Te parece que nos pongamos cómodos antes de empezar la faena?

—Creo que primero deberíamos trazar un plan; así sabremos cómo proceder. No sé qué pienses tú.

—Estoy de acuerdo. —Más que todo, porque Amelia ya tenía una libreta y un estilógrafo en las manos—. Menos mal nuestros amigos recogieron todo el desorden.

—¿Por…?

Amelia había comenzado a enumerar las cosas que debían desempacar y los espacios que ella requeriría en el apartamento para sentirse a gusto.

—Para abrirles espacio a tus cosas. ¿Puedo preguntar qué estás haciendo?

—Bueno, esto va a sonar tremendamente pedante, pero es que, bueno, yo estoy acostumbrada a las mudanzas.

Esa declaración no le gustó a David: ¿acaso antes de con él había vivido con otro hombre?

—¿Por…?

David tampoco quería sonar posesivo ni que ella notara el enfado que le provocaba imaginársela compartiendo siquiera un día de su vida con otro hombre.

—No pienses mal: ¡te conozco! Esta es mi primera y, espero, última vez compartiendo mi casa con un hombre. Estoy acostumbrada a los trasteos porque, debido a mi trabajo de curadora, he tenido que ayudar a organizar exposiciones históricas, lo que implica mudar de sitio montones de objetos.

David se sintió ridículo por el mezquino ataque de celos que había tenido.

—Organizarlas... ¿cómo?

—Bueno, el proceso de curaduría implica concebir, ubicar y permutar las piezas en el espacio que se les haya asignado; por eso te digo que esto no es nuevo para mí.

Amelia continuaba haciendo listas y desglosando planes en pequeñas tareas que permitirían desempacar más rápida y eficientemente.

—¿Cómo sugieres que empecemos?

David no había visto esa faceta de Amelia: ¡estaba tan concentrada...!

—Bueno, lo primero, como bien dijiste, es cambiarnos porque con estas pintas nos ensuciaremos y no nos será fácil trabajar.

—Okey.

—Luego me parece que lo mejor que podemos hacer es desempacar en tres etapas, comenzando por la sala, que, según lo que he podido ver, es el lugar donde hay más cajas y donde encuentro espacio para ubicar mis tesoros sin tener que cambiar de lugar tus cosas.

—Estoy de acuerdo. Además, muchas de tus cosas me encantan.

—¡Menos mal! Si a esto le sumamos que no has pasado mucho tiempo en tu apartamento o no has dedicado mucho tiempo a decorarlo, eso me permite poner mi granito de arena.

—¿Qué más debemos hacer?

—Bueno, aunque veo que nuestros amigos trataron de limpiar, no sobra que lo hagamos también nosotros antes de acomodar nuestras cosas.

Que Amelia lo incluyera en la posesión de sus cosas enterneció a David.

—Ay, como dices tú, ¡ven acá!

David le dio un beso y la acompañó a su nuevo dormitorio.

Les estaba rindiendo el tiempo en sus tareas: ya había desempacado casi todos los libros y los habían acomodado combinándolos en las estanterías con los de David. Justo cuando estaban en la segunda parte de la primera fase, es decir limpiando las estanterías libres para colocar las figuritas de Disney, David, que acomodaba cosas en la cocina, se volteó, curioso al no ver a su novia, para saber qué estaba haciendo Amelia. Fue un grave error de su parte: lo hizo en el momento preciso en que ella estaba agachada limpiando las repisas cercanas del piso; de hecho, estaba en cuatro patas, mostrando la cola, lo que le provocó a David una erección inmediata. Como Amelia no se había dado cuenta de la situación que empezaba a inquietar a su pareja, le preguntó como si nada:

—David, ¿me puedes pasar el trapo morado?

—¿El qué?

—El limpión que humedecí en alcohol. —David había dejado de pensar y le costaba entender lo que ella le decía. Aunque pareciera increíble, a pesar de haber pasado con Amelia todo el fin de semana y de haberse desfogado más de una vez en el hotel, David no se saciaba de Amelia, que, por cierto, seguía con toda inocencia haciendo comentarios acerca del trapo—. Es que este mueble tiene manchas de alguna pegatina, y si no lo limpiamos bien ahora se va a dañar y va a ser imposible restaurarlo. —David no tenía cabeza para buscar trapo alguno: solo sentía unas inmensas ganas de penetrarla por detrás, algo que no solo le resultaba incómodo sino que también lo estaba haciendo preguntarse si sería perjudicial empalmado más tiempo. Así pues, sin deseos de comprobar cuán riesgosa era su situación pero resuelto a acabar de inmediato con la tentación que lo tenía con una tienda de campaña bajo los pantalones, se acercó a su mujer de manera sigilosa, como un cazador que acecha su presa, aprovechando lo concentrada que estaba en su tarea—. David, ¡el trapo morado, por favor!…

Cuando ella se volteó para decirle cuál era el trapo que necesitaba encontró a David casi encima de ella con ganas de todo menos de limpiar. No tenía idea de en qué momento se había arrodillado detrás de ella ni, mucho menos, de en qué momento había dejado de estar en la cocina para estar ahora prácticamente encima de ella.

—Mi vida, lamento decirte que las tareas del hogar deben interrumpirse: ¡ha surgido algo mucho más importante y urgente que atender! —le dijo él quitándole el plumero.

—¿Sí? ¿Y qué será eso? —le preguntó ella mientras se dejaba desvestir.

Su novio le quitó la camiseta con unos pocos pero muy torpes movimientos, por lo que rompió un tanto la prenda: menos mal que no era una a la que ella le tuviera mucho cariño. Cuando la camiseta quitada reveló su desnudez, David les agradeció a todos los dioses que Amelia no llevara sostén.

—¡Por todo lo hermoso, estos son favores! —le dijo para de inmediato coger con ambas manos esos preciosos senos que cabían a la perfección en ellas y empezó a sobar con suavidad los pezones, que ya se ponían erectos gracias a sus atenciones, mordisqueándole el cuello, poniéndole la piel de gallina, haciéndola reaccionar y frotarse contra su pantalón, que revelaba casi a gritos su doloroso tormento.

—¿Te puso a mil pensar en mi trapo morado? —dijo Amelia dándole un apasionado beso en los labios.

—Pues resulta, mi historiadora favorita, que tu redondo y maravilloso trasero me provocó una erección que me tiene como un mástil.

Esto lo dijo cogiéndole una mano y ubicándosela en su entrepierna para que ella comprobara lo que le decía.

—¡Ututuy! Pero ¿qué es lo que tenemos acá, mi travieso doctor? —le dijo Amelia apretándole el pene y metiendo la mano en el pantalón con intenciones de sacarlo de la prisión que lo tenía desesperado, puso la cara a la altura de la entrepierna de su novio y, cuando lo tuvo todo afuera, de un solo movimiento se metió en la boca parte del pene de David —con lo que lo hizo perder la razón unos segundos— y empezó a chupar con fuerza mirándolo a los ojos, excitándolo cada vez más con cada mamada, sosteniéndole los testículos con las manos y disfrutando del placer que su lengua le producía a su pareja.

—Peque, tu boca es… es… es como… ¡estar en la gloria!… —dijo David, la respiración hecha trizas por el placer que le producía su novia con sus sabios y carnosos labios—. ¡Esto es…!

No pudo continuar porque Amelia le apretó los testículos y lo hizo ver estrellas. Por eso, cuando sintió que estaba apunto de venirse, y con el fin de retrasar lo que sería una inevitable y muy deseada recompensa, David tomó del pelo Amelia, le levantó la cabeza y la besó con toda la pasión que sentía; eso sí, totalmente seguro de que la primera eyaculación que tendría en su casa gracias a su "pequeña" —y que marcaría auspiciosamente el principio de su vida juntos— no sería en la boca de ella y que el respectivo primer orgasmo no sería una experiencia solo suya. Por eso acostó a Amelia con cuidado en el piso y, con intenciones de prolongar el momento y de hacer un recuerdo memorable de lo que había comenzado como un calentón, disminuyó el ritmo de las caricias y de las ansias con que se besaban y, bajándole con una tranquilidad que no sentía el pantalón y los "pantis de niña buena" —como ella los motejaba—, dejó al descubierto ese triangulo de placeres que era para él su paraíso personal: su hogar definitivo.

—¿Estás creando un momento especial? —le preguntó Amelia al ver que había reducido el ritmo y la estaba tratando con una delicadeza y una ternura que hasta el momento no había tenido.

—Si tienes que preguntar, ¿es que no lo estoy haciendo bien? —dijo David.

—¿Quieres tirarte la magia con esa frase tan trillada? —dijo Amelia riéndose.

—¡Amelia! —David interrumpió sus caricias para mirarla a los ojos—. ¿Te puedes concentrar en lo que estamos haciendo? —dijo en tono de reproche pero con una sonrisa en la boca.

—Lo siento: ¡no quería lastimar…!

Amelia no pudo terminar la frase porque David aprovechó lo húmeda que estaba y le metió dos dedos para inducirla a concentrarse en lo importante. Una vez reencauzada la atención de su muy dispersa novia, lentamente, con paciencia, marcando a besos como suyo el cuerpo de Amelia, David terminó de quitarse los pantalones. Aunque tenía todas las intenciones de hacer de aquel un momento muy romántico, el calentón le pudo —¡la verdad sea dicha!— y al sentirla tan caliente, resbaladiza y húmeda no pudo seguir con el romanticismo. Entonces, de manera torpe y apresurada, sacó los dedos del interior de Amelia y con esa misma mano le inmovilizó las caderas, se ubicó entre las piernas de su novia y con la mano libre dirigió su erección hacia adentro de ella, marcándola también por dentro como suya.

Una vez que llegó al primer orgasmo y calmó un poco la sed que sentía por su mujer, decidió que era el momento de darle ese recuerdo romántico. De modo que la segunda vez que estuvo dentro de ella le hizo el amor lentamente, penetrándola despacio, dejándola recibir su pene centímetro a centímetro para que lo aprisionara en su interior y lo exprimiera.

—¡David, eres muy grande!... Te siento completo... Te siento llenarme toda —le dijo Amelia mientras lo abrazaba fuerte, apretándolo con los brazos, con las piernas y con las paredes de su vagina.

—Eso es, mi amor: ¡apriétame! ¡Oooh!... ¡Esto es la gloria! ¡No pares, apriétame...! —le decía David mordisqueándole el cuello.

—David, ¡más!... ¡Quiero... quiero... más! —balbuceaba Amelia en medio de su excitación espoleándole las nalgas con los talones.

—¡Dime qué quieres, mi vida, y te lo doy!... ¿Te he dicho que eres mi paraíso, ¡ufff!, mi ángel? ¡Esto es... la gloria! ¡Dime... qué... quieres! —jadeó David besándola apasionadamente.

—¡No pares!... Quiero... más... más... ¡más rápido! Quiero... quiero verte... quiero verte antes de venirme: ¡mírame!

David abrió los ojos y vio la entrega, el amor pero, por encima de todo, la tórrida pasión que su mujer sentía por él y se excitó aún más.

—¡Vente conmigo! ¡No aguanto más!... ¡Uy, sí! ¡Tómame... apriétame, Amelia! Soy... el desgraciado más afortunado... Ay, ay... ¡Me vengo, me vengooo...!

—¡Sí, sí, sí!... ¡¡Daviiid!!

Y en un instante que parecía sacado de alguna película cursi, ambos alcanzaron al mismo tiempo un orgasmo que se prolongó por lo que sintieron como una eternidad y que, mientras David se vaciaba en su interior, le provocó a Amelia su tercer orgasmo, lo que la hizo apretarlo más y provocarle lo que pareció otro orgasmo. Con ella el placer era así: sin límites. Tanto, que David no tardó en volver a excitarse y, sin salirse de ella, la puso sobre él para que tomara las riendas de la situación y lo cabalgara sin piedad.

—¡Ay, amor, cabálgame! ¡Eso!... ¡Uy!... Estás tan mojada y caliente que me vas... ¡a matar! Si muero, ¡q-q-que sea... ahora! —le dijo David mientras le pellizcaba los pezones para excitarla más.

—¡Cállate!... ¡Y muévete conmigo!...

Era increíble: parecía que, sin importar cuántas veces hicieran el amor, nunca se saciarían el uno del otro.

—¡Ay, Amelia! Me estás apretando... ¡Sí... sí, mi amor!... ¡Uy, Amelia!... No voy... ¡Ay! ¡Uy! ¡Aaah!... No creo... que aguante...

David había comenzado a estimular el clítoris de Amelia: jamás dejaría a su novia a medio camino. Ella se merecía lo mejor, y eso incluía lo mejor de él en el sexo.

—¡¡¡Daviiid!!! —El ritmo del pene de David penetrándola, conjugado con el movimiento de sus dedos, hizo que Amelia llegara al orgasmo en ese momento y que, con su pasión, se lo llevara también a él, que con los espasmos del orgasmo de su novia se vino tan intensamente que todo el cuerpo se le estremeció casi con convulsiones.

Aunque deberían haber quedado agotados, esa fue una tarde increíble. David le ofrendó su cuerpo, la abrazó, la besó, la mordió por doquier y, cuando ambos volvieron a llegar al mismo tiempo al orgasmo, le mordió el cuello con una pasión tan salvaje que le dejó una marca que la obligó a usar durante quince días buzos de cuello alto, bufandas y esas pashminas de colores que había comprado en varios países.

—Menos mal he coleccionado más de una pashmina. Porque, si no, ¡a ver cómo les explico a mis colegas y alumnos estas marcas de vampiro! —le dijo Amelia señalándose el morado del cuello.

—¡Les dices que eres la historiadora mejor follada del país!

—¡Podría extender esa afirmación al mundo entero! —dijo Amelia mientras David la llevaba a la ducha para asearse.

La ducha duró más de lo que esperaban: ¡fue el *ring* de un *round* más!

—¡Somos como conejos! —dijo Amelia poniéndose una piyama.

—¿Te estás quejando?

—No: solo resaltaba lo obvio.

—¿Qué estás haciendo? —preguntó David al ver que Amelia se ponía una piyama.

—Mmm, no sé si lo sabías, pero desde hace un tiempo (de hecho, a partir del siglo XVIII), el uso del 'pijama' se extendió cuando empezaron a popularizarse unos pantalones importados de Persia que recibían ese nombre.

—¡Eso lo dejas para las piyamadas con tus amigas! Acá, ¡desnuda y dispuesta, me haces el favor!

Y de un jalón le sacó la piyama que se había puesto.

Los narrados fueron algunos de los muchos momentos que crearon juntos y que a ella le gustaba prolongar, pues su consigna era: "La vida es una sucesión de momentos; por eso todos hay que hacerlos especiales".

David aún recuerda que, pese a la tarde de pasión que tuvieron y de la cantidad de trabajo que les exigió la llegada de Amelia al apartamento, esa noche hicieron el amor varias veces estrenando todos los espacios de su nuevo hogar: la encimera de la cocina, la sala, el estudio, la tina, la cama, el armario... No quedó espacio sin "bautizar" como se debía. Todo el lugar olía a ellos, a sexo y a pasión.

En vista de todos los recuerdos, de tantos momentos especiales compartidos y de los trechos difíciles en que parecía que el mundo se les ponía en contra, David no entendía cómo era posible que no se hubiera dado cuenta de que Amelia se estaba alejando. ¿Cómo era posible que no se hubiera enterado que ella se le estaba escapando de las manos?

Se jaló el pelo con fuerza mientras regresaba al presente, donde Dani le decía algo.

capítulo 23
Starving
(HAILEE STEINFELD & GREY)

—Estoy de acuerdo con Migue: ¡esta casa está hecha una mierda! En el bar ya no me cabe una majadería más: ¡que los implementos de cocina, que los peluchitos, que la plantica que toma agua con la lengua en esa maceta japonesa de autorriego Kawaii Peropon en forma de panda…! Y mira que, si no fuera porque adoro a Amelia, le habría tirado todas esas pendejadas a la basura porque no te digo pero las mujeres ya están empezando a dudar de mi soltería o mi sexualidad.

Al oír decir a Daniel que va a tirar las cosas de su esposa, David se para, hecho un basilisco, y dice:

—¡No te atrevas a tirar nada de mi princesa, o me aseguraré de que seas el tío Dani para el resto de tus días!

—David, céntrate: ¡Amelia está buscando adónde irse a vivir!

Al oír esto, David se sienta de golpe.

—¿Qué? —dicen al unísono Daniel y David.

—Me lo acaba de decir Gabriela, que, cuando te pille, te arranca las 'gónadas', como nos hace decir Amelia —dice Miguel, angustiado porque la situación va de mal en peor; tanto, que ya están en plena videoconferencia por Skype con Hugo.

—Como tu abogado, te aconsejo que le retengas las cosas que aún permanezcan en tu hogar y no la dejes escapar. Porque hay que ser sinceros: no vas a conseguir a alguien mejor que Amelia, y, más importante, no queremos verte con nadie ni compartir nuestro espacio con nadie que no sea Amelia —lo instruye Hugo.

—¡Pero es que no entiendo! Es que ella… O sea, no sé qué pasa. ¡Yo la amo y trato de hacerla sentirse especial! —David no entiende en qué momento se ha torcido todo, cuándo fue que su novia dejó de sentirse especial—. ¡Yo la amo con todo mi corazón! ¿Dónde está Amelia? —se pregunta David, cada vez más confundido.

—David, mira: esto no se trata de cómo la haces sentir sino de lo que le has hecho saber y de cómo vives recordándole hace días que les queda poco tiempo de novios —le dice Daniel.

—¿Qué?

David no puede creer lo que le acaba de decir su mejor amigo.

—¡Déjame terminar! Ella te ha enviado señales para que te des cuenta de cómo se ha estado sintiendo —continúa Daniel.

—¿Qué señales? —pregunta David.

—Primero se llevó las orquídeas y esas maticas de colores que puso en el balcón.

Al decirlo, Daniel señala el balcón donde deberían estar las materas. De inmediato, sus amigos vuelven la mirada adonde él apunta.

—¿Y para que se las llevó si a todo el vecindario le encantaban?

—Porque pensó que, cuando las vieras en mi bar (pues acaba de colocarlas en los balcones de mi oficina), las reconocerías y le preguntarías qué hacen allí.

—¿Las que están en tu oficina son nuestras matas? —pregunta David, extrañado.

—Como te acabas de dar cuenta, en vez de reconocerlas como las tuyas, tú pensaste que yo (¡con mi pasión por la jardinería y la botánica!) había decidido sembrar las mismas plantas que tú en tu balcón. Como te lo he probado en los más de veinticinco años que hemos sido amigos, ¡soy un gran amante de la jardinería! —Esto último se lo dice en el tono de sabelotodo que David odia de todo corazón, con la única intención de hacerlo reaccionar, porque cualquiera que conozca mínimamente a Daniel sabe que, si hay algo que odie con todo su ser es ensuciarse, más aún con tierra, abono o cualquier cosa relacionada con jardines. Cuando niño, su abuela lo castigaba haciéndolo pasar horas en su jardín cuando se portaba mal, por lo que el "amor" que dice profesarle a la jardinería es una imposibilidad. De hecho, Amelia le regaló una suculenta pequeña al comienzo de su amistad, y es ella quien debe acudir semanalmente a cuidarla porque, por imposible que parezca, Daniel la estaba dejando morir—. Luego se llevó las esculturas, no las carteritas esas de porcelana, que, por si te lo estás preguntando, no sé dónde están. —Al ver que David no sabe de qué está hablando, Daniel decide ser específico—: Las pequeñitas que estaban justo ahí encima de los libros, ¡esas que yo sí extrañé en la mesa de centro! ¡Por amor al arte, David! Tú las debiste extrañar una vez las retiró porque son de las cosas a las que más cariño le tiene Amelia.

Una vez que Daniel lo dice, David sabe de qué habla y se siente el imbécil más imbécil del planeta porque, el día en que las llevó, Amelia le contó lo siguiente:

—¿Sabías que la única cartera que Coco Chanel usó que no había sido diseñada por ella era de la marca Louis Vuitton?

Luego David tuvo que guglear lo que le había contado Amelia porque, aunque su madre, apasionada por la moda, le había enseñado a vestirse bien, ese era un tema en que David no se sentía cómodo y que le suscitaba muy poco interés. Solo con la llegada de Amelia empezó a interesarse por los diseñadores y las tendencias.

—¡Sin contar con que no hay comida decente en tu cocina! —se queja Miguel, parado ante la nevera semivacía.

—Es decir, ¿cómo no te has dado cuenta de que tu casa es una mierda? ¡Ni siquiera la mía tiene esta pinta! —comenta Daniel.

—A ver, en defensa de David, él ha estado la mayor parte del tiempo en mi casa, por lo que me puedo imaginar que la 'pequeña' estuvo aprovechando ese tiempo para sacar sus cosas del apartamento —dice Hugo desde el celular.

—¡No joda! ¿Hugo?

Daniel se pega un susto de muerte, pues no se ha dado cuenta de que Miguel lo llamó.

—No: ¡Buda!... ¿No te jode eso?

—¡Oh!... ¡Hola! Extrañaba que me insultaran. ¿Cómo sigues? —le pregunta Daniel con la voz arrepentida de no haber estado pendiente de su amigo y su recuperación.

—¡Neee! No te me pongas sentimental porque este día no aguanta más remordimientos. Luego podrás pagarme el descuido en restaurantes caros —le dice Hugo, que se imagina que David les ha dicho algo a sus amigos, y, aunque eso le molesta un poco, no puede reprocharle nada porque sabe que lo asustó y quiere que todos estén atentos a sus necesidades.

—Hola. ¿Cómo estás, Hugo? —le dice David a su amigo.

—Okey, ahora que todos nos hemos saludado, ¿podemos seguir con el tema de la 'pequeña'?

Hugo no quiere ser el centro de atención de sus amigos.

—Bueno, entiendo que hayas estado cuidando a nuestro amigo, pero eso no me parece disculpa suficiente para no haber notado la ausencia de la 'pequeña', ¡porque estás en tu casa! —le dice Daniel a Hugo—. Pero esto se ve como el culo —continúa, sinceramente molesto con su amigo por no haber reaccionado a tiempo y haber dejado que la situación llegue a lo que parece una muerte anunciada.

—David, ¿fue mi culpa? —dice Hugo, algo mortificado, sintiendo que su convalecencia ha sido uno de los motivos por los cuales David descuidó a su amiga.

—¡No seas idiota! Amelia te ama y jamás le habría reprochado a David que te cuidara —dice Miguel, convencido.

—David, ¿es posible que salgas de tu letargo y nos digas por qué no te habías dado cuenta de que te estaban abandonando? —dice Daniel, muy serio, acorralando a su amigo con intenciones de saber si esto es consecuencia del comportamiento de David o de un deseo suyo que no les haya contado: tal vez se ha sentido asfixiado en una relación que no quiere.

Daniel intenta al menos comprender qué sucede: si no es por el deseo de libertad, él no entiende cómo han llegado las cosas a este punto.

—Porque, porque... estaba tan preocupado por organizar los planes para pedirle matrimonio que... —dice David tomándose su cerveza, aterrado por lo que pasa.

—¿¿Cómo?? —gritan al mismo tiempo los otros dos.

Es más: todos oyen el estruendo del celular de Hugo, que se le zafa de las manos y va a parar al piso.

—A ver, no entiendo —se atora Daniel—. ¡Primero lo primero! ¿Estás bien, Hugo, o te caíste de culo y te rompiste el coxis?

—¡Inútil! Si no es porque estoy sentado, me rompo hasta el orto —dice Hugo—. El que sí se fue de madre fue el pobre celular; por cierto, ya el tercero de este mes.

—¡iPhone te lo agradece! —dice Miguel.

—Una vez comprobado que estamos de una sola pieza, ¿nos puedes explicar lo que acabas de decir? —dice Daniel mirando a su amigo con una ceja levantada.

—¿Qué de todo?

—¡No será cómo se puede romper una persona el orto, idiota! Eso de que has estado planeando pedirle matrimonio a la 'pequeña'.

—Ah, ¿eso? Esperen —dice David antes de correr a su cuarto dejándolos con la palabra en la boca para regresar medio minuto más tarde con una cajita turquesa, color característico de la joyería Tiffany, reconocida mundialmente por sus anillos de compromiso, donde rutilaba un hermoso anillo de compromiso de oro rosado, el metal favorito de Amelia.

—Okey, ¡esto requiere la intervención de una mujer! —dice Miguel marcando un número en el celular de Daniel, que lo ha dejado en la mesa de centro.

—¡Espera! ¿Qué haces? —pregunta David mientras Miguel levanta la mano para hacerlo callar.

—Mi vida, te necesito en casa de David... ¡ya! ¡David le va a proponer matrimonio a Amelia! Sí, ya recojo... Sí, ya le dije que cuide sus 'gónadas'... Sí, ya te pedimos algo decente de comer... Te prometo que no será una ensalada... Sí, amor, Daniel se va a controlar para no hacer chistes de dominación... —dice Miguel hincando en Daniel una mirada asesina—. Sí, vida, todos son conscientes de que hoy no estás de humor... Bueno, yo le digo... Sí, mi vida, lo que tu quieras... Está bien: acá te espero —remata lanzándole un beso al teléfono antes de colgar.

—¡Ey!, cuando vayas a lanzarle besos a tu mujer, evita hacerlo desde mi celular —dice Daniel con cara de asco, lo que lo hace acreedor a un golpe de Miguel en la nuca.

David mira a Miguel con incredulidad: no consigue encajar que su amigo, el que siempre ha hecho lo que quiere, al que conoció en medio de la calle mientras su novia lo abandonaba por haberlo encontrado teniendo sexo con otro hombre, el que acoquinó a más de un novio y esposo con su *look* de futbolista americano, el amante de las motos, los tatuajes y las emociones fuertes, es el mismo gañán sumiso que ahora habla con su esposa con más ternura y mansedumbre de las que se podría esperar oírle a macho alfa como él.

—¡Ya viene Gabriela! —dice Miguel—. Yo de ti recogía este desastre antes de que llegue mi esposa, o es a ti al que va a azotar hoy... ¡y no por placer! Por cierto, me pide que te informe que Amelia está en casa de sus padres. Ellos creen que tú la enviaste allá porque le tienes una sorpresa, o eso les dijo ella para evitar preguntas. Ha estado saliendo con unas amigas de su maestría que no conocemos y que no nos conocen y les ha pedido ayuda para encontrar un apartamento adonde irse a vivir porque, según ella, su vivienda actual tiene filtraciones.

—¡No joda! —dice Hugo desde el teléfono de Miguel.

—¡Exacto! Ya vio tres lugares que le encantan. También me pidió que te dijera que, si no logras sacarle de la cabeza la idea de irse de nuestro lado, ¡ella misma se encargará en persona de arrancarte las 'gónadas' y dárselas de comer al perro estirado de Susi!

—¿Puedo saber que más hizo la idiota de Susi para ganarse el desprecio de todos ustedes? —pregunta David sin dar crédito aún al odio que su grupo de amigos siente por la novia de su hermano.

—¡Porque es una estirada, porque se cree de mejor familia, porque, desde que está con ella, tu hermano es un ser humano detestable, porque le dijo 'advenediza' a Amelia, por...!

Hugo enuncia la lista interminable de razones por las cuales Susi es persona non grata para todos cuando David lo para con un gesto bastante histriónico.

—¿¿Quéee?? —pregunta.

—¡Ay, por amor al arte!, ¿es que...? —dice Daniel al verle la cara.

—¡Alguien acláreme lo que Hugo acaba de decir! Esto va para ti también, Hugo.

—Ya voy yo, Hugo, no te preocupes. El día que llevaste a Amelia a conocer a tu familia, Susi la hizo sentir que tú siempre querrías de una mujer más que lo que Amelia tenía para ofrecerte. Le dijo que no se hiciera ilusiones porque tú terminarías casado con una mujer como ella, modelo de más de uno setenta y ocho, con piernas interminables ¡y qué se yo qué más!

—Pero ¿cuándo fue eso si yo no me despegue de Amelia ni un...?

En este momento, David recuerda la expresión descompuesta de Amelia al regresar del baño, que Susi, muy amablemente, se había ofrecido a mostrarle.

—Eso no lo sé a ciencia cierta; lo que sí sé es que, cuando iban hacia la mesa del comedor, ella le dijo: 'No se te olvide que no eres más que una advenediza. Tu puesto lo estará ocupando pronto una de nosotras' —dice Daniel.

—Daniel, ¡te juro que estoy que te reviento la cara contra alguna estantería de estas, que, al fin y al cabo, ya no tienen nada lindo que pueda romperse! Tú sabías que esa idiota con cara de perro pekinés le estaba haciendo la vida imposible a mi pequeña, ¿y no me dijiste nada? —dice David, hecho un basilisco, mientras se le acerca a Daniel.

—No te dije porque Amelia me hizo jurar, ¡por mi cariño hacia ti!, que no diría nada, ya que, según ella, eso solo traería resentimientos y tú amabas a tu hermano y no sé qué más…

—¡Por Dios!, ¿qué más? ¡No sé! ¿Dónde está mi teléfono? ¡Quiero hablar ya con ella!

Mientras David busca su celular, el citófono anuncia la llegada de Gabriela.

capítulo 24
Meneater
(NELLY FURTADO)

—¿Dónde están mi *chow pachin*, los pollitos primavera y mi limonada de yerbabuena? —dice Gabriela, abrazando a su marido, tan pronto como Miguel le abre la puerta del apartamento.

—¡Mi vida! Están por llegar —le contesta Miguel retribuyéndole el abrazo y alzándola para darle un beso apasionado, presa de la emoción de tener de nuevo con él a su esposa.

Y es que, aunque ha sentido timidez y vergüenza de reconocerlo ante sus amigos, Miguel ha extrañado demasiado a Gabriela. A él no le importa que estén casados y pasen juntos buena parte de su tiempo: cualquier alejamiento entre ellos, sea por trabajo, ocio o algún malentendido, le duele, y, aunque no quiere sofocarla, razón por la cual nunca se opone a sus planes con otras chicas o con su familia, siempre se le dificulta estar separado de ella. Por eso, cuando la tiene de vuelta, se le desbordan las emociones.

—Si ordenaste por internet, te digo desde ya que NO va a llegar, ¡y mira que mi tope de pendejadas está bastante bajito hoy! —le dice ella correspondiendo a su abrazo.

Aunque ha extrañado a su esposo como nunca antes, la ausencia de Amelia durante el fin de semana para chicas, además del distanciamiento entre ella y el grupo de amigos y la inminente partida de Amelia del apartamento de David, le estaba pasando la cuenta de cobro a la mujer de Miguel, que estaba, por eso, de un humor de perros. De modo que, una vez abrazó y besó a su marido, se abrió paso para entrar en el apartamento.

—¡Hola, Gabriela! Siempre es un gusto que vengas a mandar en mi casa…

David no puede continuar porque Gabriela lo agarra bien de sus partes (ya no tan) nobles y le espeta:

—¡Mira, so pendejo! Estoy acá porque amo a quien podría ser tu única oportunidad de convertirte en un ser humano decente. Pero si me tocas la moral, no solo me encargaré de conseguirle un nuevo novio a Amelia sino que te dejaré sin sangre en el coso… Y ya sabes qué les pasa a los órganos cuando no les circula la sangre, ¿verdad, doctor? —Gabriela ya ha alcanzado el tope de estupidez que puede tolerar por el resto del año y en esta oportunidad está realmente molesta. Hay que reconocer que ella siempre ha tenido la mecha corta, pero este día, al ver la situación en que se encuentran sus amigos, está a punto de explotar. Aunque siempre han tenido una relación complicada en que cada dos por tres se están ladrando uno al otro, ella y David se quieren a su manera, algo que se demuestran con pequeños detalles como el hecho de que David se asegure de comprar las galletas favoritas de ella en el mercado y revise que ella disfrute de sus bebidas favoritas todos los domingos. Y Gabriela, por su parte ha procurado el bienestar de David cada vez que ha podido: fue ella quien le buscó el apartamento perfecto, con habitaciones de más porque no perdía la esperanza de que él formara una familia. Por eso, y por saber que una de sus mejores amigas está tan lastimada que prefiere alejarse de sus amigos a seguir sufriendo, está triste y angustiada, algo que siempre exterioriza como un mal genio de mil demonios. Mientras tanto, David trataba de respirar, cada vez con mayor dificultad, y, con un hilo de voz, le pidió disculpas para que lo soltara—. ¡No te oigo, David! —le dijo Gabriela mientras continuaba apretándole las 'gónadas'.

—Ga... brie-la... los... lo si... en... ¡to!... —susurra David justo en el momento en que el citófono anuncia el servicio a domicilio con la comida.

—¡Amor, por favor, suelta a David! Mira que ya llegó la comida, y no me gusta que tus preciosas manos estén tocando la herramienta de otro hombre, ¡menos la de uno de mis amigos! —dice Miguel mientras saca la cartera del bolsillo trasero de su pantalón.

—¡Miguel! —sobresalta Gabriela a todos los presentes—, ¡guarda la cartera! —le ordena a su esposo mientras los demás sueltan el aire que han estado reteniendo inconscientemente—. Si estamos acá en vez de arrunchados en nuestra cama, es por la estupidez de David, quien, como desea conservar a sus amigos tanto como sus partes nobles, nos va invitar a cenar para que entre todos le ayudemos a dilucidar la forma en que va a solucionar este embrollo. ¿No es así, David? —termina en un tono que no da pie a dudas—. ¡Di que sí al menos con la cabeza para saber que estas de acuerdo conmigo!

Por la falta de aire, David a duras penas puede asentir, y solo así logra que Gabriela lo suelte. De inmediato, Daniel corre a socorrer a su amigo, que está más rojo que un tomate, ayudándole a sentarse en el sofá y ofreciéndole cerveza. Mientras tanto, Gabriela saca el dinero de la billetera de David —que se encuentra en la encimera de la cocina y que ella conoce muy bien porque fue ella quien se la regaló en su último cumpleaños—, paga el domicilio y ayuda a su marido a llevar la comida a la cocina.

Una vez que recupera el aliento, David le dice:

—No sobra decir, Gabriela, que siempre es un placer tenerte en mi casa.

En esta oportunidad es cierto: David sabe que Gabriela no le fallará; por eso la mira a la cara permitiéndole ver que habla completamente en serio. Ella asiente con los ojos medio aguados: no está acostumbrada a ver a su amigo el médico así de frágil, al menos no ante ella; lo prefiere "rebuznando" algún comentario salido de tono. Parpadeando repetidamente para disimular las lágrimas no vertidas y usando como excusa la necesidad de servir la comida rompe el contacto visual con el médico y se distrae ayudando a Miguel con la comida, actividad de un alto grado de dificultad debido a la falta de las cosas de Amelia en la cocina.

Una vez se acomodan todos en la sala, Gabriela, asiendo su plato, dice:

—David, ahora sí cuéntame qué pasa. Porque, aunque al principio pensé que Amelia estaba exagerando, a medida que pasaba el tiempo yo también empecé a pensar que te habías cansado de ella. ¡Es que decirle que no les quedaba mucho tiempo de novios es una cabronada que no le deseo que se la digan ni a mi peor enemiga! Es decir, cuando tu hermano rompa con Susi (porque déjame decirte que, una vez que solucionemos esto, ¡esa debe ser nuestra siguiente jugada!), no pretendo que le diga algo semejante: con que le diga: 'Chau, quédate con los regalos y sal por la salida de emergencia', me basta y me sentiré más que complacida.

—Pero ¿es que no hay nadie a quien le caiga bien Susi? —pregunta David, aún desconcertado por la "doble personalidad" de la novia de su hermano.

—¡Nooo! —le contestaron todos al unísono y en un mismo tono categórico.

—Bueno, de pronto, a su familia… —contesta Gabriela entre las risas de todos.

—En todo caso, la verdad es que, cuando me enteré de que buscaba apartamento nuevo, al principio pensé detenerla, pero luego vi cómo sufre y lo delgada y apagada que está en estos días, y decidí hacerme a un lado —continúa Gabriela.

—¡Espera un segundo, Gabriela! ¿Tú le has ayudado a Amelia a buscar apartamento? —le dice David en un tono más alto y agresivo de lo normal.

No sobra decir que, más que agresivo, lo que estaba el pobre era dolido porque jamás había pensado que ella pudiera "traicionarlo" de esa forma porque, al fin y al cabo, aunque poco lo sepan, ellos dos siempre se han apoyado en los peores momentos.

—¡Modera tu tono conmigo, Chico Migraña, que en este momento me importa bastante poco lo que pase contigo! Te estoy dando la oportunidad de resarcirte a mis ojos y de que me demuestres que eres ese buen amigo que ha apoyado a mi marido en todo, desde los desplantes de sus antiguas novias hasta ese susto que tuvimos con el cáncer. Además, aún creo que puedes ser una buena pareja para mi amiga, ¡la historiográfica, sensible y maravillosamente compasiva y tierna Amelia! —le dice Gabriela en tono amenazante, poniéndole un pie en la pierna a su esposo, que ya se ha puesto alerta ante el tono de David.

—¡Lo siento! Tienes razón: esto, todo esto, es mi culpa. Yo… yo solo… ¡la quiero de vuelta! —dice David, genuinamente arrepentido y algo asustado al ver la cara de pocos amigos de Miguel.

—Déjenme y les explico de qué se trata esto —dice Gabriela, dolida al ver el dolor de David creyéndose traicionado por ella—. Amelia sabía que, si me pedía apoyo en la búsqueda de un inmueble, yo me enteraría de que algo no muy bueno (mejor dicho, ¡nada bueno!) pasaba y, bueno, ella ha sido todo lo prudente que la situación le ha permitido, pero también sabe que tengo a los mejores profesionales en materia inmobiliaria trabajando para mí—. Al ver a

Daniel arqueando una ceja le dice—: ¡Tú no me mires con esa cara de reproche, como diciéndome que debo ser más humilde! No se te olvide que es por mí que vives en tu apartamento de ensueño ni que, además, me parto el ce-u-ele-o para ser la mejor, ¡así que no me voy a poner con pendejadas!

—¡Gabi, mi vida! Todos nos beneficiamos de tus superpoderes inmobiliarios, de los cuales no osaríamos dudar. Una vez aclarado este punto, ¿podrías continuar con tu historia? —dice Hugo en medio de un ruido que quizás indique que ha dejado su hogar.

—Hugo, no me digas que dejaste la quietud de tu casa porque, como tu médico, ¡me voy a cabrear! —le dice David adivinando lo que sucede al otro lado de la línea.

—Como tu abogado, ¡te digo por dónde te puedes meter tu cabreo! Más bien, guárdame un poco del pollo agridulce, ¡no sea que Gabriela se lo coma todo! —confirma Hugo.

—Pero ¿cómo se te ocurre…?

En este momento, Hue irrumpe en la conversación:

—Tranquilo, David, que va conmigo y me aseguré de que esté abrigado y no haga más fuerza de la debida, y de seguir todas las recomendaciones que me diste. Además voy manejando yo y estamos por el *bluetooth*. No sobra decir que tu representante legal es de lo más terco cuando algo se le mete en la mollera. Además, esta vez, ambos estamos de acuerdo en que, mientras más cabezas piensen en una solución, ¡tanto mejor! Dicho esto, Miguel, amor de mi amada Gabriela, ¡dime que pediste mi sopa favorita!

Por alguna razón que todos ignoran, de hecho sí pidieron un menú que incluye los gustos de todos los integrantes del grupo, como si hubiera sido obvio que en algún momento todos vendrían al apartamento de David.

—¡En efecto lo hice, amor de mi representante legal! —dice Miguel continuando con la broma de Hue.

—Una vez aclarado lo anterior, mi Gabi, puedes continuar con lo que nos estabas diciendo —la anima Hugo.

—Mmm… ¿en qué iba? ¡Ah, sí! Resulta que como tengo UNA DE LAS MEJORES INMOBILIARIAS DE LA CIUDAD —proclama en un tono que no admite réplica, enfatizando las palabras mientras observa, amenazante, a Daniel—, Amelia no quiso arriesgarse y se apoyó en Char.

—¿En quién? —pregunta Daniel.

—Una chica con la que hizo muy buena relación una vez cuando fue a la oficina para ayudarme a preparar un cumpleaños de Miguel.

—Okey, ¿ella es…? —empieza a preguntar Hue.

—Una profesional, ¡y de las mejores con que cuento! El caso fue que Charlotte le pidió ayuda para regresar a la universidad y graduarse en su maestría en historia.

—¡Foco, por favor! —suplica Daniel, aburrido de la cantidad de vueltas que le da Gabriela a la historia, pensando que la prefiere cuando es concreta y hasta ruda para decir las cosas.

—¡Cierto, cierto! El punto es que Amelia le estuvo dando unas asesorías a Charlotte y creo, si la memoria no me falla, que terminó siendo su asesora de tesis. Bueno, no tengo muy clara su relación. El caso es que hace como… mmm… no sé, creo que dos semanas, empecé a ver que la agenda de Char contenía citas con una diversidad de clientes nuevos, pero todos buscando un mismo tiempo de inmueble. —Al ver que no entienden de qué se trata la cosa les aclara—: Es algo muy extraño en este negocio: no el hecho de que tengas nuevos clientes sino que todos busquen al mismo tiempo un apartamento con unas mismas características específicas. Es muy extraño, por no decir imposible. Pensando que una de mis chicas pudiera estar haciendo negocios por fuera de la firma decidí seguirla. Sobra decir que con la última con quien esperé encontrarme fue con Amelia y, aunque mi primera reacción fue gritarle, preferí ser discreta y, luego de observarlas un rato, regresé a la oficina.

"Cuando Char llegó a la oficina, le dije: 'Ya sé para quién es el inmueble que buscas. Estos son los mejores cinco apartamentos que tenemos. Si le vendes algo de mala calidad a una de mis mejores amigas, ¡considérate despedida!' —Al ver la cara de desilusión y de traicionado de David le dice—: Lo siento, David, pero Amelia es mi amiga. Ella me apoyó cuando mi negocio empezó a ir realmente mal, me consiguió una cantidad de clientes de su facultad y de hecho me hizo un préstamo tomado de las ganancias de su negocio, ¡y jamás…!

Gabriela empieza a ahogarse en un llanto contenido porque, aunque no sean los mejores amigos, sí son amigos, y ella les tiene cariño a los dos. Además, esto está afectando a todo el grupo.

Miguel se pone de pie y va a abrazar a su esposa. David no alcanza a contestarle a Gabriela y sosegarla porque, justo cuando va a decirle que la entiende, suena el citófono a la par que, en el fondo de la mesa de centro, suena un estornudo: el sonido que le puso Amelia a su contacto en el celular de David para que la reconozca cuando le mande un mensaje.

David se abalanza por su celular como si su vida dependiera de ello. Quiere saber qué le ha escrito la mujer que ama y por un momento siente que el tiempo se detiene.

—¿Quién es? ¿Qué es? ¿Qué pasa? —pregunta Gabriela con voz apagada.

—Nada. Es Amelia, que me envía una foto de ella metida en una piyama de niña buena, con un mensaje que dice que se quedó un día más y que hoy no llegará a dormir, que aproveche para recuperar mi vida de soltero, que ella sabe que me hace falta, y luego me dice… ¡que me ama! —dijo David con voz de derrota, sin saber qué hacer.

Por eso se pone de pie para ir al baño con los ojos brillantes de unas lágrimas que lucha por contener.

A medio camino siente que una mano lo agarra por el brazo y, al levantar la cabeza, se encuentra con el rostro de Gabriela, que, al verlo tan derrotado, le da un abrazo que desconcierta a toda la sala, pues ella no es dada a abrazar a la gente.

El abrazo es interrumpido por un timbrazo proveniente del fondo de la cocina que anuncia la llegada de Hue y Hugo. Hue, como todos los miembros de este grupo de amigos, llegó a sus vidas en el momento preciso, sin proponérselo, precisamente cuando Hugo más la necesitaba.

Todo comenzó con Kailani, el dueño de la mayor distribuidora de pasantes de licor del país y uno de los proveedores más importantes de Daniel, un hombre que se había acostado con la mitad del personal del bar de este: no había mesera, anfitriona, embajadora ni personal femenino alguno que se le resistiera. Eso tenía más de una razón de peso. Primero, era un hombre elegante, alto, moreno, de origen hawaiano y sonrisa encantadora, que, además de tener un cuerpo de surfista, se vestía impecablemente y era el galán más lisonjero con las mujeres. Kailani y Daniel han tenido una relación de años durante los cuales han construido una confianza que les ha permitido conocerse como hombres de negocios y como seres humanos; incluso en más de una ocasión se han descubierto mutuamente en situaciones embarazosas, ya sea Daniel a Kailani tirándose a las meseras de bar o Kailani a Daniel follándose a sus secretarias.

Por esa confianza que se tenían, un jueves en que debía hacer entrega de los pasantes, mientras almorzaba con Daniel, Kailani trajo a colación a su hermana Hue:

—¿Te conté que tengo una hermanita?

—No tenía ni idea. Usualmente no hablamos de nosotros, a no ser que tenga que rogarte que no le bajes las bragas al personal femenino de mi bar, aunque no sé para qué lo hago si nunca me haces caso.

—¡Eso no es cierto! No me comí a la pelirroja.

—Ella no trabaja para mí, y si no la atacaste fue porque te enteraste de que estaba embarazada.

—Bueno, ¡pero no me la comí!

—El caso es que no hablábamos de nosotros.

—Disculpa pero, hasta donde sé, no hablamos de con quién me acuesto.

—Es que no tenemos suficiente tiempo para abordar ese tema.

—¡Como si tú te mantuvieras célibe!

—¡Pero al menos no meto el pene en tu nómina!

—¡Eso no es cierto! Te comiste a mi contadora.

—Eso realmente no fue culpa mía. ¿Quién contrata a una mujer con un cuerpo como ese para que revise números?

—Te la presté un día, ¡un día!, y tuve que pagarle casi el doble para que aceptara seguir trabajando para mí.

—¿Quieres que hablemos de tiempo? Te tomó menos de media hora tirarte, en las escaleras para subir a mi oficina, a la última mesera que contraté.

—Bueno, en mi defensa debo hacer constar que, además de tener un cuerpo de infarto y ser de lo más flexible, no opuso mucha resistencia... ¡ni tuviste que pagarle el doble para que trabajara contigo!

—¿No? De hecho tuve que darle una indemnización porque, según ella, el despido era injustificado.

—¿La despediste?

—¿Disculpa? ¿Que si la despedí? No sé si en algún momento de nuestra amistad y relación comercial lo has notado, pero yo regento un bar, ¡no una casa de citas! Además, la chica llevaba problemas escritos en la frente. A ver: no soy sexista ni, mucho menos, me escandalizo por cualquier cosa, pero, si no tuvo reparos en acostarse contigo en mis escaleras sin conocerte, no me puedo fiar de que haga su trabajo y mantenga su distancia con los clientes, al menos en el bar.

—¡Tenía un cuerpo espectacular!

—Lo sé. Pero admite que tú habrías hecho lo mismo. Debí fiarme de mi instinto y no contratarla después de leer en su hoja de vida que no había tenido un solo empleo estable: si mal no recuerdo, ¡no tenía una sola experiencia laboral en que hubiera durado más de tres meses!

—Eso me impresiona de ti: todos te ven como un putón, y sí, así eres, pero en los negocios eres un empresario con la cabeza bien amoblada.

—Viniendo de ti, es todo un cumplido para mí.

Daniel respetaba inmensamente a Kailani, que había heredado el negocio de su padre, una modesta tienda de pasantes donde vendían los antipastos que hacían su madre y sus tías, además de otras cosas que importaban a menor escala, y la había transformado en la mayor empresa de pasantes del país, que hoy tiene tres filiales en diferentes países. Kailani tomó las recetas de su madre y las estandarizó, contrató a mujeres cabeza de familia y les dio una opción para mantener a sus familias, las capacitó en cómo preparar las deliciosas recetas de su familia, les hizo firmar un contrato de confidencialidad y las empoderó para que sintieran que su misión era confeccionar los mejores pasantes del país. Además amplió las líneas de producción y abrió nuevas líneas de negocios supliendo la demanda de restaurantes y locales de comidas rápidas e hizo algo que nadie esperaba: creó una línea de domicilios para llevar sus pasantes a las casas de quienes deseaban hacer una reunión o fiesta etílica y no tenían tiempo para organizar algo de comer. Un empresario, un ama de casa o cualquier persona que quiera acompañar las bebidas de algo delicioso, de excelente calidad, llama a su empresa y en menos de 45 minutos tiene ante sí una serie de manjares que van de acuerdo con la temática o el pedido del cliente. Si Daniel admira a alguien por su ética laboral, su dedicación y su entrega al trabajo, es a Kailani. Por eso, que sea precisamente él quien le diga que tiene una cabeza "bien amoblada" es todo un cumplido.

—¡Pero no dije nada que no sea cierto!

—Por eso es todo un cumplido para mí: porque sé que no lo dices por decirlo.

—Antes de que nos llegue el periodo ¿podemos regresar al tema que me interesa?

—¿El hecho de que, a diferencia tuya, yo solo tengo una mujer de tu nómina en mi historial?

—¿Perdona?... ¿No fue acaso tu culo al que vi follando con una de mis pasantes en su escritorio, frente a mi oficina?

—Bueno, dos, ¡dos!

—La verdad, dos que me acuerde, ¡aunque estoy seguro de que ha habido más! Pero no era eso de lo que quería hablar.

—Me imagino que no. ¿Me decías que tienes una hermanita? Yo también. Si quieres, las presentamos. Claro que mi hermana no ha salido de la universidad. —En ese momento, Daniel recordó que su hermana estaba enamorada de Kailani desde que lo vio salir de la oficina un viernes por la mañana—. ¡Qué pendejo soy! ¡Si la conociste el viernes en que la flechaste con tu sonrisa más espléndida!

—¿Cómo olvidarla? Además tiene un gusto impecable. Es una rubia adorable y de charla maravillosa: va a ser toda una rompecorazones cuando crezca.

—¡Espero que ninguno como nosotros le rompa el corazón a ella!

—Tranquilo: si alguien le hace daño, le rompemos los huesos y sentamos un precedente. ¡Somos *ohana*!

Daniel sabía que Kailani lo decía en serio: eran "familia". Esto le caldeaba el alma porque, aunque siempre podía contar con sus amigos, tener el respaldo de alguien como él, que, además de su mejor aliado, era su amigo verdadero, era algo que valoraba más allá de las palabras.

—¡Gracias de nuevo! Entonces me contabas…

Daniel no sabía adónde quería llegar Kailani.

—Bueno, mi hermana es mayor que la tuya. De hecho, solo nos llevamos dos años. Hue es una mujer hermosa, de ojos rasgados color café y pelo castaño claro que siempre lleva suelto o recogido en una moña larga, algo bajita comparada conmigo, de muy buen vestir, con cara de muñeca, piel bronceada y sentido del humor un tanto negro. Es la directora del departamento comercial de una de las tiendas de moda más reconocidas de la ciudad.

—Y me cuentas esto… ¿por qué?

Daniel comenzaba a sentir aprensión.

—A ver, tú y yo nos conocemos mucho: ¡sobra decir que demasiado! ¡Te he visto el culo más veces de las que me habría gustado!

Parecía que una maldición los hubiera condenado a descubrirse uno al otro en cueros tirando con alguna mujer, ya fuera mesera, contadora o cliente del bar o del negocio. ¡Cómo sería, que ya se habían acostumbrado a interrumpirse mutuamente en medio del acto sexual!

—¿Entonces?

—A ver, ¿cómo te digo esto? No joda: ¡no sé ni como empezar!

—Pues así, ¡empezando! No creo que me vayas a decir que, después de todos estos años, hay algún tema que te cueste tratar conmigo, ¿o sí?

—Al parecer sí hay uno, este.

—Dime lo que sea. Al final, si resulta una majadería, sabes que te lo recordaré por lo menos durante un año, y pare de contar.

—¡Gracias, idiota! Eso me lo hace mucho más fácil. Ya me estoy arrepintiendo…

—¡Ah, no!, ¡eso sí que no! Empezaste el tema y ahora lo vas a terminar. ¿Cómo es el cuento de la atractiva mujer con quien compartes los genes?

—¡Déjame hablar! Si sigues por ese camino, no voy a contártelo. El tema es que, aunque es mi hermanita y la adoro, y no sobra que te diga que estoy seguro de que no tiene problema a la hora de conseguir pareja, hay algo que me preocupa.

Kailani era un hombre a quien se le dificultaba hablar de sus cosas personales. Sus amigos, que no eran muchos, sabían que tendía a quedarse callado y lidiar él solo con sus cosas hasta que las solucionaba. Por eso le estaba costando esta vida y la otra abordar la situación.

—¡A ver, idiota, dime qué es lo que te preocupa antes de que me dé una embolia de la impresión de compartas algo personal conmigo! Te conozco, y sé que preferirías arrancarte la piel en tiras a pedirme algo a mí o a quien sea.

—Somos amigos, siempre he confiado en ti y sé que cuento contigo, pero… ¡no sé cómo seguir!

—¡Dímelo como salga, por amor al arte!

—El caso es que desde hace un tiempo está sola; para ser precisos, desde que encontró a su novio de entonces con una de las vendedoras del departamento de ropa interior en un vestidor mientras ella se probaba la ultima colección de La Perla; mejor dicho, ¡quitándole los cucos en el vestidor de su tienda!

—No joda: ¡qué fuerte! Si me lo encuentro, le parto la cara.

Frente a ese comentario, Kailani sonrió con complicidad.

—Todo esto te lo cuento porque estoy angustiado de verla tan sola y ensimismada.

—¡Ah, no!, ¡eso sí que no!

Daniel había entendido por fin por dónde iban los tiros y no estaba dispuesto a hacerle caso a un desvarío de Kailani.

—Pero ¿de qué hablas si aún no te he pedido nada?

—¿Me vas a negar que quieres que salga con tu hermana? —le dijo Daniel levantando una ceja.

—Pues… sí… Pero es solo para animarla un rato: que salga, invitarla a volver al mercado… Si no te cae bien, ¡no hay rollo!

—¡Kai, no jodas! ¡Ahora soy yo el que no sabe ni qué decir ni cómo decirlo!

—No te estoy pidiendo que te cases con ella: solo que la saques a cenar.

—Kai, sabes que te aprecio; son años de excelentes relaciones comerciales entre nosotros y de una amistad de verdad, de esas que no tienes muchas porque van más allá de la rumba y unos tragos, sino una amistad de amigos que de veras se apoyan. Por eso, no sé… Mira que es tu hermana. ¡Después no quiero problemas!

Daniel conocía el carácter de Kai y lo último que quería era tenerlo en su contra.

—Dani, mira: ¡es una cita! Si no te gusta, ya te dije que no va a pasar nada: solo te deberé un favor, ¡y ya está!

—¿Y si me gusta? —preguntó Daniel levantando de nuevo la ceja.

—¡Pues no me cuentas!

—¿Y si me gusta y no funciona? No quiero que me partas la cara. ¿O me vas a decir que dejaste al macho de los cucos sin un rasguño después de lo que le hizo a tu hermana? —preguntó Daniel en tono sarcástico.

—Daniel, me ofende que digas eso. Al parecer, esa semana casi le roban el carro: le rompieron unas ventanas, las farolas, y, bueno… él se llevó unos cuantos puñetazos, dos costillas rotas y varios dedos fracturados. Pero eso fue algo coincidencial, que no tuvo nada que ver conmigo, porque, como es lógico, en ese momento yo tenía una coartada más que sólida.

—No, macho, ¡yo por ahí no paso! Me gusta mucho lo que veo cuando me miro al espejo —dijo Daniel, convencido de que nada bueno podría salir de esa cita, mientras le pedía la cuenta al mesero.

—¡Pago yo, maricón! Y ya te dije que te juro que no te haré nada si las cosas no funcionan. Y si funcionan, pues ¡mejor! Tienes una estampa de lo más agradable, y sé que mi hermana terminará con algún cabrón, ¡así que mejor que sea con uno que yo conozca y aprecie!

—¡No me jodas! Qué: ¿ahora voy a tener que casarme con ella?

—Me lo dices porque no conoces a mi hermana. ¡Anímate, no joda! Solo te pido que la invites a una cena, ¡a una puta cena! Si quieres, la pago yo.

—Kai, ¡me deberás una muy grande! Y no quiero que, si las cosas salen como un culo, me hagas ningún reclamo.

—Está bien… Una cita, y te deberé un favor muy grande. ¿Te doy el número telefónico?

—No: ¡deja que me comunique con ella por telepatía! Siempre me funciona.

—¡Ja ja ja! Sí, ya sé: ¡qué idiota! Es que, bueno, quiero que se divierta un poquito. Ella siempre se preocupa por todos, pero, desde que ese editor le hizo la maldita jugada, pues bueno… ¡la he visto superretraída!

—¿Hablamos del editor que ya no encuentra trabajo en revista o periódico alguno, el mismo que salió con el culo al aire mientras tenía una aventura en el techo de su antiguo periódico?

Daniel se estaba preocupando realmente: al parecer, Kai tenía más mala leche de lo que se imaginaba, ¡más que cualquier hombre que conociera!

—¿Puedes enfocarte en lo que importa? Al fin y al cabo, ¡el bar es tuyo! —Al ver que no Daniel le entendía, Kai aclaró—: No es como si pudiera hacer que te despidieran —le dijo en tono condescendiente.

—¡Me estoy asustando, Kai! Siempre he pensado que eres el tipo de persona que hay que tener del lado de uno, no del contrario.

—¿Qué mejor lado que entre mi familia?

Aunque con todas las reservas del mundo, Daniel terminó aceptando concertar una cita con Hue. Pero, como le podía el respeto y, seamos sinceros, lo atemorizaba la mala leche de Kai, decidió llevar a Hugo a su cita a ciegas.

—¡No puedo creer que me hayas convencido de venir contigo a una cita tuya! La verdad, en clase de música yo era uno de los peores. Mi mamá dice que es un milagro que, con mi oído 'de artillero', sea buen bailarín —le dijo Hugo a Daniel en el carro, camino al restaurante.

—¿Que tiene que ver eso con… bueno, con cualquier cosa? —dijo Daniel sin entender de qué hablaba su amigo.

—¡Pues que no tengo talento de violinista, y los tríos los prefiero con dos mujeres! —continuó Hugo.

—Pero ¿tú a qué juegas? Estamos haciendo esto porque yo soy un imbécil que no sé decir no y a quién uno de sus mejores proveedores y amigo incondicional le deberá un favor —dijo Daniel, más que todo para convencerse, como llevaba haciéndolo todo el día, de no evadir el compromiso: sabía que, aunque Hue resultara ser la mujer de sus sueños, Kai sería el cuñado de las pesadillas de cualquier hombre.

—¡Estamos acá porque Kai te asusta! —dijo Hugo.

—Qué bueno que eres mi abogado y que esto entra en el secreto profesional —dijo Daniel evitando afirmar o negar nada.

—Es decir que, cuando tenga que hacer el brindis en su matrimonio, deberé obviar la parte de la historia donde, cagado del susto, me llevaste de acompañante a tu primera cita.

—¡Imbécil! ¿Podemos dejar los malos deseos, como que yo pierda mi libertad, y centrarnos en que esta noche debemos hacer sentir bien a la hermanita de mi amigo? La idea es que pase un buen rato, y de esa forma nos evitamos que nos partan los huesos mañana.

—¿A mí por qué, si yo no me comprometí a entretener a nadie?

—Porque somos socios, amigos y, como dice Amelia, ¡una especie de matrimonio! Así que, como buen cónyuge, me vas a apoyar en la salud, en la enfermedad... ¡y en las promesas hechas a otros amigos para evitar que me pateen la cara!

—¿Es decir que no solo me eres infiel sino que además me metes en tu aventura extramarital? ¿No sientes remordimiento?

—¡No sabes cuánto!

Daniel estaba realmente arrepentido de haber llevado a Hugo, que no hacía más que tocarle los huevos en vez de compadecerse. Y... ¡un momento!, Hugo le estaba tocando la moral para distraerlo de la presión que sentía de hacer que la cita saliera perfecta sin que la mujer se enamorara o, en el peor de los casos... ¡No, él era un bastardo sin sentimientos!

—¡Hola! Tierra llamando a Daniel... O, mejor, ¡Hugo llamando a su esposo!

Hugo no podía creer que un mujeriego consagrado como Daniel estuviera tan nervioso. Más aún: la ansiedad de su amigo lo tenía bastante inquieto y, por eso, trataba de distraerlo molestándolo porque, la verdad, era que lo prefería iracundo a nervioso.

—¡Disculpa, mi amor! Te prometo que, después de esta noche, te dedicaré mi atención completa —le dijo Daniel siguiendo el camino que había tomado Hugo desde que le pidió que lo acompañara.

—¡Por fin! Me tenías bastante preocupado con tu actitud de prepúber en su primera cita.

—Hugo, es que... A ver cómo me explico. Kai es uno de mis mejores proveedores y, luego de muchos años de relación comercial, nos hemos hecho muy buenos amigos. Siempre que lo he necesitado ha estado ahí para mí y jamás me ha hecho preguntas ni pedido contraprestación alguna.

—Hasta ahí no veo problema. Eso hacen los verdaderos amigos: te ayudan por el mero hecho de ser su amigo.

—Lo sé. El problema radica en que... ¿Recuerdas a ese editor de revistas que pillaron con el culo al aire follándose a no sé quién en la azotea del edificio donde trabajaba?

—¡Ufff!, ¿cómo olvidarlo? ¡Ese pobre desgraciado como que tuvo el peor año en su vida! Casi lo matan por robarlo, luego lo despiden y, para cerrar el ciclo de su mala suerte, ¡se publica el escándalo ese!...

—Bueno, ese pobre güevón es el exnovio de Hue, al que ella pilló follando con una vendedora de su tienda... ¡en su tienda!

—¿Me estás diciendo que...?

—Sí, señor: ¡Kai es un hombre de muy malas pulgas!

—No joda. ¡Para, para, que me bajo acá! —le dijo en broma Hugo fingiendo entrar en pánico.

—¡Eres un imbécil! No sé ni para qué te traje —le dijo Daniel golpeándolo en el hombro mientras parqueaba el carro en el estacionamiento del restaurante.

—Porque quieres morir acompañado. Pero la razón más poderosa es que sin mí estarías aún más aculillado —le dijo Hugo mientras caminaban hacia el restaurante.

—¡Idiota! Era una pregunta retórica —le dijo Daniel entrando en el local.

—Buenas noches. ¿En qué puedo ayudarles? —les dijo el anfitrión a la entrada.

—Tenemos una reservación para tres a nombre de…

Cuando Daniel iba a decirle el nombre con que la había hecho, el anfitrión reconoció a Hugo, que era un cliente asiduo del restaurante, así que no lo dejó continuar y les dijo:

—Por favor, don Hugo: ¡permítame y lo llevamos a su mesa de siempre!

—No se preocupe. Estamos esperando a una mujer —dijo Hugo mirando a Daniel, que atestiguaba, boquiabierto, semejante recepción.

—¡Ah, don Hugo, creo que ella ya llegó y los está esperando en la barra! —dijo el otro señalando a una mujer de piernas interminables, vestida con una falda roja que le llegaba a la rodilla y una blusa blanca con un escote que insinuaba sus curvas sin mostrarlas de manera vulgar, y de rostro angelical, maquillado discretamente, a excepción de los labios, que llevaba pintados de rojo intenso.

Hugo se enamoró en el instante mismo de verla: tenía todo cuanto él había soñado encontrar en una mujer en lo que al físico se refería. Faltaba conocerla, pero, por ahora, ¡todo lo que veía le encantaba! Hue se sintió observada, se volteó hacia donde sentía que la miraban, y su mirada se encontró con las de dos hombres que parecían sacados de un catálogo de ropa interior: ambos la miraban embobados y los dos eran apuestos a más no poder, pero había algo en el hombre de cabello oscuro que la atraía sin que pudiera evitarlo. Viendo que no se le acercaban, se puso de pie y, despacio, caminando con garbo y gracia, se dirigió a ellos.

—¿Como que uno de ustedes fue amenazado de muerte por mi hermano para que saliera conmigo? —les dijo mientras les sonreía a los dos, pidiendo en sus adentros no haberse equivocado.

—¡Ese tendría que ser yo!… Soy Daniel, ¡mucho gusto! —le dijo Daniel sin poder creer su mala suerte: era una mujer hermosa que le encantaba y justamente no se la podía ligar si quería conservar las extremidades ilesas.

—Mucho gusto… Lo que no sé es quién eres tú, y espero que no estés demasiado impactado por mi hermosa falda Dolce & Gabbana o mi hermosa cartera Chanel —dijo Hue mirando con gracia y coquetería evidente a Hugo.

—Es mi amigo Hugo, un abogado reconocido —dijo Daniel al ver que Hugo no salía de su asombro.

Al parecer, él no había sido el único impactado por la belleza de esa mujer.

—Para lo que nos interesa, es tu seguro de que no harías nada estúpido en caso de que existiera la posibilidad… a) de que quedaras prendado de mi graciosa personalidad y mi espectacular cuerpo y quisieras meter la mano en mis cucos y… bueno, más adentro de mí, para ser específicos, o b) de que yo resultara demasiado odiosa y quisieras arrancarte los ojos para no tener que verme, todo para evitar que mi hermano te lastimara en un futuro, ¿me equivoco? —dijo Hue revelando sin tapujos el humor negro que le había mencionado Kai.

—Eh… pues, la verdad…

Daniel no sabía donde meterse. Por fortuna, el diálogo fue interrumpido por la indiscreta risa de Hugo, que, al parecer, ya se había recuperado de la impresión.

—Perdonen, pero ¡es la primera vez que alguien, aparte de Amelia, te para el coche! —dijo Hugo.

—¿Así que tienes novia? —dijo Hue, algo molesta.

—No, la verdad es que, aunque parece ser la mamá de todos (¡es nuestro Pepe Grillo!), en realidad es la mujer de uno de nuestros mejores amigos: la novia de David —dijo Hugo al ver el malentendido que había ocasionado su comentario.

—Por favor, sigamos a una mesa antes de que al anfitrión le dé una varice de esperar a que nos sentemos —dijo Hue señalando al hombre que esperaba de pie a una prudente distancia para acomodarlos en una mesa.

—Brett, ¿nos llevas a mi mesa si es posible?

El anfitrión vio que iban a sentar allí a otra pareja y le hizo una señal al mesero, que, en el último momento, la desvió a otra mesa.

Una vez acomodados, empezaron a departir.

—Entonces ¿tú eres el amigo de mi hermano y tú el amigo del amigo de mi hermano?

—No: ¡yo soy el abogado que está evitando que las posibilidades *a* y *b* se materialicen en huesos partidos, culos al aire y una posible bancarrota! —dijo Hugo con el sentido del humor y la crueldad que lo caracterizaban.

Daniel lo miró con cara de "no puedo creer que le hayas dicho eso".

Siguió un silencio incómodo hasta que oyeron la discreta risa de Hue.

—Lo siento. Es que no sé qué fue más chistoso, tu comentario o la cara que pusieron ambos cuando lo dijiste y vieron que me quedaba en silencio, tranquila. No parece que mi hermano haya sido muy discreto en relación con lo que le pasó a mi exnovio.

—Perdona. Esto puede pasar muy seguido. Hugo, Amelia y Gabriela no tienen filtro, y antes de que tengamos otro malentendido en el futuro y por la cara que pone mi amigo cada vez que te ve, creo que es importante que sepas que Hugo y Gabriela son amigos desde hace muchos años (¡muchos, muchos años!), Gabriela es la esposa de Miguel, Amelia… ya te dije, y, bueno, están Cristian y su novia Márgaret. Mmm… ¡y ahora estás tú!

—¡Exacto! ¡Estás tú y tu cuerpo escultural y tu mente tan ágil! —dijo Hugo, realmente impresionado con aquella criatura.

—¿Me estás cortejando? No sobra decir que te estabas demorando. Y tú… ¡no me mires con esos ojitos! —le dijo Hue a Daniel viéndolo indignado de que ella lo ignorara—. Ambos sabemos que soy carne prohibida para ti: ¡mi hermano te cortaría las pelotas y te las haría comer si se enterara de que me tocaste un pelo! —dijo Hue, lo que los hizo reír.

—Sí, lo estoy haciendo. Y tienes razón: me había demorado, error imperdonable de mi parte, pero, en mi defensa, ¡tu belleza me tiene tan obnubilado que perdí hasta la capacidad de hablar! —continuó Hugo.

Daniel, al ver la buena química que tenían los otros dos, hizo lo que todo buen amigo haría.

—¡Bueno, chicos! Yo sé cuándo estoy de más y, en este caso, creo que ustedes se están llevando tan bien que lo único que haría mi presencia es incomodarlos. Así que me voy, no sin antes pedirte que llames a tu hermano y le asegures que me debe el favor más grande de su vida, que se quedó corto cuando dijo que eras hermosa y que, gracias a mí, acabas de conocer a tu pingüino. Porque, por lo que veo, ¡Hugo encontró su media naranja!

”Y tú me debes otra, más grande, pero, como eres mi abogado, lo pensaré bien antes de cobrarte.

Diciendo esto, los dejó solos para que se conocieran. Hugo aprovechó la súbita intimidad y comenzó a hablar.

—Creo que te he visto antes… Ya sé que eso suena supermanido, pero siento que, esta vez, es la verdad. ¿Dónde te he visto?

—Sí me has visto: soy la que le vende ropa a tu mamá y creo que a tu mejor amiga… Porque la pequeña pelirroja es tu amiga, ¿verdad?

—¡Oh, por amor al arte! —Hugo no podía creer que Amelia le hubiera pegado esa frase—. Eres la hermosura que Gabriela dijo que me había espantado, ¿verdad?

—Sí, señor: ¡esa soy yo!… Me encantaste la primera vez que te vi en mi tienda; no podía creer que la vida me hubiera puesto en el camino al hombre más apuesto que hubiera visto, ¡y justo cuando había recompuesto mi corazón roto! Pero cuando me disponía a hablarte apareció tu amiga y pensé que era tu esposa, razón por la cual me alejé antes de siquiera dirigirte la palabra —dijo Hue, arrepentida, tapándose la cara con las manos.

—Basta, no seas boba. Me ha pasado mil veces: adoro a Gabriela —le dijo Hugo tomándole las manos para poder verle la cara—. ¡Es mi mejor amiga, la mujer que me ha visto en lo malo y lo feo, y la que ha celebrado todos y cada uno de mis logros! Pero, aunque es hermosa, tiene un genio de los mil demonios y es bastante… bueno, ella es ella y yo soy yo, y aunque nos adoramos no podríamos tener una relación distinta a la que tenemos porque nos mataríamos. De hecho, no duraríamos del lunes por la mañana al lunes por la tarde.

Aunque habían prometido jamás compartir este hecho con nadie, ya lo habían comprobado: ambos tenían un carácter muy fuerte y eran demasiado orgullosos y de un genio de mil demonios.

—Se nota que ella te adora: luego de que te fuiste a trabajar, trató de venderte como el mejor hombre del mundo —le dijo Hue con picardía.

—Ella siempre ha velado por mi bienestar y yo por el de ella —dijo Hugo.

—¿Te digo la verdad?

—¡Siempre!

—¡Pensé que me estaba preparando para pedirme un trío!

Hugo no pudo evitar la carcajada que le salió al oírla.

—No voy a decir que no los he hecho, pero la última persona con la que quisiera tener uno es con Gabi. Por favor, ¡un trago para pasar esa imagen y borrarla de mi mente! —dijo fingiendo estremecerse.

—¡Bobo!

—Pero te hice reír, algo que para mí vale más que cualquier cosa —dijo Hugo, muy serio.

—Sabía quien era Daniel porque mi hermano tiene fotos de ellos en su oficina, pero le agradezco al destino haberte traído con él. Cuando te vi, no lo podía creer. Y es que todavía… ¡no lo puedo creer!

—Yo tampoco. Pero, ahora que estoy acá, quiero conocerte, que me conozcas y, bueno, ver qué pasa entre los dos, y disculpa si soy demasiado directo.

—¡Me encanta que seas así! Me chocan mucho los rodeos, no me gustan los juegos, no los entiendo… Por eso, cuando… bueno, cuando…

—¡Neee! —dijo Hugo para interrumpirla cuando presintió que hablaría del imbécil de su ex—. No vamos a hablar de eso: es parte del pasado pero también lo que permitió que hoy estemos acá tú y yo cenando y disfrutando de nuestra compañía.

—¡Yo NO me acuesto con los hombres en la primera cita!

—Y con las mujeres… ¿sí? —dijo Hugo levantando una ceja.

—Con Gabriela puede que lo hubiera hecho —dijo Hue y le sacó una risita a Hugo—. ¿Amelia…?

—¡Es mi amiga y la adoro! Y espero que tú también lo hagas. Además es la esposa de uno de mis mejores amigos, o eso espero, porque esa 'pequeña' se merece todo lo bueno que David pueda darle.

—¿Explicación?

—Luego. Ahora es mi momento contigo. ¿Hay novios, esposos, alguien aparte de tu hermano de malas pulgas que deba preocuparme?

—¿No te preocupa mi hermano? —le preguntó Hue con incredulidad, pues siempre, a lo largo de toda su vida, su hermano Kai le había ahuyentado a los novios, que, a excepción del pobre exnovio ya mencionado, al conocerlo salían despavoridos de su casa.

—Me preocuparía si estuviera jugando contigo. Pero, como no lo estoy, no tengo nada de qué preocuparme —le dijo Hugo con la seguridad de quien acaba de conocer a la mujer con la que le gustaría compartir su tiempo.

—Menos mal lo dices con tanta seguridad, porque viene para acá.

Hugo esperaba su visita. Por eso, con toda la naturalidad del mundo, se levantó para saludar al hermano de Hue, que lo abrazó como saludo.

—Kai, hombre, ¿cómo estás? —le devolvió el abrazo Hugo.

—¿Me esperabas? —le dijo Kai mientras se le acercaba a su hermana menor a saludarla.

—De hecho llegas tarde: ¡te esperaba mucho más temprano! —le dijo Hugo con intenciones de puyarlo un poco.

—Llegué cuando abrieron el restaurante, vi que Daniel llegaba, asustado, contigo de respaldo y que tú te quedabas sin aire al ver a mi hermana caminar hacia ustedes, y también he comprendido a medida que ha avanzado la velada que, como acabas de decirle, no tengo que preocuparme por ti porque la has tratado con consideración y afecto a lo largo de la cena, preocupado de que esté siempre bien atendida, ayudándola a dejar detrás a ese pendejo que tenía de novio, además de que le has prestado toda tu atención. Por eso puedo concluir que vas en serio.

—¿Estás de joda? ¿No lo vas a amenazar? —dijo Hue mirando con vergüenza a Hugo—. Lo siento, es que no lo entiendo —volvió a mirar a su hermano—: ¡si al último le rompiste un dedo…!

—¡Porque sabía dónde lo quería meter! —dijo Kai sentándose al lado de su hermana.

—¿Y Hugo no?

—Hue, primero, ¡no seas soez! Segundo, estoy seguro de que los quiere meter todos en todas partes de tu cuerpo, pero es un macho alfa como yo y sé, porque lo conozco, que no te quiere para el rato. Si no, hace rato habría hecho su movida.

—¿Como que lo conoces de hace rato?

—¡Soy su abogado! —dijo Hugo pidiendo otra copa y la carta para su amigo.

—¿Es que eres el abogado de todos? —dijo Hue, asombrada.

—No de todos, pero soy muy bueno en lo que hago, ¡en todo lo que hago! —Esto último lo dijo en tono sugerente, lo que le granjeó una patada de Kai en la espinilla—. ¡Auch! Te decía que puede decirse que seré el mejor que hayas tenido y vayas a tener. —Tuvo que interrumpirse de nuevo por la segunda patada que le dio Kai por debajo de la mesa—. ¡Auch! A este paso, ¡voy a terminar esta cita en urgencias! —se quejó.

—Hue sigue siendo mi hermana, y yo estoy acá, frente a ti, ¡no lo olvides! —le dijo Kai tomando un poco del vino que le acababa de servir el mesero.

—¿Cómo olvidarlo si mides como uno noventa?

—De hecho, ¡dos diez! Pero ¿podemos volver a lo que nos interesa? ¡No pensarás quedarte! —dijo Hue, ya molesta por la intromisión de su hermano y por la naturalidad con que Hugo la había asumido.

Además de molesta estaba desconcertada: era la primera vez que algo así le pasaba.

—¿No viste que tu novio me invitó a quedarme al pedir una copa y la carta para mí?

—¿Por qué estás tan tranquilo?

—Porque si fueras mi hermana, ¡esto es lo que yo querría de tu pretendiente! —le dijo Hugo, que sabía que, si no le daba la seguridad de que quería algo serio con Hue, Kai resultaría más molesto que un grano en el culo.

—¿Ves lo que pasa cuando sales con un hombre de verdad? ¿Qué pediste? —le preguntó Kai a Hugo, que no tuvo tiempo de responder porque Kai se le adelantó—. No me digas: ¡mejor lo pruebo! Tráigame lo mismo que pidió aquí mi amigo, que seguro es delicioso. —Cuando su hermana lo miró sorprendida, Kai le aclaró—: No es la primera vez que ceno con tu nuevo novio y sé que siempre pide lo mejor de la carta.

—¡No lo puedo creer! —dijo Hue ocultando el rostro entre las manos.

—Hue, si te molesta, me puedo ir de nuevo con mi amigo, el dueño del restaurante —dijo Kai al ver que su presencia tiraba por la borda la buena relación que se estaba formando entre su hermana y Hugo, que siempre le había parecido un hombre decente; más aún: al verlo llegar se había preguntado por qué no se le había ocurrido decirle a Hugo y no a Daniel que tuviera una cita con su hermana.

—¡Hue, mi vida! —le dijo Hugo tomándola de la mano—. Sé que puede parecerte un poco violento, pero quiero que sepas que no me escondo porque me gustas demasiado y, aunque lo primero que vi de ti fue tu hermoso cuerpo —dijo mientras quitaba las piernas del alcance de las de su futuro cuñado—, a medida que hablamos me encanta cada vez más tu forma de afrontar las cosas con humor y el hecho de que, aunque tu hermano te hizo una encerrona para que salieras con un desconocido, decidiste aprovechar la ocasión para conocer nuevas personas; también lo arriesgada que eres, porque no esperaste a que nosotros reaccionáramos sino que te acercaste tú a nosotros (lo que nos dejó gratamente sorprendidos) y lo sincera que has sido conmigo, incluso cuando trataste de sacar el tema del idiota del vestier y la azotea. Por todas estas cosas, quiero conocerte de verdad, como amiga, como mujer… (Y tú no me vayas a pegar otra vez, que, además de ensuciarme el pantalón, ¡me vas a dejar cojo!) —dijo mirando a su amigo para luego concentrarse en la preciosa mujer que lo tenía cautivado—. Además, me tienes intrigado y conmovido como nadie no lo había hecho, y, para poder conocerte, también debo pasar por tenernos a los tres esta cena. No pienses que me voy a asustar o cualquier otra cosa que pueda pasarte por la cabeza: ¡el que no sea capaz de enfrentar las malas pulgas del robacarros, destrozacostillas y destapaescándalos de tu hermano no te merece!

—No te olvides de los dedos: ¡fueron lo primero que le troné! —dijo Kai con orgullo tomando un sorbo del tempranillo que había pedido Hugo.

—¡Me gustas mucho! —dijo Hue después de oír la declaración de Hugo.

Por eso le parecía que lo más justo era que ella también desnudara un poco su alma.

—¡No digas que no soy el mejor! —interrumpió Kai el momento.

—¡A que estás agradecido de que le guste yo y no Daniel!

—¡Ja!, los dos sabemos que, tarde o temprano, Daniel terminará con la amiga de Amelia. Pero por el camino seguirá siendo el mismo putón que ha sido hasta ahora.

La grosería le costó a Kai un pellizco de su hermana.

—Te va a encantar Amelia.

—¿En serio? ¿Por qué? —dijo Hue, inquieta por la mención cada dos por tres de la tal Amelia.

—Nos tiene a todos llenando de monedas unos marranitos de barro por cada grosería que decimos —le dijo Kai sobándose el brazo.

—¡Me encanta!

¿Por qué no se le había ocurrido esa idea? Con su hermano Kai, ¡ya estaría forrada!

—Sé que a ella le vas a encantar: lleva diciéndome un buen rato que necesito compañía femenina, pero de una buena mujer.

—¿Y si no…?

Cuando Hugo vio inseguridad en sus ojos, la interrumpió.

—¡Ni siquiera lo pienses! Si a mí me enamoraste con tan solo verte, Amelia, Gabriela y todos mis amigos te van a querer de la misma manera. ¡Ya verás cómo te hacen sentir en casa, en especial Amelia!

—Déjame y refuerzo la idea de Hugo. ¿Te acuerdas de las galletas que te llevé hace poco, las de figuritas decoradas? —Al ver asentir a hermana, Kai le contó—: Bueno, las hicimos en casa de Amelia, con unos instrumentos que preparó para todos, un día en que Daniel me llevó sin anunciarme. Pensarías que ella se habría molestado, pero, en vez de regañarlo, me dio un abrazo de bienvenida, y luego hizo magia: me dio sus implementos e con lo que le había sobrado improvisó unos para ella, ¡y así todos pudimos hacer parte de la celebración! Como dice Hugo, ella tiene el don de hacerte sentir en familia. —Kai se dio cuenta de que su hermana se incomodaba con la mención de Amelia, por lo que continuó—: Si te preocupa alguna relación entre Hugo y Amelia, ¡sabe que ella solo tiene ojos para el médico!

—¿El que parece salido de un anuncio de colonia?

Hue siempre había tenido cierto enamoramiento del médico amigo de su hermano.

—El mismo… ¡que solo tiene ojos para ella! —dijo Hugo con cierto retintín al ver la cara de enamorada de Hue al oír mencionar a David, lo que le valió una carcajada de Kai.

—¡Que te agarró por los huevos!… ¡Auch! —soltó Kai ante al segundo pellizco de Hue—. ¡Parece que vamos a terminar los dos en urgencias!

—¡Al final lo importante es que estoy seguro de que todos te van a adorar!

Así fue. Tan pronto como conoció a Hue y vio lo enamorada que estaba de Hugo y cómo se trataban los dos, Amelia la acogió entre los amigos y la hizo parte de esa familia desde siempre.

Era irónico, pues, que ahora fuera Hue quien tratara de hacer sentir en casa a su amiga Amelia.

capítulo 26
Are you with me
(EASTON CORBIN)

—Antes de que comiences con tu interrogatorio, ¡sí!, Hue revisó que yo no tuviera fiebre, trajimos los medicamentos que debo tomar luego de comer, me vine abrigado a más no poder, traje las bebidas hidratantes y, aunque me mires con tu cara de disgusto, no tomé todas esas precauciones por ti sino porque sé que Gabi me corta las pelotas si no me cuido —dice Hugo antes de entrar al apartamento detrás de Hue, que está abrazando a Gabriela.

—Me alegra que me conozcas tan bien porque, si te llega a pasar algo por salir de casa sin permiso de tu doctor, no solo te corto los huevos (¡lo siento, Hue!) —dice Gabriela mirándola con expresión de arrepentimiento mientras se acerca a su mejor amigo, que le pegó el susto de su vida cuando lo vio tumbado en una cama de hospital, pálido como la pared, recuperándose de una peritonitis—sino que no vuelvo a separarme de ti hasta que David me diga que estás completamente recuperado.

Esto último se lo dice alzando una ceja, consciente de que, durante la recuperación de su amigo, ha estado bastante pesada. Una vez que se enteró de que Hugo estaba hospitalizado, a Gabriela no le importaron los miles de veces que él la envió de vuelta a casa, lo mucho que este le imploró a Miguel que se llevara a su esposa al final de las visitas de parientes, los intentos de Miguel de convencerla de que Hugo estaba mejor y de que Hue podía cuidarlo ni las promesas de esta de que estaría pendiente de las necesidades de Hugo, con lo cual podía estar tranquila. Sencillamente, no se separó de la cama de su mejor amigo.

—¡Peque, me estás ahogando! —le dice Hugo al ver que ella se pone triste recordándolo en su cama del hospital.

—¡No seas bobo! —dice Gabriela disimulando las lágrimas.

Además de ser su mejor amigo, Hugo ha sido el pilar sobre el cual Gabriela ha construido sus defensas desde que eran niños. Él es la única persona que siempre ha estado ahí para ella en los momentos más difíciles, como cuando eran pequeños y todos se burlaban de ella por ser bajita. Hugo, que siempre fue el más alto del curso, encaraba a quienquiera que le estuviera haciendo daño y lo neutralizaba en el acto empujándolo, peleándose con él o poniéndolo en su lugar de alguna manera. Él siempre la ha protegido de quien pudiera matonearla. Cuando su cuerpo se hizo voluptuoso y los chicos quisieron aprovecharse de ella, todos los que trataron de manipularla para meterse en su cama se encontraron con la desagradable sorpresa de que Hugo vigilaba a su amiga y se llevaron más de una rotunda golpiza. Más adelante, cuando ella decidió encarar sus necesidades sexuales y su manera dominante de relacionarse, Hugo no la juzgó; de hecho, la ayudó a aceptarse tal como era, sin avergonzarse de quien era ni de sus preferencias sexuales, porque entendió que ser dominante no traicionaba los valores que sus padres le habían inculcado sino que era su manera de amar y disfrutar de su sexualidad, distinta, sí, pero no por eso algo de que avergonzarse.

Pensando que sus padres se avergonzarían de ella, Gabriela empezó a distanciarse de su casa, pero Hugo la convenció de devolverse demostrándole que seguía siendo la princesa de papá y el orgullo de su mamá, además de la envidia de sus hermanas. Por todo esto y miles de razones más, Hugo no es un simple amigo para ella: es su hermano, su apoyo, su defensor y su hombro donde llorar. Y aunque Hugo sabe que todos los cuidados que Gabriela le prodigó durante su recuperación eran su forma de lidiar con el miedo a que él muriera y la dejara sola en un mundo en que ella siempre se ha sentido incomprendida, eso no le facilita lidiar con lo mandona, "intensa" y persistente que su amiga estaba siendo. La situación llegó al punto de que Gabriela cronometrara las horas en que su amigo debía tomarse las medicinas, los desayunos, las cenas y los almuerzos. Es más: tuvo hasta el gorro a las enfermeras con lo de la dieta blanda, y en una que otra ocasión David consideró seriamente amordazarla para impedir sus intromisiones en los chequeos de rutina de los médicos.

—¡Ven para acá! ¡Deja que te abrace yo! Al fin y al cabo, como que mi novio sigue estando en mal estado y al parecer no aguanta ni un abracito —le dice Hue, que recuperó a su novio cuando David les dijo que Hugo estaba fuera de peligro y podía irse a casa.

Desde la llamada de Gabriela a su tienda para comunicarle que Hugo había sido ingresado a urgencias por una peritonitis hasta el momento en que David les dio a todos los amigos y familiares el parte médico de que Hugo se encontraba mucho mejor y que por esa razón sería dado de alta para que terminara de recuperarse en su casa, Hue estuvo en un estado de pánico que, paralizándola, la dejó sin saber qué hacer. La mera idea de que el hombre a quien amaba la dejara sola la desolaba; de ahí que entendiera la necesidad de Gabriela de aferrarse a su novio, porque ella sentía lo mismo. Fue la actitud de Gabriela lo que le ayudó a superar la ansiedad y el miedo a perder a Hugo: gracias a su compañía constante, supo que no estaba sola, aunque, siendo sincera, ella también había querido estrangularla en varias oportunidades.

—¡David! —suplica Hugo envolviendo a Gabriela en el abrazo protector que sabe que ella necesita.

—¿Podemos dejar entrar a Hue y Hugo al apartamento para que se sienten y comamos todos reunidos? —dice Daniel abrazando también a Gabriela, quitándosela Hugo y llevándola al sofá mientras el resto los sigue.

Cuando se sientan en la sala, Hue y Hugo ven la cantidad de cosas que faltan en ella y entienden la situación que afrontan sus amigos; en particular, David. Así pues, una vez que sale de su estupor, Hugo es el primero en hablar:

—¡Mierda! ¿¡Se llevó todo!?

—No, no todo: ¡dejó esa monstruosidad de los libros de medicina, incluida la famosísima *Anatomía humana* de Testut y Latarjet! —dice Hue mientras se acomoda en el sofá.

—También están el fonendo, la bata y el morral con las cosas médicas de David —dice Gabriela siguiendo el recorrido de los ojos de Hue por la sala de sus amigos.

—¿Dónde están Lilo y Stitch? ¡Porque en mi casa no están! —dice Hue.

Según Amelia, a Hugo y Hue los representan esos personajes porque Hugo-Stitch es gruñón con todos, menos con Hue, y ella... bueno, su fisonomía y su bronceado natural, además de su amor incondicional por Elvis, de quien recuerda los detalles curiosos más ínfimos, la hacen encajar como Lilo.

—Están en mi casa —dice Daniel, que, al verles a todos la cara de sorpresa, añade comiendo del pollo de Gabriela—: Sí, ¡el Stitch disfrazado de Elvis también!

—Aún recuerdo cuando Hue vio por primera vez el Stitch —dice Hugo.

Al ver la expresión de sorpresa de sus amigos, va a aclarar lo anterior, pero su mujer se le adelanta.

—Le pregunté a Amelia que si sabía que Elvis participó en un concurso de imitadores de Elvis en un restaurante y ganó el tercer lugar —recuerda Hue, detalle que hace que Amelia se sienta menos incómoda al identificar a otra amiga a quien, como a ella, le encantan los datos curiosos.

—¿Podemos dejar de hablar de mi novia como si se hubiera muerto? —pregunta David, angustiado.

—¡David, tranquilo! Estamos todos acá: imposible que no podamos hacer algo para que las cosas mejoren —dice Hugo dándole una palmada suave en la espalda con intenciones de tranquilizarlo un poco, aunque la verdad es que no sabe bien si todo está perdido y la "pequeña" ya tomó la decisión de abandonarlos.

Y es que, aunque no se atreven a decirlo, todos saben que la separación de David sería una pérdida para todos. Al oír a Hugo mencionar el hecho de que ahí están todos los amigos, Gabriela aprovecha la oportunidad para explicitar un hecho que todos están obviando pero que es necesario tener presente para lograr que Amelia se quede con ellos.

—Bueno, todos los amigos de David estamos acá.

—Eso fue lo que dije —conviene Hugo.

—Debemos recordar que somos los amigos que Amelia heredó de David. —Al ver las muecas de extrañeza de los presentes, Gabriela continúa explicándoles—: Lo que quiero decir es que no conocemos a Amelia por fuera de su relación con nuestro amigo el doctor.

—¿Qué tiene que ver eso con lo que está pasando? —pregunta Daniel, mosqueado por el comentario de Gabriela, pues no le gusta pensar que haya algo que lo haga menos amigo de Amelia.

—A ver, no me miren así: ¡todos entramos a ser parte de la vida de Amelia cuando David la hizo su mujer!

—¿Y eso qué importa? —dice Miguel uniéndose al disgusto de Daniel.

—Que no sabemos cómo era ella antes de David, qué la motivaba en sus relaciones interpersonales…

—Disculpa. Yo creo que la conozco bien: ¡no en vano soy su compañero de cocina! —dice Miguel, molesto.

—¿Sabes algo de su vida antes de David, algo que no te haya contado ella? —pregunta Gabriela.

—¿Cómo, si no la conocía? —contesta Miguel poniéndose a la defensiva.

—¿Conoces a sus amigos? —continúa Gabriela.

—¡Estamos todos acá!

—No me refiero a los amigos de David y a la relación que tiene con todos nosotros. Hablo de sus amigos de antes, los que la vieron graduarse de profesional, los que la han visto convertirse en una historiadora reconocida, los que estuvieron a su lado en la primera exposición en que participó como curadora, los que la acompañaron en el lanzamiento de su primer libro, con quienes ha celebrado sus cumpleaños donde sus papás…: ¡los que estaban con Amelia antes de que apareciera en nuestras vidas!

—Claro que sí los he visto en alguna reunión. Es más: ¡tú has estado conmigo en esas reuniones!

—Pero te pregunto si alguna vez has ido al restaurante de Owen a comer sin mi compañía o la de Amelia, si has almorzado con Michael…

—Pues…

Miguel comienza a vislumbrar adónde va su mujer.

—No, aparte de la exposición en la que Daniel conoció a la que será su langosta o como quieras llamarla, ¿no has tenido, no han tenido la curiosidad de conocer a los amigos, a la familia de Amelia? —les dice mirándolos a todos.

—La verdad es que no se ha presentado la oportunidad —dice Daniel.

—¿Así que la inauguración del segundo restaurante de Owen no fue una buena oportunidad de departir con Amelia y sus amigos?

—Bueno, es que no me enteré —se defiende Daniel.

—¡Qué raro, porque a mi oficina y a la de Hugo y estoy segura que a tu bar llegaron las invitaciones! Pero si esa no fue una buena oportunidad, ¿qué tal la apertura del seminario de Amelia en la galería de Marissa?

—Bueno, creí que había que inscribirse antes —dice Hugo, incómodo ante las acusaciones de Gabriela.

—¡Por eso Amelia nos inscribió a todos! —le dice Gabriela.

—¡Yo no sabía! —contesta Hugo sin convicción porque no es cierto.

Amelia les había dicho a todos que, si tenían tiempo, le gustaría verlos allá.

—Podría seguir enumerando las ocasiones en que ustedes pudieron coincidir con los Amigos de Amelia pero prefirieron no hacerlo —dice Gabriela en tono acusador.

Esto es, en parte, cierto: ella, Cristian y Hue son los únicos que han hecho el esfuerzo de conocer a los amigos de Amelia y, una vez lo lograron, descubrieron que son tan maravillosos como ella.

—Entiendo lo que dice Gabriela. Y si ustedes se hubieran dado la oportunidad, habrían descubierto que son muy interesantes y supercariñosos. De hecho se puede conocer una nueva faceta de Amelia, la de hermana, ¡porque la cuidan como a una hermana pequeña! —dice Hue.

Ella y Gabriela se llevan muy bien con los amigos de Amelia, van con ella y sus amigas a los clubes de lectura y también han salido un par de veces con los amigos y las amigas de Amelia, todos ellos muy diferentes y divertidos, además de exitosos en sus carreras. Hue, sin embargo, no conoce al amigo chef a quien se refirió Gabriela.

—¡Eso no es cierto! Todos conocemos a los artistas —dice Daniel antes de que Hugo lo interrumpa.

—¡Por favor, para! Tú y yo sabemos que lo que acaban de decir Gabi y Hue es cierto: ella nos ha invitado a varias actividades con sus otros amigos, y las únicas personas... —Al ver que Miguel se va a dar por aludido, Hugo se apresuró a decir—: ¡Y no hinches el pecho, Miguel! Porque las únicas personas que se han abierto a los amigos de Amelia son Gabriela, Hue y Cristian, aunque es Gabriela la que más los quiere.

Todos voltean a mirar a Gabriela, que no puede menos que sonrojarse.

—¡Por eso creo que es momento de traer la artillería pesada! —dijo y los deja desconcertados a todos.

—Cristian no está en la ciudad —dice David como si él pudiera ser la persona a quien Gabriela se refiere.

—David, entiendes que estamos al final del camino, ¿verdad? —le dice Gabriela acercándose a la mesa para verlo mejor—. ¿Que Amelia está a un paso de dejarte?

—¡No lo digas! —David la mira, desesperado. La mera idea de que su "pequeña" ya no quiera compartir su vida con él le parte el corazón mil veces y le produce un dolor insoportable—. Yo sé que las cosas no se ven bien, pero, ¡por lo que más quieras!, no digas que está a punto de... ¡Simplemente no lo digas!

—Está bien, no lo diré, pero lo que sí te voy a decir es que nosotros, tus amigos, no lograremos convencer a Amelia de que te dé la oportunidad de declararte. —Nadie entiende qué dice Gabriela: ¿cómo que no iban a poder si todos conocían a Amelia y habían tenido la oportunidad de compartir con ella una u otra faceta de su vida? La controversia quedó suspendida cuando el timbre anunció a los invitados de Gabriela, que se para y dice—: ¡Es para mí! Son mis invitados.

Se acerca al citófono para decirle al portero que deje pasar a sus invitados. Todos están la mar de intrigados acerca de quiénes son las persona que invitó Gabriela. Lo que ninguno sabe es que, una vez que se enteró del malentendido que estaba ocurriendo con David, Gabriela llamó a los hombres y las mujeres que conocían a Amelia desde antes de que David llegara a su vida. Los amigos de Amelia, que sabían quién era la mujer, la amiga, la hermana, la estudiante, la profesional…: ellos eran la clave para resolver este enredo. Gabriela les explicó lo que sucedía y les pidió que acudieran al apartamento de David para ayudarles a encontrar una solución.

Poco después de que Gabriela cuelgue el citófono, el timbre anuncia la llegada de la familia que Amelia escogió para sí: sus amigos del alma.

—Pero ¿quién es? —pregunta bajito Hue.

—No es Cristian: él ni siquiera está en el país —contesta David parándose a ver quiénes son los nuevos invitados.

—¿Sabes a quién llamó tu esposa? —le pregunta Hugo a Miguel.

—¡Que también es tu mejor amiga! —responde Miguel.

—¿Nos podemos concentrar? ¿Quién o quiénes podrán ser?

La frase se le hiela en los labios a Daniel porque, cuando Gabriela abre la puerta, la primera en entrar al apartamento es Ariadna, que llega cargada de una cantidad de cajas que no la dejan caminar bien, razón por la cual salen los amigos, Daniel el primero, a ayudarle con el trasteo.

—Pero ¿qué es todo esto? ¿A ti también te dio por mudarte de casa? —pregunta David mientras les da la bienvenida a los amigos de Amelia, primero a Ariadna.

—No, pero, al parecer, tú eres el hombre más incompetente del planeta para hacerte entender.

—Aunque estamos de acuerdo, eso no resuelve el misterio de por qué llegas llena de cajas —dice Miguel acercándose para tomar las cajas que aún sostiene Ariadna.

—¡Estas cajas contienen nuestro aporte para reconstruir el corazón de nuestra amiga! —dice Ariadna entregándole con cuidado a Miguel las cajas que trae consigo.

—¿Cómo? —le pregunta David.

—Lo que Ariadna, con la poca sutileza que la caracteriza, quiere decir es que hasta hace unas pocas horas, de hecho hasta la llamada de Gabriela, estábamos convencidos de que te habías cansado de nuestra amiga —afirma Owen entrando con más cosas.

—¡Yo jamás me cansaré de Amelia: ella es el amor de mi vida!

—Bueno. ¡Pero no es eso lo que nos has dado a entender a todos nosotros! De hecho, estábamos seguros de que la habías mandado a la mierda —dice Owen.

—¿Eso les dijo ella? —pregunta David.

—Parece que aún no conoces a nuestra amiga: ¡ella jamás te pondría en evidencia! —le dice Ariadna, molesta por la acusación que acaba de hacer el "pendejo" del novio de su amiga.

—Tranquila… —le dice Owen a Ariadna, a quien poco le falta para jalarle el pelo a David.

—El caso es que teníamos la certeza de que ustedes estaban a punto de terminar su relación y de que, por eso, ella había decidido mudarse y alejarse de ustedes.

Este comentario lo hace Owen señalando a los amigos allí reunidos. Él, dueño de dos de los restaurantes más reputados de la ciudad, un chef lleno de tatuajes, controversial por su forma de fusionar sabores, especies y recetas, de reinventar platos típicos y de crear sin tregua nuevas delicias gastronómicas, es uno de los mejores amigos de Amelia. Su forma poco tradicional de vestir y de ser, además de su talento, lo han hecho destacarse en el mundo culinario. No sobra mencionar que la característica que más lo ha hecho famoso es la irreverencia con que aborda la cocina, los convencionalismos y la vida.

—Pero ¿cómo se les ocurre? ¡Si ella es mi vida! — le aclara David a Owen, que siempre lo ha acogido con gusto entre sus amigos.

Además, en varias oportunidades le ha hecho llegar el almuerzo o la cena al hospital. Es importante mencionar que, de los amigos de Amelia, es el sobreprotector.

—¡Pues tienes una forma muy rara de demostrarlo! —dice Marissa.

—¡Tú, más que nadie, sabes que no es así! —le dice David refiriéndose a la cena de celebración del primer mes que ella le ayudó a planear en su galería, en medio de una exposición de esculturas románticas.

—Lo que pasa es que el amor no es una obra de arte. La pieza debe defenderse sola ante las miradas de los espectadores; el amor hay que alimentarlo día a día, atarlo sin cesar a una persona, cultivar el sentimiento con detalles todos los días…

—Sé que no me he portado bien al parecer desde hace varias semanas —dice David, arrepentido.

—Si mi esposo me hubiera dicho la mitad de las pendejadas que tú le has dicho a nuestra amiga —dice Marissa con sentido territorial y algo de agresividad hacia los presentes—, ¡le habría cortado las gónadas y las habría colgado enmarcadas en la galería!

Esto lo dice mientras se presentaba con algunos de los presentes. Es una mujer hermosa, alta como una modelo, con una cara preciosa, reconocida por su belleza y su original y elegante forma de vestir, además de la galerista más reputada del país en cuanto al arte de vanguardia se refiere: una curadora exigente y despiadada a la hora de dar su opinión o de evaluar una obra de arte, una profesional que no tolera la mediocridad, la pedantería intelectual o artística y que no tiene recato alguno en decir lo que piensa y siente, cualidades que le han permitido ganarse el respeto de la comunidad artística nacional e internacional. Para cualquier artista es un honor exponer en su galería, lugar visto como una plataforma de lanzamiento para lograr el reconocimiento y el éxito nacional e internacional. Es amiga de Amelia desde la universidad; a ambas las unen el cariño y el respeto inmenso que se tienen como personas y como profesionales. Cada vez que tiene la oportunidad, Marissa invita a Amelia a que dicte seminarios de historia del arte en su galería. No sobra decir que siempre que ello ocurre, la convocatoria es impresionante y la galerista termina abriendo diferentes espacios para los diversos conversatorios de su amiga.

—Al parecer, Gabriela no es la única mujer agresiva entre nuestros conocidos —dice Hugo, justo antes de recibir una patada de Marissa en la espinilla, viendo cómo se abrazan las dos mujeres.

—¡Y es refrescante ver que David no es el único con la sensibilidad en el culo! —le dice Marissa mientras saluda a los demás amigos.

—¡Ojo, que, aunque no te vea, Amelia tiene el don de saber cuándo le das rienda suelta a tu vocabulario de camionera! —le dijo a Marissa su esposo, Michael, empresario y mecenas de nuevos talentos en las artes plásticas.

—Lamentablemente, por culpa del doctor, mi amiga ya no se aloja en lo que ella pensaba que era su hogar —comenta Marissa, resentida por el dolor que sabe que su amiga está sintiendo a causa de lo que parece un malentendido.

—¡Marissa, por favor, dijimos que veníamos en paz! ¡Te pido que dejes a la mantis religiosa en la entrada! —le recuerda Michael a su esposa.

Él y Marissa se conocieron por intervención de Amelia, que había conocido a Michael en uno de sus seminarios sobre el arte bizantino y su importancia para la orfebrería y la joyería.

Al notar la ausencia de su amiga en lo que antes fue un acogedor hogar, Michael se pierde en el recuerdo de aquel día…

—Las joyas eran una forma de resaltar el estatus y una herramienta diplomática. En el año 529 después de Cristo, el emperador Justiniano dictó leyes que regulaban el uso de joyas, conjunto de regulaciones que más tarde se llamaría Código de Justiniano.

"Bueno, por hoy creo que es suficiente. Me parece haber oído más de un estómago rugir en la sala.

Los asistentes se rieron y comenzaron a empacar sus cosas para dejar el salón. Amelia recogía sus cosas cuando un hombre apuesto y, no sobra decirlo, reconocido en su profesión se le acercó a hablarle.

—Disculpe, profesora, ¿me permitiría unos minutos? —dijo Michael.

—Por favor, dígame Amelia. Me sonrojo cuando alguien contemporáneo a mí me dice profesora.

—Es usted demasiado joven para ser contemporánea mía —dijo Michael, no solo por ser galante sino porque en realidad ella no parecía de su edad.

—¡Ah, pero lo soy! Lo que pasa es que en casa tengo mi retrato de Dorian Gray —dijo Amelia.

Ese hombre, además de ser muy apuesto, había asistido a cada una de sus charlas, se había mostrado muy atento en cada sesión involucrándose en las discusiones, preguntando y dando su opinión sobre diversos temas. No sobra decir que ella ya sabía quién era: ¡una pena que no fuera el tipo de hombre que la atraía!

—Es usted inteligente, culta, hermosa, y además posee un excelente y exquisito sentido del humor. ¿Me permitiría invitarla a un café? —Al ver que Amelia lucía algo reacia a aceptar su invitación, Michael continuó—: ¡No se asuste! Mis intenciones son honorables: soy inversionista de arte.

—¡Oh, pero es que no me asusto: su fama lo precede! Es usted uno de los mecenas más reconocidos en el mundo artístico. Resulta imposible sentir fascinación por el arte y no encontrarse con un artículo suyo o de alguno de sus artistas. Admiro la forma en que les permite explorar caminos que ellos no han llegado a creer posibles, llevando al límite su creatividad, sin influir o dañar su estilo, y permitiéndoles descubrir sus propias voces.

—¡Me halaga usted! No sabía que, como ha dicho, se me reconociera con tanta facilidad. Verá… Estoy interesado en dar a conocer a una artista maravillosa que se ha especializado en hacer obras de arte hiperrealistas con joyas bizantinas de los tiempos de Justiniano y Teodora. Es una apasionada de la orfebrería y ha centrado su primera colección en la joyería y la orfebrería bizantinas.

¡La emperatriz Teodora, esposa de Justiniano, era la figura sobre la cual había hecho Amelia su tesis doctoral!

—¿Sabía usted que Justiniano escribió explícitamente en sus leyes que los zafiros, las esmeraldas y las perlas estaban reservadas para el uso exclusivo del emperador y que todo hombre libre tenía derecho a usar un anillo de oro? —Amelia se dio cuenta de que estaba divagando, por lo que se disculpó—: Disculpe. No sé por qué lo interrumpí.

Se sentía avergonzada de haber interrumpido a un hombre tan importante.

—Es usted libre de hacerlo siempre que desee, y más si es para enseñarme cosas tan fascinantes como la anterior.

Al notar la seriedad y la cortesía con que se estaban tratando, Amelia sonrió para luego decir:

—¡Me siento como un personaje de *Jane Eyre*!

—¿Lo dice usted por nuestro tono, extremadamente formal, o tal vez por…?

—¡Es el tono! —dijo Amelia, angustiada por las inmensas posibilidades que ese *tal vez* entrañaba—. Si me permite tutearlo, me sentiré más cómoda.

—¡Pero por supuesto! Creo que nos estábamos demorando.

—Perdón. Digo esto antes de que se me olvide: pensaba que, si la artista que me mencionabas es buena, una amiga mía tiene una galería de arte, Capitel. —Al ver la cara de escepticismo de su interlocutor no pudo menos que preguntarle—: ¿La conoce?

—Creí que estábamos en términos menos formales.

—¡Perdón: es cierto! ¿La conoces?

—En efecto, la conozco; pero debo decir que no he tenido el placer de que alguno de mis artistas exponga en tan prestigioso lugar: ¡su dueña siempre destripa a quien llevamos!

Frente a esta afirmación —¡tan visceral!—, Amelia no pudo menos que reírse hasta que se le llenaron los ojos de lágrimas.

—Disculpa, eso ha sido una descortesía. Pero, en efecto, esa es mi amiga. Si me permites, justamente iba a tomarme un café con ella en su galería. Dile a tu artista que lleve su mejor pieza y, si es tan buena como dices, yo le pido el favor de que nos dé su opinión; lo demás es cosa de ustedes.

—¿Estás segura? No quiero que tu amiga te reproche que me lleves contigo.

—No te preocupes: es mortal en sus críticas, pero también muy buena anfitriona y una excelente conversadora.

—Sí, pero no sé si le guste que le hagas una emboscada para presentarle a uno de mis artistas.

—Si es tan buena como dices, ¡estoy segura de que le encantará!

—Quiero aclarar que ese no fue el motivo de que te me acercara. En este punto me interesa más lo que tienes que decir tú que la víbora de tu amiga de la obra.

Al ver la expresión de disgusto de Amelia, Michael se dio cuenta de que había cometido una indiscreción, pero, justo cuando se disponía a disculparse, Amelia soltó la risa.

—¡Disculpa de nuevo! Parece que solo me burlo de ti, y de nuevo eso ha sido muy descortés, pero cuando vi tu cara de preocupación por haber llamado 'víbora' a una de mis amigas más cercanas, no pude evitarlo. ¡Tranquilo! La conozco y sé que es implacable a la hora de dar un concepto o evaluar una pieza artística.

—Es una mujer sin sentimientos. La imagino como una mantis religiosa con sus amantes —dijo Michael revelando cuánto lo afectaba su rechazo.

—*Au contraire, mon chéri!* Es la mujer más sensible que conozco, aunque ella te dirá que soy yo. Pero, en efecto, es esa sensibilidad lo que le veda cualquier tipo de condescendencia. ¡Me muero por que la conozcas si no lo has hecho ya!

—Bueno, conocerla como persona… No puedo decir que haya tenido el honor, pero sí puedo confirmarte que la conocí como curadora y que no tengo los mejores recuerdos.

Al ver el gesto de horror de Michael, Amelia no pudo evitar soltar de nuevo la risa, consciente de la intimidante fama y de la forma en que su amiga asumía su papel de curadora, crítica y profesional de las bellas artes, además del de mujer fatal.

—Ya verás que cambias de opinión. Llama a tu artista, y vámonos ya, que me muero por ver cómo se desarrolla el encuentro.

Amelia nunca le ha confesado a Michael que su interés iba más allá de lo profesional: había intuyó que su nuevo conocido era lo que su amiga necesitaba como pareja, ¡y mira que no iba tan desencaminada!

Una vez que llegaron, Amelia los presentó y las chispas saltaron entre los dos: lo demás es historia, una historia de amor llena de arte, pasión y más de un enfrentamiento de titanes, porque, a la hora de evaluar talentos, cada uno tiene su criterio y no teme defenderlo con uñas y dientes, así ello los haya llevado a más de una confrontación en que Amelia, Ariadna e incluso el propio Owen han tenido que intervenir.

—Michael, Michael… ¡MICHAEL! —le grita su esposa a un marido perdido en los recuerdos—. ¡Daniel te pregunta si quieres una cerveza!

—Disculpen: ¡me perdí en los recuerdos! Te acepto un whisky o… no sé, ¿un Xánax? Algo fuerte: ¡no me esperaba encontrar esta casa tan vacía de recuerdos sin nuestra pequeña en ella!

—Vamos a ver… Creo que lo primero que debemos hacer para poder traer de vuelta a nuestra amiga a casa —dice Ariadna mirando a todos los presentes, que al parecer no congenian— es comenzar a conocernos: somos su familia. Los que no habíamos venido (bueno, ¿para qué ocultarlo?) estamos con ella en su nueva morada temporal.

—¿Saben dónde está? —pregunta David, desesperado.

—¡Pero por supuesto que sabemos! ¡Es nuestra pequeña! Lo que no podemos comprender es que ustedes no lo sepan —dice Owen levantando un ceja mientras se come uno de los rollitos vietnamitas de Daniel.

—¿Serían tan amables de comentarnos dónde está? —dice Hugo en tono poco cordial.

—¡Mira, abogado de pacotilla, a mí no me hables en ese tono, porque yo no estoy convaleciente y, en lo que concierne a Amelia, poco me importa dañarte esa cara de pendejo! —le contesta Owen poniéndose de pie mientras siente que una manita le agarra la muñeca, una manita que, supone, es de su amiga Ariadna.

Pero está equivocado: es la de una mujer sensual y de rasgos orientales tan característicos que debe ser la esposa del abogado. Así lo imagina con base en lo que le ha dicho Amelia las veces en que se la ha descrito.

—Te pido disculpas por mi pareja, y a todos ustedes, porque, como dijo Gabriela antes de que llegaran, no hemos hecho el mínimo esfuerzo por conocerlos. Pero queremos a Amelia, no sé si tanto como ustedes, pero sí puedo decir que la queremos mucho y sabemos que sin ustedes no podremos entender lo que pasa. Por eso, y porque queremos hacer parte de su familia, les pido perdón y una oportunidad para integrarnos con ustedes.

—Amelia está con nuestra amiga Gina —les informa Ariadna.

—¿Gina?

A Daniel se le escapa el nombre de esa "amiga": no cree haberla oído mencionar.

—Antes de que empiecen a repasar, no la conocen porque acaba de llegar de Londres. Es historiadora como Amelia y estaba en Londres terminando su doctorado en literatura barroca inglesa; en particular, en John Milton.

—¡Ah, ya sé quién es! ¡La amiga con quien charla por Skype todos los miércoles! —dice David recordando las citas de todos los miércoles por la noche de Amelia.

—Esa misma. Llegó hace pocas semanas y, como era la única que… bueno, no conocía a ciencia cierta la convivencia que tenían ustedes dos, no le pareció extraño que Amelia decidiera vivir un tiempo con ella. Al fin y al cabo vive en un conjunto residencial al lado de su hermano Francisco, y llegó con su novio James —comenta Marissa.

—Entonces ¿aún no ha conseguido apartamento? —pregunta David con el corazón hecho un puño.

—Mañana debe ir a firmar el contrato. Creo que lo va a hacer después del almuerzo que tiene contigo —le confirma Owen mientras ve que los ojos del novio de su mejor amiga se llenan de lágrimas y que un dolor visceral que hasta él puede sentir se refleja en ellos.

Ariadna se acerca a abrazar al novio de su amiga.

—No dejes que la desesperación te gane. *We are here with you!* Como en la canción de Easton Corbin, no solo estamos nosotros sino que estoy segura, como la mejor amiga de Amelia, de que ella no quiere irse. Pero le han roto el corazón tantas veces que no entiende lo maravillosa que es ni lo afortunado que eres tú de tenerla en tu vida. Lo importante es que, al verte, nos damos cuenta de que las cosas no son como pensábamos.

—¿Cómo pensaban que eran? No entiendo —dice David devolviéndole el abrazo a Ariadna mientras ella se sienta a su lado.

—No entiendo eso de que le hayan roto el corazón más de una vez. ¿Quiénes?, ¿y dónde los encuentro? —dice Miguel.

—¡Tú tranquilo! Dos de ellos tuvieron una diarrea que casi los mata —dice Owen, tan pancho como si estuviera diciendo que le gusta la comida china.

—Eso me hace sentir mejor —dice Miguel.

—Al otro, Ariadna le arrancó media cabellera, ¡con cuero cabelludo y todo!

—¿Cómo? —pregunta Daniel.

—¡Pues así como lo oyes! —le dice Owen pidiéndole más de su comida.

Daniel le cede su plato.

—¿A quién se le ocurre ir a mi exposición de arte de la mano de la pendeja con la que le puso los cuernos a mi amiga? ¡Menos mal ella no había llegado! ¡Porque le arranco hasta el pene!

Todos los hombres, por reflejo, se tocaron las partes nobles.

—Mejor enfoquémonos en otra cosa. ¿Qué pensaban ustedes que estaba sucediendo? —pregunta Miguel.

—Pues pensamos que en realidad David se había cansado de la pequeña —dice Marissa, para quien todo esto era difícil.

Amelia siempre ha estado con ella, pues su camaradería comenzó cuando Marissa realizaba su tesis sobre los grabados de Gustave Doré, el pintor, escultor y dibujante considerado, en Francia, el último de los grandes ilustradores. Entre sus trabajos más notables pueden citarse las ilustraciones de *El ingenioso hidalgo don Quijote de la Mancha*, la Biblia y la *Divina comedia*. El trabajo se le puso cuesta arriba a Marissa, pero con la ayuda de Amelia —que, aunque estaba hasta el cuello con su propia tesis, hizo espacio para ella y su trabajo— logró obtener un grado con honores junto a ella. Su camaradería se extendió a su vida personal cuando Amelia estuvo enferma por exceso de trabajo: Marissa suspendió todas sus actividades y la cuidó dos semanas hasta que comenzó a mejorarse. Esa enfermedad le permitió entender a Amelia que, por negarse a descansar, su cuerpo le había cobrado con agotamiento y había caído realmente enferma. A partir de ese momento, Marissa se convirtió en su *manager*, y es ella quien acepta o rechaza charlas, seminarios, cursos o clases en la universidad.

—Pero… —quiso intervenir David.

—A ver, permítanme explicarles nuestro punto de vista: hace un mes, más o menos, empezamos a ver marchitarse a la pequeña, que dejó de hacer los postres que más le gustan, se pasó dos capítulos del club de lectura, llegó tarde a una de sus clases en la galería y comenzó a descuidar sus compromisos con su familia y con nosotros. La cosa empeoró cuando empezó a negarse a cenar con Owen, el que más la conoce de nosotros y la sabe descifrar de un vistazo. Por eso, cuando por fin la encerramos por la llegada de Gina, tan pronto como vio a Owen quiso dar marcha atrás pero Owen la acorraló, la abrazó, y ella no pudo aguantar la presión y se puso a llorar. Fue entonces cuando supimos que las cosas entre ustedes dos no estaban funcionando bien.

—¡Por amor al arte! ¿Cómo así?

Daniel alucina con todos los compromisos de su amiga que él desconoce: hasta ahora pensaba que la vida social de Amelia comenzaba y terminaba con ellos, ¡lo que en este momento se le antoja extremadamente pretensioso!

—¿No puedes creer que esté tan dolida o que tenga tantas cosas en su vida aparte de ustedes? —pregunta Ariadna en el tono particularmente lacerante con que se refiere a Daniel.

—¿Perdona?

¡Esa mujer tiene la facilidad de ponerlo de mal humor y hacerlo pasar de cero a cien en menos de un segundo!

—Te perdono. Solo trata de ponerte a tono con nosotros, no todos tan pacientes como Amelia —le contesta Ariadna.

—¿Será posible que dejes de jugar con tu nuevo juguete y prestes atención a lo importante? —le llama la atención Michael, que ya ve venir el romance entre su amiga y el chico con cara de modelo de calzoncillos.

—¿Es posible que no…? —empieza a decir Daniel cuando es interrumpido por la galerista.

—Ari, estamos acá por Amelia. La idea es que solucionemos este embrollo, ¡y después puedes tirarte a gusto al rubio! —le dice Marissa.

Gabriela no puede evitar reírse: le encantan estas nuevas adiciones a su grupo de amigos. Son mujeres exitosas que no le tienen miedo a decir las cosas como las piensan. Por eso le encanta salir con ellos y sabe que, si todo sale bien, la familia se va a volver más numerosa.

—Disculpa, ¿te causa risa cómo me cosifican?

—¡Es un cambio refrescante, para variar! —dice Hugo, que está de lo más intrigado con sus nuevos amigos.

—¡Si yo no las objetualizo! Siempre soy sincero con ellas y no les prometo más de lo que sé que les puedo cumplir —dice Daniel defendiéndose de las acusaciones de sus amigos. En ese preciso instante, además de reconocer a la hermosa mujer, ubica por fin de dónde conoce al esposo de esta—. ¡Tú eres el mecenas y tú la mantis! Perdón: ¡la dueña de Capitel! —dice.

—Gracias. Y tú eres el dueño del bar con el mejor gusto artístico del país —afirma Michael—. Y sí, en efecto, mi esposa es a quien acabas de referirte.

Pero sería mejor, por el bienestar de esta incipiente pero prometedora amistad, que la llamaras por su nombre: 'mantis' le digo solo yo, ¡y eso cuando quiero que se cabree conmigo!

—¡Dejen de decir groserías, que este sigue siendo el apartamento de Amelia, y ella odia que digan palabrotas! —dice Marissa.

—Es refrescante ver que no es solo a nosotros a quienes regaña por decir groserías —dice Miguel, que ha estado relegado a un segundo plano mientras ve cómo se relacionan los amigos.

—¡Pero por supuesto que no! En mi galería, y en la oficina de Michael, tiene un marranito en donde nos hace poner monedas por cada grosería que digamos —cuenta Marissa.

—Bueno, ¡es hora de poner en orden todo esto! —dice Owen tomando el liderazgo de la situación—. Vamos a ver: ¿te quieres casar con nuestra pequeña? —dice mirando a todos los amigos.

No quiere animosidades, pero es importante puntualizar que ellos están allí exclusivamente por su amiga mientras que los demás… bueno, no lo tiene claro, aunque le gusta pensar que también están por Amelia, ¡que se nota que se ha hecho querer mucho!

—¡Sí quiero!

—Quieres… ¿qué? —le pregunta Ariadna.

—¡Quiero casarme con ella!

En ese momento se gana un golpe de Ariadna en la nuca.

—¡Eso es por torpe! ¡Y —le pellizca un brazo con saña— eso es por hacerla llorar innecesariamente! Y…

David se corre, asustado.

—Creo que ya entendí —dice sobándose el brazo.

—Menos mal. ¡Porque no quieres verme de mala leche!

David alza una ceja y mira a Gabriela.

—¡Neee, ella tiene más mala leche que yo! —afirma Gabriela.

David la mira con incredulidad.

—¡Créelo!— dice Ariadna.

Los amigos de Ariadna lo miraron y asintieron.

—Entonces ¿los planes son…? —pregunta Owen con intenciones de reorientar la conversación en vista de que el tiempo se les está echando encima sin que hayan solucionado nada.

—¡Quiero que sea mi esposa! Ya tengo el anillo —dice David señalando la cajita de Tiffany's.

—Entonces terminen de comer, porque debemos convertir esta mierda de lugar en… bueno, por ahora, en el lugar de los sueños de Amelia para que aquí el incompetente en amores le proponga matrimonio.

David no puede menos que alzar una ceja al oírse llamar "incompetente" por Ariadna.

—Te ha tratado con consideración: yo te habría llamado de otra forma, así que déjalo estar —le dice Hugo poniéndose de pie.

—¡Neee, tú te quedas quieto, que lo último que necesitamos es que la propuesta ocurra en urgencias! —le dice Marissa haciéndolo sentarse de nuevo.

Todos se quedan de piedra al ver que los amigos de Amelia saben cosas de ellos mientras que ellos no saben nada.

—Tranquilos. Ya tendrán tiempo de conocernos a todos. Es más: tengo un problema con una empleada que dice que la acoso —dice Owen.

—¡Eso es mierda! —dice Marissa, mosqueada por esa acusación: ¡si Owen adoraba a su esposa!

—Tú tranquila. ¡Déjamela a mí! —dice Hugo, que, al verle la cara a Gabriela, aclara—: Tan pronto David me diga que puedo ejercer, ¡la dejamos sin con qué comprar ni papel higiénico para su casa!

—Bueno, ¡manos a la obra! David, abre esa caja: tenemos una escena que recrear.

—Pero ¿de qué hablan?

¡David no entiende nada!

capítulo 28
What a wonderful world
(LOUIS ARMSTRONG)

—Tenemos que crear el *wonderful world* de nuestro amado Louis Armstrong en esta pocilga que tú —dice Ariadna señalando a David—llamas 'apartamento'.

—Pero… ¿cómo…? Es decir… ¿qué le van a hacer a mi… apartamento? ¡No entiendo!

—A ver, señor doctor: Gabriela me llamó a decirme que todo es un mal entendido y que en realidad lo que pasa es que tú quieres pedirle matrimonio a mi amiga Amelia, algo que creí ratificar al ver la cajita de Tiffany's en la mesa y la declaración que hiciste hace pocos minutos. Pero si no es así, ¡no nos molestemos en desempacar y más bien vamos a comer perritos calientes en casa de Gina!

—¡Calma, calma! Haya paz, Ariadna. Estamos aquí para ayudar y hacer las cosas bien por nuestra amiga —dice Marissa comenzando a desempacar con ayuda de Gabriela.

—No entiendo. ¿Tenemos que hacer de mucamas y limpiar el apartamento de David? ¡Pensé que, al mudarme de nuestra vivienda colectiva, había dejado atrás los días en que debía recoger del piso libros de medicina! —dice Daniel recogiendo precisamente un libro de medicina, abierto en el capítulo de la peritonitis.

—Tenemos que hacer que este lugar, además de volver a ser el hogar de Amelia, se convierta en el lugar perfecto para que David le proponga matrimonio —dice Marissa.

—¿O sea que…? —empieza a decir Miguel antes de ser interrumpido por Michael.

—Sí, tenemos que arreglar todo. Las cajas que traía yo son algunas de las cosas que Amelia ha dejado regadas por las casa de cada uno de nosotros y las cajas que traían mi esposa y Ari son la decoración con que ellas van a transportar a Amelia a un lugar donde los sueños se hacen realidad. Y bueno: Owen, como pueden ver, ya se puso en situación, así que, si me permiten, sugiero que Hue acomode en el dormitorio de David la ropa que hay en la maleta y las cosas de Amelia, Miguel y Hugo ayuden a Owen a acomodar las cosas de Amelia en la cocina y, bueno, le ayuden también a cocinar la maravillosa cena que tiene planeada. David, Daniel, Gabriela y yo ayudaremos a Ari y a mi esposa a transformar la sala en un sueño hecho realidad.

—A ver: ¡no entiendo! —dice Daniel antes de que Ariadna lo interrumpa.

—¿Será posible que todos nos pongamos manos a la obra? ¡El retrasado puede actualizarse mientras organizamos todo! —dice sonrojándose al ver la ceja levantada de Daniel.

—Bueno, ¡manos a la obra! —dice Hue empujando las maletas hacia el cuarto mientras Miguel y Hugo se dirigen a la cocina.

—¡No vayas a excederte! —le grita Gabriela a Hugo.

—¡No te preocupes! Acá lo cuidamos. ¿Estás bien? —le pregunta Owen a Miguel, que luce estupefacto y no parece poder articular palabra, pues Owen es uno de los chefs que más admira.

—¿Qué?

Miguel no encuentra qué decir: la posibilidad de no solo compartir un rato con él sino además cocinar con él y verlo trabajar (más aún: ¡ayudarle a preparar una cena!) lo tenía sobreexcitado y aturdido.

—¡Perdona, mi vida! Se me pasó por completo; con tanto ajetreo ni caí en cuenta: te presento a Owen, tu chef favorito. —Miguel no hallaba palabras con que presentarse—. Owen, te presento a mi marido, ¡aunque no lo parezca! Miguel es un profesional exitoso y un excelente conversador, algo que espero te demuestre tan pronto se le pase la emoción.

—¡Caramba! —dice Owen abrazando a Miguel—. ¿Un admirador? ¡Mira que no me lo esperaba! Pero, al menos, ya sé cuál es el amigo que Amelia quiere sorprender con una cena en mi restaurante. —Al ver la cara de sorpresa de Miguel, Owen se da cuenta de su indiscreción y dice—: ¡Ups! Creo que era una sorpresa. Bueno, llegado el momento te haces el sorprendido. —Le palmea la espalda y lo invita a seguir a la cocina—. Ven, te voy a enseñar a hacer uno de mis famosos entremeses.

—¿Las empanaditas? —pregunta Miguel saliendo de su asombro y devolviéndole el abrazo y los espaldarazos a su chef favorito.

—Sí, señor: ¡esas mismas!

—Hugo, ¿te molesta si primero nos ayudas a acomodar los utensilios en sus lugares? Entiendo que eres más de postres y, como no queremos que Miguel nos lo arruine, por ahora te pido que me ayudes con la organización de todo. No hagas esfuerzos, que lo que menos necesitamos es que caigas enfermo de nuevo —le dice Miguel en tono cómplice a un Hugo que luce sorprendido por la cantidad de cosas que saben los amigos de Amelia y por la camaradería que muestran para con ellos.

Pero no debería extrañarse: una mujer admirable como Amelia solo podría rodearse de excelentes personas, como los son sus mejores amigos.

—Me parece ideal. Además ¿quién no quiere hacer de ayudante de uno de los mejores chefs? —exclama Hugo poniéndose manos a la obra mientras el resto de sus amigos, en la sala, recogen el desorden de David y tratan de rehacer, a partir del presente desastre, el hogar que Amelia construyó.

—No puedo creer que no notaras que Amelia jamás viviría en un lugar así. La última vez que fue a mi oficina recogió todos los lápices de colores y los ordenó en la caja; además, ¡me clasificó la correspondencia!

La que ha hablado mientras ordena la mesa de centro es Marissa.

—Es que no he prestado atención a los detalles porque…

David, mejor, se queda callado: no quiere hacer a Hugo responsable de lo que sucede en su vida.

—¡No te preocupes! Todo esto es un gran malentendido que... bueno, ¡no te preocupes! —dice Michael mientras devuelve las carteritas de diseñador a su lugar.

—¡Así que tú las tenías! Ya me había preguntado dónde estarían —dice Daniel mientras ayuda a Ariadna a desenvolver unos implementos de manualidades.

—Eso y el astrolabio de aventuras piráticas, además de las figuritas de Disney —confirma Michael.

—Bueno, nosotros debemos crear una réplica de...

—Disney. ¡El retrasado ya se puso al día! Mi pregunta es qué película estamos recreando: me parece que *Hércules*, pero no creo que sea esa porque Amelia la odió con todas las fibras de su ser por tantas imprecisiones.

—¿A ti también te las contó? —pregunta Michael sonriéndose.

—¡Claro que me las contó! Me dijo, con indignación, que, de acuerdo a la mitología, los padres de Hércules son Zeus y Alcmena; también me dijo que, en la película, Hércules crea a Pegaso para que ayude a su hijo, pero que, en realidad, tanto Pegaso como Crisáor nacieron de la cabeza de Medusa cuando Perseo se la cortó.

—¡No te olvides de las musas! —recomienda Ariadna al ver que su chico se pone al día.

—Esa no me la sé.

—¿Afirmas que Amelia no te dijo lo indignante que fue para ella que quitaran cuatro musas? —Al ver que Daniel niega con la cabeza, continúa—: En la película aparecen cinco de las musas relacionadas con las artes pero, en la mitología, el conjunto de las musas se amplía a nueve, siendo estas Calíope, musa de la elocuencia y la belleza; Clío, musa de la historia; Erato, musa de la canción amatoria; Euterpe, musa de la música; Polimnia, musa de los cantos sagrados; Melpómene, musa de la tragedia; Talía, musa de la comedia; Urania, musa de la astronomía y las ciencias exactas, y Terpsícore, musa de la danza y la poesía coral.

—¡Ahora no se me olvida! Claro que los nombres...

—Yo me los sé porque hice una exposición de esculturas de ellas —le aclara Ariadna.

—¡Claro, en esa exposición nos conocimos! —dice Daniel evidenciando que recuerda dónde se conocieron, lo que hace sonrojarse a Ariadna, que, para evitar ponerse en evidencia, cambia el tema.

—¡La idea es que construyamos un Bizancio como lo habría construido Disney!

—¡Me encanta! Eso explica la escarcha que trajiste.

—La buena noticia es que, cuando todo termine, no tendremos que limpiar el desastre que se forme al desmontar la decoración —dice Ariadna levantando una ceja.

—¡Los oí! —dice David confirmando lo que su novia le había dicho meses atrás: ellos no se odiaban a muerte; todo lo contrario: se atraían tanto que el miedo se manifestaba como matoneo.

A medida que pasa el tiempo, la casa va quedando como el hogar que todos conocían y les encantaba mientras que en la cocina se prepara una serie de delicias que van desde empanadas de lechón hasta atún con salsa de tamarindo y jengibre, pasando por pinchos de pollo, acompañados de aceitunas: ¡toda una muestra gastronómica de las viandas favoritas de Amelia!

Hue se deja ver con las maletas vacías, avisando que su misión está completada.

—¡Misión cumplida! ¿En qué más puedo ayudar? —dice.

—Creo que… —empieza a decir Ariadna cuando Daniel la interrumpe.

—¡En la cocina te están necesitando! Sabes que Hugo no está completamente recuperado, y pueden necesitar una mano extra.

—¡Me parece que me estás alejando de las manualidades!

—Vida, ven para acá y me ayudas a seguir picando. Sabes que eres cham… eh, ¡patosa! para las artes plásticas —le dice Hugo desde la cocina.

Cuando se está retirando, Ariadna pregunta:

—¿Es así de mala?

—¡La peor! ¿Te acuerdas de la pared de mi bar que parece vomitada?

—¡Cómo olvidar esa atrocidad!

—Bueno, ese fue un intento de *collage* que hizo Hue un día en que decidimos pintar murales en las paredes.

—¡Ay, por amor al arte y todo lo divino! ¡Es espantoso!

—¡Los estoy oyendo!

—Vida, me parece que tienes un gusto exquisito para la ropa. Pero si 'eso' lo hiciste con intenciones artísticas, ¡fracasaste estrepitosamente! —dice Ariadna mientras cuelga del cielorraso las constelaciones de Tauro, Perseo y Andrómeda.

Michael, Marissa y Gabriela ya han organizado la casa y han ido al bar de Daniel por las flores y plantas que Amelia dejó allí.

David sigue en modo automático y no puede creer a qué horas lo había hecho todo tan mal. De pronto oye el timbre de su teléfono que le anuncia una llamada de su mujer. Sin pensarlo dos veces se abalanza sobre el teléfono para contestarle mientras Gabriela se le tira encima para decirle que no vaya a irse de lengua sobre lo que está pasando en el apartamento.

—¡Mi vida!… ¿cómo estás? —dice David con la voz congestionada y los ojos brillantes de lágrimas de angustia que aún no ha derramado.

Es que la situación lo sobrepasó hace horas.

—Davo, ¿estás bien? ¡Te oigo mal!

Al oír la preocupación de su novia, que en una sola frase ha adivinado su desesperación, David no se aguanta y suelta un gemido que anuncia lo mal que se encuentra y revela la angustia que no le permite pronunciar palabra.

—¡Ya voy para la casa! ¡Lo que sea que esté pasando lo vamos a enfrentar juntos! ¡Tú no te preocupes! Ya voy para allá, y verás que todo estará bien. —David oye a Amelia ponerse ropa, recoger cosas y anunciarles a sus anfitriones que debe irse a casa—. ¡Mi vida, no te angusties: todo va a estar bien! Ya pedí taxi y no me demoro en llegar.

Le manda un beso y corta la llamada.

Cuando reacciona, David ve a todos sus amigos a su alrededor mientras siente la mano de Daniel apretándole un hombro y a Ariadna pasándole un té caliente.

—Te habías demorado. Si hubiera sido mi esposa, ¡Owen me habría tenido que recoger del piso! —afirma Michael.

—¡A mí no me habrían sacado de la cama si hubiera sido mi Gabi! —dice Miguel respaldando a su amigo.

—Me encanta este momento de amigos, ¡pero Amelia viene para acá y todavía no hemos terminado! Falta conectar las luces, limpiar la escarcha, poner la mesa para la cena… Mejor dicho, ¡Hue y Hugo la mesa!, ¡Owen y Miguel los platos!… David, ¡ve a ponerte guapo! No queremos que Amelia te vea hecho un desastre. ¡Michi, Mari, Gabi, Daniel y yo haremos el resto! —los organiza Ariadna.

En menos de diez minutos, los amigos han ordenado la mesa, puesto los platos y arreglado todo para que parezca una escena salida de las historias de Bizancio con un toque de la magia de Disney: un lugar lleno de estrellas, mosaicos con temas de Disney —Bambi, Mulán, el Sapo y la Princesa, entre otros—, todos dibujados por Ariadna y Daniel, que han logrado terminar en tiempo récord los bocetos que Ariadna comenzó, haciéndola parecer una sala bizantina, digna de Teodora y Justiniano.

Precisamente cuando Owen lleva el último plato suena la cerradura: ¡Amelia está entrando en su casa! Esto hace que todos salgan corriendo hacia el cuarto de David a esconderse.

capítulo 29
Best I ever had
(GAVIN DEGRAW)

David está hecho un manojo de nervios. Todo el estrés que ha acumulando a lo largo del día le pasa la factura cuando oye abrirse la cerradura. La calma y la entereza con que deseaba enfrentar una de las situaciones más importantes de su vida se han ido a la mierda. David sabe que pedirle matrimonio a Amelia será uno de los actos más trascendentales de su existencia, uno que cambiará su vida y definirá su futuro. Por eso, cuando ella abre la puerta y lo mira con ojos llenos de amor y preocupación, todas las emociones que lleva contenidas desde la tarde del domingo se abren paso a través de su corazón: lleno de angustia y de dolor, se abalanza sobre su novia para abrazarla con la esperanza de encontrar en sus brazos la tranquilidad que solo ella puede brindarle.

—¡Davo!, ¿estás bien? Me preocupas... —Amelia tiene dificultades para hablar con su novio debido a la fuerza con que este la abraza—. Mi amor, ¿puedes decirme qué pasa? —le pregunta, angustiada—. ¡Peque, me preocupas! ¡Dime qué pasa!

Abrazada a David, Amelia aún no ve la hermosa decoración que han elaborado sus amigos ni nota que sus cosas han regresado al lugar del que nunca debieron salir. Se siente realmente perdida frente a lo que ocurre con su novio.

Los dos pasan un rato abrazados, tiempo en que Amelia se dedica a brindarle a David amor y sosiego a través de caricias en la espalda y palabras amorosas.

A pesar de que pasa el tiempo, David no es capaz de encontrar la calma suficiente para explicarle el infierno que representó para él entrenarse de que ella lo estaba abandonando por culpa de un malentendido.

—¡Mi vida, por favor, cuéntame qué pasa! Ya estoy acá... ¿Se murió alguien? ¡Por favor, dime algo, que me estás preocupando terriblemente! ¿Quieres que nos sentemos?

La angustia que le produjo la llamada de David empeora: si en la conversación telefónica le pareció oír a su novio tan triste y abatido, ahora el temblor causado por el llanto semicontenido de su novio le destroza poco a poco el corazón, situación que se agrava por el hecho de que ella solo lo vio así de afectado el día de la muerte de la señora Duval.

David se aparta un poco para ver bien la cara de Amelia buscando las palabras adecuadas para declararle su amor.

—Yo... yo, Amelia... Tú... tú... ¿por qué quieres abandonarme?

No puede creer que, de todo lo que tiene planeado y quiere decirle, estas sean las primeras palabras que salen de su boca.

El silencio se apodera de la sala, y ahora es Amelia quien no encuentra qué decir.

—Yo… yo…

Amelia se distrae un momento: le parece haber oído a alguien decir "¡No joda!" en su cuarto. Al verla mirar hacia su dormitorio, David le aprieta la mano para atraer de nuevo su atención.

—¡Davo, yo…! La verdad es que tú… —Amelia es ahora también un manojo de nervios: no sabe cómo explicarle a David lo que estuvo sucediendo los días en que él estuvo cuidando a Hugo—. ¿Por qué no nos sentamos? —dice tratando de ganar tiempo para encontrar la manera de comenzar una de las conversaciones más difíciles de su vida, en que deberá dejar en libertad al hombre de su vida.

Pese a que lleva más de un mes planeándolo todo —la mudanza, encontrar un apartamento que le gustara y que no quedara cerca de sus antiguas rutinas con David—, cada paso lo ha dado con el fin de hacer las cosas menos traumáticas para ella de lo que ya son. Para lo único que no ha podido prepararse es para… ¡decirle adiós a David!

—¡Amelia, mi vida!, ¿qué estás pensado? Por favor, ¡no te guardes nada!

Para David es vital conocer absolutamente todo lo que pasa por la cabeza de su novia: sabe que solo así podrá conjurar los fantasmas que le están nublando el juicio y, así, encontrar la forma de hacerle ver que todo esto es un malentendido.

—No sé como empezar a decirte todo lo que pienso. A ver…: tú eres el hombre más importante de mi vida, y yo… ¡Yo quiero darte la oportunidad de ser feliz!

Amelia no halla la forma de decirle que, como ya no es feliz con ella, su deber es darle la libertad de ser feliz al lado de otra persona.

—¡Contigo soy infinitamente feliz! —le dice David interrumpiéndola, separándose para que ella pueda ver su sinceridad en sus ojos. Solo en este momento, una vez David la aparta, Amelia ve la hermosa decoración de su hogar. Es como trasladarse a una escena bizantina, ¡de ensueño! Hay constelaciones en el cielorraso y la serie de obras de arte que Ariadna le anunció estar preparándole como regalo de cumpleaños, está dispuesta por toda su casa.

Mientras se acerca a contemplar en detalle cada pieza, Amelia rememora la conversación que tuvo con su amiga la primera vez que vio los borradores.

—Es una idea para remodelar un poco la tienda —contestó Ariadna sin despegar la mirada de lo que estaba boceteando.

—¡Son hermosos!… ¿En serio los piensas poner en mi tienda?

—¡Pero por supuesto!… ¿O es que no te gustan?

—¡Para mí sería un honor!

—¡Ufff!, ya me estaba preocupando. La idea es unir tus cosas favoritas en unos mosaicos bizantinos para darle más personalidad a la tienda.

—Ahora que las veo con más detenimiento podría decir, con poco temor a equivocarme, que son réplicas de las figuras icónicas más conocidas.

—A ver, ¡dime de dónde son! —la retó Ariadna.

—Si te digo cuáles son y dónde están, ¿qué premio me das?

—¿Aparte de las obras?

—Pensé que esas ya me las ibas a regalar de cumpleaños —le dijo Amelia arqueando una ceja.

—¡Es cierto! ¿Tus preciadas y adoradas naranjas bañadas en chocolate?

—¡Hecho! —se apresuró a decir Amelia antes de que Ariadna se arrepintiera—. Primero, se encuentran en las iglesias de San Apolinar Nuevo y San Apolinar en Classe. Y si la memoria no me falla, estos bocetos son réplicas de las piezas que cubren sus muros superiores con mosaicos que representan un cortejo procesional encabezado por los Reyes Magos que se dirige hacia la *Theotokos* o Madre de Dios. Además está el conjunto de mosaicos de San Vital de Rávena, compuestos hacia el año 547, en que se representan varios temas bíblicos y, en los laterales del ábside, los grupos de Justiniano I y su esposa Teodora con sus respectivos séquitos.

—La respuesta… ¡es correcta! Acá tienes tus naranjitas —le dijo Ariadna abriendo una gaveta y sacando los dulces favoritos de su amiga, que compraba todas las semanas por si esta la visitaba.

Ahora, al ver las piezas expuestas en su apartamento, todas terminadas, puede apreciar que ¡todas las figuras humanas han sido reemplazadas por personajes de Disney! Esta exposición es, sin lugar a dudas, la mejor de su mejor amiga, que se ha superado en varios niveles, en primer lugar por la forma creativa en que concibió la representación de unas de las obras más bizantinas representativas y en segundo lugar por la forma como las dispuso por toda la casa. No sabe cómo, pero ha logrado fusionar la decoración original del lugar con sus obras de arte, combinación que transporta al espectador, en especial a Amelia, al universo que tanto le fascina. ¡Todo es desbordante y francamente hermoso!

—¡Esto es tan hermoso! ¡No lo puedo creer!

Cuando está volviendo en sí de embelesarse con las piezas que su amiga ha elaborado con tanto cariño para ella, más precisamente cuando se dispone a sentarse en el sofá junto a David, Amelia ve que una de las mesitas que compró en un mercadillo de las pulgas para disfrutar de las cenas en casa con su pareja, está decorada en esta ocasión con el gusto más fino: un hermoso mantel que jamás ha visto, platos de plata, las copas que sus padres le regalaron cuando se mudó con David… Ve asimismo unas "tapas" o lo que parecen ser unos entremeses que tienen todas las trazas de haber sido cocinados por su mejor amigo. Quiere acercarse a examinarlos con detenimiento, pero algo más le llama la atención: ¡su novio está vestido con el *outfit* que a ella más le gusta! Esto la pone alerta. ¿Qué está sucediendo? Además, sus cosas, las que fue trasladando con tanto cuidado para evitar que David se diera cuenta, ¡están de vuelta en su lugar original!

Cuando ve en la cara de su novia que ella comienza a comprender lo que acontece en el apartamento, David se pone de pie y camina hacia ella.

—Amelia, ¡no te asustes! Ven, siéntate conmigo.

La toma de la mano y la guía hacia la mesita que han arreglado Miguel, Owen, Gabriela y Hugo.

—Davo, ¿qué...?, ¿qué...?

Amelia no entiende qué ocurre. Cuando salió de la casa de su amiga Gina no se imaginaba la escena con que se encontraría en su casa.

—¡Amelia, mi amor...! —le está diciendo David mientras la conduce a la mesa—. No sé qué ha pasado con nosotros durante los días que hemos pasado separados. Es más: ¡no sé hace cuánto tiempo vienes alejándote de mí! —Amelia se detiene al oír esto, pero David no le permite replegarse—. No te pares; ven y nos sentamos. —David pierde la voz por momentos y los ojos se le llenan de lágrimas, algo poco característico en él, pues no es un hombre propenso a llorar: pocas veces ha llorado en la vida, y ante Amelia solo lo hizo el día en que perdió a su amiga la señora Duval. Pero, por alguna razón, en este momento, en que se está jugando el corazón, parece tener todas las cataratas del Niágara en los ojos y no encuentra la forma de controlar sus sentimientos y, menos aún, las lágrimas. La idea de que Amelia pueda dejarlo, además de la posibilidad de haber herido su amor al punto de que ella prefiera dejarlo a arreglar su relación, le tiene destrozados los nervios. Intentando calmarse, respira profundo y toma del agua servida en la mesa. Al ver la angustia del hombre que adora, Amelia le coge la mano en un gesto de apoyo incondicional, lo que funciona, pues David reanuda la conversación—: Te decía que no sé cómo he podido alejar de mí a la persona más importante de mi vida...

—David, no tienes por qué sentirte mal. Yo... bueno... cuando te vi en la fila de la feria del libro y cuando, luego de nuestra aventura, me besaste... —Amelia toma aire y continúa—: ¿Cómo te digo esto sin que mi ego se resienta mucho? Yo sabía que era algo extraordinario que un hombre como tú...

—¿Un hombre como yo? —pregunta David con curiosidad de saber a qué se refiere su novia.

—¡No me hagas decirlo en voz alta, que me da vergüenza!

—Pero es que debo pedirte que me aclares de qué hablas.

—Apuesto como no había visto ninguno antes, bien vestido, con los ojos del color del mar...: ¡un espécimen espectacular! Como ese hombre de la publicidad de un perfume que sale del agua con su blanco traje de baño.

Amelia divaga imaginándose a David saliendo del agua con ese traje de baño, algo que hace siempre que está nerviosa y no puede concentrarse en lo que realmente la desborda.

—¡Amelia, mi pequeña, concéntrate, por favor! —le dice David con una gran sonrisa en la boca: ya sabe cómo es ella, y seguro que se lo está imaginando a él con ese blanco traje de baño.

—Perdón, ya me estaba derritiendo... Pero te decía que, cuando me besaste, en ese momento me propuse disfrutar el que pensé sería el único beso tuyo que recibiría. Pero, cuando decidiste dar el paso de pedirme que te acompañara en este nuevo camino, decidí adoptar siempre esa filosofía, con todo lo que hemos vivido desde ese momento.

—Amelia, yo sentí lo mismo. Cuando vi que te alejabas de mí, que te estabas despidiendo, en un acto desesperado te di un beso con el alma para persuadirte de que me dieras una oportunidad, de que quisieras conocerme. Y quiero que sepas que, para mí, todo el tiempo que hemos compartido, los viajes juntos, los domingos de fútbol, las celebraciones, las tardes en el sofá... todos y cada uno de los recuerdos creados juntos han sido una bendición. Haber podido...

David se ve interrumpido por un suspiro apagado de Amelia, a quien se le ahoga la voz. En este momento, ella no puede parar de llorar ante la idea de dejar a quien sabe el amor de su vida. Le está resultando demasiado difícil, pero tiene que pensar en lo mejor para su amado. Como lo expresó Milan Kundera en la *Insoportable levedad del ser*, "es precisamente el débil quien debe ser fuerte y saber marcharse cuando el fuerte es demasiado débil para ser capaz de hacerle daño al débil"; por eso, ella debe tomar la decisión y liberarlo de una relación en que claramente ya no le conviene estar.

—Quiero que sepas que haber compartido contigo este tiempo ha sido maravilloso: ¡una bendición! —David no puede creer que su mujer considere su compañía una bendición: él es quien se siente agradecido con la vida por haberle permitido compartir su camino con esa maravillosa mujer. Ella ha coloreado su mundo, ¡y es con ella con quien desea seguir caminando por el resto de sus días!—. ¡Te amo con todo el corazón! Y por eso sé que estoy tomando la decisión correcta. Cada momento que pasamos juntos, para mí...

Oírla empezar a despedirse le parte el corazón a David; por eso siente como un golpe físico cada vez que ella utiliza el tiempo pasado para referirse a ellos. Cuando capta la lógica que se encuentra detrás de la decisión de Amelia entiende que ella lo va a dejar porque cree que él no es capaz de dar por terminada su relación, lo que no puede estar más lejos de la realidad, pues a él jamás le ha costado trabajo terminar una relación: siempre que se ha cansado de una pareja o que se ha dado cuenta de que ya no hay mucho que puedan aportarse uno al otro, no ha tenido reparos en decírselo en su cara a la mujer con quien esté saliendo. Esa sinceridad y ese pragmatismo le han valido más de una bofetada y le han regado más de un trago. Ahora que lo piensa, antes de que Amelia llegara a su vida, él se había relacionado con mujeres bastante agresivas y muy poco educadas. Gracias a Dios, ese no será un problema de ahora en adelante: David sabe que ha escogido a la mujer con más garbo, corazón y decencia sobre la faz de la tierra para compartir su vida. Puede que haya alguna como ella; ¡pero una mejor David sabe que no existe!

—¡¡Amelia, detente en este instante!! —De alguna manera, oírla menospreciarse y entender que ella no se considera lo valiosa que David y todos sus amigos saben que es le han servido para reemplazar la desesperación y el dolor que sentía por un enfado monumental—. Si piensas que alguna vez en mi vida he tenido problemas para deshacerme de una mujer con quien no quiero seguir relacionándome, ¡estás muy equivocada! Y sí: sé lo terriblemente descortés y poco caballeroso que es el hecho de que hable de otras mujeres frente a la persona con la que quiero compartir mi vida, pero en momentos desesperados se requieren de medidas desesperadas. Nunca (¡escúchame bien!), JAMÁS he tenido problemas para terminar una relación con una mujer cuando ya no quiero continuar. Así que, de antemano, no es necesario que tomes decisiones por mí, y si te oigo decir otra vez que eres menos valiosa y extraordinaria de lo que en realidad eres, ¡me voy a molestar mucho! —Al oír esto, Amelia se avergüenza y se retrae, lo que siempre hace cuando le brindan un halago, bajando la cabeza y sonrojándose—. ¡Mírame a los ojos! —David no pretende sonar tan rudo e imperativo, por lo que suaviza el tono y le dice—: ¡Por favor, mi vida! Mírame a los ojos para poder hablar contigo. —Le toma la barbilla con cariño y espera a que ella lo mire a los ojos—. Espero que llegue el momento en que te diga lo maravillosa que eres y tú no te avergüences de eso. Quiero que sepas que… ¡eres la mujer de mi vida! —Amelia abre tremendos ojos porque… bueno, porque no se esperaba esta declaración de David, menos después de que, en un almuerzo con sus amigos, le hubiera dicho que les quedaba poco tiempo de novios—. Estás pensando en la vez que dije que nos quedaba poco tiempo de novios, ¿verdad?

Amelia está sorprendida y no entiende cómo es que David siempre le adivina el pensamiento.

—¿Cómo…?

—¿Cómo sé qué estas pensando? De la misma forma en que sé que también estás pensando en esa frase de Milan Kundera acerca de la debilidad del fuerte, ¿verdad?

Al percibir la sorpresa de Amelia, David aprovecha su desconcierto para encauzar la situación. Sabe que esta es su hora de la verdad, cuando tendrá que demostrarle su amor clara y "heroicamente", como lo hacen los protagonistas de las novelas románticas que a ella le encanta leer. La experiencia le ha enseñado que Amelia no dará su brazo a torcer: si él no le demuestra fehacientemente que la ama, ella está decidida a dejarlo en un acto desgarrador y desinteresado y con la única y noble intención de liberarlo de lo que ve como una relación en que David ya no quiere estar. Con esto en mente, David decide "poner toda la carne en el fuego", como se suele decir.

—*La insoportable levedad del ser*: la leímos juntos —dice Amelia, impresionada con la retentiva de su novio.

—Lo recuerdo; de hecho, recuerdo cada momento compartido contigo. Por eso quiero contraatacar con otra frase de Milan Kundera, del mismo libro: 'Allí donde habla el corazón es de mala educación que la razón lo contradiga'.

—¡Oh!

Es una de las frases favoritas de Amelia, por lo que la enternece que David la recuerde.

—Amelia, no sé en que momento permitiste que la razón te impidiera ver que mi mundo tiene más color y es más bonito porque tú estás en él, que la cerveza sabe más rico desde que tú me la compras, que regresar a casa es el mejor momento del día porque sé que siempre vas a tener, ¡para mí!, una sonrisa en los labios, un abrazo cargado de amor y alguna sorpresa para sacarme una sonrisa sin importar lo que haya pasado en nuestras respectivas jornadas... ¡No sé en qué momento dejaste de verme como un hombre inteligente!

Esta declaración desconcierta a Amelia, que no puede menos que comunicar con expresiones faciales lo perdida que la deja la última afirmación.

—¡Nunca he dejado de pensar que eres un hombre brillante e inteligente!

—Sí lo has hecho: si no, ¡no podrías creerme tan estúpido como para dejar marchar así como así a la mujer de mi vida! — Amelia no se esperaba esta declaración—. ¿Crees que no sé que jamás encontraré a nadie mejor que tú?

—Esta afirmación le saca a Amelia una sonrisa, acompañada de una lágrima—. Y con la única intención de seguir impresionándote te digo que yo, a diferencia de Simone de Beauvoir, ¡no tengo que recorrer medio mundo ni alejarme de ti para saberlo!

Al oír la referencia a Simone de Beauvoir, Amelia se seca las lágrimas con el dorso de la mano y le sonríe: con esta frase, David le ha demostrado que él siempre le presta atención, incluso cuando ella piensa que no lo está haciendo.

—¡Te acordaste!

—Como dicen todas tus novelas románticas, yo me acuerdo de todo lo que se refiere a ti. Por eso sé sin lugar a dudas que contigo he pasado los mejores momentos de mi vida, y también estoy seguro de que quiero seguir construyendo momentos especiales a tu lado.

—¡Pero pensé que tú...!

—¡Déjame terminar, Amelia, te lo pido por favor! —Al verla asentir, continúa—: ¡Sé que quiero compartir contigo cada momento que me sea posible hasta el día en que me muera! —Amelia no puede creer lo que sucede. El día en que David declaró frente a todos sus amigos que les quedaba poco tiempo de novios, ella, buscando liberar de su invasión el apartamento y la vida de David, comenzó a empacar todo lo que tenía en casa con él. Lo primero que trasladó fueron las plantas con que decoraba el balcón y que tanto esfuerzo le había costado a Miguel colocar temiendo que, por una de sus reconocidas torpezas, pudiera lastimarse o, lo que era peor, caerse, y con ellas llevó sus orquídeas al bar de Daniel. Jamás olvidará la sorpresa del mejor amigo de su novio cuando le dijo que debía sumergirlas en agua los fines de semana, ¡pero teniendo mucho cuidado de que no se ahogaran! Poco después llegó el turno de las cosas con que decoraba la sala, entre ellas las figuritas de Disney con los personajes que para ella representaban a sus amigos antiguos y nuevos, a los que consideraba su familia, y el astrolabio que le había regalado Owen el día su grado como doctora en historia del arte a manera de recordatorio de que nunca perdiera el norte y siempre viera las estrellas para que ellas la guiaran hacia donde quisiera ir, instrumento con que fantasea Daniel todos los domingos de fútbol. Siguieron las novelas que le leía a David los sábados por la tarde, acomodados en el sofá, mientras él apoyaba la cabeza en su regazo. Se tomó su tiempo para trasladar cada cosa de tal modo que su novio no notara su ausencia. Claro que le ayudó excesivamente el hecho de que David fuera tan despistado. Pero ahora, haciendo un recorrido por la sala, el comedor y la cocina, ve que todas sus cosas han regresado a su hogar. Porque eso parece: ¡que todo está regresando a su hogar!—. Amelia, te perdiste en los recuerdos, y si mi instinto no me falla, te perdiste porque ves que todas tus cosas han regresado a casa, ¡a una casa que jamás debieron abandonar! Por eso quiero que, como tus cosas, tú también vuelvas a mí, a nuestro hogar… en pocas palabras, ¡que no me dejes! —le dice David apretándole suavemente la mano para hacerla regresar al momento que están viviendo.

—Pero… Es decir… A ver cómo me explico… Es que te oí… Tú… tú dijiste que nuestro tiempo…

La tristeza de recordar que David le dijo delante de todos que ya no les quedaba mucho tiempo de novios le sofoca la voz.

—Estás pensando en lo que dije en el almuerzo el día del mercadillo, ¿verdad? —Amelia rompe en llanto, pues con esta declaración David le confirma que no se trató de un malentendido sino que él lo hizo con toda la intención. Al entender que, tomando esta pregunta como una declaración de intenciones, Amelia piensa que él, en realidad, está cansado de ella, David no puede menos que ponerse de pie, caminar hasta donde está ella y acuclillarse ente ella para quedar a su altura. Con cuidado, le quita las manos de la cara para poder mirarla a los ojos—. Amelia, ¡no me entiendes! No estoy afirmando que nuestro tiempo juntos se ha terminado; por lo menos, no por mí. ¡Yo te amo incluso más que cuando comenzamos! No te angusties por mi culpa. —Le cuesta un esfuerzo sobrehumano mantener la mínima calma, pues ver en los ojos de su mujer un dolor sincero y una angustia lancinante lo está matando. Entonces una idea insidiosa comenzó a agobiarlo—. Amelia, ¿es que dejaste de amarme? —La posibilidad estaba ahí. Al parecer, él la había rechazado en más de una ocasión, y esto podía haberla resentido al extremo de que su amor se hubiera cansado, de que se hubiera deteriorado al punto de que ella ya no quisiera seguir a su lado—. Mi vida, por favor, ¡dime algo! ¿Es eso? ¿Ya no me quieres? ¿Lastimé tu amor a tal punto que se ha extinguido?

Ya ninguno puede contener las lágrimas.

Mientras tanto, la situación en la habitación de David no puede ser más angustiosa. Owen y Hugo luchan con todas sus fuerzas por reprimir el impulso de salir a auxiliar a sus amigos, que, al parecer, por una serie de infortunados incidentes, no encuentran la forma de volver a unir sus corazones. Ariadna y Marissa tratan de calmar, bastante infructuosamente, a Gabriela y a Hue, que son un manojo de llanto, y el resto trata de mantener la calma por todos.

De un momento a otro, Daniel tiene la loca ocurrencia de enviarle un mensaje de texto a su mejor amigo, que, según lo que ha alcanzado a oír, está desesperado y ya no ve con claridad las situación. Sabe que, si no le ayuda a su amigo, el daño que le ocasiona la situación será irreparable, y también tiene la certeza de que, si no interviene, su amigo no encontrará el camino. No quiere interrumpir con su presencia física, pues sabe que esta podría empeorar las cosas, por lo que recurre al único medio que se le viene a la mente: el celular, un aparato que lo agobia pero que siempre lleva consigo en caso de emergencia. Resonando en todo el apartamento, el timbre del móvil desconcierta a todos los presentes e interrumpe el angustioso trance. Como David ha predeterminado cierto sonido para reconocer sus llamadas y mensajes, sabe de inmediato que es David quien le escribe. Como confía en su mejor amigo, no duda en concluir que le está enviando un salvavidas, ¡y sabe Dios que lo necesita! Por eso, sin soltarle la mano a Amelia, y con los ojos llenos de lágrimas, saca del bolsillo su teléfono y, con la mirada borrosa, mira la pantalla móvil y ve el emoticón de un anillo de compromiso: es lo que Daniel le ha enviado porque ¡a buen entendedor, pocas palabras! Así que David no necesita más para entender. Recuerda la conversación que sostuvieron los dos en el baño, antes de que Amelia llegara, mientras David terminaba de arreglase.

—¿Y si el amor de Amelia se resintió con todo lo que le hice? —le preguntó David a su mejor amigo.

—¿Y si se nos derrumba encima el edificio?... ¿Y si un asteroide se estrella con el planeta y se acaba la raza humana?

—Mira…

—¡Neee, no vas a ponerte agresivo otra vez conmigo! Entiendo que estés nervioso porque la has cagado a conciencia con Amelia, pero también colmaste la copa de mi paciencia, ¡y no te aguanto una pendejada más! —Daniel no quería confesarle a su amigo que también sentía miedo de que

Amelia lo rechazara. Sabía que era una mujer de decisiones y que dejaba la piel cuando tomaba una; por eso, lo único que podía hacer era esperar que, en este caso, Amelia escuchara su corazón y no le tuviera en cuenta los desplantes a David. Sabía asimismo que, si ella terminaba dejándolo, David jamás sería el mismo—. ¡Ahora ponme cuidado! Hoy te estás jugando tu futuro de la misma forma en que lo hiciste para ingresar a la carrera y lograr la beca y el puesto en el hospital más reconocido de la ciudad, y para cada logro que has alcanzado en tu carrera. Y, a riesgo de ponerme sentimental y de que nos llegue el periodo, quiero que sepas que estoy orgulloso de todos ellos y que me honra que seas mi mejor amigo y me consideres el tuyo. Dicho esto, te digo también que, si pierdes a la 'pequeña', ¡te corto los huevos!

David no pudo menos que reír: sabía que el enfado y la amenaza de su amigo tenían como objetivo alivianar la ansiedad que lo estaba matando.

—¡Tengo miedo! —dijo David valientemente.

—Lo sé. Pero, como dicen las novelas de tu futura esposa, 'el amor es para los valientes', y tú podrás tener mil defectos (¡que los tienes!), pero la cobardía no es uno de ellos —le dijo Daniel con la seguridad de quien conoce bien a una persona—. No dejes que la situación te supere y ten la seguridad de que, pase lo que pase, yo estaré para ayudarte a recoger los pedazos.

—Pero… es que… no quiero…

—David, yo no soy como Miguel, a quien le gusta pregonar su amor por las personas, pero sabes que te quiero… No joda: ¡qué difícil es esto! Lo que quiero decir es que debes estar preparado para cualquier escenario. Si es cierto que sus amigos están aquí, te han dado su bendición y están dejando el alma junto con nuestros amigos para que todo salga bien. Pero… —Daniel no quería verbalizar su miedo: la vida sin la "pequeña" sería una mierda para David, y él no quería que su amigo tuviera que pasar por un dolor casi inimaginable. Cuando iba a continuar, la desesperación en los ojos de su amigo le hizo saber que aquel no era momento para dudar: era momento de "echarle huevos" y confiar en el amor de la "pequeña" y en la intuición y el trabajo de sus amigos. Por eso, cambiando de estrategia, le dijo—: David, no es momento de acojonarnos: ¡hay que echarle huevos! Confiemos en que esa 'pequeña' te quiere con el alma, además de que todos estamos poniendo de nuestra parte para que esta noche salga perfecta. ¡Y así será!

"Ahora escúchame bien: si las cosas se ponen difíciles y pierdes el rumbo, recuerda que tienes que hacer todos lo posible para que ella quiera estar contigo, de manera que, pase lo que pase, puedas estar tranquilo sabiendo que hiciste todo lo que estaba a tu alcance para retenerla. Y si eso no es suficiente, ¡ya se me ocurrirá algo para ayudarte!

Esto último hizo reír a David. El momento fue interrumpido por el grito de Ariadna desde la sala:

—¡Ey, rubio!, ¿será que puedes venir? Estamos montando una exposición. Ya sé que es un trabajo al que no estás acostumbrado, pero ¿será que puedes mover ese culo tan precioso que tienes y poner esas manos donde sean útiles?

Daniel sonrió al oírla decir que él tenía un culo precioso: ya sabía que esa química que había sentido no podía ser un sentimiento solitario.

—¡Me requieren en la sala!

—Cuando esto termine, recuérdame decirle a la pequeña que tenía razón —le dice David sonriendo.

—¿En…?

—¡En que Ariadna te tiene cogido por los huevos!

Pero Amelia no lo había dicho así.

—¡A palabras embarazosas, oídos anticonceptivos! ¡Suerte!

Dicho esto, Daniel le abrazó a David y se dirigió adonde se requería su presencia. No sobra decir que le puso las manos en el culo a Ariadna antes de terminar de ayudarle a decorar la casa.

Ahora, viendo el emoticón del anillo, comprende que ese mensaje es lo que se le ha ocurrido a su amigo para echarle un cable. David está asustado como nunca lo ha estado en su vida pero, como Daniel le dijo, él no es un cobarde y no se va a retirar sin pelear. Él es un guerrero y siempre se ha caracterizado por saber cuándo replegarse y cuándo atacar, y este no es momento de retraerse. Si todo se va a la mierda, no será porque él no hizo hasta lo imposible por evitarlo. Por eso le suelta la mano a Amelia, que, al ver que su novio se aleja, teme lo peor, por lo que ahoga un suspiro que David alcanza a oír mientras va por la cajita de Tiffany's.

—¡¡No, no, vida!! ¡Tranquila! Dame un segundo, por favor. ¡No te estoy dejando! Dame un segundo. —David va hasta la mesa de centro y coge algo pequeño que Amelia no alcanza a distinguir sin sus anteojos. Al rato, David vuelve a su lado, se arrodilla y saca una cajita de Tiffany's que contiene una más pequeña, negra. Con una calma inverosímil, David abre el empaque y revela el anillo de compromiso más hermoso que ella pudiera imaginar. No es una "pista de hielo" como los de las actrices de Hollywood, pero es un tesoro que va con su personalidad y su gusto.

—Amelia, cuando te dije que nuestro tiempo de novios estaba por terminar, no fue porque estuviera cansado de ti o porque quisiera insinuarte que ya no quería seguir compartiendo mi vida contigo: fue porque quiero dejar de ser tu novio… ¡para ser tu esposo! —David está tan emocionado que necesita un momento para serenarse y recuperar el aliento: quiere hacerle a su mujer la propuesta de matrimonio que ella merece—. Debo admitir que, cuando te conocí en la feria del libro, al principio sentí ira al oírte riéndote de mí pero, cuando me volteé para ponerte en tu lugar, ¡me encontré con una mujer hermosa, de una chispa y un humor que me llamaron la atención de inmediato! Cuando me salvaste del ridículo que iba a hacer con esa escritora, no pude menos que darle gracias al cielo de que te hubiera puesto en mi camino. ¡Me pareciste deliciosa! Tu manera de caminar, tu ropa, tu risa…: ¡todo me encantó! Por eso, cuando vi la oportunidad, no dudé en darte un beso, ¡el mejor beso que hasta ese momento había dado! —La expresión de Amelia ha cambiado, y ahora las lágrimas que derrama son de alegría, de amor: ¡está en casa, y su alma gemela no se ha cansado de ella! De hecho la está reconociendo como tal—. ¿Crees que es una bendición que comparta mi tiempo contigo? Yo sé que soy 'el güevón con mejor suerte del mundo', como me dijo Cristian cuando te conoció. —Amelia niega con la cabeza—. ¡Lo soy, Amelia! Eres divertida, amorosa, familiar, encantadora; te has ganado un lugar en el corazón de todos mis amigos; eres esencial para tus amigos y para mí, además de que… bueno, eres mi amiga, mi amante (¡y vaya que eres una amante apasionada!), mi compañera… Eres la mujer que hace que todo sea mejor; eres más de lo que nunca imaginé. Quiero que seas mi esposa, mi cómplice en cada una de las aventuras en que nos embarquemos, y sueño ser tu apoyo, ¡el hombre que te haga feliz!

Amelia no aguanta más, se lanza en brazos de su futuro esposo y, besándolo con el alma, le entrega todo lo que ella es y le dice que sí con su boca y su cuerpo.

—¡Te amo! ¡Te amo tanto que quiero que seas feliz, incluso si tu felicidad no me incluye! Por eso te estaba dejando…

David no quiere oírla hablar de su idea de abandonarlo: solo quiere sentirla y saber que todo lo malo ha quedado atrás, que ella es su mujer y que quiere seguir siéndolo.

—Esta tarde me enteré de las incomodidades y los maltratos que has sufrido en estos meses. —Al ver la expresión sorprendida de Gabriela, aclara—: ¡De parte de la pendeja de Susi, por mi culpa! Y lo que más me dolió es que no hayas acudido a mí, que soy tu cómplice, tu pareja, y quiero cuidarte. Pero si no me incluyes en tus cosas, no me permites cuidarte, ¡y eso me duele!

—Es que no quería que…

—No, Amelia, déjame terminar. Quiero… mejor, ¡necesito que confíes en mí! Mira lo que pasa cuando no lo haces: ¡casi me dejas por un malentendido! —Amelia no puede discutirle: es cierto—. ¡Prométeme que, siempre que pase algo, al primero que acudirás será a mí aunque piensas que con lo que me vas a decir me lastimarás! ¿Me lo prometes?

—Lo que pasa es que…

—¡No, no, no, no! Prométemelo, Amelia.

Casi nunca la llama así, y menos en un tono como el que ella le acaba de oír. Por eso, cuando lo hace, ella sabe que se trataba de un tema sensible o que molesta a David o de algo importante que lo conmueve.

—¡Te lo prometo! —le dice para luego besarlo.

—¡Eres lo mejor que me ha pasado en la vida! Nunca lo dudes, Amelia, y jamás vuelvas a tomar decisiones por mí —le dice él besándole toda la cara.

—¡Te amo! Eres lo mejor que me ha pasado. Pero nunca vuelvas a lastimarme haciéndome creer que…

A Amelia se le corta la voz y, cuando va a volver a llorar, David la besa con todo el amor y toda la pasión que siente por ella. Amelia ha creído oír una voz maldiciendo, y ahora está segura de haber oído sollozar a Gabriela. Por eso, con su picardía característica, coge de la mano a su futuro esposo y lo guía a su habitación. Sabe que a sus amigos siempre se les olvida que ella mandó cambiar la dirección de apertura de todas las puertas del apartamento después de leer por ahí que es más seguro que las puertas abran hacia afuera. Por eso, con intenciones de pillarlos en flagrancia escuchando su conversación, abre la puerta de sopetón y ocasiona que todos caigan al suelo.

—¡Sabía que los había oído maldecir!…

Lo que no sabe es que ahí estaban hasta sus amigos del alma, todos asombrados de haber sido descubiertos con las manos en la masa. El primero en salir del estupor es Daniel, que abraza a su amigo para luego echar mano de Amelia, seguido de Owen y Hugo. Las chicas no pueden de la emoción, al punto de que Ariadna misma, conocida por su estoicismo, está conmovida hasta las lágrimas.

—¡Me hiciste una casa digna de Teodora! —le dice a su mejor amiga.

—¡Oye, yo preparé una cena de reyes; eso sí, con la ayuda de los mejores *sous-chefs* del mundo! —dice Owen guiñándoles un ojo a sus pinches de cocina.

—¿Que has hecho comida para un regimiento? —le dice Amelia con picardía.

—Es que tengo entendido que comen como un regimiento —aclara Owen.

—¡Más si la comida es hecha por el mejor chef del mundo! —agrega Miguel.

—¿Podemos regresar a mis mosaicos? ¿Te gustaron? —dice Ariadna abrazando a su mejor amiga.

—Es, sin lugar a dudas, tu mejor obra. Me transportas a Bizancio y me haces sentir como toda una emperatriz.

—¡Es que, para mí, eres toda una emperatriz! —le dice su amiga abrazándola—. Yo te dije que todo estaba en tu cabeza. A estas alturas deberías confiar en mi milenaria sabiduría: ¡yo nunca me equivoco!

Marissa no puede menos que reírse ante el comentario de su amiga, para luego recordarle unas cuantas de sus metidas de pata.

—Creo que estas teniendo un lapsus de memoria selectiva en que has decidido borrar del recuerdo al poeta aquel que era 'emo', para más inri —le recuerda su marido.

—¿El que nos tuvo a punta de panfletos de pacotilla, reflexionando en las cenas acerca de las injusticias del mundo y revelándonos lo torturada que estaba su alma?

Cuando ve la cara de disgusto de Ariadna, Michael cae en la cuenta de que ha metido la pata al sacar a relucir ese recuerdo justo frente al chico que tanto le gusta a su amiga. Menos mal que Owen sale en su ayuda.

—¿Por qué no recordamos cuando se pintó el pelo de zanahoria? ¡Parecías un paquete de Doritos con patas!

—La peor fue cuando quiso probar a un dominante. Terminamos todos en el hospital a causa de…

Ariadna le da un puntapié en la espinilla a su mejor amiga antes de que revele que una vez casi le parte el pene a un hombre. ¡Por ahí sí no pasaba, menos con el apuesto amigo que tenía enfrente!

—¡Auch, bruta, que, al paso que vamos, voy a terminar coja! —dice Amelia sobándose con la mano, lo que llama la atención de Gabriela.

—¿Y el anillo? —dice mirando a David con cara de querer matarlo.

—¡Es culpa de Amelia! —contesta David apresuradamente.

—¡Eso: tú cúlpame a mí! —le dice Amelia riendo.

—Punto primero: te quieren más a ti que a mí, así que es mejor que sea tu culpa. Punto segundo: lo que digo es cierto; yo estaba de rodillas, a punto de ponerte el anillo, y tú te dispersaste… ¡y terminamos acá! —Dicho esto, David se acerca a Amelia y se arrodilla de nuevo frente a ella a los ojos de todos sus amigos—. Amelia, frente a todos nuestros amigos (¡los mismos que estaban presentes cuando la cagué diciéndote que no nos quedaba mucho tiempo!) y a tus amigos más queridos, te pido, desde lo más profundo de mi corazón, que seas mi esposa, que alegres mis días y les pongas sabor, que llenes mi camino de momentos especiales… Te amo, y quiero que este anillo sea el símbolo de mi amor incondicional por ti.

De nuevo, todas las chicas y Miguel empiezan a llorar, conmovidos. Amelia hace lo de siempre, en todas las circunstancias de su vida: se pone a la altura de la situación. Así que se arrodilla frente a su novio y le contesta:

—¡Te amo con todo mi corazón, mi alma y mi cuerpo! Y no solo acepto el gran honor de ser tu esposa, tu compañera, tu cómplice, tu amante y tu mujer, sino que también espero poder vivir muchos, ¡muchos años! a tu lado, creando una vida llena de momentos especiales.

Amelia no puede terminar de decir lo que quiere, pues David la interrumpe con un beso de película, lo que le vale aplausos y silbidos de sus amigos. Pasados unos segundos, David le pone el precioso anillo que escogió para ella, y los dos sellan con un beso la promesa de toda una vida juntos, celebrando el final de una serie de malentendidos y el principio de una nueva etapa: ellos como pareja, como prometidos… Y pronto como esposos porque David no quiere esperar para casarse. Es más: si fuera por él, ¡se casaría con ella mañana mismo!

Todos se les echan encima para abrazarlos, felices de haber podido crear la proposición que tanto se merecen sus amigos. ¿Todos? Todos menos dos de sus amigos, que, contagiados por el amor que presencian, se dejan llevar por la pasión y se funden en un beso, como lo presagió Amelia. Daniel y Ariadna ceden a la tensión sexual y a un sentimiento más profundo que aún no están dispuestos a admitir y se besan casi frenéticamente... (Pero esto es el comienzo de otra historia de amor, llena de color y arte.)

Después, todos los amigos van a la sala a celebrar que esa noche, habiendo logrado eliminar la soledad, la desolación y los malentendidos, han hecho de la vida de soltero la única desplazada de esta historia.

Made in the USA
Monee, IL
25 April 2021